KB117528

세상의 봄
(하)

미야베 미유키

권영주 옮김

하

세상의 봄

この世の春

Miyabe Miyuki

비채

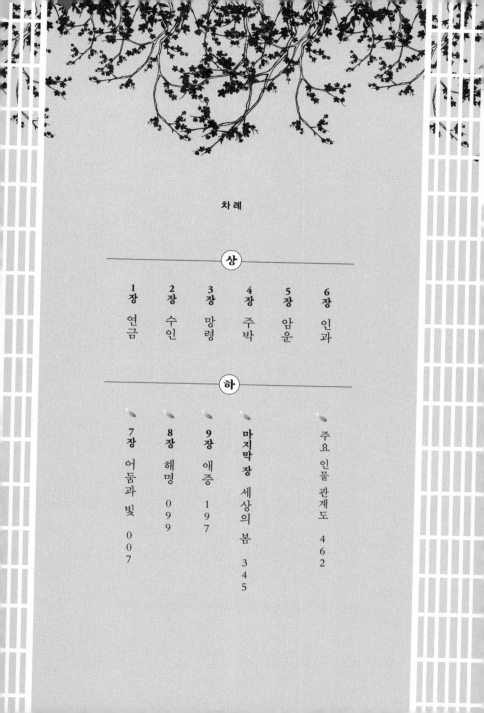

차 례

7장

闇 と 光

어둠과 빛

I

시간을 조금 거슬러 올라가 같은 날 오전.

다지마 한주로는 집에서 여장을 꾸리고 있었다. 곁에 있는 작은 보퉁이에는 문서 다발이 들었다.

십팔 년 전 목수의 아들 잇페이부터 십일 년 전 사노 촌의 고키치에 이르기까지 네 남자애의 실종. 이 괴사건에 관해 한주로는 며칠 동안 개처럼 돌아다니며 냄새를 맡고 파헤쳤다. 관직도 없는 풋내기 무사의 열의만으로 부족한 부분은 눈인 센치쿠의 인망과 인맥의 도움을 받았다.

덕분에 작으나마 수확이 있었다. 그것들을 기록한 문서에는 한주로의 대충 쓴 글씨 외에 센치쿠의 독특한 멋이 있는 글씨도 있었다.

네 남자애를 집어삼킨 어둠은 깊다. 각각 별도로 일어난 게 아니라 하나로 이어진 사건이라는 것이 거의 확실했다. 다시 말해 네 건 모두 범인은 동일 인물 혹은 한패다. 한주로는 이제 그렇게 확신하고 있었다.

그러나 이 일이 과연 이즈치 촌의 수수께끼와 관련이 있는지, 막상 중요한 그 부분이 명확하지 않았다. 억측은 얼마든지 할 수 있지만 확실한 연관성은 보이지 않았다.

이쯤에서 고코인으로 일단 돌아가 이시노 오리베와 상의하는 게 좋을 것 같다. 이 일은 원래 오리베가 신쿠로의 마음을 달래기 위해 거래로 제안한 것이니까.

게다가 장본인인 신쿠로 놈은 모습을 감추었고 말이지.

성읍에서는 결국 발견하지 못했다. 영지 밖으로 도망쳤나, 어디 숨어 있나. 무슨 낯짝을 하고 있을지 생각하면 화가 치밀고, 그자가 달아난 게 분해서 눈물을 흘렸다는 다키가 불쌍해서 그 자리에 자신이 없었던 게 후회됐다.

그렇게 저밖에 모르는 사내는 이제 아무래도 상관없다.

한주로는 결심했다. 이즈치 촌에서 벌어진 일과 상관이 있건 없건 나는 네 남자애의 실종을 모른 척할 수 없다. 반드시 어둠을 정화하고 범인을 붙잡아 아이들을 찾아내겠다. 아니면 나는 앞으로 하루도 편히 잘 수 없을 것이다.

센치쿠에게도 그런 각오를 확실하게 전했다.

"그렇지만 도련님은 지금 다른 할 일이 있잖아."

"그건 그거고 이건 이거야."

"그럼 이 늙은이도 끼워줘."

센치쿠도 눈 정신에 불이 붙은 듯했다.

"입으로는 잊을 수 없다고 하면서 난 그 애들을 단념하고 있었어. 도련님 덕분에 힘이 솟는군."

"그래, 부탁해. 나도 되도록 일찍 돌아올 테니까."

서쪽 거리는 번 바깥에서 출입하는 이들도 들르는 곳이다. 센치쿠가 그물을 쳐주면 한주로는 찾아낼 수 없었던 이야기가 걸려들지도 모른다.

문서 보퉁이를 등에 지고 매듭을 꽉 졸라 묶었을 때 어머니가 부르는 소리가 들렸다.

"한주로, 가가미 님이 오셨다."

순간 다키인가 했다. 내가 영 돌아오지 않으니 이시노 님께서 다키 님을 보내셨나.

그런데 어머니는 눈살을 찌푸리며 말을 이었다.

"소이치로 씨야. 무슨 급한 일 같다만……."

아버지 가쿠베에도 등성 채비를 하다 말고 어중간한 차림새로 허겁지겁 달려왔다.

"한주로, 이리 와라. 소이치로에게 들켰다."

다키의 오빠 가가미 소이치로는 부지런한 농민도 저리 가라 할 정도로 검게 탔다.

아버지 가가미 가즈에몬의 장례를 치르자마자 센 천 나가 못 공사로 복귀해 내내 집을 비웠다가 어제 성읍으로 돌아왔다 한다. 그리고 성에서 오쿠유히쓰인 오노 쇼자부로를 만났다.

"오노 공에게는 아버지가 비망록 일로 신세를 졌습니다. 제 소임과 관련해서 번보의 자료가 될 듯한 문서를 가져다드릴 겸 정식으로 인사를 드리러 찾아가 뵈었습니다만."

다지마 부자 앞에서 소이치로는 다소 사나운 표정을 짓고 있었다. 한주로를 야단치는 다키와 표정이 똑같다.

"그랬더니 오노 공이 이상한 말씀을 하시는 겁니다."

다키 님은 잘 지내십니까?

"나가오 촌 은거소를 정리한 뒤로 성읍에서 뵌 적이 없는데, 혹시 아직 심히 낙심해 저택에 틀어박혀 계시는 것이 아닌가 염려하고 있었다고 말입니다."

다지마 가쿠베에는 "음" 하고 말했다.

한주로는 "예에" 하고 말했다.

소이치로의 표정이 더욱 사나워졌다.

"저는 놀랐습니다만 오노 공이 놀라실까 봐 그 자리에서는 말을 맞추었습니다."

가쿠베에는 "흠흠" 하고 고개를 끄덕였다.

"외숙부, 흠흠이 아닙니다. 외숙부께서 아버지의 은거소를 정리해주셨다고 하지 않습니까."

가쿠베에는 이마의 땀을 훔치고 후 하고 숨을 내쉬었다.

"소이치로, 그렇게 흥분하지 마라. 아닌 게 아니라 가즈에몬 공의 은거소를 정리한 사람은 나다. 다만 작성중이던 비망록과 자료는 함부로 취급할 수 없어서 오노 공에게 부탁한 것이야."

"그때 오노 공에게 다키는 앞으로 성읍에서 살 것이라고 말씀하셨죠."

"그것이 자연스러우니 말이지."

"하지만 다키는 가가미 가 저택에 없는데요. 저도 아내도 다키는 지금도 나가오 촌에서 아버지의 은거소를 지키고 있는 줄로만 알았습니다."

다지마 부자는 나란히 앉아 몸을 움츠렸다.

"외숙부, 다키는 어디에 있습니까."

가쿠베에는 "으음" 하고 신음했다.

소이치로가 한주로를 향해 돌아앉았다. "그럼 한주로 네게 묻자. 다키는 어디 있지?"

조금만 더 버티자고 한주로는 시치미 뗐다.

"형은 왜 제게 물으십니까?"

친형보다도 더 다정하고 허물없이 대해주는 소이치로를 어렸을 때 그렇게 불렀다. 그 버릇이 저도 모르게 나왔다.

"아버지가 무슨 꿍꿍이를 갖고 계시는지 저는 모릅니다만."

"꾸, 꿍꿍이라고?" 가쿠베에가 눈을 부릅떴다.

"저는 관직도 없는 몸이니 아버지의 악행에 가담한다면 형님 쪽이겠죠."

형은 이미 등성해서 이 자리에 없었다. 없으니 별말을 다 듣는다.

소이치로는 물러서지 않았다.

"아니, 악행이면 악행일수록 외숙부는 네게 기대실 테지."

"너무한데요."

사나운 얼굴이던 소이치로가 문득 표정을 누그러뜨렸다.

"사정이 무엇이든 외숙부께서 다키를 나쁜 일에 끌어들이실 리 없죠. 저도 그 정도는 압니다."

"그, 그래."

"저도 마찬가지라고요, 형."

"너는 어떨지 모르지."

"그것도 너무한데요."

한주로의 항의에 소이치로가 저도 모르게 웃었다. 그러나 금세 정색했다.

"외숙부, 이것은 웃을 일이 아닙니다. 다키는 하나뿐인 제 누이동생입니다."

"음, 염려하는 것이 당연하지. 소이치로, 다키는 말이다."

다지마 가쿠베에는 턱을 끌어당겨 목에 주름을 잡으며 잠시 뜸을 들였다.

"……어느 환자를 간호하고 있단다."

소이치로가 눈을 깜박였다.

"다키에게 그런 지식이 있을 것 같지는 않습니다만."

"너희 어머니를 간호하고 아버지를 간호하지 않았느냐."

"그런 뜻이 아니라……."

소이치로가 말하다 말고 얼어붙었다.

"**환자**라고 하셨습니까."

확인하듯 천천히 말했다.

"그래."

다지마 가쿠베에는 크게 고개를 끄덕이고 소이치로를 똑바로 바라봤다. 자신의 표정, 눈빛으로 짐작해달라는 뜻일 것이다.

소이치로가 흠칫했다. 얼굴이 굳었다.

"고코인에서 요양중이신 분 말씀입니까?"

소이치로는 정확하게 추측했다.

"……다키가 왜?"

"어느 분의 천거를 받았다. 그 이상은 말할 수 없어."

"다키는 직접 그 환자분을 모시고 있군요?"

"그래."

"간호를 위해서."

"그래."

"측녀로서가 아니라."

물론입니다, 하고 한주로가 말하려는데 그보다 먼저 가쿠베에가 대답했다.

"지금은 그렇다. 앞일은 모르겠다만."

이시노 오리베에게 그런 속셈이 있을 것 같지는 않았다.

"아버지, 그건……."

"너는 잠자코 있어라."

소이치로가 달래듯 가볍게 손을 들었다.

"괜찮다, 한주로. 외숙부의 대답만으로 충분해."

말은 그렇게 하면서도 소이치로의 표정이 그늘이 번졌다. 방금 그 대답으로 충분하기에 걱정되는 것이다.

한주로는 생각했다. 전에 다키가 이가와 가를 뛰쳐나와 친가로 돌아왔을 때도 소이치로는 다키가 모르는 곳에서 이런 표정을 지었을 것이다. 서쪽 거리에서 단골 유녀를 상대로 술에 취해 날뛰던 자신과는 달리 가가미 소이치로는 그저 한결같이 참고 견디는 사람이다.

침묵이 흘렀다. 가쿠베에의 거친 콧김 소리만 들렸다.

소이치로는 갑자기 목소리를 누그러뜨리고 말했다.

"다키는 충의를 아는 여인입니다. 분명히 도움이 되어드리고 있을 테죠."

"그건 제가 장담합니다."

힘주어 말하는 한주로의 얼굴을 소이치로는 눈부신 듯 바라봤다.

"네가 다키 곁에 있어주는구나."

"아, 네."

"그럼 마음이 놓이는군. 잘 부탁한다."

머리를 숙인 다음 가쿠베에에게 말했다.

"외숙부, 등성 채비로 바쁘실 때 찾아뵈어 죄송합니다."

"괜찮다. 그럼 이제 된 거냐?"

"예. 한주로와 잠깐만 더 이야기하겠습니다."

"마음대로 해라."

가쿠베에가 방에서 나갔다. 어머니는 신경 써주는지 얼굴을 비치지 않았다.

"……형, 죄송합니다."

한주로는 고개를 깊이 떨구었다.

"묻고 싶은 게 많으실 테죠. 이 자리에는 형과 저밖에 없으니 뭐든 말씀드리겠습니다."

"그래서는 안 되지" 소이치로는 의연하게 말했다. "외숙부께서 이 일을 내게 알리지 않으신 것은 만에 하나 무슨 일이 있을 경우 가가미 가에 화가 미치지 않게 하기 위해서야."

"만에 하나라니 무슨 말씀이십니까."

"너는 잘 모르는 것 같다만 다키가 간호하는 환자는 정변으로 번주 자리에서 밀려나신 분이다."

기타미 번에서 제거된 종기라고 했다.

"그런 분을 가까이에서 모신다는 것은 패자의 편을 드는 것이나 마찬가지다. 그리고 패자의 입장은 약해. 승자의 의향 하나로 처우가 어떻게 달라질지 몰라."

기타미 시게오키의 처지는 위태로운 것이다.

"관여하는 자도, 아는 자도 적을수록 좋지. 그러니 나는 아무것도 모른다. 다키는 집에 있어. 가끔 여기 다지마 가에 머물 때도 있어."

고코인에 있는 가가미 다키라는 여자는 우연히 이름이 같을 뿐인 다른 인물이다.

"그렇게 해두는 편이 여차할 때 다키를 구하기도 쉽다."

"여차할 일 없습니다."

"그러냐."

"하지만 혹시나 있으면 제가 다키 님을 업고 도망치겠습니다."

"그래, 너만 믿는다."

소이치로는 웃었다. 검게 탄 얼굴에 띤 웃음이 밝아 한주로도 그제야 편히 숨을 쉴 수 있었다.

"한주로" 소이치로는 가볍게 몸을 내밀며 목소리를 낮추었다. "고코인은 어떤 곳이지?"

한주로는 자세히 이야기했다. 건물 구조, 정원의 아름다움, 진쿄 호의 푸르고 잔잔한 물. 이름은 밝히지 않았지만 고코인에서 일하는 사람들이 다들 다키와 가까이 지낸다는 것도.

"형은 가본 적이 없으시군요."

"내 소임에 없으니까."

이야기는 여러 번 들었다고 했다.

"육십 년 전 진쿄 호와 미에의 둑 공사는 우리 토목청의 자랑거리야. 아버지에게서도, 지금의 상관에게서도 종종 이야기를 듣지."

소이치로도 열심히 그런 이야기를 하며 "한번 내 눈으로 직접 보고 싶구나"라고 말했다. 어린애처럼 동경하는 것이다.

"백 년 세월에 견딜 수 있도록 만들어져 있으면서도 전쟁 시 수공 (水攻)처럼 무너뜨려야 할 필요가 생길 때는 두 곳의 이맛돌만 깨면 무너지게 돼 있다고 하거든. 얼마나 정교한 공사인지 생각만 해도 아찔하다는 말이지."

그러기 위해 도면을 그리고 그것을 토대로 작은 모형을 만들어 몇 번씩 실험을 거듭해 건설한다고 한다.

　"육십 년 전이면 이미 태평한 시대였을 텐데 수공이라니요."

　"대비는 해둬야 해. 언제 또다시 전란이 시작될지 모르니까."

　전란이라는 말을 듣고 생각났다.

　"저도 아직 미에의 둑까지 가본 적은 없습니다만, 전란 시대의 유물 같은 것이 고코인 근처에 하나 있더군요."

　바위산 위에 있어 거기까지 가려면 꽤 애먹어야 한다. 쿠리야 신쿠로가 이토 나리타카로서 갇혀 있던 동굴 감옥이다. 한주로가 그 이야기를 하자 소이치로는 놀랐다.

　"미에의 둑보다도 더 오래된 곳이겠는데. 문서상으로 백 년, 이백 년 거슬러 올라가면 고코인 일대가 전쟁터가 된 적이 몇 차례 있거든. 그 동굴 감옥도 과거에는 성채의 일부였을 테지."

　"포로를 가둬두었을까요."

　"그보다 무기나 화약, 식량 저장고가 아니었을까. 예전 지도에 산을 넘는 길이 기입돼 있으니까."

　진쿄 호 주위를 찾아보면 그런 곳이 더 있을지 모른다고 했다.

　"미에의 둑을 건설했을 당시 토목청 주재소는 호수 남쪽 높은 지대에 있었다 하더군. 그 토대도 남아 있다는 말을 들은 적이 있어."

　직무에 쫓기는 소이치로와 이런 식으로 긴 시간 이야기하는 것은 오랜만이었다. 한주로는 이 자리에 다키도 같이 있으면 좋았을 텐데 하고 생각하지 않을 수 없었다.

"저는 이제 고코인으로 돌아갈 겁니다. 형이 새까맣게 타서는 건강하시더라고 다키 님께 전하겠습니다."

"괜한 소리는 하지 마라. 다키가 집 생각이 나서 소임을 게을리하면 안 되니까."

"엄한 오라버니이신데요."

헤어질 때 소이치로는 실이 끌어당긴 것처럼 갑자기 눈을 돌려 한주로를 쳐다봤다.

"한주로, 너는……."

그 뒤에 이어진 물음에 한주로는 눈을 깜박였다.

"가게마와리로 일하는 것이냐."

가게마와리(陰廻)란 비밀리에 활동하는 첩자를 말한다. 지역과 번에 따라 호칭이 달라 가기아시(嗅足), 슷파(素破)라고 부르는 곳도 있지만, 기타미 번에서는 번주와 중신들의 경비 및 경계를 맡는 자부터 막부 및 다른 번과의 외교와 관계되는 탐색 임무를 맡는 자에 이르기까지 하나로 묶어 '가게마와리'라고 한다.

가게마와리는 신원이 밝혀지면 쓸모가 없는지라 누가 그 일을 하는지 같은 집안 사람도 알지 못한다. 실력 있는 가게마와리가 대외적으로는 다른 임무를 맡고 있어도 이상할 것 없거니와, 한주로처럼 관직이 없는 젊은이가 사실은, 하는 일도 있을 것 같다. 그렇기에 소이치로가 그런 추측을 하는 것도 무리는 아니었다.

"아쉽지만 아닙니다" 한주로는 웃었다. "다만 형의 추측이 적중했어도 그렇다고 대답할 수 없는 게 가게마와리 아닙니까."

"음, 맞는 말이다."

소이치로도 정말로 진지하게 물은 것은 아닌 듯 표정은 여전히 누그러져 있었다.

"내가 알기로는 가가미 가도, 다지마 가도 가게마와리의 소임과는 전혀 연이 없어. 그렇지만 너라면 안성맞춤이다 싶어 잠깐 놀려본 것이야."

"저는 그저 아버지의 분부를 받고, 아니, 분부가 없었어도 그랬을 겁니다만, 아무튼 누나를 지키기 위해 일하는 것뿐입니다."

다키를 '누나'라고 부르는 것도 오랜만이라 낯간지러운 기분이 들었다.

"알았다. 오라비가 돼서 면목 없다만 다키는 네게 맡기마."

소이치로는 조금 더 할 말이 있는 것 같았다. 그러나 가가미 가즈에몬이 그랬던 것처럼 소이치로 역시 마음에 떠오른 말을 모조리 입 밖에 내는 성품이 아니었다.

"어서 가서 옷을 갈아입어야겠군."

"점잔 뺀 얼굴로 등성하기 귀찮지 않습니까? 형에게는 가타기누보다 진바오리*가 더 잘 어울리는데요."

"그러는 너야말로 가타기누에 좀이 쏠은 것 아니냐? 아니, 외숙모 님께서 그런 실수를 하실 리 없나."

"그럼요. 어머니가 들으시면 크게 꾸중하실걸요."

---

* 전쟁터에서 무사가 갑옷 위에 입던 하오리

한주로는 대문 앞에서 소이치로를 배웅했다.

소이치로와 다키의 어머니 가가미 사에가 쿠리야의 자손이라는 것. 미타마쿠리라는 불가사의한 기술을 구사하는 일족의 여자라는 것. 그 피를 이어받아 미타마쿠리에 관해서도 뭔가 지식을 전수받았을지 모른다는 이유로 다키가 고코인으로 불려 갔다는 것.

그런 사실을 소이치로는 평생 모를 것이다. 몰라서 문제될 것도 없다. 쿠리야가 멸하면서 미타마쿠리 기술은 사라졌고 다키는 아무것도 들은 게 없었다.

기타미 시게오키를 착란에서 구해내는 데에 사령을 부리는 미타마쿠리는 오히려 백해무익했다. 그런 무익한 일에 중점을 둔 나머지 결과적으로 자기 인생을 그르치고 시게오키에게도 불필요한 괴로움을 안겨준 어리석기 그지없는 이토 나리타카 즉 쿠리야 신쿠로는 사실 우리 사촌형이랍니다, 하고 알리지 않아도 돼서 오히려 후련했다. 잘된 일이다. 자, 이제 어서 고코인으로 돌아가자, 하고 생각했다가 멈춰 섰다.

고코인에서 도망친 신쿠로가 혹시 이번에는 가가미 소이치로를 찾아가지는 않을까. 소이치로가 임지에 있는 동안에는 접근할 방도가 없었겠지만, 지금은 성읍의 저택에 돌아와 있다.

사람을 써서 가가미 가를 망보게 해야겠다.

"아버지!"

큰 소리로 부르며 한주로는 자신의 이마를 찰싹 때렸다. 그런 중대한 점을 바로 알아차리지 못하는 나는 정말 돌대가리, 돌도 그냥 돌이 아니라 바위 대가리다.

　자조와 자기반성을 되풀이하며 고코인으로 돌아오니 그곳에서도 당황스러운 사태가 한주로를 기다리고 있었다.

　이 섬뜩한 우연의 일치는 뭔가.

　날이 완전히 저물어 안개 같은 가랑비가 부슬부슬 오고 있었다.

　오는 길에 산길에서 비를 맞은 한주로는 진흙투성이가 된 발만 대충 씻고 오리베에게 불려 갔다. 그리고 자신이 없는 동안 있었던 일을 알았다.

　시게오키와 '교대'하는 남자애의 이름은 고토네. 오리베에게 친근감을 보이고 다키를 따르며 '이치마쓰를 도와달라'고 부탁하는, 현명하고 사랑스러운 아이다. 그 아이의 영향으로 시게오키는 창살방에서 나왔다. 사태는 호전되는 듯 보였건만, 오늘 저녁 산책하고 오는 길에 호숫가에서 시게오키 안의 '여자'가 나타났다. 곁에 있던 다키를 힐책하며 덤벼들 듯한 기세로 느닷없이 출현했다.

　그때 다키는 얼마 전 스즈와 둘이 호수에 빠졌을 당시 이야기를 하고 있었다.

　"마침 다 함께 같은 장소에 있어서 내가 이야기를 꺼냈다. 그때는 간이 서늘해졌다고 말이야."

　"저도 부끄럽습니다만, 하고 웃으며 이야기했거든요."

　그러나 명백히 그 이야기를 계기로 시게오키 안에서 '교대'가 벌어졌다.

다키와 스즈가 잔교에서 굴러떨어질 만큼 놀란 것은 물속의 작은 백골 때문이었다. 여자는 그 이야기에 반응해 나타났다. 그리고 이렇게 말했다.

이곳에 빠지면 절대로 떠오르지 않는다고 들었는데.

아쉬워라.

큰나리가 그리워. 큰나리께서 노여워하실 거야.

한주로는 몸서리가 날 것 같아 어금니를 꽉 깨물었다.

바로 어제까지 내 돌대가리는 연기처럼 사라진 네 남자애 일로 꽉 차 있었다. 가슴이 아팠고 술렁거렸다.

그런데 봐라. 내가 없는 사이에 진쿄 호가 물속 깊이 가라앉아 있던 아이의 백골을 뱉어냈다.

언제 죽은 아이의 백골인지는 모른다. 두 수수께끼를 안이하게 연결시키면 안 되는지도 모른다. 하지만 완전히 연결시켜 생각하지 않을 수 있겠나? 전혀 무관한 사건이라고 단언할 수 있겠나?

더욱이 나리마님 안의 여자는 다름 아닌 큰나리와 더불어, 진쿄 호에 가라앉아 있던 백골의 임자, 어디 살던 누군지도 알 수 없는 불행한 아이의 죽음과 관계가 있는 것 같다. 여자의 입에서 쏟아져 나온 말은 어떻게 해석해도 그렇게 들렸다.

뭔가, 이 섬뜩한 우연의 일치는.

"다지마, 왜 그러느냐?"

몸서리는 참아도 뺨이 경직되는 것은 억누를 수 없었다. 오리베가 의아한 표정으로 물었다.

이런 중대한 문제를 이 자리에서 쉽게 털어놔도 되는 걸까. 네 남자애의 실종 사건을 좀더 확실하게 조사해 이 일치가 단순한 우연이 아니라고 확신할 수 있을 때까지 기다려야 하는 게 아닐까.

큰나리는, 곤보 후는 우리 가신들이 진심으로 경애하는 명군이다. 그런 큰나리의 이름을 더럽히는 무시무시한 의혹을 경솔하게 입에 올릴 수는 없다.

"실례합니다."

장지문 밖에서 목소리가 들리더니 시로타 의사가 나타났다. 하인인 미노스케를 거느리고 있었다.

"늦어서 죄송합니다. 이시노 님, 분부대로 미노스케를 데려왔습니다."

다키가 스르르 움직여 자리를 내주었다. 미노스케는 몹시 쩔쩔매며 위축돼 있었다.

"다지마 공, 돌아오셨군요."

가볍게 머리를 숙여 인사하는 의사도 한주로의 안색을 알아차린 듯했다.

"무슨 일 있으십니까? 땀이 심하게 나는데요."

"……호반에서 있었던 일을 듣고 다소 동요했습니다."

한주로는 휴지를 꺼내 땀을 훔쳤다.

"시게오키 님은 푹 주무시고 계십니다" 시로타 의사가 말했다. "만일을 위해 간키치에게 곁을 지키게 했습니다만, 아마 이대로 아침까지 주무실 겁니다."

"몸에 지장은 없으신가."

"다친 데는 없으십니다. 미열이 있는 것 같습니다만 호흡은 안정돼 있고 맥도 고르니까 걱정 없습니다."

다키가 전율하듯 가늘게 숨을 내쉬었다.

"다행이에요……."

"깨어나셨을 때 여전히 그 여자이실지, 시게오키 님으로 돌아와 계실지, 아니면 고토네가 되어 계실지. 어쨌거나 한 고비를 넘은 것 같습니다. 문제는……."

의사는 냉정한 눈으로 일동을 둘러봤다.

"시게오키 님과 '교대'한 여자가 저희에게 가르쳐준 일입니다. 그냥 들어넘길 수 없는 말을 외쳐댔으니 말이죠."

"그러게 말이네."

이시노 오리베의 이마에 깊은 주름이 패어 있었다. 저녁 이래로 뺨이 홀쭉해진 듯 보였다.

"그 말을 액면 그대로 받아들인다면, 그 여자는 모종의 형태로 큰 나리를 가까이에서 모셨고 여기 고코인에도 발을 들여놓은 적이 있는 것 같군. 그것도 한두 번이 아니게."

"그리고 과거에 직접 아이를 죽였거나 죽이는 장면을 봤고 시신을 진쿄 호에 빠뜨린 적이 있습니다."

시로타 의사의 시원스러운 어조는 냉정함을 넘어 냉철하기까지 했다.

"그것을 큰나리께서도 아셨다 이 말인가" 오리베는 중얼거리고는 낮게 신음했다. "나는 도무지 믿기지가 않는군."

"진실인지 아닌지는 아직 모릅니다. 이시노 님, 진정하십시오."

"……시로타 선생님."

다키가 기어들 듯한 목소리로 말했다.

"네."

"이제 와서 제가 이런 말씀을 드린다고 노여워하지 마세요."

다키의 눈에는 눈물이 맺혀 있었다.

"저는 그게 역시 사령이 아닌가 생각이 듭니다. 그 여자는 나리마님께 붙은 원령이 아닐까요."

너무나도 무서웠다.

"쿠리야 신쿠로가 나리마님의 그런 모습을 보고 이 세상 것이 아니라고 믿은 기분을 이제 알 것 같습니다."

오리베는 입을 열지 않았다. 한주로는 얼굴을 들지 못했다. 미노스케는 방구석에서 딱 벌어진 어깨를 움츠리고 앉아 있었다.

"그렇다면 여쭤볼까요. 다키 님, 그게 원령이라면 왜 시게오키 님께 붙는 걸까요."

다키는 손가락으로 눈가를 눌렀다.

"사랑해서가 아닐까요."

"네, 보기 흉할 만큼 노골적으로 큰나리를 그리워하고 '작은나리는 아무에게도 못 준다'라고 외쳤죠. 그 말만 들으면 분명히 사랑 때문에 붙은 것처럼 보입니다. 하지만 한편으로 자신과 큰나리가 손을 잡고, 또는 큰나리의 명에 따라 저지른 악행을 폭로했습니다."

"선생님!" 한주로는 저도 모르게 소리쳤다. "큰나리의 악행을 폭로하다니, 그런 말을 경솔하게 입에 담으시면 안 됩니다. 선생님도 번의 가문분 아닙니까."

시로타 의사는 꿈쩍하지 않았다.

"저는 사실을 검토하고 있는 것뿐입니다. 번의 가문 사람이든 아니든 눈앞의 사실은 달라지지 않습니다."

한주로는 또다시 식은땀이 왈칵 쏟아져 얼굴이 화끈 달아올랐다.

"이렇다 할 근거도 없이 곤보 후의 유덕에 상처를 입히는 것은 역신입니다!"

"근거가 있는지 없는지는 아직 모릅니다. 진실인지 아닌지도 모릅니다. 하지만 고인의 유덕을 방패로 보고 싶지 않은 것을 덮어버리려는 다지마 공이야말로 무사의 바람직한 모습을 잊은 게 아닙니까?"

"뭐라고?"

"다지마, 그만해라."

이시노 오리베는 큰 소리를 내지 않았다. 그러나 온화하면서 심지가 강한 목소리는 버드나무가 쌓인 눈을 털어내듯 어지러운 분위기를 단번에 바로잡았다.

"선생도 조금 말을 삼가는 것이 좋겠군."

"죄송합니다. 저는 그저…… 어떻게서든 시게오키 님을 지금 같은 고통에서 구해드리고 싶습니다. 저는 일개 의사에 불과합니다. 시간을 거슬러 올라가지 못하고, 죽은 이와 소통하는 불가사의한 기술도 없습니다. 의료에는 의료의 이치가 있어서 의사는 그에 따라 사물을 판단할 뿐입니다. 그렇게 해서 논리적으로 생각하면, 다키 님과는 정반대로 저는 시게오키 님의 행동은 결코 사령 탓이 아니라는 생각이 들거든요."

"이유가 무엇인지요?"

의사는 다키의 눈을 빤히 응시하며 대답했다.

"그 여자가 부르짖은 말은 제 귀에는 **고발**로 들렸기 때문입니다."

그게 사령이고 여자의 말대로 아이를 죽여 시체를 호수에 빠뜨린 적이 있다면…….

"왜 자진해서 그것을 **실토**할까요. 저희는 아무도 몰랐던 일인데요."

백골이 발견되면서 까마귀 둥지에 들어 있던 작은 뼈를 고가 떠올렸다. 고로스케 할아범에게 묻자 미에의 둑을 쌓았을 때 제물로 바쳐진 사람의 뼈일 것이라고 대답했다.

고코인 사람들은 그 이상 캐려 하지 않았고 생각도 하지 않았다.

"그 여자가 나타나 소란을 피우지 않았다면 다들 아무것도 몰랐을 겁니다."

여자는 누가 옛날 일을 들추려 하느냐고 부르짖었다. 하지만 아무도 그런 일은 하지 않았다. 여자가 죄를 감추고 싶었다면 나타난 것 자체가 긁어 부스럼이었던 것이다.

속은 펄펄 끓고 귀에서는 뜨거운 바람이 뿜어져 나오고 얼굴은 활활 타오르며 식은땀이 줄줄 흘렀다. 그러나 한주로는 분하지만 시로타 의사의 말에도 일리가 있다고 생각했다.

그렇다. 아무도 몰랐고 아무것도 의심하지 않았다. 한주로도 성읍으로 돌아가 센치쿠를 만나지 않았다면, 진쿄 호에 가라앉아 있던 백골 따위 합장하며 측은하게 여길지언정 그 이상 깊이 생각하지는 않았을 것이다. 과거 제물로 바쳐진 사람의 시체라는 말에 납득했을 것이다.

"다른 누군가가 아니라 시게오키 님께서 폭로하고 고발하고 계신 겁니다."

"그렇다면 작은나리는 진실을 알고 계신다는 말인가."

오리베의 얼굴이 고뇌로 일그러졌다.

"적어도 시게오키 님께서 진실이라 생각하시는 사실은 파악하고 계실 테죠."

에잇, 뭐가 이렇게 복잡한가. 한주로는 주먹으로 땀을 훔쳤다.

"그럼 확신하시는 바를 말씀하시면 되지 않습니까."

"그럴 수 없으니까 고토네나 그 여자가 있는 겁니다."

"왜지?"

"너무나도 두려운 일이라 그 일이 밝혀지는 것을 수치스럽게 여기시기 때문이겠죠."

그렇기에 시게오키는 '다른 사람'의 입을 빌리는 것이다.

"추측컨대 그 여자는 완전히 거짓으로 만들어낸 존재는 아닙니다. 실제로 큰나리를 곁에서 모시면서 고발된 일에 가담한 여자가 있었던 겁니다. 시게오키 님은 그 여자의 모습을 빌리고 있다, 똑같이 흉내 내고 있다고 보셔도 될 것 같습니다."

그 여자는 누군가.

"호반에서 이렇게 소리쳤지."

틈새 사람은 다들.

"틈새는 그 틈새를 말하는 것일 테지."

오리베는 어두운 빛이 서린 퀭한 눈으로 미노스케를 바라봤다.

"가게마와리의 별칭이다. 가게마와리에 관해서는 가게마와리에게 묻는 것이 빠르지. 미노스케, 너는 가게마와리지?"

좌중의 주목을 받고 더욱 움츠러들까 했더니 미노스케는 허리를 펴고 똑바로 앉았다. 그러자 표정도 달라졌다.

쪽빛 제복 저고리를 입고 평민식으로 상투를 틀고, 손톱에는 흙이 끼고 거친 손 곳곳에 못이 박힌 부지런한 하인의 모습은 변장이었다. 이 남자는 본래 무사라는 것을 한주로는 확신했다.

미노스케는 자세를 바로 하고 오리베에게 절했다.

"말씀대로 저는 가게마와리 중 한 사람입니다. 수석 가로 와키사카 가쓰타카 님의 명을 받들어 시게오키 님의 신변을 지키기 위해 왔습니다."

시로타 의사가 물었다.

"이시노 님은 알고 계셨습니까?"

"아무 말도 듣지 못했네. 다만 가끔씩 미노스케의 행동거지를 보다 보니 그렇지 않을까 싶더군."

대단한 눈이다. 한주로는 조금도 눈치채지 못했다.

"애초에 선생이 지코료에서 데려온 간키치를 빼면 나머지 하인은 셋 다 가게마와리여도 이상할 것 없지. 이곳은 그런 곳이다."

"그렇군요. 정말 그런가?"

의사는 이번에는 미노스케에게 물었다. 미노스케는 침착하게 대답했다.

"그 질문에는 대답할 수 없습니다."

"모르는 게 아니라 대답할 수 없는 건가."

"저는 미노스케 씨가 에도에서 생활한 적이 있지 않을까 스즈와 이야기한 적이 있어요."

다키가 놀라 눈을 크게 뜬 채 말했다. 여기에는 미노스케도 허를 찔린 듯 눈썹이 약간 꿈틀했다.

"맡은 임무에 따라 어디든 가고 어디서나 생활합니다만……."

다키는 생긋 웃었다.

"전에는 장인이셨을지도 모른다고 아무렇게나 짐작해서 말해본 것뿐이랍니다."

"그보다 문제는 '틈새'입니다" 시로타 의사가 먼저 하던 이야기로 돌아갔다. "이시노 님은 가게마와리의 별칭이라고 하셨습니다만 저는 들어본 적이 없군요."

한주로도 처음 들었다.

"예전 호칭입니까?"

"선생도 다지마도 모를 줄이야. 틈새란 아케노 영 가게마와리의 호칭이네."

아케노 영은 기타미 번과 떨어져 있는 영지로, 기타미 가 일문이 다스리는 곳이다.

"일문에서 부리는 가게마와리군요."

은밀히 활동하는 첩자인 것이다. 한주로는 소름이 끼쳤다. 평범한 여자가 아니라면 천진난만한 아이 한둘쯤 쉽게 납치할 수 있을 것이다. 흔적도 없이, 흡사 덴구의 소행인 것처럼.

"그것만이 아니다. 그렇지, 미노스케?"

오리베의 말에 미노스케는 한주로 쪽을 돌아봤다. 이미 하인의 시선이 아니었다.

"틈새는 기타미 번이 아니라 기타미 가를 섬깁니다."

"그 두 가지가 무슨 차이입니까?"

달라봤자 의미가 없다. 한주로 생각에는 그랬다. 그런데…….

"큰 차이가 있습니다, 다지마 공."

시로타 의사가 즉각 말했다.

"틈새는 기타미 번이 아니라 기타미 가를 위해 움직입니다. 그렇기에 기타미 가 일문의 안정된 지배와 번영을 뒤흔들 모든 동향을 경계하고 그것이 나타나면 제거하는 것이 그들의 목적입니다."

그럼 그들의 눈은 무엇을 감시하나.

"기타미 가의 내정, 우리 가신들의 움직임이겠죠. 무엇보다도 두려워해야 할 것은 내부의 모반, 전복이니까요."

"선생님 말씀이 맞습니다. 틈새에게는 기타미 번 가신 모두가 감시 대상입니다. 와키사카 님이나 이시노 님 같은 중신분들부터 일개

하급 무사에 이르기까지 신분을 가리지 않습니다. 물론 우리 가게마와리도 예외는 아닙니다."

"제거한다는 말씀은……."

다키가 목소리를 낮추고 물었다.

"목숨을 앗는 경우도 있다는 의미입니다."

미노스케가 태연하게 대답했다.

"우리 가게마와리는 분부를 받으면 자객이 될 각오도 돼 있습니다. 틈새도 마찬가지겠죠."

다키는 눈을 가늘게 떴다.

"이토 나리타카는 용케 무사했군요……."

"그래. 만약 연금이 실패했다면 그자의 목도 위태로웠을 테지. 허나 그 전에 오히려 신쿠로는 작은나리의 병환이 발각되지 않도록 애씀으로써 기타미 가의 체면을 지켰으니 말이다. 게다가……."

오리베는 말하다 말고 주름진 얼굴을 찡그렸다.

"일문에게 우리 늙은 네 가로는 충의를 아는 가신의 대표인 동시에 성가신 존재이기도 하지. 우리 권세가 너무 커지는 일이 없도록 가신과 대항하는 세력을 만들어두어도 이상할 것 없다."

"그럼 일문에서 신쿠로를 밀어준 겁니까?"

"그래봤자 어차피 장기짝이다. 세력 다툼에 이용되는 장기짝에 불과해. 신쿠로도 이용할 만큼 이용하고 버리지 않았느냐."

"틈새가 그런 존재라면 그 여자는 다른 사람을 통하지 않고도 자유롭게 큰나리께 접근할 수 있었겠군요."

시로타 의사가 팔짱을 낀 자세로 생각에 잠긴 채 중얼거렸다.

중요한 문제는 그쪽이다.

"큰나리도 직접 대면하셨을 테죠."

그림자처럼, 어둠처럼. 가게마와리조차 감시하는 '틈새'는 기타미가 일문에게만 충성을 바치고 그 외 사람들 눈에는 보이지 않는 존재다.

"잔교에서 그 여자가 이렇게 소리쳤지. '내 몸에 손을 대도 되는 사람은 큰나리뿐이야.' 내가 맞게 기억하는 건가?"

"예, 맞습니다. 그다음의 '틈새는 모두'는 울음소리에 묻혀 중단되고 말았습니다만, 앞부분은 똑똑히 들렸습니다."

"미노스케를 더러운 놈이라 부르고 '내 손에 죽고 싶어?'라고 욕설을 퍼부은 것도 틈새라는 자부심과 오만 때문인가."

의견을 주고받는 의사와 미노스케, 오리베. 잠자코 그것을 지켜보는 다키. 네 사람의 얼굴에는 똑같은 표정이 떠올라 있었다. 혐오감이다.

"다시 말해 이런 이야기겠죠." 시로타 의사의 눈에 어두운 빛이 서렸다. "시게오키 님 안에서 나타나는 그 여자는 틈새이자, 신분을 뛰어넘어 큰나리의 측녀가 된 여자인 겁니다."

"번에서 인정받은 측실은 아니네." 오리베가 말했다. "큰나리는 비후쿠님과의 사이에 자녀분이 좀처럼 태어나지 않아 번에 측실 둘을 두셨던 시기가 있었네만."

한 명은 일 년 못 되게, 또 한 명은 삼 년 남짓 나리오키를 섬겼다.

"결국 둘 다 아들을 낳지 못해 정식으로 영지 마님이 되지는 못했지."

그러다가 시게오키가 태어났다.

"이 두 측실은 신원이 확실하네. 조금이라도 틈새와 연관이 있을 혈통의 여자가 아니야."

"그 여자는 세 번째 여자인 겁니다. 지금까지 알려지지 않았던 측녀죠."

나리오키의 정실 비후쿠인은 시게오키 밑으로 작은아들 쓰구요시, 그 밑으로 딸을 낳았다. 삼남매는 에도 번저에서 사이 좋게 자랐으나, 딸은 어렸을 때 혼처가 정해져 집을 떠나 시가에서 정혼자와 함께 자라게 됐다. 쓰구요시도 열한 살 때 다른 가문에 양자로 들어갔다.

쓰구요시는 시게오키 다음으로 번주가 될 자격이 있는 나리오키의 직계다. 그렇기에 호칭도 '쓰기'*였다. 일반적으로 그런 입장에 있는 아들이 일찌감치 다른 가문에 양자로 가는 일은 흔치 않지만, 쓰구요시의 경우는 비후쿠인의 친가인 다이묘 가문의 분가에서 요청했고 비후쿠인이 강력하게 원해서 이루어졌다.

그렇게 되면 기타미 나리오키의 직계 후계자는 시게오키 한 명이 된다. 비후쿠인이 아들을 더 낳으면 경사스러운 일이겠지만 나이를 생각하면 쉽지는 않을 것이다. 그 때문에 영내에서 '나리께서 다시

* 후계자를 의미

측실을 맞으시도록 하자'라는 움직임이 등장했다.

그러나 나리오키가 받아들이지 않아, 그 뒤 참근 교대로 인해 반 년 주기로 영지를 비우는 다이묘답지 않게 측실을 한 명도 두지 않았다. 비후쿠인 때문이라는 설이 있는가 하면, 당시 이미 일문 내에 나리오키 다음에는 다른 집안에서 번주를 내야 한다는 강력한 의향이 있었다는 설도 있었다. 나리오키에게 이제 자식이 태어나지 않아도 된다, 시게오키에게 만에 하나 무슨 일이 생긴다 해도 후계자는 있다, 그런 의향을 무시할 수 없었다는 것이다. 나아가 이와 관련해서 비후쿠인이 쓰구요시를 친가의 분가로 보낼 것을 강력하게 희망한 것도, 실은 일문에 의한 유형무형의 압박에 질려 시게오키는 어쩔 수 없다 처도 '후계자'는 놓아주자고 생각했기 때문이라는 관측도 있었다.

이런 이야기를 한주로는 가쿠베에에게서 종종 들었다. 추악한 것 같지만 기타미 가에도 일족의 내홍이 있고 서열과 권력 다툼이 있다. 일족 중 어느 혈통이 기타미 번이라는 본성(本城)을 차지할 것인가. 일문 중에는 아케노 영이라는 외성(外城)에 갇힌 채 다이묘가 되지 못하고 일생을 마치는 기타미 가 남자가 여럿 있다.

시로타 의사의 말을 빌리자면 이 '세 번째 여자'는 그런 제반 사정의 결과 나리오키의 측실이 부재했던 시기에 있었다.

번주가 은밀히 여자와 관계하는 일은 보통 있을 수 없다. 숨길 필요가 없기 때문이다.

그러나 이 경우는 특수하다. 공개적으로 측실을 두고 싶지 않은 사정이 나리오키 쪽에 있는 데다 여자는 '틈새'였다. 성가신 절차를 밟아 측실로 삼지 않아도 여자는 언제든 나리오키를 곁에서 모실 수 있었다. 기타미 성이 됐든 에도 번저가 됐든, 아니면 나리오키가 행차한 곳이 됐든 자유롭게 드나들고 아무도 모르게 시간을 보낼 수 있었을 것이다.

그렇기에 여기 고코인에도 온 것이다.

한주로는 등골이 오싹했다.

여자는 말하지 않았나. 이곳에 다시 와보고 싶었는데 와봤더니 슬프기만 하네요.

여자는 고코인에서 큰나리와 함께 시간을 보낸 적이 있는 것이다. 잔교에 서서 진쿄 호의 푸른 물을 바라본 적도 있었다.

호수가 깊은 것을 믿고 '절대로 떠오르지 않는다'는 이유로 어린 애 시체를 빠뜨렸다.

그렇건만 십 년, 이십 년이 지나 진쿄 호는 여자를 배신하고 물속에서 작은 유골을 뱉어냈다. 그렇기에 여자는 이성을 잃고 외친 것이다. **큰나리께서 노여워하실 거야.**

평범한 여자가 아니다. 수련을 쌓아 필요하면 자객이 될 수도 있는 실력을 가진 위험한 여자였다.

성읍에서 남자애 네 명이 사라졌다.

이건 이미 단순한 우연의 일치가 아니다.

"다지마, 안색이 형편없구나."

오리베의 목소리에 한주로는 몸서리를 치며 정신이 들었다. 또 얼굴에 땀이 흥건했다.

다키가, 시로타 의사가 놀람과 걱정이 어린 시선으로 바라보고 있었다.

"죄송합니다. 미노스케 공에게 묻고 싶은 것이 있습니다만."

한주로는 식은땀을 닦지도 않고 미노스케를 쳐다봤다.

"진쿄 호에서 발견된 아이의 유골에 대해 짚이는 데가 없으십니까?"

"그게 무슨 말씀이신지?"

"즉각 떠오르는 사건은 없습니까? 어제오늘 일이 아니라 대략 십팔 년 전부터 십일 년 전 한여름 사이에 성읍에서 벌어진 사건입니다만."

미노스케는 곤혹스러운 표정이었다.

"저는 임무를 위해 기타미 영에 없을 때도 많았던 터라……."

그 말만 들으면 충분했다. 기타미 성을 중심으로 하는 가신들과 성읍의 서민들 사이에 이렇게 거리가 있다. 눈인 센치쿠가 잊지 못하는 남자애들 실종 사건을 가게마와리인 미노스케는 심지어 알지도 못했다.

알았다면 막을 수 있었을지도 모르는데.

한주로는 신음하듯 말했다.

"네 명이나 되는 아이를 그 여자가 죽여 십중팔구 진쿄 호에 빠뜨렸을 겁니다. 어쩌면 더 있을지도 모르죠."

"다지마, 무슨 말이냐."

한주로는 소리가 날 만큼 어금니를 꽉 깨물어 마음을 다잡고는 성읍에서 조사한 사실을 전부 이야기했다. 개처럼 냄새를 맡고 다녀 알아낸 것을 전부.

노여움에 숨이 차오르고 공포에 숨이 막혔다. 한주로를 뒤흔드는 격정이 그 자리에 있던 일동에게도 번지는 것을 알 수 있었다.

"그 여자는 악마입니다!"

언성을 높여 내뱉듯 말했을 때 다키가 살며시 한주로의 팔에 손을 얹었다. 그것으로 깨달았다. 나는 화가 났다. 떨고 있다. 두려워하고 있다.

그리고 울고 있었다. 얼굴을 적시는 것은 땀만이 아니었다. 눈물도다.

"큰나리는 어째서 그런 여자를 총애하셨을까요."

기타미 번에 사는 사람들의 신망을 받고 명군으로 숭앙받던 분이.

"왜 그 여자의 소행을 덮어주셨을까요."

여자는 잔교에서 울부짖었다. 누가 옛날 일을 다시 끄집어내려 하느냐고. 긴 세월 속에 깊숙이 파묻힌 공포를.

아아, 그때는 즐거웠지.

이 여자는 큰나리와 함께 있으면서 행복했던 것이다. 아이의 시체를 감춘 진쿄 호에 얼굴을 비추면서도 조금도 부끄러움이 없었다.

용서할 수 없다.

"십일 년 전 여름 없어진 고키치라는 남자애와 관련해서는, 사건을 의심해 조사하던 청과 시장의 쇼고로라는 눈이 같은 해 말에 부인과 함께 변사했습니다."

당시에는 버섯을 먹고 식중독에 걸렸다고 했지만, 주위 사람들의 기억을 들춰보니 식중독이 맞느냐고 의혹을 품은 사람들이 있었다.

"입을 막기 위해 죽였을지도 모릅니다. 여자 자신의 소행인지, 여자를 감싸고 지키려 한 힘이 있었는지."

그 '힘'은 눈의 움직임을 파악하고 그것을 쉽사리 막을 수 있을 만큼 컸다.

"나아가 십삼 년 전 없어진 방물 상점의 외아들과 관련해서는, 슬픔에 빠진 어머니가 자살해 장례를 치르느라 분주하던 때 부엌 뒷문으로 누가 신발을 던져넣는 일이 있었습니다."

신발은 사라진 아들 것이었다. 동네 사람들은 아들을 납치한 덴구가 어머니를 가엾이 여겨 최소한 신발만이라도 돌려준 것이라고 수군거렸다 한다.

"이것도 그 여자가 한 일이라 봐도 이상할 것 없습니다. 가엾이 여겼는지, 더 놀라게 해주려는 속셈이었는지는 알 수 없습니다만."

한주로는 고개를 떨구고 치미는 분노와 비탄을 삼켰다.

"어쨌거나 인간의 소행이 아닙니다."

"……사정은 아직 알 수 없습니다" 시로타 의사가 조용히 타이르듯 말했다. "우리가 이성을 잃고 흥분하면 안 됩니다. 다행히 서두르지 않으면 지금 당장 누군가의 목숨이 위태로운 상황은 아니니까요."

그렇다. 사건은 과거의 것이다. 그게 완전히 풍화되지 않은 것은······.

시게오키 님께서 병드신 덕분이다.

병이 드는 것으로 고발해주었기 때문이다.

새로운 인식에 한주로는 놀랐다. 눈이 번쩍 뜨인 기분이었다.

몸을 꿈틀하며 고개를 들었다가 다키와 눈이 마주쳤다. 곧바로 깨달았다. 다키도 같은 생각을 하고 있었다.

오 년 전 에도 번저의 내실에서 시게오키는 아버지 나리오키를 죽였다. 완전히 분별을 잃고 '꼴좋다'라고 태연히 말했다고 한다.

그 참사의 근원에도 실은 이 여자가 얽혀 있지 않을까.

시게오키는 알고 있는 것이다. 모든 비밀을, 악행을. 그렇기에 두려워하고 수치스러워하고, 그래도 진실을 폭로하려고 '교대'라는 수를 쓴 것이다.

참으로 고통스러운 용기의 발로 아닌가.

다키가 바들바들 떨며 속삭였다.

"시게오키 님은 고발해야 할 문제를 어떻게 아셨을까요?"

그렇다. 어떻게 안 건가. 어떤 경위로 그런 처지가 된 건가.

다키가 견디지 못하고 무심결에 입을 놀렸다.

"혹시 시게오키 님도 살해당한 아이들처럼 무슨 끔찍한 일을······."

"잠깐 기다리십시오, 다키 님. 너무 앞서 나가면 안 됩니다."

"아이들이 납치되어 살해됐다 해도 아직 이유를 모르지 않느냐."

"아이를 납치해서 죽이는 것에 무슨 온전한 이유가 있겠습니까!"

다키는 눈물 어린 눈으로 목소리를 꺾어가며 말했다.

"말씀대로 온전한 이유는 있을 수 없습니다."

시로타 의사는 냉정하다 못해 냉혹할 정도로 담담하게 대답했다.

"온전하지 못한 이유밖에 없죠. 다키 님은 상상도 할 수 없을 만큼 사악하고 몹쓸 이유입니다. 어디 말해볼까요?"

다키는 두 손으로 얼굴을 가렸다.

"한 걸음씩 나아가며 하나씩 풀어야 합니다. 우선 그 여자가 누군지 조사해봅시다. 아직 살아있다면 다행이죠. 본인을 잡아다 실토하게 하는 게 가장 확실합니다."

물론 맞는 말이지만 이 선생은 제일 힘든 일을 참 쉽게 말한다.

"이렇게 되면 와키사카 님께 상황을 털어놓고 조력을 청하는 수밖에 없군."

"큰나리의 측녀에 관한 일인데 수석 가로인 와키사카 님보다 오히려 가정 가로인 무토 님 쪽이 낫지 않겠습니까?"

"일문의 직속이라지만 틈새도 가게마와리인 것은 틀림없습니다. 성대 가로께서 뭔가 아시지 않겠습니까?"

의사와 미노스케가 제각각 말하는 것을 오리베는 손짓으로 제지했다.

"이 까다로운 문제에 관해 내가 믿을 수 있는 사람은 긴노스케 공뿐이네. 이 일은 내게 맡겨주겠나. 그보다 미노스케, 자네는 에도로 가주겠는가. 창피한 말이네만 나는 그런 여자에 대해 아는 바가 전혀 없군."

에도 가로로서 나리오키를 섬기며 기타미 번 에도 번저를 관리했던 이시노 오리베는 나리오키를 가까이에서 모시는 그 여자의 존재를 알아차리지 못했다.

"여자가 영내를 벗어날 수 없어 큰나리가 출부하신 동안에는 접근하지 않았기 때문이라고 생각하고 싶다만."

오리베는 그렇게 말하더니 고개를 가볍게 내저었다.

"그런 것은 헛된 기대에 불과할 테지. 내가 눈뜬장님이고 틈새인 여자가 한 수 위였던 것이 틀림없어. 그렇다 해도 다소 변명 같은 소리다만 그 여자가 에도 본저에 출입한 적이 있다면 아무리 내가 눈뜬장님이라도 본 적이 있을 것이야."

"별저가 수상하군요."

기타미 번의 에도 번저는 두 군데 있다. 우에노 신쿠로몬 정에 있는 본저와 하라주쿠 촌에 있는 별저다. 장소만 봐도 뚜렷이 알 수 있듯이 공저인 본저에 반해 별저는 사저라 할 수 있다. 별저는 다이묘와 가족이 말 그대로 '예복을 벗고' 편히 쉬는 장소로, 사람들의 출입에 대한 감시도 느슨하다. 실제로 밀통이나 도박 등 풍기 문란과 불상사도 간혹 생겨 익명 풍자시의 소재가 될 정도다.

"큰나리가 번주로 계시던 때 이 일련의 사건과 일치하는 십팔 년 전부터 십일 년 전까지 내 아랫사람으로서 에도 별저를 관리하던 것은, 원래 고난도였던 고데라 센노스케라는 사람이네. 지금은 소식을 모르겠군. 내 아들 나오지로가 취임하면서 고데라는 은거해 에도에 남았어. 고데라 가에서는 현재 센노스케의 아들이 고난도로 있다만 센노스케의 소식은 들은 적이 없네."

"그럼 찾아내겠습니다."

"부탁한다. 나오지로에게도 서한을 쓸 테니 그놈의 지혜도 빌리고. 그리고 다지마."

오리베는 한주로를 향해 돌아앉았다.

"너는 계속해서 네 사내애들에 관해 알아보는 동시에 이즈치 촌에 관해서도 조사해라."

두 일은 역시 관련이 있다.

"이즈치 촌의 쿠리야 일족도 청과 시장의 눈 부부와 마찬가지로 입막음을 당한 것이 틀림없다. 일련의 사건이 그저 우연히 겹쳤을 것 같지는 않구나."

한주로도 동감이었다. 결국 기타미 시게오키의 착란과 이즈치 촌의 참극은 이어져 있다고 볼 수밖에 없어졌다.

다만 쿠리야 신쿠로가 믿었던 줄거리와는 다르다. 신쿠로는 미타마쿠리로 어떤 비밀을 알고 말았기 때문에 쿠리야가 몰살당했고 원한을 품은 사령이 시게오키에게 붙었다고 생각했다.

하지만 그게 아니다. 쿠리야도 기타미 시게오키도 같은 비밀을 접해 같은 어둠에 집어삼켜진 희생자다. 쿠리야 사람들은 이미 죽어 아무 말도 할 수 없지만 시게오키는 살아 있다. 그리고 기이하고 고통스러운 방법을 써서 필사적으로 그것을 고발하려 하고 있다.

나리마님은 무슨 일을 당하신 건가. 무엇을 보고 무엇을 들으신 건가.

기타미 시게오키 본인은 말로 표현할 수 없는 공포와 수치란 무엇인가.

"고로스케는 지금 여기에 있느냐?"

오리베가 묻자 미노스케는 자신 없는 표정을 지었다.

"아침에 정원에서 봤습니다만 그 뒤로는…….”

"있으면 지금 바로 데려오겠나. 없으면 날이 밝기를 기다려 위사들에게도 전해 같이 분담해서 찾아라. 큰 소리로 부르면 들릴 테지. 고로스케에게 물어야 해. 고코인 안에서 벌어진 일이라면 고로스케가 가장 잘 알 것이다. 큰나리께서 이곳에서 지냈을 당시에 관해 물어보고 싶군."

"그 할아범에게 그만한 지혜가 있을까요?"

"그것은 물어봐야 알겠지."

한주로도 함께 고코인 안을 찾아다녔으나 고로스케는 없었다. 이야기는 뒤로 미뤄지게 됐다.

한주로는 촛대를 들고 고코인 밖의 어둠을 응시했다. 가을비가 지붕을 때리고 숲을 적시고 진쿄 호에 쏟아졌다.

저 호수에 적어도 세 구의 아이 시신이 가라앉아 있다.

백골이 발견된 잔교 옆 물풀이 우거진 곳에 잠수해서 조사할 수 없나? 진쿄 호는 용수가 수원이니 어느 정도는 물이 일정한 경로로 흐를 것이다. 아이의 유골 같은 가벼운 물체가 떠내려갈 만한 장소를 추측할 수는 없나?

그것도 고로스케 할아범에게 달려 있군.

하여간 어디로 간 건지. 한주로는 한숨을 쉬며 발길을 돌렸다가

문득 멈춰 섰다.

인기척이 느껴졌다.

돌아서서 훑어봤다. 아무도 없었다. 그러나 분명히 숨소리 같은 것이 느껴졌다.

천장을 올려다보고 밑을 내려다봤다.

한 발짝 옆으로 비켰다. 마룻널에서 삐걱 소리가 났다. 느슨해진 게 아니다. 경비를 위해 일부러 군데군데 삐걱거리도록 만들었다.

한주로는 가볍게 고개를 내저었다. 나도 흥분했나 보다. 이런 밤늦은 시간에 혼자 조바심을 친들 소용없건만. 얼른 자자. 잠이 오지 않더라도 누워서 휴식을 취해야 한다. 내일부터 할 일이 산더미 같다.

한주로는 복도를 떠났다. 촛불 불빛이 멀어지고 주위에 어둠이 돌아왔다. 가을비 소리만이 들렸다.

천장 한구석에서 달그락 소리가 났다. 아까 한주로가 올려다봤던 부분이다.

그 뒤로는 조용했다.

2

아침이 됐는데도 고로스케 할아범은 돌아오지 않았다.

비는 그쳐 색채를 띤 숲에 아침 해가 비쳤다. 땅이 질어진 정원 곳곳에 새들이 내려앉아 벌레를 쪼고 있었다.

"그러고 보면 한 이삼 일 전부터 얼굴을 못 봤지만 고로스케 할아범은 늘 그러니까요."

할아범은 왜 돌아오지 않느냐, 어디 간 것이냐 하고 난리를 치는 한주로에게 고는 약간 싫은 표정을 지었다.

"여기서는 저희가 신참입니다. 할아범은 할아범이 원하는 식으로 줄곧 이곳을 지켜왔을 테죠. 그게 문제가 된다는 말씀이시라면 더 일찍 그렇게 말씀해주셨어야 합니다."

거침없이 말하는 바람에 곁에서 스즈가 한주로의 눈치를 보며 파랗게 질렸다. 참 기특한 아이다.

"그건 그렇군. 내가 잘못했다. 고 네 말이 맞아. 스즈, 걱정할 것 없다."

하루가 시작되면 위사들도 하인들도 각자 할 일이 있다. 그래도 미노스케와 위사 한 명, 한주로까지 셋이서 찾으러 나가려고 하자 시게가 자기도 가겠다고 나섰다.

"저도 돕겠습니다."

"난부로 돌아간다면서?"

"조금 뒤로 미루겠습니다."

무두질한 가죽 같은 얼굴에서 표정의 변화는 찾아볼 수 없었지만 이 여자 말 장수도 어제저녁 잔교에서 벌어진 일을 목격했다. 혹시 오리베가 붙든 게 아닌가 생각했는데, 둘로 나뉘어 행동하기로 하고 호숫가로 내려가는 길을 걷기 시작하자 시게 쪽에서 먼저 말을 꺼냈다.

"저 따위가 주제넘은 일입니다만, 작은나리가 염려되어 떠날 수 없었습니다."

"그래…… 고맙군."

순서가 뒤바뀌었지만 다시금 서로 이름을 밝히고 인사했다. 시게는 괜한 말은 하지 않고 묻지도 않았다. 여자로 변한 시게오키의 광태를 보고도 '걱정'이라는 말로 그치고 캐묻지도 않았다.

"말씀을 듣기로 고로스케 씨라는 사람은 이곳의 터줏대감 같습니다만. 산도 숲도 그렇게 만만하지 않으니까요. 멋대로 돌아오지 않는 게 아니라 병이 나거나 다쳐서 꼼짝 못하고 있을 가능성도 있습니다."

"오오, 그렇군."

이상하게도 한주로는 시게를 처음 만나는 것 같지 않았다. 이 여자 말 장수의 분위기가 어딘지 모르게 익숙했다.

고로스케의 이름을 부르며 함께 숲속을 걷다가 깨달았다.

센치쿠를 닮았다.

다시 말해 신뢰할 수 있는 인물이라는 뜻이다.

미노스케와 위사는 호숫가를 따라 북쪽으로, 한주로와 시게는 남쪽으로 갔다. 덤불을 뒤지고 쓰러진 나무 너머를 살펴봤다. 큰 소리로 고로스케를 부르자 머리 위에서 마른 잎이 팔랑팔랑 떨어졌다.

"고로스케 할아범은 어딘가에 따로 거처가 있다고 하더군."

"숲에 익숙한 사람이라면 큰 나무의 구멍이나 동굴에서 지내기도 합니다만……. 잔교에 있었던 것 같은 오두막은 또 없는지요?"

다 쓰러져가건 지붕이 무너졌건 건물이 있으면 그곳도 거처가 된다고 했다.

한주로는 생각났다. 바로 어제 가가미 소이치로에게 듣지 않았나. 미에의 둑을 건설했을 때 썼던 토목청 주재소의 토대가 남아 있다고, 진쿄 호 남쪽 높은 지대라고.

"그럼 이 앞이군요."

서둘러 길을 따라 가자 높은 곳으로 올라가는 길과 호숫가 근처로 돌아서 가는 길로 나뉘었다. 말이 길이지, 짐승들 다니는 길이나 다름없었지만 시게는 머리 위를 빙 둘러보더니 말했다.

"가지를 친 흔적이 있는데요."

"할아범이 여기 있었다는 뜻이군. 좋아, 나는 여기로 올라갈 테니 시게는 호숫가 쪽으로 가주겠나? 이 부근은 곰은 가까이 오지 않는다는데 들개는 얼쩡거릴 때가 있다 하니까 조심하고."

"낮에는 들개가 나오지 않습니다."

한주로는 머리를 긁적이며 길을 올라갔다.

꽤 가파른 비탈이었는데 올라가면서 알았다. 진쿄 호와 미에의 둑 공사 전체를 둘러보기에 안성맞춤의 장소다. 호수 쪽에서 올라가려면 불편하지만 여기서 더 남쪽에 위치한 곳에서 자재를 운반하고 사람을 모으기에는 편리하다.

꼭대기까지 올라가자 "오오" 하고 탄성이 나왔다.

명백히 한 번은 사람의 손에 의해 정리됐던 곳이었다. 지금은 풀로 뒤덮이고 숲의 나무들이 바로 앞까지 다가와 있지만 기둥을 세웠던 흔적은 남아 있었다. 간밤에 내린 비로 물이 괴어 동그란 구멍이 분명하게 보였다. 하나, 둘, 셋.

건물의 잔해는 없었다. 불을 피운 흔적도 비를 가릴 멍석 한 장도 없으니 제 아무리 고로스케라도 여기서 밤을 보내지는 않았을 것이다. 잘못 짚은 것 같다.

기둥 자국과 자국을 연결해 보이는 범위에서 조금 떨어진 곳에 사람 머리만 한 크기의 돌이 쌓여 있었다. 당시 주재소의 자재 창고였나. 아니면 이곳에서 정밀한 돌 쌓기를 여러 차례 시험하며 모형을 만들었다 부수고 했던 걸까.

돌무더기는 두 개 있었다. 가까이에 있는 쪽은 대략 다다미 석 장 정도는 차지할 듯한 넓이에 높이도 한주로의 어깨까지 왔다.

그 뒤편에 있는 또 하나는 훨씬 작았다. 높이는 한주로의 허리에도 못 미치고 넓이도 다다미 한 장이 못 될 것 같았다. 이 또한 주재소가 있었을 때 베었을 것으로 보이는 나무 그루터기가 바로 곁에 드문드문 있었다.

문득 이상하다는 생각이 들었다. 돌무더기는 원래 앞쪽에 있는 하나만 있었던 게 아닐까. 뒤에 있는 것은 최근에 앞쪽 무더기에서 돌을 옮겨 쌓은 게 아닐까.

앞쪽 돌무더기 밑에는 들풀이 자라는데 뒤쪽 것에는 그게 없었다. 더 자세히 보니 뒤쪽 무더기가 쌓인 곳은 땅이 약간 내려앉아 있었다. 쌓은 지 얼마 안 되는 돌 밑에 어젯밤 빗물이 스며들어 흙이 씻겼나.

아니면 밑에 뭐가 있나.

땅을 파서 뭔가를 묻고 흙을 덮은 다음 그 위에 돌을 쌓았다. 다른 곳보다 땅이 무른 탓에 비가 내리자 내려앉고 말았다.

한주로는 불길한 생각이 들었다.

땅을 파서 뭔가를 묻고 얼마 지나 땅이 침하했다. 그런 일이 종종 일어나는 장소는 어디인가.

무덤이다.

시체를 묻는 곳이다.

한주로는 좌우 소맷자락을 허리띠에 끼우고 하카마를 걷어올린 다음 힘쓰는 일을 시작했다.

쌓여 있는 돌은 하나같이 단면이 매끄러웠다. 자연히 깎인 게 아니라 채석장에서 잘라낸 것이다. 테두리는 반듯해 쌓기 쉽게 돼 있었다. 십중팔구 미에의 둑에 실제로 쓰인 돌보다 작을 것이다. 어디까지나 모형에 사용된 돌인 것이다. 덕분에 한주로 혼자서도 들 수 있었다.

하나, 둘, 셋. 계속해서 빼냈다. 내려앉은 지면이 보였다. 검은 흙은 빗물을 흡수해 질었지만 그렇다고 맨손으로 그냥 팔 수는 없었다. 주위를 둘러보고 적당한 나뭇가지를 찾아와서는 두 손으로 잡고 땅에 꽂았다. 흙을 긁어내듯 해서 파헤쳤다.

푹.

심상치 않은 소리가 나면서 막대기에 느껴지던 저항이 사라졌다. 나뭇가지가 땅을 관통한 것이다. 구멍이 생겼다. 웅크리고 앉아 두 손으로 젖은 흙을 파헤쳐 구멍을 넓혔다.

냄새가 코를 확 찔렀다.

구멍 속에 치아가 보였다. 흙탕물에 더러워진 이. 아이가 아니라 어른의 턱이었다.

정신없이 흙을 파헤쳐 드러난 것을 보고 한주로는 온몸의 피가 거꾸로 치솟았다.

아직 완전히 백골이 되지는 않았다. 그래서 얼굴을 분간할 수 있었다.

쿠리야 신쿠로였다.

번 도장인 슈게쓰칸에서 한주로를 단련시켜준 창술 사범은 늘 이렇게 말했다.

창을 다루려 하지 말고 창을 따라라.

도검에 비하면 창은 훨씬 소박한 무기다. 긴 자루는 찔러서 공격하는 데 유리하고 자연스럽게 힘을 줄 수 있는 데다 여차하면 던질 수도 있다. 그런 특성을 충분히 활용하려면 쓸데없는 짓을 하지 마라. 창이 움직이고 싶어하는 대로 따라가기만 하면 된다. 창에 휘둘리지 않고 따라갈 수 있는 힘과 순발력을 갖춘 몸을 만드는 게 창술에 필요한 단련이다.

사범의 철저한 가르침이 순간적으로 한주로를 구했다.

뭔가가 허공을 가르며 날아온다는 것을 알아차린 순간 한주로는 옆으로 펄쩍 뛰었다. 진 땅을 굴러 일어서자, 날아온 것이 그가 빼낸 돌 중 하나를 때려 뱀처럼 스르르 감기나 싶더니 휙 빠졌다.

밧줄이다. 주재소 옛터를 둘러싼 숲의 어느 나무 위에서 누가 밧줄을 던진 것이다.

돌의 매끄러운 단면을 타고 미끄러진 밧줄의 매듭에서 돌이 쑥 빠지면서 허공으로 날아갔다. 한주로는 경악했다. 저게 목에 감겼다면 꼼짝없이 당했을 것이다.

쿵! 하고 돌이 떨어졌다. 한주로는 재빨리 옆으로 달려가 커다란 쪽 돌무더기 뒤에 숨었다. 돌 더미에서 대략 5, 6간* 떨어진 곳, 그루터기 바로 곁의 늙은 졸참나무 위에서 가지가 소리를 내며 잎사귀가 흩어졌다.

"누구냐!"

대답은 없었다. 숲이 술렁였다. 가지가 휘고 나뭇잎이 흩어졌다. 밧줄 임자는 가벼운 몸놀림으로 민첩하게 가지를 타고 이동했다.

한주로는 돌무더기 뒤에서 뛰쳐나와 방금 파헤친 쿠리야 신쿠로의 시신을 뛰어넘어 곧장 숲으로 달려갔다. 덤불에 뛰어들어 몸을 숨겼다. 직후에 방금 전까지 있던 곳에 밧줄이 날아와 허공을 가르고는 돌아갔다.

밧줄을 눈으로 쫓으니 무성한 가지와 잎사귀 사이로 어렴풋이 사람의 모습이 보였다. 작은 몸집에 구부정한 허리. 검고 말라빠진 팔다리. 물 빠진 저고리와 잠방이. 나뭇가지 위에 웅크리고 머리를 내

---

* '간'은 6자에 해당하는 길이단위로, 약 1.81818미터

밀어 두 손으로 밧줄을 감고 있었다.

모습으로 볼 때 달리 생각할 여지가 없었다. 그런데도 믿기지 않았다.

고로스케다.

처음 보는 기술은 아니었다. 위사들 틈에 섞여 순찰을 돌기 시작했을 무렵, 바람에 날린 종이쪽이 정원의 나무 꼭대기에 걸렸다. 보기 흉하다고 소란을 부리자 고로스케가 허리에 감은 밧줄을 나뭇가지에 걸치고 스르르 올라가더니 종이쪽을 집어 도로 내려왔다. 어안이 벙벙할 만큼 재빨랐다. 그 자리에 있던 위사 중 한 명이 웃으며 이렇게 말했다.

저게 진짜 고로스케 할아범이 맞나? 아니면 할아범이 길을 잘 들인 원숭이를 키우나?

호숫가에서 고가 작은 뼈를 발견했을 때 같이 있었다는 도요사쿠도 말하지 않았나. 까마귀 둥지를 치운다고 고로스케 할아범이 나뭇가지에 밧줄을 걸고 올라갔습니다만, 얼마나 몸놀림이 잰지요. 할아범이 쓰니까 밧줄이 꼭 말 잘 듣는 동물 같더군요.

지금은 그 밧줄이 한주로를 노리고 있었다.

덤불 밖으로 머리를 내놓으면 위험하다. 밧줄이 목에 감겨 나무에 매달리는 신세가 됐다가는 끝장이다. 한주로는 기모노 앞자락에도 턱에도 진창을 묻히며 덤불 속을 기어갔다.

"할아범!"

엎드린 채 다시 소리쳤다.

"여기서 나를 죽여봤자 소용없어. 신쿠로가 이미 오래전에 죽었다는 것은 고코인에서는 벌써 다 아는 사실이니까!"

거짓말이다. 하지만 달리 수가 없었다. 숲은 고로스케 할아범의 영역이니 이길 수 있는 가능성은 전혀 없었다. 이대로 그냥 당하거나 모험을 하는 수밖에 없었다.

"나는 그자의 시신을 찾으러 온 것이지 너를 쫓아온 게 아니다!"

엎드려 소리쳤더니 가슴이 답답했다. 아니면 공포 탓인가.

"너는 이미 오래전에 도망친 줄 알았어! 왜 꾸물거리며 남아 있지?"

숲은 대답하지 않았다. 한주로의 귀에 가지 사이를 오가며 가을철 열매를 쪼는 새들의 즐거운 지저귐 소리가 들려왔다.

땅에서 나뭇가지를 올려다봐도 새들의 모습은 전혀 보이지 않았다. 고로스케도 마찬가지다. 숲에 숨어드는 수를 알고 있다.

"할아범, 어서 대답해!"

또다시 마른 잎사귀가 팔랑팔랑 떨어졌다.

조금 시야가 트인 곳까지 가서 한주로는 머리만 들고 주위를 살펴봤다. 고로스케의 저고리. 낡아서 거의 색이 바랬지만 하인들의 제복 저고리처럼 쪽빛으로 염색했다. 천연의 숲에는 없는 색이다. 가을 하늘과도 다른 색이다. 찾아라, 찾아라, 찾아라.

몹시 가까운 곳에서 까마귀가 까악 울었다.

저기다.

찾았다. 처음에 밧줄을 던진 곳과 거의 반대편이다. 지금 한주로

가 숨어 있는 덤불과 큰 돌무더기를 이었을 때 삼각형을 이루는 위
치. 아까 한주로가 소리친 곳의 정면에 해당된다. 굵은 줄기에 혹이
여럿 붙은, 저게 무슨 나무일까, 밑에서 하나, 둘, 세 번째 가지 위.
두꺼비처럼 쭈그리고 앉아 줄기 뒤로 머리를 감추고 이쪽에 몸 절반
을 드러내고 있다.

한주로는 살그머니 일어섰다. 고로스케는 알아채지 못했다. 엉뚱
한 곳을 보고 있다.

허리에 찬 작은 칼을 뺐다. 사실은 칼이 아니다. 칼집에 들어 있을
때는 작은 칼처럼 보이지만 촉의 길이가 1자 못 미치는 투창이다.

이 거리라면 충분히 맞힐 수 있다. 그래도 신중하게 겨냥했다. 죽
이면 안 된다. 고로스케에게 물을 것이 많다.

쭈그리고 앉아 있는 오른쪽 허벅지를 노리자.

무릎을 꿇고 몸을 일으켰다가 숨을 죽이고 한쪽 무릎을 세운 자
세로 바꾸었다. 조용히, 천천히 움직였다.

고로스케는 꼼짝하지 않았다.

저고리 어깨에 새 한 마리가 내려앉았다. 치이 하고 울었다.

저건 저고리만이다. 속은 비었다.

속에 들어 있었을 사람의 기척은 등 뒤 나무 위에서 느껴졌다.

"거짓말쟁이, 네놈이 그러고도 무사냐."

고로스케가 갈라진 목소리로 욕설을 퍼붓고, 밧줄이 허공을 갈랐
다. 한주로는 투창을 든 채 덤불에서 뛰쳐나왔다. 간발의 차로 밧줄
은 한주로의 손목을 놓쳐 창의 촉에 감겼다.

고로스케는 한주로에게서 3간쯤 떨어진 곳에 두 발을 가지에 걸치고 거꾸로 매달렸다. 밧줄이 감기자 공중제비를 돌아 뛰어내렸다. 그러면서 한주로의 손에서 창이 쑥 빠지고 감겨 있던 밧줄에서도 빠져 허공을 빙글빙글 돌았다. 그게 땅에 박히는 것과 동시에 고로스케도 착지했다.

　　"고로스케!"

　　고로스케는 머리 위로 밧줄을 던졌다. 가지에 걸리자 동시에 땅을 박차 공중을 날았다. 몸에 걸친 것이라곤 잠방이 하나뿐, 맨발의 발가락으로 가지를 꽉 잡고 힘차게 날아 다른 가지로 옮겨갔다. 마른 잎을 떨어뜨린 나무들로 가면 모습이 보이고, 잎이 무성한 나무들로 가면 사라졌다. 그게 되레 환혹을 불러와 한주로는 잠깐 사이에 고로스케의 본체를 놓치고 말았다.

　　멀리서 가지가 휘고 또다시 까마귀가 울었다.

　　놓쳤나.

　　숨을 후 내쉬고 고개를 돌리다가 곁에 선 나무 위의 고로스케와 눈이 마주쳤다. 담뱃진을 칠한 것처럼 검은 얼굴에 고르지 않은 이가 보였다. 웃고 있었다. 비웃고 있었다.

　　"그거 모르냐, 이 **보로쿠**."

　　고로스케의 번득거리는 눈 속에 살의가 보였다.

　　"꿩도 울지만 않았으면 총에 안 맞았다고 하지!"

　　고로스케의 손에 들린 밧줄이 뱀처럼 스르르 움직였다.

　　"훠어이, 훠이, 훠이!"

갑자기 숲 저편에서 목소리가 들려왔다.

"훠어이, 훠이훠이! 말들이 없네, 훠이, 훠이."

시게다. 노래하듯 숲 전체를 향해 부르며 이쪽으로 다가오고 있었다.

"숲에 없으면 골치 아픈걸. 훠이, 훠어이, 말들이 없네."

사방에서 새들이 일제히 날아올랐다.

자기 영역의 새들이 멋대로 시끄럽게 떠들자 고로스케는 순간 그쪽에 정신이 팔렸다. 한주로에게는 그것으로 충분했다. 단숨에 달려가 땅에 꽂힌 창을 빼고 있는 힘껏 고로스케를 향해 던졌다.

"으악!"

비명이 들리더니 앞쪽 어느 곳에서 잎사귀가 우수수 흩어졌다. 밧줄이 허공을 스치고 바로 되감겼다. 고로스케는 추락하지 않았다. 다시 이 가지에서 저 가지로 이동하는 듯했다. 엄청나게 빠른 속도로 멀어져갔다. 젠장, 실패했나.

"다지마 님!"

시게가 달려왔다. 굳은 얼굴에 땀을 흘리고 있었다. 놀랍게도 한주로가 던진 창을 들고 있었다.

"침입자의 몸을 스치고 가지에 걸려 있었습니다."

한주로는 투창을 받아들었다.

"무사하십니까?"

"그래, 고맙다. 덕분에 살았군."

"그저 새를 쫓는 노래를 불렀을 뿐인데요."

"웬걸, 대단한 기술이던데."

"다지마 님도 대단한 기술을 가지고 계시더군요."

둘이서 살펴보자 비명이 들린 부근의 나무줄기, 그리고 땅에도 점점이 핏자국이 있었다. 조금 더 간 곳에는 한주로의 손바닥만 한 크기로 피가 괴어 있기도 했다.

"여기서 잠깐 쉬었다 가야 했군요." 시게가 말했다. "꽤 많이 다쳤는데요. 그자는 대체 누굽니까?"

"그자가 바로 고코인의 하인이다만 얼굴을 몰랐나?"

시게는 험악한 표정으로 눈살을 찌푸렸다. "저자가 고로스케씨……."

"그래. 평범한 하인이 아니었던 모양이지."

"꼭 원숭이나 뭐나 그런 것처럼 보이던데요."

한주로 생각도 그랬다. 밧줄을 다루는 고로스케는 시커멓게 쭈그러든 숲의 악귀다.

"그쪽이 본성인 것 같군. 뒤를 쫓아야겠어. 따로 떨어지지 않게 조심하라고."

한주로가 앞장서서 핏자국을 따라 숲을 지났다. 그러나 진창과 물웅덩이에 섞였는지 이내 핏자국을 찾아볼 수 없게 됐다.

고로스케가 도망친 것이라면 그나마 낫다. 하지만 단순히 모습을 감춘 것뿐이라면.

"시게, 고코인으로 돌아가지."

이시노 오리베는 즉각 결단을 내렸다.

"고코인의 경비를 강화해라. 아녀자는 가장 안전한 곳에 있도록."

현재 고코인에서 가장 안전한 장소는 시게오키의 창살방 안이다.

"시로타 선생, 선생도 마찬가지네."

"기다려주십시오, 이시노 님" 시로타 의사는 곤혹스러운 표정으로 제지했다. "잠깐 차분하게 생각합시다."

한주로는 고함쳤다. "무슨 잠꼬대 같은 소리를! 생각할 겨를이 어디에 있다고."

한주로의 뇌리에는 고로스케의 일그러진 웃음, 비웃는 목소리, 밧줄이 허공을 가르는 소리가 들러붙어 있었다.

"신쿠로가 왜 죽었다고 생각하나."

오리베가 제안한 거래를 받아들여 누구보다도 가까이에서 시게오키를 모셨던 오 년간의 일을 모두 의사에게 털어놓으려 했기 때문이다. 시게오키 안의 다른 사람들과 무엇을 이야기하고 무엇을 묻고 어떤 대답을 얻었나. 신쿠로의 이야기는 시게오키를 병으로부터 해방하는 데, '교대'를 야기하는 수수께끼를 대략 해명하는 데 중대한 단서가 될 터였다.

그러던 차에 신쿠로가 사라졌다. 마음이 바뀌어 떠난 게 아니었다. 배신한 것도 아니었다.

고로스케가 납치해 처치한 것이었다.

쿠리야 신쿠로는 입을 열려 했기 때문에 영원히 입막음을 당했다.

꿩도 울지만 않았으면 총에 맞지 않았다.

"고로스케가 누구 수하인지, 틈새인지 아니면 또 다른 세력의 앞잡이인지는 아직 알 수 없네. 유일하게 분명해진 것은 고로스케가 섬기는 자의 의지야."

시게오키가 병의 원인(遠因)을 기억해내면 곤란하다. 시게오키를 도와 기억해내게 하려고 하는 자도 방해물이다. 과거를 규명할 재료를 가진 자도 방해물이다.

너무 시끄럽게 할 것 같으면 제거해버리자.

오리베는 말했다.

"지금까지 비록 달팽이걸음이기는 하네만 작은나리를 위해 조금씩 진전이 있었어."

어둠 속을 더듬으며 빛을 구해왔다. 시게오키가 꺼버린 마음의 광원(光源)을 찾고 닫혀 있던 덧문을 열어 바깥의 빛을 들이려고 했다.

그건 고로스케를 조종하는 자에게 매우 바람직하지 못한 일이었던 것이다.

"다음 차례는 선생님, 선생님이 위험하단 말입니다."

시로타 의사는 눈엣가시인 탐색자 중 필두다.

"이시노 님도 위험합니다. 다키 님도……."

흥분하는 한주로를 오리베가 가로막았다.

"신쿠로를 죽였다는 사실이 드러나고 다지마를 죽이려다 실패해 사태가 이만큼 커진 이상, 고로스케를 조종하는 자는 이제 들키지 않도록 행동할 필요가 없어졌다."

그렇다면 고코인에 있는 이들 전원을 한꺼번에 몰살해도 상관없다는 뜻이다.

"가장 위험한 사람은 작은나리야."

시게오키는 수수께끼를 품은 본성(本城)이다. 본성을 함락하면 그 다음은 잡초를 베는 것이나 같다.

"설마 고로스케 혼자서 저희를 모두 죽인다는 말씀입니까?"

"그 할아범이라면 충분히 가능하죠."

고코인을 구석구석까지 환히 알고 있는 터줏대감 아닌가.

"도대체가 적은 할아범 한 명이 아닙니다. 이렇게 된 이상 증원을 보낼지도 몰라요. 이거 보십시오, 선생님. 아무리 의학밖에 모르는 선생님이라도 알 것 아닙니까. 적은 과거에 쿠리야를 몰살한 사람이 란 말입니다. 같은 일을 여기 고코인에서 못 할 이유가 어디 있습니까."

"말조심하십시오. 시게오키 님은 전 번주입니다."

"연금되어 자리에서 쫓겨나신 분이죠. 대외적으로는 병세가 위중하시다고 되어 있습니다. 병환으로 돌아가셨다고 한들 누가 의심하겠습니까?"

이즈치 촌의 화재가 한 하인의 소행으로 처리된 것처럼, 적에게 유리한 구실은 얼마든지 갖다붙일 수 있다.

"시로타 가문이 번의 가계이건 말건 우리 적이 신경 쓸 것 같습니까? 고로스케가 나를 상대로 조금도 봐주지 않은 것처럼 선생님 입을 막으려 들 때도 가차 없을 겁니다."

한주로를 노려보면서도 시로타 의사는 얼굴이 창백해졌다.

"선생, 작은나리를 부탁하네. 작은나리께서 되도록 일찍 깨셔야 해."

시로타 의사는 그 이상 버티지 않고 의아하게 생각하는 고와 겁에 질린 스즈를 데리고 창살방으로 향했다.

"한주로 씨."

돌아보자 시게오키가 갈아입을 옷 한 벌을 품에 안고 다키가 서 있었다.

"다키 님, 염려하지 않으셔도 됩니다. 다지마 한주로가 반드시 지켜드리겠습니다."

오리베도 다키의 하얀 얼굴을 향해 말했다.

"작은나리 곁에 있어라. 혹시 고토네를 불러낼 수 있거든 그 아이를 설득하고. 작은나리께서 허락하지 않으셔도 아는 바를 이야기해 달라고 해라. 작은나리의 목숨을 지키기 위해서야."

다키는 힘차게 고개를 끄덕였다.

"다른 분들도 부디 조심하십시오."

창살방의 문단속을 철저하게 한 다음, 오리베는 위사와 하인 전원을 불러 모았다.

"이제부터 여기 모인 자들이 분담해서 고코인을 작게 줄인다."

창살방을 중심으로 저택 바깥에서 내부를 향해 널문과 샛장지를 닫으면서 후퇴해 이 인원으로 가능할 정도로 경비해야 할 장소를 좁힌다는 뜻이다.

"굴뚝은 전부 막아라. 고로스케가 침입할 듯한 곳은 아무리 좁은 곳이라도 꼼꼼하게 살펴보고."

위사들도 하인들도 아직 사정을 다 이해한 것은 아니었다. 그러나 오리베의 심상치 않은 표정과 한주로의 간략한 설명이 도움이 됐다.

"고로스케는 나리마님의 목숨을 노리는 자객이었다. 게다가 아주 만만치 않아."

무기는 올가미다. 나는 내 눈으로 그자의 솜씨를 봤다. 하마터면 꼼짝없이 죽을 뻔했다.

"고로스케 할아범은 저희 중 누구보다도 고코인의 구조를 잘 압니다. 아무리 경비를 철저하게 한다고 해도 저희가 모르는 빈틈이 있을지도 모르는데요."

"네 말이 맞다, 간키치. 그렇지만 우는 소리를 해봤자 소용없지 않나."

"며칠씩 농성하는 것이 아니야. 오늘 하룻밤을 넘기면 길은 열릴 것이다. 성읍의 와키사카 님께 이 사태를 전하면 바로 사람을 보내주실 것이야."

사실은 가게마와리였던 미노스케가 알고 있다는 표정으로 자세를 바로 했다.

"맡겨주십시오."

미노스케는 혼자 성읍까지 달려가는 것이다.

"어떻게 숲을 지날 생각이지?"

하인의 가면을 벗은 미노스케는 두려움이 없는 시선이었다.

"다지마 님, 저도 어쨌거나 가게마와리입니다."

"그렇군. 귀공이 저지를 당하면 다른 누구도 무리일 테지. 부탁하네."

미노스케는 출발하고 남은 남자들은 작업을 시작했다.

"반드시 둘씩 짝지어서 행동하도록. 간키치, 너는 우선 물과 식량을 창살방으로 운반해라."

"예, 에."

"내가 지켜보고 있을 테니 그렇게 벌벌 떨지 않아도 돼."

"항아리 물은 안 된다. 우물에서 새로 길어라."

아닌 게 아니라 물에 뭔가 탔으면 큰일이다.

"버팀목을 지르거나 가구를 움직여서 문을 막을 수 있는 곳은 모조리 막아."

남자들이 바삐 움직이는데 시게가 도비아시를 포함한 말 세 마리를 마구간에서 데리고 나왔다.

"시게, 뭐 하는 건가?"

"말들이 밖에 나와 있으면 그 할아범도 쉽게 저택에 접근하지 못합니다."

고로스케가 몰래 다가오면 말들이 알아차리고 알려줄 것이다.

"저는 도비아시를 데리고 관 주위를 한 바퀴 돌겠습니다. 나머지 두 마리도 조금 걷게 한 다음 요소요소에 묶어두죠."

말들에게 파수를 보게 하고 사람들은 저택 안에 숨으면 된다는 것이다.

"만에 하나 저택에 불을 질러도 말은 사람보다 연기 냄새에 훨씬 민감하니까요."

용의주도하다.

"하지만 고로스케는 이 저택의 하인이야. 도비아시는 별개로 쳐도 다른 두 마리는 그자에게 익숙하지. 가까이 와도 경계하지 않을 텐데."

"제가 단단히 일러두었으니까 이미 잘 이해하고 있답니다."

고로스케는 적이라고 일러두었다.

"신쿠로 씨라는 분이 고코인에서 사라졌을 때 말도 한 마리 같이 없어지지 않았습니까?"

"그래."

신쿠로가 도망친 것처럼 꾸미려고 고로스케가 데리고 나갔을 것이다.

"그 뒤 숲에 그냥 풀어놓았다면 말은 똑똑하니 여기로 다시 돌아왔을 겁니다. 그런데 돌아오지 않았다면 어디 다른 곳에 매어놓았거나⋯⋯."

신쿠로를 처치해 시체를 땅에 묻고 돌을 쌓은 다음 하인들이 이상하게 생각하기 전에 고코인으로 돌아와 얼굴을 내밀려면, 고로스케도 시간적으로 그렇게 여유는 없었을 것이다. 일부러 말 한 마리를 끌고 성읍까지 가지는 않았을 테고, 그렇다고 할아범의 거처에 매어놓으면 우연한 기회에 발견되지 않으리라는 보장도 없다.

"⋯⋯말도 죽었나."

한주로가 중얼거리자 시게는 처음 보는 표정을 지었다. 눈을 번득이며 입을 일그러뜨렸다.

"말을 죽인 자는 말 장수의 적, 말들에게는 원수입니다."

말들에게 그렇게 일렀다는 말인가.

"말과 소통할 수 있나. 하기야 시게가 말하면 통할 테지."

"할아범의 옷가지 냄새를 맡게 했습니다. 말은 냄새도 잘 맡거든
요."

어느새 그런 것까지. 한주로는 감탄하다 못해 다소 의심까지 들
었다.

"설마 너도 난부의 가게마와리는 아니겠지."

"예?"

"아니, 됐어. 공연한 소리를 했다. 그럼 너는 숨지 않겠다고?"

"도비아시와 함께 있으면 저는 괜찮습니다. 뭔가 알아차리면 아까
처럼 큰 소리로 알려드리겠습니다."

"아니, 순찰은 내가 돌 테니 시게는 최소한 마구간에 있어줘."

"다지마 님은 도비아시를 다루실 수 없습니다. 작은나리를 지켜주
십시오."

"자칫하면 목숨이 위험하네."

"위험하지 않도록 하겠습니다. 자, 도비아시, 가자."

시게는 도비아시를 데리고 정원을 가로질러 저택을 돌아 뒤쪽으
로 갔다. 그러고는 멋진 목소리로 노래하기 시작했다. 난부의 말몰
이 노래다.

하여간 대단하군.

멀어져가는 여자 말 장수의 뒷모습을 향해 한주로는 목례했다.

3

창살방 안. 시게오키는 여전히 침소에서 깊이 잠들어 있었다.

다키는 머리맡에 시로타 의사와 나란히 앉아 있었다. 곁방에서는 고와 스즈가 농성을 위해 급히 운반된 물품을 정리하면서 눈치를 보는 것처럼, 겁에 질린 것처럼 기색을 살피고 있었다.

"시게오키 님, 시로타입니다."

의사가 시게오키의 어깨에 가볍게 손을 얹으며 불렀다.

"제 목소리가 들리십니까? 일어나십시오. 고코인 사람들 모두가 시게오키 님의 힘을 필요로 하고 있습니다."

그래도 시게오키는 눈꺼풀조차 움직이지 않았다. 호흡은 깊고 일정했고, 미간에 어렴풋이 주름이 잡혀 있었다.

잔교에서 미쳐 날뛰며 아우성쳤던 여자의 노여움이 남긴 흔적일까. 아니면 여자의 출현을 허락하고 만 시게오키 자신의 부끄러움일까. 다키는 측은함에 가슴이 메었다.

"이마에 물을 떨어뜨려봅시다."

의사의 지도대로 나무통에 물을 담아 휴지를 준비했다. 고가 눈을 커다랗게 떴다.

"젊은 선생님, 어떻게 나리마님의 얼굴에……."

"이것도 치료의 일환이야. 지코료 사람이 이런 일로 겁먹어서 쓰나."

휴지를 물에 적셔 그것으로 얼굴을 닦을 줄 알았더니 그런 게 아니었다. 의사는 모서리가 시게오키의 이마와 거의 닿을 듯하게 휴지를 기울여 들었다.

물 한 방울이 이마에 똑 떨어졌다.

"시게오키 님, 일어나십시오."

또 한 방울. 그리고 또 한 방울. 물이 떨어지는 사이에 의사는 시게오키를 불렀다.

물로 이마를 적시는 게 아니라 물방울로 이마를 가볍게 때렸다. 주먹으로 문을 두들겨 왔음을 알리는 것과 마찬가지다.

물이 흘러 시게오키의 눈썹과 이마 선을 적셨다. 다키는 서둘러 수건을 꺼내 젖은 곳을 가볍게 훔쳤다. 또 한 방울이 떨어져 시게오키의 콧날로 흘러갔다.

"소용없나."

"선생님, 제가 불러보겠습니다."

또 한 방울이 이마를 때렸다. 다키는 시게오키의 귓가로 입을 가져가 부드럽게 불렀다.

"고토네 님, 다키입니다."

고와 스즈가 서로 바싹 붙어 앉아 숨을 멈춘 채 손을 맞잡고 있었다. 다키까지 실성한 것처럼 보일지도 모르겠다.

"고토네 님, 나와주십시오. 다키가 뵙고 싶습니다."

무서운 일이 벌어졌습니다. 다들 겁에 질려 난처해하고 있습니다. 고토네 님의 조언이 필요합니다.

시로타 의사가 휴지 모서리를 시게오키의 입술 위로 옮겼다. 다음 한 방울은 마른 입술에 떨어져 틈새로 스며들었다.

"고토네 님."

다키가 불렀다.

눈을 감은 채, 호흡도 잠든 것처럼 여전히 깊었지만, 시게오키의 입술만이 어렴풋이 움직였다.

"……야."

다키는 한층 몸을 깊이 숙였다.

"예, 다키입니다. 곁에 있습니다. 고토네 님, 나와주십시오."

시게오키의 표정이 보일 듯 말 듯 달라졌다. 미간의 주름이 사라지고 입 양끝이 울상을 짓는 것처럼 일그러졌다.

그리고 소곤거리는 듯한 목소리로 말했다.

"……무서웠던 거야."

다키와 시로타 의사는 마주 봤다. 의사가 격려하듯 고개를 끄덕였다. 계속하십시오.

"이치마쓰는…… 본 적이 없어."

고토네다. 틀림없다.

"무엇을 본 적이 없으신지요?"

"죽은…… 사내애들을."

지금까지 두 차례 만나 이야기를 나눠봤을 때보다 고토네의 말투는 느리고 불분명했다. 숙면하는 아이를 흔들어 깨우면 잠에 취한 목소리로 말하는 것 같다.

"진쿄 호의…… 깊은 물속에…… 있다고."

"사내애들 시신을 호수에 빠뜨렸다는 말씀이군요."

"……그렇지만 본 적은 없어."

"그럼 그렇게 들으신 것인지요?"

시로타 의사가 또다시 이마에 물을 떨어뜨렸다. 시게오키의 눈썹이 가볍게 움직였다.

"이치마쓰는…… 자신도…… 그렇게 될 것이라고…… 무서워했어."

어떻게 이런 일이. 다키는 곧바로 다음 말이 나오지 않았다.

"아무에게도…… 말하지 말고…… 비밀로 해줘야 해."

이제 시게오키는 명확히 공포와 고통에 얼굴을 일그러뜨렸다.

"이치마쓰가…… 입을 다물면…… 아무도 몰라."

의사가 이마에 물을 또 한 방울 떨어뜨리려 했다. 다키는 가만히 그 손을 밀어내고 수건으로 시게오키의 얼굴을 닦았다.

"……아무도 알아차리지 못하니까."

시게오키의 오른쪽 눈꼬리가 젖었다. 눈물이다.

"이치마쓰는 누구에게도 도움을 받을 수 없어."

아주 무섭고, 외톨이다.

"지금은 제가 여기에 있습니다."

다키는 시게오키의 손을 잡았다. 싸늘하게 식은 손가락을 쥐었다.

"다키가 있습니다. 이시노 님도, 시로타 선생님도 계십니다. 저희 모두 이치마쓰 님을 돕겠습니다. 반드시, 반드시 돕겠습니다."

시게오키는 입을 다물었다. 고통 어린 표정이 굳었다.

"아아, 어떻게 이런 일이."

고가 견딜 수 없는 것처럼 나지막이 신음했다. 스즈와 둘이 꽉 부둥켜안고 있었다.

"……누구지?"

시게오키가 다키에게 물었다. 고토네가 묻는 것이다. 고토네는 고와 스즈를 모른다.

"거기 누가 있구나."

"예. 이곳에서 이치마쓰 님을 모시는 하녀랍니다. 고와 스즈라고 합니다."

시로타 의사가 두 사람에게 손짓했다. 고는 겁에 질려 머뭇거렸지만, 스즈는 몸을 앞으로 내밀고 홀린 것처럼 시게오키를 응시했다.

"겁낼 것 없다. 지금은 사양할 필요도 없어. 가까이 와서 인사드려라."

시로타 의사의 목소리는 침착했다.

"나리마님 안에 있는 고토네 님이라는 아이란다. 스즈보다 어리지. 열 살쯤 됐을까."

스즈는 의사의 얼굴을 보며 고개를 끄덕이고는 살그머니 앞으로 나왔다. 고가 손을 붙들어 도로 끌어당기려 하자 "괜찮아요, 고 씨"라고 말했다.

"그렇지만 너……."

"어린아이 환자랑 마찬가지예요. 잠에서 깨어나서 곁에 있는 사람이 누군지 알고 싶어하는 거예요."

"그래."

시로타 의사가 고개를 끄덕였다. 다키는 조금 비켜 앉아 스즈를 가까이 오게 했다.

"스즈입니다."

스즈는 손가락을 짚으며 머리를 깊이 조아렸다. 긴장해서 동작이 뻣뻣하고 얼굴은 붉게 상기되어 있었다. 그 탓에 화상 흉터가 한층 두드러졌다.

"그 얼굴은…… 다친 건가?"

스즈가 주춤하자 고토네는 금세 사과했다. "미안하다. 내가 아주…… 불쾌한 것을 물었지?"

다키는 수습하려고 입을 열었지만 그럴 필요는 없었다. 스즈는 고개를 똑바로 들고 시게오키에게 대답했다.

"온도 님의 큰불로 화상을 입었습니다."

목소리는 떨렸지만 눈초리는 맑았다.

"온도 님의 큰불."

시게오키는 확신이 없는 것처럼 되뇌고는 중얼거렸다.

"벌써 팔 년인지 구 년 전 일이지?"

"고토네 님도 알고 계셨습니까."

다키는 물었다.

"응. 이치마쓰가 할아범에게 들었거든."

번에서 에도 번저에 큰불의 경과를 보고해 그 내용을 이시노 오리베가 시게오키에게 전했을 것이다. 당시 시게오키는 이미 관례를 치른 뒤였지만 번주는 나리오키였다.

"장인 구역에서 수많은 백성이 불타 죽었다고 할아범이 슬퍼했어."

고토네의 말투가 뚜렷해졌다. **고토네로서** 각성한 것이다.

"스즈, 아팠겠구나."

위로가 깃든 말이었다.

"가엾게도. 미안해."

스즈는 눈도 깜박이지 않고 시게오키를 쳐다봤다.

"저 같은 것에게는 과분한 말씀입니다."

"할아범은 번개는 하늘이 기타미에 내리는 시련이라고 말했어."

시련?

"그렇지만 이치마쓰는 노여워했어. 기타미 사람만 그런 시련을 겪는 것은 부조리하다, 언젠가 내가 번주가 되면 기타미 영에서 번개를 없애겠다고."

말씨는 어린애 것이지만 이야기하는 사람은 잠자고 있는 기타미 시게오키다. 하나부터 열까지 기이한 상황이 스즈는 잘 이해되지 않을 것이다.

그러나 그 말에는 온갖 당혹감과 의문을 지워버릴 만한 힘이 있었다.

"그렇게 되면 다들 얼마나 기뻐할지 모릅니다."

말꼬리가 한층 떨리고 스즈는 울먹이는 표정을 지었다.

"나리마님, 얼른 건강해지셔서 다시 저희 나리로 돌아와주세요."

소박한 바람이 담긴 말은 다키의 마음에도 스며들었다.

"……고마워."

시게오키는 고토네의 목소리로 대답하고는 잠든 채로 가볍게 한숨을 쉬었다. 스즈는 손으로 눈물을 훔친 다음 고 곁으로 물러났다. 고도 눈물을 글썽이고 있었다.

이 부지런한 하녀는 오리베가 다 함께 고코인의 경비를 강화하라는 명을 내렸을 때도 조금도 동요하지 않고 바로 밥을 짓기 시작해 주먹밥을 산더미처럼 마련했다. 우는 소리 한마디, 불평 한마디 하지 않았다. 그런 고가 흐린 표정으로 눈물짓고 있었다.

견딜 수 없는 기분에 다키는 눈을 내리깔았다.

"다키."

시게오키가 작은 목소리를 쥐어짜 불렀다.

"예."

"백골은 작았어?"

다키와 스즈가 발견한 백골. 시게오키 안의 '여자'가 두려워했던 비밀. 지금은 고토네가 그것을 묻고 있다.

"예."

"내내 물속에 있었으니 추웠겠어."

"그럴지도 모르겠네요."

"지저분했어?"

"물풀 속에 섞여 있었습니다."

"쓸쓸했겠어."

"그렇겠지요. 하지만 진쿄 호에는 물고기가 많습니다. 고토네 님이 도감에서 보신 물고기들이 말이에요."

"……응."

"물고기들과 같이 있는 것이 그 아이의 백골에게도 조금은 위안이 됐을지도 모릅니다."

시게오키는 또다시 깊이 숨을 내쉬었다. 몸은 잠들어 있지만 고토네로서는 완전히 깨어 있었다.

"이치마쓰처럼 그 사내애들도 무서웠을 테지. 집에 가고 싶었을 테지."

말꼬리가 잠기면서 울먹이는 소리로 변했다.

다키는 동요를 들키지 않도록 가만히 앉아 있었다. 고토네 님이 이야기하려 하고 있다. 비밀을 털어놓으려 하고 있다.

"고토네 님" 시로타 의사가 온화하게 말했다. "그 아이들 이름을 아십니까?"

핵심에 접근하는 질문에 다키는 숨을 멈추었다.

"……몰라."

"이치마쓰 님도 모르실까요?"

대답은 없었다. 시게오키의 표정이 다시 괴로운 듯 일그러졌다.

"그럼 나이는 아십니까? 몇 살쯤 되는 아이였을까요?"

긴장된 침묵이 흘렀다. 멀리서 분주하게 지나가는 발소리가 들려왔다.

"당시의 이치마쓰와 비슷했어."

아마, 하고 작은 목소리로 덧붙였다.

"만난 적은 없으니까 모르지만."

"그렇죠. 조금 전에도 그렇게 말씀하셨습니다. 누구에게 이야기를 들은 것뿐이군요."

의사의 물음에 시게오키가 가위눌린 것처럼 낮게 신음했다.

"그 사람이 누굽니까? 이름이든 신분이든 혹시 기억하십니까?"

시게오키의 얼굴이 구깃구깃해졌다.

"이치마쓰는 이 이야기를 하고 싶지 않아 해."

"그건 잘 압니다. 그러니까 고토네 님, 당신이 대답해주지 않겠습니까? 이치마쓰 님에게는 들리지 않게 몰래."

"싫어. 못 해. 그럴 수 없어."

시게오키의 눈꺼풀이 심하게 떨리면서 얼핏 흰자위가 드러났다. 입가가 바들거리고 온 얼굴에 땀이 솟았다.

"내가 말하면 이치마쓰는 죽을 거야. 죽는, 편이, 나았다고, 줄곧, 생각하고, 있으니까."

"선생님, 그러시면 안 됩니다."

다키는 시로타 의사를 밀어냈다. 시게오키의 호흡이 거칠었다. 창백했던 얼굴이 홍조돼 있었다.

"고토네 님, 다키입니다. 죄송합니다, 이제 여쭙지 않겠습니다. 그만 쉬십시오. 조용히, 깊이 호흡하십시오. 네, 그렇게."

다키는 시게오키의 어깨에 손을 얹고 천천히 부드럽게 어루만졌다. 시게오키의 몸에서 차츰 힘이 빠졌다. 동시에 고토네도 멀어져 갔다. 시게오키 안으로 숨었다. 아니, 가라앉았다.

깊은 물속에 매장된 남자애들.

기타미 시게오키의 마음속에 묻힌 진실.

방금 다키가 본 것은 마음의 수면에 인 잔물결이다. 그리고 얼음처럼 차가운 물보라.

이분은 지금까지 줄곧 죽는 편이 나았다고 생각하며 살아왔나.

다키는 시게오키의 빰을 어루만졌다. 눈물 자국 한 줄기가 남아 있었다.

뒤에서 고가 숨죽이고 울기 시작했다. 이번에는 스즈가 가녀린 팔로 끌어안고 위로하고 있었다. 시로타 의사는 고개를 떨구고, 창살방 침소에는 싸늘한 침묵이 흘렀다.

밤이 깊었다.

다키는 잠자는 시게오키 곁을 홀로 지키고 있었다.

고와 스즈는 곁방에서 얇은 이불 한 장을 같이 덮고 누워 있었다.

계속 안에만 있었으니 밤이 어느 정도 깊었는지 알 수 없었다. 늦은 저녁식사를 들고 잠자리를 준비할 때 한주로나 간키치가 들어와서 말을 주고받으며 격려하고 위로해주었지만, 지금은 그들도 망보기에 전념하고 있을 것이다. 순찰을 도는 남자들의 발소리만 가끔씩 가까워졌다가 멀어졌다가 하며 희미하게 들릴 뿐 저택 안은 쥐 죽은 듯 고요했다.

저녁식사 때 창살방으로 찾아온 이시노 오리베를 시로타 의사와 한주로는 그대로 그곳에 있으라고 설득했지만 듣지 않았다.

"내가 이곳에 있은들 아무런 도움도 되지 못해. 다키, 작은나리가 깨어나시면 불러라."

자신은 고로스케를 만나고 싶다고 말했다. 태도는 여느 때와 다름 없이 온화하고 침착했지만 눈빛은 결연했다.

"그자의 본성을 내 눈으로 보고 싶구나."

"그건 저도 그렇습니다."

고개를 끄덕인 시로타 의사도 사실 이곳에 숨어 있는 것은 본의 가 아니었을 것이다. 조금 전 드디어 더는 못 참겠다는 듯 일어섰다.

"한 바퀴 둘러보고 오겠습니다. 무슨 일이 있으면 방울을 울려주십시오."

그러고는 변명조로 이렇게 덧붙였다.

"저도 제 몸 정도는 지킬 수 있습니다. 걱정하지 마십시오."

그 뒤 다키도 잠깐 눈을 붙였지만 뜻밖에 어머니 사에의 꿈을 꾸어 잠이 깨고 말았다.

사에는 다키가 결혼하기 전, 겉모습은 어엿한 처녀이지만 마음은 아직 더 어머니에게 응석부리고 싶은 아이였을 때 세상을 떠났다. 감기에 걸려 아침저녁으로 가볍게 기침을 하는가 싶더니 갑자기 고열이 나 허망하게 죽고 말았다. 갑작스러운 이별에 다키는 한 달 정도 어머니를 잃었다는 실감이 나지 않아 저도 모르게 집 안에서 어머니를 찾았다가 아버지에게 혼나곤 했다.

사에는 성품은 다정했지만 사람의 기질을 잘 꿰뚫어보는 사람이기도 했다. 한주로의 심한 장난을 엄하게 바로잡으면 안 된다는 것을 일찌감치 깨달은 것도 보는 눈이 있었기 때문이다(그러니 어머니가 정말 미타마쿠리 기술을 이어받았다면 분명 뛰어난 주술사가 됐을 것이다).

사에가 살아있었다면 다키와 이가와 사다스케의 관계도 달랐을지 모른다. 사에라면 시어머니의 품위 있는 외견 속에 숨은 어두운 성질을 간파하고 혼담을 거절해주지 않았을까. 어머니를 떠올릴 때마다 그런 생각까지 하는 탓인지 사에는 다키의 꿈에 나타나주는 일이 거의 없었다. 오늘은 꽤 오랜만에 어머니를 만났다.

꿈속에서 어머니는 가가미 가 부엌에서 요리를 하고 있었다. 가즈에몬이 좋아하는 토란 조림인가. 타기 직전까지 충분히 조려 맛있는 냄새가 나도록 하는 게 비결이었다. 다키는 아직까지 한 번도 성공하지 못했다.

세상을 떠났어도 다키에게는 그리운 부모다. 과묵하고 근엄한 아버지, 명랑하고 온화한 어머니. 생각하면 아버지는 어머니를 잃고 나서 더욱 말수가 줄어들어 좀처럼 웃지 않게 됐다. 좋은 부부였고 좋은 부모였다고 생각하는 것은 딸이라서가 아니다. 올케도 아버지의 장례 때 비슷한 말을 나지막이 했다.

다키는 잠자는 기타미 시게오키를 지켜봤다.

고토네가 나타났다가 사라진 뒤 시게오키의 얼굴에서 표정도 사라졌다. 그만큼 미모가 두드러졌다. 희미한 숨소리가 들리고 가슴이 오르내리는 것만 없으면 꼭 인형 같았다. 남녀의 차조차 뛰어넘은 '아름다운 사람의 얼굴'을 만들면 이렇게 될 것이다.

그러나 이 아름다운 분의 어린 시절은 어둠에 침식되어 있었다. 이 아름다운 분을 지켜야 할 아버지는 되레 그에게 해를 가한 적이 있었다. 이 아름다운 자기 자식보다도 마음을 매료하는 여자가 있어, 그 여자를 위해 자기 자식을 괴롭혔다는 의혹이 있었다.

그럼 어머니는? 그때 시게오키의 어머니는 무엇을 했을까. 다이묘의 정실은 에도 번저에서 움직이지 않는다. 남편인 기타미 나리오키는 일 년의 절반을 번에서 보낸다. 비후쿠인은 시게오키와 에도 번저에서 생활하는 동안 그에게서 아무 말도 듣지 못했을까. 또는 어머니가 먼저 뭔가 짐작 가는 데는 없었을까. 남편의 행동이든 자식의 변화든 뭔가를 알아차리고 이상하게 생각한 적은 없었을까.

불경한 일일지 몰라도 여쭤봐야 해.

오늘 밤을 무사히 넘기면 오리베에게 부탁해보자.

그래서 어머니가 꿈에 나와주셨구나.

남편에 관한 일은 아내에게 물어라. 자식에 관한 일은 어머니에게 물어라. 그게 최선이라고 다키에게 조언하기 위해서.

밤의 고요함 속에 다키는 홀로 아버지를 생각하고 어머니를 생각했다. 온갖 일이 마음의 거울에 떠올랐다가는 사라져갔다. 부모와 오빠, 다지마 가에서 달려오는 한주로. 어렸을 때는 즐거운 일뿐이었다. 어머니를 여읜 뒤에도 아버지와 오빠가 있었다. 이윽고 올케와 두 조카가 생겨 다키의 인생을 환히 비춰주었다.

유일한 고난과 어둠은 이가와 가에서 지낸 삼 년 못 미치는 시기에 있었다.

사다스케는 결코 박정한 남편은 아니었다. 그저 어머니와 아내의 싸움에 겁먹어 못 본 척했을 뿐이다. 조금 호기심 많은 것도 가끔은 재미있을 때가 있었던 터라, 그와 부부로 사는 것만이었다면 다키는 분명 좋은 아내로 남아 있을 수 있었을 것이다. 둘이 함께 나이를 먹으면서 자식을 낳아 기르고 이윽고 다키의 부모처럼 될 수 있었을지도 모른다.

그런 꿈과 희망을 깨뜨린 것은 시어머니의 격한 노여움과, 그것을 부끄럽게 여기고 그저 겁낼 수밖에 없었던 다키의 슬픔이다.

수치와 공포. 시게오키와는 비교도 할 수 없을 만큼 하찮지만 다키도 그것을 알고 있다.

"⋯⋯시게오키 님."

무례하게도 저도 모르게 작은 목소리로 그렇게 불렀다.

"다키는 지금부터 혼잣말을 하겠습니다. 시게오키 님의 몸은 주무시고 계시지만 마음에는 들릴지도 모릅니다. 어쩌면 고토네 님께 들릴지도 모릅니다."

다키가 숨기고 있던 비밀 이야기랍니다.

"겨우 몇 년간입니다만 다키는 결혼한 적이 있습니다. 전에 시게오키 님께서 그 이야기의 일단을 들으셨을 때, 다키는 이혼한 건가, 슬펐을 테지, 하고 친절하게 말씀해주셨습니다."

더없이 기쁘고 감사했습니다.

"시게오키 님의 다정함에 기대어 다키가 시댁을 떠난 사정을 말씀드리겠습니다. 저 자신도 명확하게 이 이야기를 하는 것은 처음이랍니다."

이야기하면 안 된다, 이야기할 수 없다고 단정하고 있었습니다.

"당시를 떠올리면 저는 지금도 두렵고 부끄러워 몸 둘 바를 모르겠습니다. 제가 무엇이 잘못이었을까 자문자답할 때가 있는가 하면 저는 아무 잘못이 없었다고 몸이 떨릴 만큼 화가 날 때도 있습니다."

이야기하면서 마음을 차분하게 가라앉히려고 노력하지 않아도 됐다. 다키는 침착했다. 저택 깊은 곳에 있는 창살방, 시게오키의 침소, 깊이 잠든 시게오키 곁에서 홀로 깨어 있었다.

오늘 밤은 비상시. 오리베와 한주로를 비롯한 남자들은 언제 습격을 받을지 모른다고 경계하고 있었다. 그러나 바로 어제까지만 해도 꿈에도 생각지 못한 사태의 급변이 다키를 일상에서 떼어놓아 어디 다른 곳으로 데려온 기분이 들었다.

반대로 말해서 지금 여기서 이야기하지 않으면 시어머니에게 당한 부조리한 처사를 이야기할 기회는 평생 두 번 다시 없을 것이다.

"이상하게도 몸에 난 상처의 아픔은 지울 수 있답니다."

아픔보다 공포가 더 강하기 때문이다.

"이런 처사를 당하는 것은 내게 모자란 부분이 있기 때문이다. 그렇게 생각하면 따끔따끔 아픈 것은 마음 쪽이었습니다. 얻어맞고 걷어차이는 일이 반복되면 상처의 아픔보다도 마음을 후벼파인 아픔이 더 강해졌습니다. 게다가 그쪽은 시간이 흘러도 낫지 않아요. 몸에 든 멍은 사라져도 마음의 멍은 오히려 짙어졌습니다."

다키는 이야기하며 먼 곳을 보고 있었다. 눈앞에 있는 시게오키의 얼굴도, 비단 침구도, 심지를 짧게 한 사방등의 흐릿한 불빛도 아닌 것을 보고 있었다.

"다키의 마음에는 지금도 그때 든 멍이 남아 있습니다. 제 눈으로 마음을 들여다보면 그곳에 보입니다. 그러면 아픔도 되살아납니다. 상처의 아픔이 아니라 마음이 쭈그러드는 아픔. 누구에게도 털어놓지 못하고 어디에서도 도망칠 곳을 찾지 못하는 슬픔이 마음을 좀먹는 소리가 들립니다."

다키는 눈을 감고 천천히 고개를 떨구었다.

"너를 때리고 걷어찬 시어머니는 그때 가면을 쓰고 있지 않았나."

다키는 놀라 얼굴을 들었다. 기타미 시게오키가 눈을 뜨고 있었다. 베개 위에서 머리를 움직여 약간 다키 쪽으로 얼굴을 돌리고 있었다. 그 탓에 사방등 불빛이 닿는 각도가 달라져 얼굴 절반에 어렴풋이 그림자가 드리워져 있었다. 그림자 쪽에 있는 왼쪽 눈은 어둡고 오른쪽 눈은 빛났다.

언제 깼을까. 다키는 당황해서 뒤로 물러나 손가락을 짚고 납작하게 엎드렸다.

"겨, 결례를 용서해……."

"괜찮다. 다키, 대답해라."

시게오키의 목소리는 낮지만 힘찼다. 다키의 기운을 북돋워준다기보다 대답할 것을 명하는 것처럼도 들렸다.

"가면이라고 하셨습니까."

"그래. 본래의 얼굴을 가리고 자신의 부정한 욕망을 만족시키려고 할 때 사람이 쓰는 가면이다."

노여워하고 있었다. 눈이 빛나는 것은 분노 탓이다.

"나를 괴롭힐 때 아버지도 그 여자도 늘 가면을 쓰고 있었다. 뿔이 달렸고 형상은 귀신 가면과 비슷했다만 코도 입도 없었어. 눈 부분에 구멍이 뚫려 있을 뿐. 구멍으로 보이는 눈은 아버지 것이 아니었다."

다키는 두 손으로 입을 가렸다. **나를 괴롭힐 때. 아버지. 그 여자.** 시게오키가 입을 열었다.

"짐승의 눈이었다." 시게오키가 말했다.

달그락.

뒤에서 작은 소리가 났다. 다키가 돌아보기도 전에 시게오키의 시선이 움직이더니 두 눈이 크게 벌어졌다.

"……누구냐."

낮게 윽박지르듯 물었다. 곁방 천장을 향해.

믿기지 않았다. 스즈의 가녀린 몸뚱이가 곁방 천장에 들러붙어 있었다.

오늘은 다들 낮에 입었던 옷을 그대로 입고 있었다. 시게오키의 거실이라고 고도 스즈도 허리띠조차 늦추지 않았다. 그 허리띠 위로 마른 나뭇가지 같은 팔이 감겨 스즈를 꽉 붙들고 있었다.

천장널 하나가 빠져 있고 무슨 기발한 요술처럼 그 속에서 팔이 쑤욱 나와 있었다. 팔의 본체는 스즈에게 가려져 보이지 않았다. 그게 아니라도 심지를 짧게 한 사방등의 약한 불빛은 천장까지 비추지 못한다.

방금 전까지 스즈는 곁방에서 자고 있었는데. 지금도 고는 아무것도 모르고 자고 있고, 두 사람이 같이 덮고 있던 얇은 이불은 스즈가 있던 쪽만 들춰져 있었다.

고로스케 할아범이구나.

한주로가 고로스케는 올가미를 능숙하게 쓴다고 했다. 이게 그 기술인 것이다.

"아이를 인질로 잡을 셈이냐."

시게오키가 천천히 일어서며 또다시 말했다.

스즈는 물론 깨어 있었다. 입을 뻐끔거리는데 목소리가 나오지 않았다. 양손으로 목을 쥐어뜯고, 다리도 버둥거리며 허공을 찼다.

"너는 내게 볼일이 있을 텐데. 그 아이를 놔라."

"……내가 손을 놓으면 이 애는 죽어."

천장 위에서 갈라진 목소리가 속삭이듯 대답했다. 다키는 고로스케와 말을 해본 적이 없어 목소리를 몰랐다. 뭔가를 맞비비는 것 같은 소곤거리는 소리는 사람을 무는 해충의 시끄러운 날갯짓 소리와 비슷하게 들렸다.

"이쪽으로 와서 잘 봐."

시게오키는 조금도 주저하지 않고 발을 내디뎌 곁방으로 문턱을 넘었다. 엉금엉금 기어 따라간 다키는 스즈에게 무슨 일이 일어나고 있는지를 보고 오한이 온몸을 훑었다.

밧줄이 이중, 삼중으로 스즈의 목에 감겨 있었다. 스즈는 고통스러워 필사적으로 올가미를 늦추려고 잡아뜯는 것이었다.

고로스케의 말이 맞았다. 지금은 그나마 몸통을 안고 있어서 스즈는 간신히 숨을 쉴 수 있었다. 그런데 만약 손을 놓으면 공중에 매달려 무게가 가해지면서 밧줄이 목을 파고들어 순식간에 질식할 것이다. 뼈가 부러질지도 모른다.

"작은나리, 저 여자들을 여기서 나가게 해줘."

고로스케의 속삭임에는 묘하게 친근한 척하는 느낌이 있었다.

"나하고 단둘이 이야기하자고. 중요한 이야기야. 여자들은 방해돼."

시게오키는 천장을 올려다본 채 다키에게 짤막하게 명했다.

"다키, 고를 깨워서 밖으로 나가라."

"허튼 수작은 부리지 말라고."

천장 위의 독벌레는 다키 쪽으로 날갯짓 소리를 보냈다.

"소란을 피우면 손을 놓을 줄 알아."

"나, 나리마님."

"염려할 것 없다. 어서 나가라."

스즈는 이제 발을 버둥거리지 않았다. 그럴 힘도 없는 것이다. 숨을 헉헉 몰아쉬며 손가락만이 힘없이 목을 쥐어뜯고 있었다.

"다키, 나를 믿어라."

시게오키의 말에 고로스케가 나지막이 웃었다.

"우리 **맛코**는 역시 남자답군. 아버님을 쏙 **빼닮았어**."

그 말에 시게오키가 채찍으로 얻어맞은 듯한 반응을 보였다. 강인한 정신이 등줄기를 훑는 것을 다키는 봤다.

"다키, 어서!"

위급한 사태다. 목숨이 걸린 문제다. 다키는 느꼈다. 직감으로 깨달아 그것을 믿을 수 있었다.

괜찮다.

지금 여기 있는 기타미 시게오키는 누구보다도, 어느 누구보다도 강하다. 본능적인 확신에 다키는 매료됐다. 이분이 우리를 지켜주실 것이다.

다키는 고에게 다가가 잠자코 흔들어 깨웠다. 피로와 마음고생에 곤히 잠들어 있던 하녀는 눈앞에 닥쳐든 다키의 얼굴을 보고 벌떡 일어났다.

"이쪽으로 와요. 어서. 주위를 둘러보면 안 돼요."

아직 잠이 덜 깬 고를 끌고 좁은 복도로 나왔다. 그대로 무작정 창살방 출입구로 향했다.

"다, 다키 님, 무슨 일이신데요?"

"어서 나가요."

"스, 스즈는요?"

"됐으니까 어서요."

격자문을 닫은 출입구 밖에는 간키치가 촛대를 바닥에 놓고 앉아 있었다. 다키와 고를 보고 눈이 둥그레졌다.

"열어주세요!"

들들 소리가 났다. 다키는 고를 밖으로 밀어내고 숨죽인 목소리로 간키치에게 말했다.

"다들 불러주세요. 이시노 님과 한주로 씨를."

"네? 네? 대체 무슨……."

"고로스케가 안에 있어요!"

간키치는 펄쩍 뛰어올라 달려갔다. 다키는 고의 등을 떠밀었다.

"마구간으로 가세요! 시게와 같이 있어요."

"다, 다키 님, 스즈는요."

"꼭 구할 테니까 고 씨는 도망치세요."

"스즈는 어떻게 됐나요?"

격자문 안으로 돌아오려는 고와 다키가 몸싸움을 벌이는데, 동쪽 복도로 한주로와 위사들이 달려왔다. 서쪽에서도 발소리가 들렸다. 간키치가 알릴 것도 없이 격자문 소리를 듣고 달려온 것이다.

"다키 님!"

창살방 안을 가리키며 소리치려던 다키는 하려던 말을 삼켰다.

안에서 절규가 터져 나왔다. 그리고 빠지직 하고 뭐가 부서지더니 무거운 물건이 떨어진 듯한 진동이 느껴졌다. 거세게 날뛰는 소리가 이어지고, 또다시 고함소리가 들렸다.

"어떠냐!"

노여운 나머지 갈라지고 꺾인 목소리는 분명 시게오키 것이었다.

얼어붙어 있던 그들은 정신이 번쩍 든 것처럼 창살방으로 달려 들어갔다.

"나리마님!"

한주로가 소리치자 짐승이 울부짖는 듯한 목소리가 답했다. **굵은 목소리다.** 뭐라 악을 쓰고 있는데 알아들을 수 없었다. 사람의 말이 아닐지도 모른다. 인간 세상의 악행을 벌하기 위해 내려온 귀신의 포효다.

그게 웃음소리로 변했다. 의기양양한 웃음소리로.

이시노 오리베가 만사쿠를 데리고 달려왔다. 시로타 의사도 함께 있었다. 숨을 몰아쉬는 저택 관리인은 버선발이 미끄러져 격자문을 잡고 몸을 지탱했다.

"다키, 무슨 일이……."

웃음소리가 그치고 시게오키의 부르짖음이 저택 전체에 울려 퍼졌다.

"꼴좋다!"

오리베는 돌처럼 굳었다.

시로타 의사가 우두커니 섰다. 다키는 고와 부둥켜안았다.

영원 같은 시간이 지나고 스즈의 가냘픈 울음소리가 들려왔다.

"적이기는 해도 측은한 마음이 들 만큼 심한 상태입니다. 정말로 보시겠습니까?"

서쪽 대기소 봉당에 한주로가 한쪽 무릎을 꿇고 있었다. 그 곁에는 멍석을 덮은 고로스케의 시체가 누워 있었다.

지금 이곳에 있는 사람은 다키와 한주로뿐이었다. 가을의 아침 해가 비치는 고코인 정원에는 청신한 공기가 가득했다.

"보여주세요."

다키는 겁먹을 생각은 없었다. 아니, 설령 겁을 먹더라도 자기 눈으로 직접 봐야 직성이 풀릴 것 같았다.

'나를 믿어라'라는 말에 목숨을 걸어도 된다는 다키의 직감은 옳았다. 그때 시게오키는 압도적인 힘이 있었다. 그건 노여움의, 보복의 힘이요, 다키와 고를 지키고 스즈를 구해내는 수호의 힘이기도 했다.

시게오키는 어떻게 고로스케를 무찔렀나.

한주로가 여전히 망설이면서 거적 끝을 쳐들었다. 시체의 어깨 위가 보였다.

다키는 눈을 깜박였다. 고로스케는 목이 비틀려 있었다. 목에 손가락 자국이 점점이 남아 있다. 입은 반쯤 벌렸고 한쪽 콧구멍에 코피가 응고돼 있었다.

좌우 눈알은 뭉개졌다. 익어서 나무에서 떨어진 오디가 생각났다.

"이제 됐습니까?"

한주로는 거적을 도로 덮었다.

"다키 님도 아시겠지만 창살방 안에 무기 종류는 일절 없었습니다."

무참한 시체를 보고도 다키가 혐오를 느끼지 않는 것처럼 한주로의 표정에도 혐오감은 없었다. 있는 것은 엄숙한 두려움의 감정뿐이었다.

"나리마님은 맨손으로 고로스케를 응징하신 겁니다."

그들이 침소로 달려 들어갔을 때는 이미 전부 끝난 다음이었다. 이시노 오리베를 보고 시게오키는 후련한 표정으로 이렇게 말했다고 한다.

할아범, 자객을 처단했네.

시로타 의사에게는 이렇게 분부를 내렸다.

선생, 스즈를 봐주겠나.

그리고 한주로와 위사들에게는 이렇게 물었다.

다키는 무사한가.

가가미 다키는 무사합니다, 하고 한주로가 대답하자, 시게오키는 마음이 놓인 것처럼 어깨를 늘어뜨리더니 갑자기 휘청거리며 무릎을 꿇었다. 머리를 끌어안고 몸을 웅크리고는 달려온 시로타 의사의 부축을 받으며 심하게 토했다.

머리가 깨질 것 같군.

그 뒤로 누워 안정을 취하고 있다. 이번에는 시로타 의사가 내내 곁에 붙어 있었다.

"나리마님 목에도 올가미 자국이 뚜렷하게 남아 있었습니다. 피가 나더군요."

고로스케의 올가미로 끌어올려졌을 것이라고 한주로는 말했다.

"하지만 나리마님은 그 자세로 되레 고로스케를 잡아 그자를 천장 위에서 끌어내리셨겠죠."

두 사람이 추락하면서 천장널 몇 장도 같이 떨어졌다. 시게오키는 고로스케와 몸싸움을 벌여 완력만으로 제압하고 마침내 숨통을 끊은 것이다.

그 웃음소리, '꼴좋다'는 그때 지른 함성이었다.

"가공할 담력과 완력입니다."

다키는 고개를 끄덕였다. 고로스케의 눈알이 남아 있었다면 거기에 모조리 새겨져 있어 다키도 엿볼 수 있었을지 모른다. 분노에 불타며 고로스케가 예상치 못한 무시무시한 힘으로 반격하는 시게오키의 얼굴을.

"어제 고로스케는 저와 시게가 호숫가 남쪽 주재소 옛터에서 돌아오기도 전에 먼저 이곳에 숨어들어 내내 천장 위에 숨어 있었던 것 같습니다."

한주로의 말투는 담담했다.

"저희가 완전히 뒤진 셈입니다만 저희 실패를 나리마님이 만회해주셨습니다."

다키는 고로스케의 시체를 향해 합장했다.

"한주로 씨, 저희는 어젯밤 본래의 기타미 시게오키 님을 뵈었다고 생각해요."

눈길을 주자 한주로는 당혹한 표정이었다. 다키는 가볍게 고개를 흔들었다.

"고로스케 씨를 제압하고 함성을 질렀을 때를 말하는 게 아니에요. 그건 아마 이시노 님께서 말씀하셨던……."

"굵은 목소리의 사내일 테죠."

과거 기타미 나리오키를 때려 죽이고 시녀를 칼로 베어 죽였다는 상스러운 인물. 고토네나 여자 틈새와 마찬가지로 시게오키 안에 있다가 때가 되면 '교대'를 한다.

"굵은 목소리의 사내는 본래의 시게오키 님께서 강한 노여움을 느끼실 때 불러내는 것 같아요."

다키의 고백에 시게오키는 분노했다. 다키가 당한 처사에 분노하고 그것이 상기시킨 자신의 꺼림칙한 기억에 분노했다.

그리고 무엇보다도 어젯밤 시게오키는 눈앞에 있는 사악한 것에 분노하며 그와 싸우려 했다.

"하지만 고로스케 씨를 제압한 뒤 스즈와 저가 무사한지 염려해 주셨을 때는 이미 본래의 자신으로 돌아와 계셨던 거예요……."

이시노 오리베를 '할아범'이라고 부르고, 시로타 의사를 알고 있고, 다키와 스즈의 이름을 불렀지만 한주로에 관해서는 몰랐다. 본래의 시게오키가 직접적으로든 고토네를 통해서든 다지마 한주로를 만난 적이 없기 때문일 것이다.

"고토네 님이나 그 여자는 '다른 사람'이지만, 상스럽고 목소리가 굵은 남자는 본래의 시게오키 님과 크게 다르지 않을지도 몰라요. 그저 시게오키 님의 '노여움의 화신'일 뿐."

"노여움의 화신이란 말씀입니까" 한주로는 중얼거렸다. "노여움에 불타고 있으니 두려움을 몰라 그런 힘을 발휘할 수도 있다는 말이군

요."

뒤틀려 있던 고로스케의 목. 십중팔구 뼈가 부러졌을 것이다. 시게오키가 꺾은 것이다.

"이시노 님과 시로타 선생님께 드려야 할 말씀이 있어요. 본래의 시게오키 님은 고통의 근원을 똑똑히 기억하고 계신다고 말씀드려야 해요."

나를 괴롭힐 때 가면을 쓴 아버지는 짐승의 눈빛이었다.

이렇게 다시 생각하는 것만으로도 숨이 막힐 만큼 꺼림칙한 고백, 아니 고발이었다.

"시로타 선생님의 진단이 옳았던 거예요."

느닷없이 가슴이 메어 다키는 입을 꽉 다물어 울음을 참았다.

겉모습은 시들 대로 시든 노인이었던 고로스케는 이렇게 멍석으로 덮으니 더욱 작아 보였다. 이 밑에 개의 시체가 있다고 해도 믿을 것 같았다.

그래, 개다. 고로스케는 시게오키가 과거에 있었던 일을 기억해내면 곤란한 누군가에게 조종당하고 혹사당했을 뿐인 개였다.

그런데 마음에 걸리는 게 있었다.

"한주로 씨, '맛코'라는 말을 들어본 적이 있나요?"

"맛코?"

"네. 고로스케가 시게오키 님을 친근한 척 불렀거든요. 내 맛코라고."

한주로는 불쾌한 듯 떨떠름한 표정을 지었다.

"모르겠는데요. 하지만 그러고 보니 고로스케는 숲에서 마주쳤을 때 제게도 이상한 말을 하더군요."

그거 모르냐, 이 **보로쿠**.

"보로쿠."

한주로를 조롱하는 뜻으로 한 욕일 텐데 다키도 처음 듣는 말이 었다.

두 사람은 서로 약속이라도 한 것처럼 고로스케를 내려다봤다. 시체에서 강하게 풍기는 악취에 각각 얼굴을 굳히면서.

8장

解明

해명

I

그날 오전 중으로 성읍에서 말을 달려 기타미 가신인 무사 일곱 명이 고코인에 도착했다.

일곱 중 여섯 명은 창과 활을 갖추고 화살통을 등에 지고 통소매 옷 밑에 미늘 속옷을 받쳐 입었다. 전투 복장이다. 그중 한 명은 미노스케였으니 그들의 복장과 무구에 문장이 없는 의미는 명백했다. 전원 가게마와리인 것이다.

시게오키를 비롯해 고코인 사람들은 모두 무사하다. 자객도 처단했다. 이시오 오리베에게서 그 말을 듣고 가게마와리 일동은 곧바로 새로운 경비 계획을 짜기 시작했다. 와키사카 가쓰타카가 이 급박한 상황에 보낸 자들이라면 믿을 수 있다. 그들이 있으면 지난밤 한잠도 못 잔 위사들과 하인들도 잠깐은 쉴 수 있을 것이다. 매우 믿음직하다.

위험한 고비는 넘겼다. 그렇게 안도하는 한편으로, 과묵한 가게마와리들의, 본래의 개인적인 얼굴을 감춘 태도와 통솔된 기민한 움직임을 지켜보다보면 과거 이즈치 촌을 습격해 쿠리야를 몰살한 것도 이런 집단이었을 것이라는 어두운 확신이 오리베의 가슴을 찔렀다. 그 탓인지 피로가 거의 느껴지지 않았다. 앞일을 생각하면 늙은 몸뚱이도 마음이 조급해지고 초조했다.

어제 고로스케와 대치하기 직전에 시게오키는 가가미 다키에게 말했다고 했다. 아버지가 나를 괴롭힐 때는 짐승의 눈빛이었다고.

드디어 비밀의 일단이 드러난 것이다. 시게오키 자신의 입으로 수수께끼 풀이가 시작됐다.

중신으로서의 인생을 기타미 나리오키에게 바쳐온 이시노 오리베는 본래 여기서 환멸하고 절망해야 할 것이다. 우리 큰나리께서 소중한 작은나리를 학대했다는 것이다. 시게오키가 쓴 '괴롭히다'라는 말에는 부정한 정욕의 의미가 들러붙어 있었다.

오리베의 마음은 이상할 정도로 차분했다. 멈췄는지도 모른다. 돌이 되고 만 것일지도 모른다.

그래도 상관없었다. 기타미 나리오키는 이미 세상을 떠났다. 죽은 자를 재판하는 것은 저승에 있는 시왕의 역할이다.

인간인 오리베는 현생을 살고 있는 시게오키를 돕기 위해 이곳에 있다.

한시라도 빨리 시게오키를 만나고 싶건만 아쉽게도 그쪽은 뜻대로 되지 않았다. 소동이 있은 뒤 시게오키의 두통이 악화되어 오한에 몸을 떨며 비지땀을 흘려 도무지 이야기를 나눌 수 있는 상태가 아니었다. 시로타 의사가 탕약을 주고 머리에 냉습포를 붙이고 이마의 상처를 처치해 간신히 잠들게 했을 때는 이미 하늘이 부옇게 밝아오고 있었다.

다음에 깨어났을 때 무엇을 기억하고, 과거의 기억을 어디까지 되찾았고, 어떤 시게오키가 되어 있을까. 이제 두려움은 없었지만 너무 많은 것을 기대해도 안 된다고 오리베는 스스로를 타일렀다.

한 가지 확실한 게 있었다.

작은나리는 적을 무찌르셨다.

자기 몸을 지키고 스즈를 구하기 위해 고로스케를 죽였다. 자랑스럽게 생각할 일이지 후회할 일이 아니다. 깨어나면 맨 먼저 그 말부터 하고 싶었다.

유일하게 전투 복장 대신 여장을 한, 등솔기 밑이 터진 붓사키바오리의 등에 문장 하나가 있는 일곱 명째 무사와는 오리베도 안면이 있었다. 와키사카 가쓰타카의 측근 중 한 명으로 이름은 구리키 안고, 이십대 중반인 젊은 무사다. 고코인의 저택 관리인으로서 가신으로 복귀한 오리베에게 와키사카가 맨 먼저 소개해 그 뒤로 내내 수석 가로와의 사이를 오가며 전령 역할을 해준 인물이었다.

와키사카의 측근 중에서도 가장 젊은 구리키는 하급 무사 중에서 발탁됐다. 유능한 인재라면 가문을 따지지 않고 등용하는 게 와키사카의 방식이라는 것은 오리베도 잘 알지만, 이 중대한 국면에 구리키를 택해 보낸 것은 그렇게 해서 발탁된 인물이기에 가지는 굳은 충성심을 믿기 때문일 것이다. 가신들 중에서는 최하층에 가까운 신분에서 기용된 구리키에게는 수석 가로 외에 충성을 바쳐야 할 중신이 없다. 달리 은혜를 갚고 의리를 지켜야 할 세력이 없으니 와키사카의 분부만을 따르고 비밀을 지키는 게 가능하다.

다만 작은 문제는 있었다. 구리키 안고는 말 그대로 풋내기 무사인 데다 약골이었다. 서쪽 대기소에서 고로스케의 시체를 보여주자 잠시 말없이 굳어 있더니 "실례합니다"라 하고는 밖으로 도망쳐 웩웩 토했다. 몸도 가냘프지만 간덩이는 더욱 작은 듯했다. 돌아왔을 때는 원래도 하얀 얼굴이 납처럼 창백했고 다리가 후들거렸다.

"저런 사람이 와키사카 님의 측근입니까" 한주로가 어이없어했다. "다키 님 쪽이 더 배짱이 있겠습니다."

"글쎄, 좀더 두고 보기로 하지."

실제로 본론에 들어서자 구리키는 완벽하게 원 상태를 되찾았다. 와키사카 가쓰타카가 중요한 지시 몇 가지를 내렸다.

먼저 고코인의 위사를 더욱 늘려 경비를 강화할 것.

"이미 준비중입니다."

"작은나리께서 다른 곳으로 옮기실 필요는 없다는 판단인가."

"죄송한 말씀입니다만 어디로 옮기시든 자객을 경계해야 하는 것은 마찬가지입니다. 더욱이 6대 나리의 쾌유를 위해서는 고코인에 머무실 필요가 있지 않겠느냐는 가로 나리의 말씀이십니다."

오리베 생각에도 이 저택과 진쿄 호 자체가 기타미 부자의 과거에 얽힌 수수께끼를 풀 실마리였다. 와키사카 가쓰타카가 그 뜻을 이해해주는 것은 고마운 일이다.

"고로스케의 신원은 급히 조사중입니다만, 고코인에서 일하게 된 경위 등에 불명한 점이 있습니다. 위장이 있었을 가능성도 있습니다."

"그자는 가게마와리인가, 틈새인가."

입장으로 보면 둘 다 가능하다. 고로스케의 주인은 기타미 번에 있나, 아케노 영에 있나.

"어느 쪽이든 노련한 첩자입니다. 심지어 자객이 본업이었나 싶기까지 합니다."

쿠리야 신쿠로는 고로스케에게 당한 몇 번째 희생자였을까. 다지마 한주로는 몇 번째가 될 뻔했나.

고로스케와 돌무더기 밑에서 파낸 신쿠로의 시체, 진쿄 호에서 건진 백골은 성읍으로 운반해 상세히 검사할 것이다. 그리고 미노스케를 에도로, 다지마 한주로를 이즈치 촌이 있던 곳으로 보내 각각 조사를 계속하게 한다.

"에도 별저를 관리하던 고데라 센노스케의 소식을 알았습니다. 은거하고 얼마 안 되어 병이 생겨 치료를 위해 에도에 남았습니다만, 병세가 낫지 않아 번으로 돌아오지 못하고 있는 모양입니다."

에도에서는 아는 이의 도움으로 절에 신세를 지고 있다고 했다.

"살아있군."

오리베는 안심했다. 찾아보니 별저의 사정을 아는 고데라 센노스케도 이미 죽었더라, 입막음을 당했더라 하지 않을까 불안했었다.

"그렇다면 미노스케 외에 따로 간호할 자를 보내지. 그편이 이야기하기 쉬울 것이야."

"이시노 님께서 생각하시는 간호인이 있습니까?"

"그래. 지금 여기에서 일하는 사람이네. 이미 우리와 일련탁생이니 믿고 맡길 수 있어."

오리베는 곧바로 간키치가 좋겠다고 결정했다. 재치가 있고 똑똑하다.

"그럼 그렇게 해주십시오."

그렇게 말하고 구리키 안고는 한주로에게 시선을 돌렸다.

"이즈치 촌과 쿠리야의 조사에 관해 다지마 공은 앞으로 제 밑에서 움직여주십시오."

잘 부탁합니다, 하는 인사에 한주로는 솔직하게 의외라는 표정을 지었다. 이 허여멀건 말라깽이의 부하라고?

"어디까지나 모양새다, 한주로."

"어째서 그럴 필요가 있는 겁니까."

"이즈치 촌 일대는 목장과 농지밖에 없는 외진 곳입니다. 다지마 공이 혼자 돌아다녀서는 공연히 눈에 띌 뿐입니다. 대의명분이 필요하죠."

"어, 어떤 대의명분입니까."

"좋은 말을 찾아다니는 것이죠" 구리키가 말했다. "가로 나리의 증명서도 이미 준비해놨습니다."

"아하" 오리베는 무릎을 탁 쳤다. "나오마사 님은 말을 좋아하신다고 하니 말이지."

기타미 나오마사는 바로 얼마 전 참근 교대 행렬을 갖춰 에도로 올라갔다. 돌아오는 것은 일 년 뒤다. 변칙적인 형태이기는 하지만 그때가 새 번주의 정식 입성이 될 것이다.

"가로분들 간에 그에 맞춰 말을 정비해야 한다는 발의가 있습니다. 뛰어난 말, 좋은 말은 하루아침에 발견되지 않으니까요. 지금부터 찾아놓는 것이 좋을 테죠."

수석 가로 와키사카 가쓰타카가 측근의 말단에게 임무를 맡겨 영내의 주된 목장을 돌아볼 수 있도록 허가를 내렸다고 하면 아무도 의심하지 않을 것이다.

"그렇군, 명안인데."

오리베가 고개를 끄덕이자, 구리키는 그래도 납득하지 못한 눈치인 한주로를 버려두고 이야기를 계속했다.

"이시노 님께서는 고코인의 경비 강화가 끝나고 6대 나리의 용태가 안정되는 즉시 성읍으로 행차해주십시오. 가로 나리께서 기다리십니다."

와키사카 가쓰타카와 이시노 오리베가 얼굴을 맞대고 무엇을 한다는 말인가.

"사태가 곤보 후의 유덕과 관계되고 일문에서 부리는 틈새가 관여하고 있다면 같이 맞춰봐야 할 정보가 있다고 말씀하셨습니다."

어떤 정보인지는 오리베도 바로 짐작이 갔다. 하지만 긴노스케 공이라면 뜻밖의 정보도 파악하고 있을지 모른다.

"그래, 서두르도록 하지. 내 쪽에서도 새로 와키사카 님께 부탁드릴 것이 생겼네. 늙은이 얼굴을 맞대고 이야기해야겠어."

수석 가로의 권위와 권력으로도 쉽지 않을 새로운 현안. 시게오키의 생모 비후쿠인과의 면회다.

가가미 다키에게 부탁을 받을 것도 없이 오리베 자신도 생각은 하고 있었다. 기타미 부자의 수수께끼라면 아내이자 어머니인 사람이 열쇠가 될 만한 것을 알고 있어도 이상할 것 없다.

그러나 수수께끼의 핵심이 부자 사이에 감춰져 있다면 그 열쇠를 쉽게 끌어낼 수 있을 것 같지 않았다. 적어도 비후쿠인이 눈물을 흘리며 시게오키를 염려하고 자식에게 도움이 될 사실이라면 하고 숨김없이 털어놓는다 하는 상황은 바랄 수 없었다.

아버지와 아들 사이에 일그러진 비밀이 존재했다면 어머니와 아들, 아버지와 어머니 사이에도 그것이 앙금을 남겼을 것이다.

연금 이래로 비후쿠인은 시게오키에게 형식적인 문안 서한을 몇 차례 보낸 게 전부였다. 지금까지 오리베는 그것을 나쁜 방향으로 해석하기를 애써 피해왔다. 그러나 그것도 이제 한계다. 돌이 된 오리베의 마음은 알아서 헤아려주는 것도 조심하는 것도 그만두기로 했다.

비후쿠인의 냉담함에도 반드시 이유가 있을 것이다.

"이시노 님께서 성읍에 가 계시는 동안 외람되지만 저 구리키 안고가 고코인의 저택 관리인을 대행하겠습니다."

자세를 바로 하고 엎드려 절한 다음 몸을 일으킨 구리키는 시치미 떼듯 정색하고 한주로에게 말했다.

"저는 보시다시피 이런 허여멀건 말라깽이입니다만, 가로 나리께서 경비를 위해 보내신 무사들은 모두 강합니다. 다지마 님도 염려하지 말고 조사하러 가십시오."

다지마 한주로는 또다시 솔직하게 겸연쩍은 표정을 지었다.

"말을 보는 눈이 있는 척 꾸미려면 시게의 지혜를 빌려야겠군요."

"말몰이 노래도 배워둬라."

오리베는 말했다.

미노스케는 간키치를 데리고 에도를 향해 출발했다. 한주로는 일단 성읍으로 돌아가 센치쿠를 만나고 나서 이즈치 촌으로 갈 것이다. 성읍까지 여자 말 장수 시게가 동행하기로 했다.

"올해는 이제 이쪽으로 찾아뵐 기회가 없다만 해가 바뀌면 되도록 빨리 다시 오마."

시게는 헤어질 때 도비아시의 목을 쓰다듬으며 그렇게 타일렀다.

"작은나리를 지켜드려라, 도비아시. 알겠지? 부탁한다."

고코인 안팎은 바삐 움직이고 있었지만 시게오키의 회복은 더뎠다. 두통은 나을 줄 모르고, 고로스케의 올가미에 다친 목의 상처도 의외로 깊어서 붓고 곪아서 열이 났다. 잠깐이라도 이야기하고 싶다며 회복을 기다리던 이시노 오리베도 결국 그냥 성읍으로 갔다.

위사가 늘고 미노스케와 간키치가 빠진 탓에 만사쿠와 도요사쿠,

고, 스즈는 한층 바빠졌다. 가게마와리들은 식사 외의 잡일은 알아서 해주기 때문에 그만큼 손이 덜 갔지만, 그래도 시게오키의 간호와 시로타 의사의 보조는 다키가 대체로 도맡아야 했다.

고열과 아픔에 시달리는 시게오키의 머리맡을 지키며 밤을 꼬박 새운 적도 있었다. 임시로 널을 끼워 막은 곁방 천장은 틈이 약간 남아 있어서, 그것을 볼 때마다 다키는 그때 일이 생각났다. 이제 무섭지는 않았다. 시게오키를 생각하는 마음이 한층 뜨겁게 달아오를 뿐이었다.

만에 하나 또다시 누군가가 습격하는 일이 생긴다면.

그때는 이번에는 다키가 시게오키를 지키자. 목숨을 버려서라도 이분을 지키자.

위기를 극복하면서 더욱 강해진 다키도, 저택 관리인을 대행하는 구리키 안고라는 젊은 무사를 알 수 없어서 곤혹스러웠다.

구리키는 수석 가로 와키사카 가쓰타카의 대리인이나 다름없으니 믿어도 된다, 모든 상황을 알고 있으니 아무것도 감출 필요가 없고 설명할 필요도 없다. 이시노 오리베는 그렇게 언명하며 그에게 저택을 맡기고 떠났다. 그 말을 의심할 생각은 추호도 없었지만, 대뜸 흉금을 터놓기는 쉽지 않다. 다키뿐 아니라 고코인의 다른 사람들도 비슷한 기분인 듯했다.

구리키 쪽도 사람들의 그런 조심스러움과 완전히 풀지 못하는 경계심을 알아차린 것 같았다. 시로타 의사에게는 경의를 가지고, 다키에게는 예절을 지키고, 하인들에게는 합당한 위엄(분위기상으로는)

을 갖추며 거리를 두었다. 다만 스즈만은 예외였다.

스즈도 고로스케의 올가미에 당한 자국이 목에 남아 있었다. 무서운 일을 당해 죽을 뻔한 것은 시게오키와 마찬가지였다. 그래도 자신의 입장과 역할을 이해해 열심히 일하는 것으로 애써 생각하지 않으려 하고 있었다. 다키는 알 수 있었다.

그렇건만 구리키는 일찍부터 스즈에게 친근하게 말을 걸기 시작해서는 다친 데는 어떤가, 몸은 어떤가 물었다. 스즈가 매번 정중하게 대답하면 외롭지는 않나, 집에 가고 싶지는 않나, 부모를 보고 싶지 않나, 하고 더욱 사적인 걱정까지 하게 됐다.

스즈도 고코인의 일원이고 이제 와서는 어디로도 도망칠 수 없다. 그렇기에 주저앉지 않으려고 열심히 노력하는 중이건만 저래서는 되레 잔인한 게 아닌가. 볼 때마다 다키는 와키사카 님은 꽤나 생각이 얕은 측근을 두었다고 화가 났다.

오늘은 한 말씀 드려야겠어.

그렇게 결심한 게 오리베가 떠나고 닷새째 되는 날 아침.

시게오키가 자리를 걷었다.

"미안하다."

머리를 빗어 틀어올리고 차림새를 가다듬고 창살방 거실에 단정하게 앉은 기타미 시게오키는 머리를 깊이 수그렸다.

그 자리에 있는 사람은 다키와 시로타 의사, 고, 스즈였다. 두 하녀를 부르라고 시게오키가 명했다. 그때 두 사람의 이름을 정확하게 불렀다. 시게오키는 고토네로서 만난 고와 스즈를 기억하는 것이다. 그리고 두 사람에게 격식 차릴 것 없다, 직답을 허용한다고 이르고 나서 그렇게 말을 꺼냈다.

도비아시와 함께 산책을 나가게 된 뒤로는 빠른 속도로 혈색이 돌아와 처음 입성했을 때의 눈부신 모습을 되찾아가고 있었건만, 이번 일로 인한 부상과 고열로 또다시 병자 같아졌다. 뺨은 움푹 패고 어깨는 야위고 안색은 밀랍처럼 창백했다.

그래도 전과 다른 점이 있었다. 눈빛이다. 이제 불안정하게 흔들리지 않았다. 침착하게 그들을 보고 있었다.

표정도 달라졌다. 다키는 어디가 어떻게 달라졌다고 말로 잘 표현할 수 없었다. 다만 시게오키가 마침내 뭔가를 벗어던지고 홀가분해졌다는 생각이 들었다.

"내 부덕으로 너희 목숨을 위험에 빠뜨리고 말았구나."

정말 미안하다, 하고 사과하는 말에 고도 스즈도 굳어버렸다.

"황송한 말씀입니다."

두 하녀를 대신해서 시로타 의사가 말했다.

"그러나 나리마님, 잊으시면 안 됩니다. 고로스케의 손아귀에서 스즈를 구한 것도 나리마님이십니다."

시게오키는 눈을 내리깔고 잠시 침묵했다. 그러고는 얼굴을 들어 스즈에게 물었다.

"그날 밤 나는 네게 얼굴의 화상 흉터에 관해 물었지."

스즈는 놀란 것처럼 눈을 크게 떴다. 시게오키를 향해 몸을 돌리고 바닥에 세 손가락을 짚으며 절했다.

"예, 그렇게 물으셨습니다."

"매우 무례하고 가혹한 질문을 했구나."

"그렇지만 그때 나리마님께서는 나리마님이 아니라 고토네 님이
셨습니다. 그리고 고토네 님은 물으시고 나서 바로 제게 '미안해'라
고 하셨습니다. 제 화상은 온도 님의 불 때문이라고 말씀드렸더니
'스즈, 아팠겠구나, 가엾어라'라고 말씀하셨습니다."

스즈는 말하는 사이에 눈물을 글썽이기 시작했다.

"고토네 님은 다정하신 분입니다. 나리마님도 다정하시고 강한 무
사 나리이십니다. 저를 구해주셨습니다."

"그러나 그 때문에 네게 무서운 광경을 보여주고 말았지."

다키는 흠칫했다. 시게오키가 고로스케를 제압했을 때, 눈을 뭉개
뜨리고 목을 비틀어 죽였을 때 그 자리에 있던 사람은 스즈뿐이다.
포효하는, 시게오키의 노여움의 화신을 본 사람은.

그런데 시게오키 자신도 그때 일을 기억하는 건가.

스즈는 살그머니 얼굴을 들었다. 시게오키는 스즈를 바라보고 있
었다. 얼굴이 마주 보고 눈이 마주쳤다. 스즈는 손가락을 바르게 짚
고 앉은 채 숨을 몰아쉬고 있었다.

숨을 꿀꺽 삼키고 나서 말했다.

"무서운 광경이 아닙니다. 나리마님께서 그 무시무시하고 시커먼
녀석에게서 저를 구해주셨습니다. 이 은혜는 평생 잊지 않겠습니다.
이곳에서 나리마님을 모실 수 있는 한 열심히 모시겠습니다."

또다시 숨을 몰아쉬기 시작했다. 스즈는 울지 않으려고 애쓰는 것이다.

시게오키가 미소를 지었다. 뭔가가 녹아내리는 듯한 웃음이었다. 다키는 안도감에 몸에서 힘이 빠졌다.

그 무시무시하고 시커먼 녀석.

고로스케는 이제 고코인의 하인 고로스케 할아범이 아니었다.

"고맙다. 앞으로도 나를 잘 보살펴주겠느냐."

"예."

"거기 있는 고 너도."

고는 정신이 번쩍 든 것처럼 납작 엎드렸다.

"너희는 시로타 선생을 따라 지코료에서 왔다고 들었다만……."

장본인인 시로타 의사가 가볍게 놀랐다.

"제가 이 두 사람에 관해 말씀드렸습니까?"

"선생에게서 들은 것이 아니야. 처음에는 시게에게 들었다."

내가 도비아시와 산책을 나갈 때마다 몰래 숨어서 지켜보는 어린 계집애가 있구나. 누구지?

"그랬더니 시게가 그 아이는 도비아시를 아주 좋아하는 귀여운 하녀랍니다, 하면서 말이지. 벌써 오래전부터 이곳에서 작은나리를 모시고 있는데 모르셨습니까, 그런 박정한 주인이 어디 있습니까, 하고 야단치지 뭐냐."

딱 시게가 할 법한 말이다. 그 광경이 눈에 선했다.

"허둥지둥 할아범에게 물어보니 고와 스즈, 또 한 사람은 간키치였나, 이 세 사람은 시로타 선생이 직접 골라 지코료에서 데려온 자들이라고 가르쳐주더구나. 시로타 선생이 가장 신뢰하는 부지런한 자들이라고 말이지."

"맞습니다."

의사가 고개를 끄덕였다.

"면목 없는 말이다만 나는 지코료에 관해 잘 몰라. 시약원이 어떻게 돌아가는지 실제를 알기 전에 번주 자리에서 밀려나고 말았다."

잠깐 가르쳐주겠느냐. 시게오키는 그렇게 운을 떼고는 고와 스즈에게 여러 가지를 물었다. 지코료의 크기, 그곳에서 일하는 사람과 환자 수. 일상의 습관, 치료와 식사 내용. 재정 상황은 어떤가, 어떤 게 즐겁고 가장 힘든 것은 무엇인가.

다키도 고와 스즈의 예전 생활에 관해 자세한 이야기를 듣는 것은 처음이었다. 두 사람이 얼마나 바빴는지를 알고 놀라고 새삼스레 스즈가 얼마나 야무진지를 알고 감탄했다. 번의 시약원은 세상의 고통과 가난과 슬픔이 밀려드는 물가다. 다름 아닌 스즈 자신도 고아로 그곳에 밀려온 처지다. 그러나 비탄에 굴하지 않고 꿋꿋하게 살아왔다.

이런저런 이야기를 들은 뒤 시게오키는 두 하녀의 노력을 치하하고 나가도 좋다고 말했다. 창살방 출입문이 닫히자 시로타 의사와 다키까지 셋만이 남았다.

"스즈는 나를 두려워하지 않았다."

나도, 고토네도, 울부짖는 노여움의 화신도.

"실성한 사람이라고 기피하지도 않았고."

"나리마님은 그 아이에게 생명의 은인이십니다."

"그렇지 않았다면 싫어했을까."

시게오키는 중얼거리고는 조용히 고개를 가로저었다.

"그 아이라면 그런 일은 없었을 테지. 스즈는 사람의 아픔을 이해한다. 나를 싫어하지 않아 다행이야. 그런 어린 계집애도 자신의 운명을 짊어지고 도망치지 않고 살아가고 있어. 나도 늦기는 했다만 보고 배워야 할 테지."

입이 한일자로 굳게 다물어졌다.

"고토네가 되어 있을 때 나는 늘 완전히 잠들어 있는 것이 아니야."

다키와 시로타 의사의 눈이 잠깐 마주쳤다. 다키의 착각이 아니었다. 시게오키는 정말 떨쳐낸 것이다.

"마음속 깊은 곳에 가라앉아 그곳에서 고토네가 있는 곳을 올려다보는 듯한……. 고토네 주위에는 빛이 있고 내 주변에는 어둠이 가득해서 나는 그 어둠 속에 숨어 있다."

그렇지만 외부의 목소리는 들리고 고토네와는 마음이 통한다.

"고토네는 내가 본래 그렇게 됐어야 할 행복한 사내애야. 내가 산다는 것의 고통에 짓눌릴 것 같아져 마음속으로 도망치면 고토네가 나타나서 나를 대신해주지. 고통도 수치도 공포도 모르는, 누구 눈에도 무구하고 쾌활해 보이는 고토네가."

목소리는 조용하고 말은 명료했다. 시게오키는 침착했다.

나도 침착해져야지.

다키는 스스로를 타일렀다. 시로타 의사의 얼굴이 긴장으로 굳어 있었다. 나는 되도록 평소의 표정을 유지하자.

"나도 고토네의 나이였을 때는 그것으로 매사가 잘 해결됐다. 내가 혼란에 빠지고 겁이 나 자기 안으로 도망치면 고토네가 대신 나타나기까지 조금 멍하니 있는 것처럼 보이기는 했겠다만."

"나리마님께서 어리셨을 때 가끔 넋을 놓는 버릇이 있으셨다는 게 그것이군요."

시로타 의사가 말했다.

"역시 할아범은 눈치챘군."

"네. 하지만 시게오키 님의 추측대로 깊이 염려하지는 않았습니다. 시게오키 님께서 성장하시면서 그 버릇도 사라졌다고 하시더군요."

"사라진 것이 아니야. 내가 노력해서 제어하게 된 것뿐이지."

고토네의 도움 없이 시게오키 자신을 유지할 수 있도록.

"어째서입니까?"

"나와 달리 고토네는 성장하지 않는다는 것을 알았으니까."

본래 시게오키의 모습이어야 할 행복한 남자애는 영원히 아이다.

"나는 어른이 되어가는데 고토네는 그에 따라오지 않아. 고토네가 대신 나오면 명백히 이상하다는 것을 다들 알아차리게 돼."

그렇기에 한때는 고토네를 없애버릴 생각도 했다고 말했다.

"나 자신이 어른이 되어서 어린 시절의 공포를 봉하고 비밀을 감추자. 그러면 더는 고토네가 없어도 된다."

그런데 그럴 수 없었다.

"내 안에서 공포가 되살아나고 몸을 불사르는 듯한 수치와 고통이 엄습하면 이성을 잃고 분별도 날아가버려 나 자신으로부터 도망치게 됐어. 어떻게 해도, 어떻게 해도 나 자신으로 머물 수 없었다."

그러면 기타미 시게오키는 텅 비게 되고 그 공동(空洞)을 메우기 위해 고토네가 나타난다.

"이 자리에서는 예의를 잠시 잊고 의사로서 질문을 드리겠습니다."

시로타 의사가 천천히 말을 꺼냈다.

"수치와 고통이 엄습한다고 하셨습니다만, 시게오키 님께서 과거 몸소 맛보신 수치와 고통이 기억나신다는 의미인지요."

시게오키는 조금 전 고와 스즈가 그랬던 것처럼 몸을 긴장시켰다. 가면처럼 무표정한 얼굴로 호흡만이 빨라졌다. 그것을 애써 참으며 냉정해지려고 노력하고 있었다.

"……그래."

"그렇다면 시게오키 님은 자신이 겪으신 그 일을 기억하시는군요."

눈을 감고 얼굴을 찡그리며 시게오키는 고개를 끄덕였다.

"기억한다기보다 그와 더불어 있는 것이 내 일상이야."

그렇기에 그것을 봉하지 않으면 숨 쉬는 것조차 여의치 않았다.

"나를 짓누르려 하는 거대한 바위를 두 손으로 애써 떠받치고 있

다. 홀로, 날마다, 힘을 쥐어짜서 떠받치고 있어. 곁에 있는 누군가에
게 당장이라도 짓눌릴 것 같다고 도움을 청할 수는 없어."

그렇게는 할 수 없다. 그렇게 하면 안 된다. 수치와 공포의 근원에
아버지가 있으니까.

"너무나도 고통스러워서 나는 내가 그런 하루하루를 살고 있다는
사실조차 잊으려고 했다. 여기서 거대한 바위를 떠받치고 있는 나는
내가 아니라고, 자기를 무(無)로 하고 공동이 되어 기억을 봉하고 있
어."

시게오키의 호흡이 다시 빨라졌다. 시로타 의사가 말했다.

"시게오키 님, 숨을 깊이 들이쉬십시오."

다키는 견디지 못하고 일어나 재빨리 시게오키에게 다가갔다.

"실례합니다."

등에 손을 얹고 부드럽게 쓸어주었다. 손의 움직임에 맞춰 시게오
키는 천천히 호흡을 되풀이했다.

"……고맙다."

다키는 손을 떼지 않았다. 도로 살이 없어진 등이 안쓰러웠다. 가
까이서 보니 시게오키의 이마 언저리에도, 묶은 머리 속에도 새치가
섞여 있었다.

"이야기를 계속하실 수 있겠습니까."

"그래, 계속하지."

시로타 의사가 눈을 가늘게 떴다.

"방금 전 고토네 님은 시게오키 님께서 본래 그러셨어야 할 행복

한 사내애라고 말씀하셨습니다만."

"그래. 고토네는 흠집 하나 없이 무구하고 깨끗한 이치마쓰야."

"이시노 님은 고토네 님과 이치마쓰 님은 기질이 조금 다르다고 말씀하셨습니다. 고토네 님 쪽이 천진하고 명랑하고 붙임성이 있다고 하셨는데요."

"물론 그럴 테지. 고토네는 내가 그렇게 되고 싶다고 바랐던 내 모습이니까."

수치도 공포도 모르고 비밀도 없이 해맑게 자란 이치마쓰이니까.

"고토네는 내 '소망'이야. 그렇기에 고토네가 되면 늘 마음이 편안했다. 주위에서 얼마만큼 당혹스러워하든, 사태가 점점 악화되든 나는 고토네가 되는 것으로 얻는 평안을 버릴 수 없었다."

시게오키는 눈을 내리깔고 무릎 위에 얹은 주먹을 부르쥐었다.

"이곳에 온 뒤로는 고토네가 되어 할아범, 다키와 이야기하고 웃을 때마다 고토네가 부럽더군."

정말로 고토네가 되면 좋겠다고 생각했다.

"이 몸을 완전히 고토네에게 내주고 어둠 속으로 사라지고 싶었다. 그러면 겉에서 보기에는 결국 완전히 실성한 것처럼 보일 테니 두 번 다시 빛을 보지 못하고 오래 살지도 못할 테지. 그래도 상관없었어."

그러나 그건 나약함의 극치다. 겁쟁이가 하는 행동이다. 드디어 그렇게 망설임 없이 생각할 수 있게 됐다.

"스즈처럼 나보다 훨씬 약한 자도 부조리한 운명에 굴하지 않고 고통을 극복해 살고 있지 않느냐. 나도 이제 도망치지 않겠다."

시게오키는 그렇게 말하고는 다키에게 시선을 돌렸다. 맑은 빛이 깃든 눈이었다.

"다키, 너도 그렇다. 너도 강하지. 나도 강하고 올바르고 싶구나."

눈시울이 뜨거워지고 목이 메었다. 고개를 끄덕이는 것밖에 할 수 없었다. 신분을 잊고 처지를 잊고 시게오키의 등에 꽉 매달렸다.

시게오키는 미소를 지으며 가볍게 다키를 밀어내고는 자세를 바로 했다.

"고토네라는 이름에는 유래가 있어. 본인에게, 아니면 이시노에게서라도 들었나?"

"아닙니다. 다키 님은 아십니까?"

"저도 모릅니다. 다만 시로타 선생님은 고토네 님의 성함에 반드시 의미가 있을 것이라고 말씀하셨죠."

"호오, 선생은 역시 날카롭군. 그럼 맞혀보겠나."

의사는 고개를 움츠렸다.

"지금에 이르러 또 그러십니까. 용서해주십시오."

시게오키는 가볍게 웃고 말을 이었다.

"고토네는 내 가명이 될 이름이었어."

시게오키의 어머니 비후쿠인의 친가에서는 남자애가 건강하게 자라도록 두세 살이 될 때까지 여자애 이름으로 부르는 습관이 있다고 했다.

"아하, 사내애에게 계집애 옷을 입혀 키우는 것과 비슷한 일이군

요."

여자애는 남자애보다 더 튼튼하게 자랄 가능성이 높다. 일가의 적자에게 들러붙는 재액을, 이 갓난아기는 적자가 아니라 딸이라고 속여 화를 넘긴다는 이유도 있다.

"어머니께서 나를 위해 고토네라는 이름을 생각해주셨다만, 기타미 가에서는 그런 관습은 필요 없다고 아버지께서……."

시게오키는 순간 말을 잇지 못했다. 아버지께서.

"바로 물리치시는 바람에 고토네라는 가명은 사용되지 못했다 하더군. 아아…… 그래서 할아범도 몰랐나."

시게오키는 비후쿠인에게서 이야기를 들었다고 했다.

"그렇기에 내 안에서 그 사내애가 나타나 다른 것도 아니고 '고토네'라고 이름을 밝혔을 때 나는 바로 의미를 알 수 있었어. 이 아이는 내가 본래 그렇게 되었어야 할 내 모습이라고."

또 하나의 기타미 시게오키. 아무런 탈 없이 자유롭게 살아갔을 이치마쓰다.

"무섭다는 생각도, 그런 일이 있어서는 안 된다는 생각도 들지 않더군."

고토네가 나타남으로써 시게오키는 구원을 받았다. 어둠에 삼켜져 그 안에 갇혀 살던 나날에 빛이 비쳐들었으니까.

"시게오키 님과 고토네 님은 의사 소통을 할 수 있고 서로 상대방의 언동을 알고 계십니다."

시로타 의사가 확인하듯 말했다. 고개를 끄덕인 시게오키는 "그렇지만 내가 고토네를 조종할 수는 없고 고토네도 나를 움직일 수는 없어. 서로 상대방이 하는 일을 바라볼 뿐"이라고 덧붙였다.

의사는 고개를 끄덕이고 한 걸음 더 나아갔다.

"고로스케를 처단하셨을 때 시게오키 님은 어떠셨습니까. 본래의 시게오키 님과 전혀 다른 사람이 되어 계셨던 것은 아닐 테죠. 적어도 기억은 남아 있습니다. 그렇기에 스즈에게 무서운 광경을 보였다고 염려하신 겁니다."

시게오키는 입술을 깨물었다. 다키는 마른침을 삼키고 무슨 말이 나올지를 기다렸다.

"⋯⋯그자는 고토네와는 다르다."

그 역시 나 자신이기는 하다만.

"정(情)도 논리도 통하지 않아. 그자에게 있는 것은 노여움뿐이니까."

"저도 시게오키 님의 노여움의 화신이라고 봤습니다."

"악귀야."

억양 없는 목소리로 중얼거리듯 말했다.

"그렇기에 아버지를 죽일 수 있었다."

다키도 시로타 의사도 무심결에 주춤했다. 시게오키는 우울한, 지친 눈초리로 두 사람을 바라봤다.

"⋯⋯나도 아버지 일은 내내 잊고 있었어. 결코 잊은 척한 것이 아니다. 당시에는 정말로 내가 무엇을 했는지 알지 못했다."

그런데 지금 와서 기억난 것이다.

"고로스케를 죽였을 때 백일몽을 꾸듯이 생생하게 기억나더군."

시게오키는 얼굴 앞에서 손을 펴고 맞비볐다. 마치 거기에 남아 있는 피의 끈적거리는 감촉을 확인하듯이.

"같은 일을 전에도 한 적이 있다고. 그때 피바다 가운데 쓰러져 있던 것은 비겁한 자객이 아니라 내 아버지였다고."

이마가 깨져 흰 잠옷이 선혈로 물들어 있었다.

"그럼 어째서 그런 참사가 일어났는지 그 경위도 기억나셨습니까."

시게오키는 고개를 흔들었다.

"거기까지는 생각나지 않는군. 고토네와 달리 악귀인 나는 내게 그저 캄캄한 어둠이야. 의사소통이 불가능하지."

악귀는 시게오키의 일면이면서 시게오키의 접근을 허락하지 않는다. 그 정도로 거센 노여움을 불태우며 그것을 해방시키기 위해 나타난다.

"내 안에서 뛰쳐나와 잠깐 동안 미친 듯이 날뛰고는 금세 사라져버려. 그렇기에 악귀가 떠나고 나면 정신이 든 나는 악귀가 나타났었다는 것밖에 알지 못해. 악귀가 끔찍한 일을 저질렀다는 것밖에."

"이번에는 저희를 지켜주셨습니다."

다키의 말에는 대꾸하지 않고 시게오키는 갑자기 불안한 듯 어깨를 늘어뜨리고는 의사에게 물었다.

"나는 분명히 아버지를 죽인 것이 맞지? 나쁜 꿈이 아니지?"

"유감입니다만 그렇습니다" 의사는 대답했다. "하지만 거기에는 그럴 만한 이유가 있었을 겁니다. 이번에 고로스케가 그랬던 것처럼, 시게오키 님께 당시 아버님과 대결해야만 했던 불가피한 이유가 있었을 겁니다."

"아버지께서 나를 괴롭히셨기 때문이다."

이 말을 시게오키의 입에서 직접 듣는 것은 다키에게는 두 번째다. 시로타 의사는 처음이었다. 너무나도 자연스럽게 말해서 의사의 얼굴에서 순간 표정이 사라졌다.

"나는 원수를 갚았어. 어렸을 때 당한 처사에 대한 원수를. 진심으로 그러고 싶다고 바랐기 때문에 악귀가 나타났어. 소심한 내가 내 의지로는 할 수 없는 일을 악귀가 대신해서 처리해준 것이야."

꼴좋다.

그리고 악귀가 떠난 다음 본래의 시게오키가 멍하니 남아 있었다.

"과거에 에도 번저에서 시녀를 죽이신 것은 기억하십니까."

시게오키가 동요하는 것을 보고 다키는 가로막았다.

"선생님, 그렇게 잇따라 질문을 하시면……."

"다키 님, 잠자코 계십시오."

시게오키는 손으로 자기 이마를 짚었다. 입이 떨렸다.

"오도시마인 우키하시다."

시게오키가 말하는 '오도시마(大年增)'는 나이 많은 여자라는 의미가 아니라 기타미 번의 내실을 관리하는 지위를 말한다. 우키하시는 시녀의 이름이다.

"아버지 대부터 있었던 여자지. 유이를 나쁘게 말해서……."

시게오키는 괴로운 듯 그렇게 내뱉고는 고개를 세차게 내저었다.

"안 되겠군. 생각나지 않아."

"생각나지 않는 게 아니라 생각나는 것을 원치 않으시는 것이 아닙니까?"

"모르겠어. 나는 어떻게 할 수 없어. 다키, 손 치워라!"

갑자기 강한 목소리로 제지하는 바람에 다키는 놀라 펄쩍 뛰어오를 뻔했다. 또 시게오키의 등을 쓸어주려던 손이 허공에 멈추었다.

"내게 손대지 마라. 지금은…… 안 돼."

얼굴이 흙빛이었다. 무슨 일일까. 뭐가 안 되는 걸까.

"아, 알겠습니다."

다키는 몸을 뺐다. 시게오키는 뻣뻣한 동작으로 얼굴을 돌렸다.

"시게오키 님."

목소리를 낮추고 몸도 약간 앞으로 내밀어 시게오키의 얼굴을 똑바로 바라보며 의사는 말을 꺼냈다.

"아버님에 관해 여쭙겠습니다."

시게오키는 주먹을 쥐었다. 손가락 마디가 허옇게 될 만큼 세게.

"시게오키 님을 괴롭히실 때 아버님은 가면을 쓰고 계셨습니다."

다키가 들은 고백을 의사는 애써 침착하게 말했다. 단순한 말로서 나열했다.

"뿔이 달린 가면에, 코도 입도 없습니다. 눈 부위에만 구멍이 뚫려 있죠. 그곳으로 보이는 아버님의 눈은……."

"짐승의 눈이었다" 시게오키는 속삭이듯 말했다. "그 눈으로 똑바로 쳐다보면 나는 저항할 수 없었어."

갑자기 경기를 일으킨 것처럼 숨을 훅 들이마시고는 몸을 경직시켰다.

"아버지는 늘 말씀하셨다. 내가 아름다워서 이러시는 것이라고. 내가 더할 나위 없이 사랑스러워서 이러시는 것이라고."

다키는 자신이 이 자리에 있으면 안 되겠다는 생각이 들었다. 하지만 있어야 한다. 시게오키가 입을 열게 하고 고백의 돌파구를 마련한 사람은 다키다. 끝까지 들어야 한다. 그러지 않으면 앞으로도 시게오키를 뒷받침할 수 없다. 사건의 핵심에 귀를 막고 눈을 감아서는 참된 의미로 시게오키를 도울 수 없다.

"그때 늘 두 분만 계셨습니까?"

냉혹하게 다그쳐 묻는 의사의 목소리에 시게오키는 눈을 감았다. 주먹이 흔들렸다.

"여자가 있었다."

그 여자가 있었다.

"이름을 아십니까?"

"몰라, 몰라, 몰라."

도리질하듯 고개를 흔들었다.

"아버지께 불려 가면 어느새 그 여자가 있었어. 유령처럼 홀연히 나타나서 그곳에 앉아 있곤 했어."

시게오키는 침착하지 못한 시선으로 침소 구석을 응시했다. 뺨이 경련을 일으키고 몸이 뒤로 빠졌다. 지금도 그곳에 소리 없이, 환영처럼, 여자가 나타나지 않을까 두려워하는 것이다.

"이곳에는 없습니다" 다키는 저도 모르게 입을 열었다. "나리마님과 선생님, 저까지 셋밖에 없어요. 다른 사람은 아무도 없습니다."

시게오키가 고개만을 틀어 다키를 돌아봤다. 안다고 조그맣게 중얼거렸다.

"다키는 내가 있지도 않은 것을 본다는 말인가."

"아닙니다, 절대 그런 뜻은……."

"나는 제정신이야. 지금은 완전히 맑은 정신으로 이야기하고 있건만 다키는 믿지 않나."

"저는……."

"시게오키 님, 그 여자는 틈새였던 겁니다."

시게오키는 어리둥절한 표정이었다.

"틈새?"

"첩자입니다. 필요하면 어디든 숨어들 수 있죠. 떠날 때도 연기처럼 사라집니다. 당시 어리셨던 시게오키 님 눈에 여자가 유령처럼 나타난 것처럼 보인 것은 전혀 이상할 게 없습니다. 오히려 그렇게 보인 게 자연스러운 일이었던 겁니다."

얼마 동안 넋을 놓은 것처럼 의사의 얼굴을 쳐다본 뒤 시게오키는 천천히 마음을 다잡았다.

"첩자였나."

"네. 그런 신분을 가진 자가 어째서 아버님의 총애를 받게 됐는지 아직 자세한 사정은 모릅니다만."

"……그랬나."

"여자의 얼굴을 기억하십니까?"

시게오키는 천천히 고개를 떨구었다. "얼굴은 본 적이 없어."

"한 번도 말씀입니까?"

"여자도 가면을 쓰고 있었으니까. 아버지와 같은 가면을. 그러고는 내게…… 내 몸에 손을 대면서……."

얌전히 있으렴.

그 여자 것이 틀림없는 목소리로 시게오키는 말했다.

"달래는 것처럼 속삭이곤 했어. 달짝지근한 숨을 후 불며 내게 웃음을 지었어."

그래, 착하지. 좋은 것 해줄게.

"나는 무서웠다. 부끄러웠어. 그것은 부정한 일이야. 올바른 일이 아니야. 그렇지만 도망칠 수 없어서……."

두 손으로 얼굴을 가리며 몸을 움츠렸다.

"잊어버리자고 생각했어. 언제나, 언제나, 괴롭힘을 당할 때마다 잊어버리기로 했어. 그런 일은 없었다. 나는 아무것도 모른다. 내 몸에 그런 일은 일어나지 않았다."

"그렇지만 잊으실 수 없었습니다."

시로타 의사가 몰아붙였다.

"사실은 시게오키 님도 잊고 싶지 않으셨습니다. 기억해두었다가 호소하고 싶으셨습니다. 이 잔인무도한 처사를 누군가에게 호소하고 싶으셨습니다. 그래서 시게오키 님은 그 여자가 되셨습니다. 자기 안에 그 여자 자체로 다른 사람을 만드셨습니다."

"나는…… 나는……."

시게오키가 손을 내렸다. 얼굴은 고통에 일그러졌고 뺨이 눈물에 젖어 있었다.

"그 여자가 되고 싶었어. 그 여자가 되면 두려울 것이 아무것도 없으니까."

별안간 욱 하고 구역질을 하더니 그 자리에서 토했다. 식사는 거의 하지 않았던지라 아무것도 나오지 않았다.

"그래서 나는 그 여자가 된 것이야!"

시게오키가 소리쳤다. 크게 벌어진 눈 속에서 검은자위가 위로 쏠렸다. 몸이 기울어지더니 손으로 받칠 새도 없이 털썩 옆으로 졌다.

다키와 시로타 의사가 달려들어 어깨와 머리를 받치며 살며시 안아 일으켰다. 힘이 빠진 몸은 믿기지 않을 만큼 가볍고 뼈가 가늘어 다키는 충격을 받았다.

이분은 지금까지 살면서 조금씩 생명을 축내온 것이다. 죽는 편이 낫겠다고 생각하며 살아오면서 몸 안쪽에서부터 조금씩, 조금씩 부스러져 없어진 것이다.

"……이제 그만해줘."

고토네의 목소리였다.

고개를 틀어 의사와 다키를 올려다보는 얼굴은 고토네의 얼굴이었다.

"이치마쓰는 이 이상은 이야기할 수 없어."

"압니다."

시로타 의사는 상냥하게 달래듯 말했다.

"고마워. 이치마쓰는 잘 해냈지?"

"네, 훌륭하셨습니다."

"다키."

다키는 시게오키의 어깨를 얼싸안고 눈물을 참고 있었다.

"울지 마."

"……예."

"이치마쓰는 잘못 없지?"

"예, 그럼요."

"이치마쓰를 싫어하지 말아줘."

다키는 시게오키를 꽉 끌어안았다. 시게오키도, 아니, 고토네도 같이 부둥켜안았다. 어린애가 돼서 부둥켜안았다.

"다키는 절대 곁을 떠나지 않을 거예요."

그렇게 약속하고는 소리 내서 울었다.

2

성읍의 이시노 가는 이미 오리베의 집이 아니다. 그래도 에도에서 근무중인 주인 신노조가 없는 저택은 흔쾌히 오리베를 받아주었다. 이건 물론 신노조의 친아버지인 와키사카 가쓰타카가 주선해준 덕분이다.

두 사람은 그곳에서 이야기를 나누었다. 바쁜 수석 가로의 주름진 얼굴에는 피로한 기색도 어려 있었다. 두 사람 다 나이는 속일 수 없었다.

이제까지의 경위를 상세히 이야기하며 오리베는 속으로 씁쓸한 감개를 곱씹고 있었다.

우리에게도 젊은 날이 있었다. 번의 중신으로서 청운의 뜻을 품고 정사(政事)에 임하던 시절이 있었다. 우리가 우러러보던 곳에는 늘 기타미 나리오키의 모습이 있었다.

나이 오십을 바라보는 지금 인생을 마칠 준비를 해야 할 시기에 이런 무참한 놀라움을 느껴야 할 줄이야.

"……큰나리께서는 그런 인물이 아니네."

그런 꺼림칙한 습성을 가진 사람이 아니다. 와키사카는 여러 차례 그렇게 말했다. 표정은 딱딱하고 노여움보다 혐오감이 강하게 드러나 있었다. 그러면서도 결코 뒤로 물러서지 않는 오리베의 태도에, 바꾸려 들지 않는 말에, 떠밀리듯 시선을 피하는 순간도 있었다.

"그럼 작은나리께서 거짓말을 하신다는 말인가."

"거짓말은 아닐 테지. 허나 그것이 큰나리가 하신 일일 리 없어."

노인 둘이 언제까지고 왈가왈부한들 시간을 헛되이 날릴 뿐이다. 오리베는 비후쿠인을 면회하는 문제를 꺼냈다.

"내가 에도의 암자로 찾아뵙고 비후쿠인 님의 위문에 대한 답례 차 배알을 청하면 문제는 없을 테지."

절차상으로는 이상할 게 전혀 없다. 그러나 아니나 다를까 수석 가로의 표정은 한층 쓸쓸해졌다.

"큰나리께서 타계하신 뒤로 비후쿠인 님은 우리 기타미 사람을 만나지 않으시네."

새 번주 기타미 나오마사가 인사를 위해 보낸 사자조차도 비후쿠인의 측근인 여승을 만나 서한을 전달하고 돌아왔다 했다.

"비후쿠인 님은 지금도 슬픔의 늪에 깊이 빠져 계시는 것이야."

남편 기타미 나리오키를 아들인 시게오키가 죽이고 말았다. 참사는 이유도 사정도 자세히 설명되지 않은 채 봉인되고, 비후쿠인은 침묵 속에 머리를 깎고 속세를 떠났다. 은폐는 완전했고, 비후쿠인의 깊은 상심을 진정으로 이해하고 위로할 수 있는 자는 가까이에 없었다.

"그리고 우리 잘못을 노여워하고 계시지."

왜 시게오키의 병을 방치해 나리오키를 죽게 했나. 중신들의 태만이 이 비극을 불러왔다고.

"나는 비후쿠인 님의 슬픔에도 감추어진 이면이 있다는 생각이 드는군."

오리베는 말했다.

"뭐라고?"

"비후쿠인 님은 우리가 생각하는 이상으로 복잡하게 꼬인 어둠을 아실지도 모르네."

다이묘 가문의 정실은 자식을 직접 키우지 않는다. 양육은 유모와 후견인의 역할이다. 오리베 자신도 에도 가로로 있을 때는 이치마쓰의 양육이라는 대사(大事)의 일익을 담당했다. 그렇기에 자신들이 모르는 사정을 비후쿠인이 알 리 없으며, 끔찍한 비극의 책임은 나리오키와 시게오키의 측근에 있으면 있었지 비후쿠인은 아무것도 모른다고 단정해왔다.

그러나 부부 사이, 어머니와 자식 사이에는 그런 표층적인 이유를 넘는 뭔가가 있는 게 아닐까. 남편에 관한 일은 아내에게, 자식에 관한 일은 어머니에게 물어야 한다는 가가미 다키의 소박한 생각에는, 오리베의 그런 믿음을 뒤집어놓을 만한 힘이 있었다.

"비후쿠인 님은 우리가 찾는 답을 알고 계시네. 적어도 그 일단은. 그렇기에 우리를 기피하고 멀리하시는 것이 아닌가."

수석 가로는 노여움과 혐오감을 드러내며 얼굴을 일그러뜨렸다. 눈앞의 오리베 때문이 아니라 마음속에 떠오른 갖은 상상과 추측이 억누를 길 없이 나타난 것이리라.

"……혹여 자네 말이 맞는다 해도" 신음하듯 말했다. "그렇다면 비후쿠인 님은 더더욱 완강하게 우리를 멀리하실 것이야."

"그것은 부딪쳐봐야 아네."

오리베는 그렇게 말하고는 문득 생각났다.

"혹시 유이 마님께서 아직 비후쿠인 님의 암자에 계시지는 않나?"

와키사카 가쓰타카는 고개를 흔들었다.

"이혼이 성립되면서 벌써 한 달도 더 전에 친가로 돌아가셨네."

"허나 에도에는 계실 테지. 비후쿠인 님께 문안 인사를 드리러 찾아뢸는 일은 없을까."

"설마 거기에 편승하려는 생각인가?"

오리베는 눈을 깜박였다. 즉각 '편승'이라는 말이 나왔다는 것은 가능성이 있다는 뜻이다.

"유이 마님은 지금도 비후쿠인 님을 찾아뵐 때가 있군?"

수석 가로는 언짢은 표정으로 입을 씰그러뜨렸다. 이윽고 낮게 중얼거렸다.

"나도 신노조에게 이야기를 들은 것뿐이네만 지금까지 두 차례 문안차 방문하셨다더군."

오리베는 눈앞이 밝아지는 기분이 들었다

"유이 마님은 지금도 작은나리를 염려해주시는가……."

그렇기에 전 시어머니인 비후쿠인과의 관계를 유지하는 것이다.

시게오키의 혼인은 그가 6대 번주가 된 뒤 서둘러 정해졌다. 그렇기에 오리베는 유이 부인을 모른다. 하지만 만나면 분명 마음이 통할 것이라고 믿는 수밖에 없었다. 고코인의 창살방 안에 틀어박혀서도 유이 부인을 생각하던 시게오키를 보면, 허튼 기대는 아니기를 바라지 않을 수 없었다.

"바로 어떻게 할 수 있는 일은 아니야."

"나도 아네."

그렇게 응하고 나서 오리베는 새삼 수석 가로를 봤다.

"긴노스케 공, 구리키 안고를 통해 전언을 들었네만, 틈새가 관여하고 있다면 어디에 알아봐야 하나?"

와키사카 가쓰타카도 노려보듯 오리베를 응시했다. 입은 여전히 일그러져 있었다.

"가게마와리를 통솔하는 성대 가로인가. 무토 공인가."

성대 가로 노자키 무네토시는 기타미 번의 경비를 관장하는 입장이기도 하다. 가정 가로 무토 주베에는 다른 가로보다도 주군의 일상생활 깊은 곳에 관여한다. 특히 내실, 다시 말해 정실 및 측실과의 관계에 관해서는 절대로 발설할 수 없는 비밀을 알고 있다.

"……하여간."

수석 가로는 어이없다는 표정을 지으며 낮은 목소리로 말했다.

"자네는 예전이나 지금이나 똑같군. 병법을 전혀 몰라. 이런 비밀 중의 비밀을 파헤치는데 정면에서 성문을 돌파하려고 드는 바보가 어디 있나."

대대로 각자 중책을 짊어져온 가로들은 나리오키의 부정한 비밀에 관해 아는 게 있어도, 자신이 그 비밀에 가담했어도 절대로 입을 열지 않는다. 그러느니 차라리 할복하고 죽을 것이다.

"그럼 무슨 빠져나갈 구멍이 있나."

"내가 말한 것은 기타미 성을 둘러싼 흙담에 난 작은 구멍이네."

와키사카 가쓰타카는 여전히 긴장된 표정으로 문득 먼 곳을 바라봤다.

"나리오키 님은 과거 틈새와 가게마와리를 하나로 합치려 시도하신 적이 있어."

"그런 시도가 있은 줄 몰랐군."

"몰라도 상관없었네."

일문의 수하로서 기타미 가신들, 그중에서도 중신들의 동향을 감시하는 틈새를 해체하고 가게마와리로 기타미 번에서 수용함으로써, 일문과 기타미 가신들 사이에 떠도는 의심의 안개를 걷고자 하는 시도였다.

"물론 일문에서 쉽사리 응할 리 없지. 틈새를 빼앗기면 손발은 물론이고 눈도 귀도 잃는 셈이니까."

아케노 영은 자립을 잃고 명실공히 기타미 번의 세력 아래 놓이게 된다.

"그 때문에 나리오키 님께서는 틈새를 해체하는 대가로 기타미 번의 계승 순서를 정해 일문 중 어느 분가에서나 평등하게 번주가 선택될 수 있도록 하겠다고 제안하셨네."

그렇게 약조하는 제안장은 '덩굴 문서'라고 불렸다. 기타미 가 일문이 덩굴처럼 굳게 결속해 오래도록 끊기는 일 없이 번영하기 위해 맺는 약정이기 때문이다.

모두 오리베에게는 처음 듣는 이야기였다.

"언제 일인가."

"……대략 삼십 년 전쯤인가."

당시에는 나리오키도 청년 번주였다. 비후쿠인을 정실로 맞이했지만 부부 사이에 아직 시게오키가 태어나지 않았을 때다. 와키사카 가쓰타카도 이시노 오리베도 각각 자기 아버지 밑에서 보좌하던 젊은 시절이다.

"우리 번처럼 본령과 분리된 영지가 있어 번주와 일문이 나란히 위치하는 다이묘 가에서는 이것저것 소동이 많게 마련이지. 가문 내의 분쟁 탓에 처벌을 받은 사례도 있어. 나리오키 님은 그런 사태에 이르기 전에 불씨를 없애자고 생각하신 것이네."

"하루아침에 생각하신 일이 아니었다는 말이군."

"일찍부터 복안을 세우신 것 같더군. 그리고 그 정도로 다듬어진 생각이 아니었다면 우리 아버지가 납득하실 리 없어."

실제로 훗날 나리오키가 급사했을 때 적자인 시게오키 대신 조카인 나오마사를 미는 목소리가 있어 가문 내에 다소 예사롭지 않은 분위기가 흘렀다. 나리오키의 예상, 불안이 적중했다 할 수 있다. 혜안이었다.

그래도 자신이 친자식에 의해 처단되리라는 것까지는 예상하지 못했을 테지만.

친자식에 의해 **처단되다**.

그 말이 자연스럽게 떠오르는 것에 오리베는 조금 동요했다. 나는 이미 큰나리를 단념했나.

오리베, 하고 부르는 소리에 고개를 들었다.

"오늘 하마터면 자네를 몰라볼 뻔했어."

왜 이렇게 삭았나. 수석 가로는 말했다. 근엄한 어조 속에 친구의 정이 어렴풋이 깃들어 있었다.

"반년 사이에 십 년은 더 늙은 것 같군."

"고코인에서도 올여름은 더웠어. 더위가 힘들어 흰머리가 늘고 살이 빠진 것뿐이네. 이야기를 계속해주겠나."

여기서 물러설 수는 없다. 물러설 수 있다 해도 나는 물러서지 않겠다. 오리베는 스스로를 타일렀다.

와키사카 가쓰타카가 한숨을 쉬고는 말을 이었다.

"당시 나리오키 님의 생각과 '덩굴 문서'에 관해 아는 사람은 우리 아버지와 나뿐이었네."

기타미 나리오키가 허심탄회하게 상의한 중신은 당시의 수석 가로뿐이었다는 이야기다.

"일문에서는 아케노 영의 숙로(宿老) 중 한 명이 나리오키 님의 생각에 찬동해주셔서 내밀히 접촉을 계속했네만⋯⋯."

일문이란 기타미 가 분가들의 총칭이다. 아케노 영의 영주는 그중에서 선택된다. 대대의 영주 밑에는 기타미 번에 가로들이 있듯이 숙로 둘이 있다. 숙로는 일문의 혈통이 아니라 어디까지나 신하다.

"예상대로 일문 내의 의견을 모으기가 쉽지 않아서, 일 년 남짓 다툰 끝에 '덩굴 문서'가 공표되는 일 없이 결국 이야기는 없던 것이 되고 말았어."

숙로는 책임을 지고 사직해 영주 곁을 떠났다. 대외적으로는 병환으로 인해 은거하는 형태를 띠어 즉각 허가가 내려졌다고 했다.

오리베는 말했다.

"물밑에서는 그것으로 끝나지 않았을 테지."

숙로가 되어서 일문의 의향에 반해 아케노 영의 전복을 꾀한 배신자로서 목숨조차 위협받지 않았을까.

수석 가로는 언짢은 표정으로 고개를 끄덕였다.

"숙로는 가명(家名)을 버리고 칼을 버리고 처자식을 데리고 에도로 올라갔네."

오리베는 알아차렸다.

"긴노스케 공이 도와줬군."

와키사카 가쓰타카는 그렇다고 말하지 않았다.

"원래 흐름을 읽는 재주가 있는 수완가였어. 나이도 당시 서른 전, 강건하고 실력도 있는 사람이었으니 추적자가 있었다 해도 물리칠 수 있었을 테지."

에도에서 작은 장사를 시작해 성공을 거두고 그 뒤로 안락하게 산 모양이라고 했다.

"소식을 아는가?"

"풍문일 뿐이네."

마주 앉은 두 노인 사이에 과거의 속삭임을 품은 바람이 불었다.

"……그렇다면 나는 더더욱 에도로 올라가야겠군."

이미 에도에 있는 미노스케에게 알리면 빠르겠지만, 이 인물은 오리베가 직접 만나보고 싶었다. 삼십 년 전 기타미 나리오키에게 협조해 틈새를 해체하려고 한 아케노 영의 젊은 숙로.

'덩굴 문서'라는, 물거품이 되어 사라진 밀약이 만약 성립됐다면 기타미 번과 아케노 영의 통합으로 이어지는 번정 개혁도 가능했을 것이다. 당시 일 년 남짓 이어진 움직임 가운데 나리오키는 여자 틈새를 만난 게 아닐까. 기타미 번주와 일개 여자 틈새가 접할 기회가 그렇게 많았을 것 같지는 않았다.

숙로는 그런 경위도 알지 모른다. 접촉해볼 가치가 충분히 있다.

"어쨌거나 옛날 일이니 말이지. 그자를 만날 수 있을지 보장은 할 수 없네."

그럴 리 없다. 오리베는 와키사카 긴노스케의 치밀한 성격을 안다. 숙로를 그 뒤로 지켜보지 않을 리 없거니와, 그건 그저 온정 때문만도 아니다. 만에 하나 입을 막아야 할 사정이 생길 경우 즉시 행동에 옮길 수 있도록 상대방의 거처와 동향을 파악해왔을 것이다.

"무슨 그런 하찮은 연막을 치나" 오리베는 웃어 보였다. "괜찮네, 아들 놈만 만나도 돼."

에도 시내에는 오리베의 적자 나오지로도 평민으로 살고 있다.

"태평한 척하지 말라고. 무토 주베에는 나오마사 님의 정실 마님과 자제분들을 수행해 출부해서 아직 에도 번저에 있어."

"그럼 번저 가까이 가지 않도록 명심하지. 어쨌거나 나는 이미 기타미 가신이 아니야. 한낱 늙은 영민이네."

"자네 혼자서 만날 생각인가."

"수석 가로 나리의 소개장이 있으면 마음이 더욱 든든하겠군."

긴노스케가 짐짓 성난 척하는 것은 자신을 생각해서라는 것을 오리베는 잘 알고 있었다.

"미안하네" 오리베는 머리를 숙여 사과했다. "이것은 본래 파헤쳐야 할 과거가 아니지. 나도 그 점은 충분히 알고 있네."

와키사카 가쓰타카는 입을 열지 않았다.

"허나 작은나리를 구해드리고 싶군. 과거의 어둠을 끊어버리고 햇빛을 들이지 않으면 시게오키 님의 마음이 죽고 말아."

"6대 나리는 이미 죽은 몸이나 다름없네."

냉랭하다기보다 강직한 말이었다.

"마음이라도 구해드리고 싶다면 불문에 드시기를 권해드리면 어떻겠나."

과거는 불문에 부치고 구멍을 한층 깊이 파 묻어버리면 어떻겠나.

새삼스러운 말이지만 그건 강력한 유혹이었다. 망각이 주는 안락에 대한 유혹. 기타미 나리오키에 대한 경외심을 상처 하나 없이 온전히 보존하는 데 대한 유혹.

무릎에 주먹을 얹고 손등의 검버섯과 자잘한 주름을 응시하며 오리베는 얼마 동안 가만히 있었다.

그러고는 낮고 온화한 목소리로 말했다.

"큰나리는 우리 모두의 명군이셨네."

성읍 남쪽 일등지에 있는 이시노 가 저택의 안뜰에 면한 방. 장지문으로 가을 햇살이 비쳐드는데 주위는 고요했다.

"허나 주군으로서 영명했다고 부모로서, 남자로서 저지른 악행이 없어지지는 않아."

사람의 선악은 평균을 낼 수 있는 게 아니다.

"나는 정의를 원하는 것이 아니야. 그러기에는 모든 것이 이미 다소 늦었지."

오리베는 목소리에 힘을 주었다.

"그러나 이번에야말로 눈앞의 어둠을 외면해서는 안 되네."

오리베와 와키사카 가쓰타카는 시게오키의 아버지 살해를 함께 은폐한 사이다. 오리베는 그것을 후회하고 있었다. 그때 작은나리의 어둠을 겉으로 끌어내야 했다. 어둠을 드러내는 것은 그 어둠에서 해방되는 첫걸음이기 때문이다.

"긴노스케 공은 두렵지 않나. 사람의 죄, 사람의 업이라는 어둠은 사람을 보네. 어둠에 아부하고 가담하면 파고들 틈을 어둠에게 주게 돼."

이다음 어둠에 젖어, 어둠에 집어삼켜져 인간의 길을 벗어나게 될 사람은 이시노 오리베일지도 모른다. 와키사카 가쓰타카일지도 모른다. 그들의 자식일지도 모른다.

인간은 어둠에 약하다. 그렇기에 어둠 앞에서 물러나면 안 된다.

"비록 늙기는 했어도 나는 무사야. 이번 싸움에서 물러설 수 없네. 두 번 다시 과오를 반복하지 않겠어."

오리베가 잘라 말하자 뜻밖에도 와키사카 가쓰타카는 어깨를 늘어뜨리고 중얼거렸다.

"싸움인가."

힘없는 목소리였다.

"내 눈에는 적의 얼굴이 보이지 않는군. 큰나리 얼굴만 보여."

"자네답지 않게 그런 약한 소리를 하나."

오리베의 눈에는 벗이야말로 이야기를 나눈 두 시간 사이에 십 년은 늙은 것처럼 보였다.

"오로지 에도 번저를 꾸리는 것밖에 모르고 살아온 연약한 자네가 무사라고 가슴을 펴는 모습을, 내가 손가락 물고 쳐다보고 있을 수는 없지."

근엄하고 강직한 혼에 세월의 주름을 새겨온 와키사카 가쓰타카는 그런 신랄한 말로 금세 기세를 되찾았다.

"고코인의 경비는 내가 만전을 기해놓을 테니 자네는 걱정 말고 원하는 대로 움직이게."

"미안하네."

"나오마사 님…… 나리는 앞으로 일 년간은 기타미로 돌아오시지 않아. 언젠가는 시게오키 님께서 다른 곳으로 옮기셔야 하겠지만 모두 나리께서 귀국하신 다음이야."

그때까지 시간은 충분히 있다.

"오히려 서두르다가 일을 망치지 말게. 큰나리의 유덕에 상처를 입히려는 움직임에 나와는 비교도 되지 않을 만큼 흥분할 사람들에게 충분히 주의하고."

"명심하지."

"고로스케의 신원을 밝히는 일은 내게 맡겨두게. 예사 사람이 아니었으니 그야말로 노자키의 영역이야."

그러더니 수석 가로는 눈살을 찌푸렸다.

"그나저나 묘하다는 말이지."

오리베의 제안으로 대외적으로는 고로스케가 급환으로 죽었다고 해두었다.

"그런데 아직까지 친족이라는 사람이 나타나는 눈치가 없군. 언제, 누구를 통해, 어떤 경위로 고로스케가 고코인에 왔는지, 대략 알아본 바로는 그것조차 분명치 않네."

"고코인의 장부를 볼까."

고로스케에게 얼마 정도 수당이 지급됐었으니 기록이 남아 있을 것이다.

"구리키가 이미 조사했네."

구리키 안고는 겉모습은 대단히 믿음직스럽지 못하다. '물에 젖어 찢어진 연처럼 흐늘흐늘하다'라는 다지마 한주로의 평을 듣고 오리베도 그럴싸하다고 생각했다. 하지만 속 알맹이는 유능하다. 그렇지 않으면 와키사카 가쓰타카가 측근으로 쓸 리 없다.

"고로스케만이 아니네. 고코인에서 보관중인 문서와 장부는 구리키에게 샅샅이 살펴보게 할 것이야. 사소한 것이라도 발견하는 즉시 보고할 테지."

당분간 고코인은 구리키 안고에게 맡겨도 된다.

"준비되는 대로 에도로 출발할 생각이네만, 그 전에 들르고 싶은 곳이 있어. 와키사카 가의 하인을 한 명 빌려주겠나."

"수행인이 필요하면 하급이나 젊은 무사를 데리고 가지."

"아니, 긴노스케 공의 가르침 탓에 근엄하고 정직하고 성실한 것밖에 모르는 무사는 도움이 되지 않을 곳에 가는 것이라 말이야. 더 **유연한** 사람이 좋겠군."

"어디로 가는데?"

오리베는 서쪽 거리라고 대답했다.

나이는 젊은데 머리숱이 오리베만큼이나 적은 하인은 땀을 뻘뻘
흘리면서 내내 변명을 늘어놓았다. 저도 그렇게 자주 노는 것은 아
닙니다. 서쪽 거리에는 봄에 한 번 다녀왔을 뿐입니다만, 그저 제가
붙임성과 기억력만은 좋아서 말이죠.

다지마 한주로의 이름을 꺼내자 센치쿠는 바로 사정을 이해한 듯
했다. 오리베가 하인에게 넌더리를 내는 것도 눈치챈 모양이었다.

"수고 많으셨습니다. 어르신께서 돌아가실 때는 저희 젊은 놈에게
모셔다드리게 할 테니 걱정 마십시오"

종이에 싼 것을 건네며 일찌감치 돌려보냈다.

이야기는 한주로에게서 충분히 들었다. 오리베는 그저 센치쿠를
만나보고 싶었던 것이다. 센치쿠의 입으로 직접 네 남자애의 실종
경위를 들어보고 싶었다. 그리고 센치쿠의 조력에 감사를 표하고 반
드시 수수께끼를 풀겠다고 명언해두고 싶었다.

센치쿠에게도 오리베의 뜻은 전달됐다. 예의를 지키며 오리베를
대하면서도 늘 빈틈없이 주위를 경계해 만에 하나라도 이 이야기가
다른 사람 귀에 들어가지 않도록 세심하게 주의했다.

"다지마 님은 지난번에 오셨을 때 북쪽 산간 마을로 가신다 하셨
습니다만."

"그것도 이 수수께끼를 풀기 위해서다."

오리베는 한주로가 고코인을 떠날 때 성읍에 가면 센치쿠를 만날

생각이라고 알렸다.

전할 말이 있거든 센치쿠에게 전해둘 테니 너도 그렇게 해라. 그러면 둘 다 고코인에 없어 접촉하지 못해도 확실하게 전달될 테지.

"그 뒤 새로운 사실은 밝혀졌느냐?"

가장 오래된, 목수 긴페이의 아들 잇페이의 실종은 십팔 년 전 여름에 있었던 일이다. 파헤치기에도, 기억을 되살리게 하기에도 너무 오래됐다.

센치쿠는 목소리를 낮추었다.

"세 번째로 사라진 방물 상점 아들의 고모가 발견돼서 만나고 왔습니다."

십삼 년 전 봄에 일어난 불행한 사건 뒤 어머니는 자살하고 아버지는 순례를 떠났다.

"아이 아버지의 누이동생입니다만, 방물 상점 아들이 행방불명됐을 때 아케노 영에 있는 목면 도매상으로 갓 시집갔을 때였다 하더군요."

그 때문에 조카가 없어진 것도 꽤나 늦게 안 데다, 시어머니가 엄해 친가에 가는 것을 허락해주지 않은 탓에 당시의 소동을 거의 몰랐다고 한다.

"오라버니도 올케도 조카도 다들 가엾다고 어제 일처럼 눈물을 흘렸습니다만, 도움이 될 정보는 얻지 못했습니다."

"아이 아버지는 돌아오지 않았느냐?

"돌아왔다는 이야기는 어디에서도 듣지 못했군요. 시코쿠 팔십팔 개소 순례는 어지간히 돈 많은 사람이 아니면 목숨을 깎는 여행길이라고 들었으니 말입니다…….”

객지에서 수명이 다해 자식과 아내 곁으로 갔나. 그렇다면 여기서도 일가족 세 명이 몰살당한 것이나 다름없다.

“이미 알고 있는 네 사내애 외에 미심쩍은 실종 사건은 없느냐?”

오리베의 물음에 센치쿠는 입술을 깨물었다.

“저희 눈들도 이마에 세 번째 눈이 있고 양손에도 눈깔이 하나씩 있다는 **요괴** 같을 수는 없습니다. 아무리 주의 깊게 살펴본다고 해도 놓치는 것이 있게 마련이라, 이렇게 지난 세월을 돌아보다 보니 당시 빠뜨렸던 것이 몇 가지 발견됐죠. 다만 하나같이 실종 사건은 아닙니다.”

남자애들과 관계된 사건만 나오지 않으면 된다는 식으로 말하지 않는 센치쿠의 견실함에 오리베는 만족했다. 한주로에게 들은 대로 썩 괜찮은 인물이다.

“센치쿠, 미안하다만 서한을 맡아주겠느냐? 내가 가고 나서 한주로가 들르거든 전해줘라.”

“알겠습니다.”

“하나 더 부탁할 것이 있다. 영업을 방해해서 미안하다만 가면을 보고 싶구나.”

센치쿠는 가벼운 몸놀림으로 일어나 이 시간에는 아직 널문을 열지 않은 가면 가게를 열어 오리베를 안내했다. 하인처럼 변명하는 것은 아니지만 오리베는 서쪽 거리에 발을 들여놓은 것도, 이 유곽의 규칙이라는 종이 가면을 손에 들어보는 것도 태어나서 이번이 처음이었다.

"잘 만들었군. 간소하면서도 아름다워."

"유곽의 업과 욕망을 감추는 것이니 아름다워야죠."

"서쪽 거리 내에서 만드느냐?"

노련한 눈 센치쿠가 보일 듯 말 듯 웃었다.

"어르신은 어지간한 갓난아기보다도 깨끗하신 분이군요. 이곳과는 전혀 연이 없이 살아오셨나 봅니다."

센치쿠는 가면을 만드는 일이 실은 기타미 번 하급 무사들의 소중한 수입원이라는 것을 간단하게 설명했다.

오리베는 놀라기보다 부끄럽게 여겼다. 금전의 중요성은 여러모로 돈이 드는 에도 번저의 살림을 꾸리면서 뼈저리게 느꼈다. 그렇기에 검약에 힘쓰고 결코 사치를 하지 않았으며 사치하도록 두지도 않았다. 하지만 영내 하위 무사들의 생활 같은 세부까지는 알지 못했다.

오리베만 그런 게 아니다. 대대로 중신의 자리를 세습해온 가로네 가문 사람들은 자신이 번정을 낱낱이 파악하고 있다고 생각하지만, 사실 자기 입장에서 보이는 것만 본다.

이제 와서 무슨 말이냐고 당사자가 욕하는 소리가 들릴 것 같지만, 오리베는 이토 나리타카가 생각났다. 쿠리야 신쿠로로서 세상에 태어나 목장에서 말들에 둘러싸여 자라다가 생가 사람들을 덮친 흉사의 수수께끼를 풀겠다는 일념으로 시게오키의 측근이 된 남자. 언변이 있고 아첨꾼을 주위에 모으는 데 능하며 착란과 실성으로 고통받는 시게오키를 이용해온 그의 간사한 머리를 오리베는 씁쓸하게 생각했다. 그의 목숨을 구해준 것도 시게오키에게 도움이 될 것이라 기대했기 때문이지 본인을 위해서는 아니었다.

하지만 그의 거침없는 출세는 단순히 간사한 머리 때문만은 아니지 않았을까. 적어도 이토 나리타카는 속세에 서쪽 거리 같은 장소가 있고 그곳에서 얻는 돈으로 생계를 잇는 이들이 있다는 현실을 이해하고 있었을 것이다. 세상 사정을 잘 알고 가난한 자, 약한 자의 생활을 직접 겪어 알고 있는 사람이 정사에 관여하는 게 기타미 번에 필요했다.

신쿠로, 너를 위해서도 반드시 수수께끼를 풀고야 말겠다.

송곳니를 드러내고 눈을 부릅떴지만 어딘지 모르게 장난스러운 표정의 붉은 악귀 가면을 든 채 오리베는 센치쿠를 돌아봤다.

"이렇게 정교한 것 말고 그저 뿔이 있고 입이 뚫렸을 뿐인 악귀 가면이 있나?"

"색깔도 무늬도 없는 것 말씀인지요?"

"그래. 하얀 바탕에, 아마 종이 색깔 그대로일 것 같다만."

센치쿠는 고개를 갸웃했다.

"글쎄요…… 여기서는 취급한 적이 없고 들어본 적도 없습니다만."

"별도로 주문하는 수밖에 없나."

"그렇죠. 아니면 그림을 그리기 전 것일 수도 있겠습니다."

아닌 게 아니라 가면에 그림을 그리는 작업이 하급 무사들의 부업으로 널리 퍼져 있다면 그런 가면은 어디에나 있을 것이다. 한두 개쯤 훔쳐도 모를 수 있다.

"서쪽 거리에서 노는 자는 반드시 이 가면을 쓴다는 말이지?"

"아닙니다. 이 가면은 통행증이죠. 서쪽 거리에서는 서쪽 거리의 규칙을 따르고 바깥의 신분이며 입장을 개입시키지 않는다는 약정의 증표입니다."

"사는 데 의미가 있고 쓸 필요는 없다는 말이군."

"예."

"그렇다면 반드시 쓰고 노는 자는 어떤 인물이겠느냐?"

센치쿠는 오리베를 바라본 채 한쪽 눈썹을 치켰다.

"어지간히 얼굴을 감추고 싶은 분일 테죠."

자신의 부정한 욕망을 만족시키려 할 때 쓰는 가면. 시게오키는 다키에게 그렇게 말했다고 한다.

"뜬구름 잡는 소리 같겠다만 센치쿠, 색이 없는 하얀 바탕의 악귀 가면을 찾은 자를 기억하는 사람이 없는지, 짚이는 데가 없는지 유념해주겠느냐."

"알겠습니다."

오리베는 들고 있던 붉은 악귀 가면을 도로 걸어놨다. 줄줄이 늘어선 다양한 가면은 다들 엉뚱한 방향을 보고 있었다. 하나하나 뚫어지게 응시해도 그 속에 보이는 '짐승의 눈'을 상상할 수 없었다.

3

좋은 말을 찾아다니긴.

과거 이즈치 촌이 있던 곳으로 간 다지마 한주로가 본 것은 '이즈치 촌'도 그 옛터도 아니었다. 그곳은 그냥 산림으로 돌아와 있었다.

겨우 십육 년 세월로 인간의 흔적은 이렇게 깨끗이 사라지고 자연에 집어삼켜지나. 어이없음과 두려움을 느끼며 산길에 고전하는 한주로에게는 안내인이 있었다. 말이 안내인이지 아직 코흘리개 어린애로, 이름은 긴이치. 옛 이즈치 촌에서 가장 가까운 곳에 위치한 고나라 촌의 소년이다.

한주로는 지나가는 길에 그곳에서 잠시 휴식을 취하며 그 김에 이즈치 촌의 위치를 확인했다. 그러자 그 자리에 있던 마을 사람들이 하나같이 어이없어했다.

"무사 나리는 뭘 하러 가시는 겁니까?"

"온도 님의 뒷문을 보시려면 사미다레 숲에 가시면 되는데요."

"사미다레 숲이라는 것은 어디지? 온도 님의 뒷문은 무엇이냐."

고나라 마을 사람들도 이즈치 촌에 관해 알고 있었다. 연로한 사람은 촌장 쿠리야 일족이 하룻밤새 화재로 모두 죽고 마을 사람들이 뿔뿔이 흩어진 것까지 분명히 기억하고 있었다. 원래 고나라* 촌은 이름 그대로 졸참나무 식목을 위해 조성된 개척촌이었다.

---

* 일본어 '나라'가 졸참나무를 의미

"이즈치 촌도 그랬거든요."

"그렇지만 그곳의 쿠리야는 기도사로 유명했으니까요."

다들 '미타마쿠리'라는 말은 쓰지 않고 그저 '기도사'나 '강령술사'라고 했지만, 어쨌거나 쿠리야가 그런 기술을 가진 일족이라는 것을 알고 있었다. 그리고 그 일족은 딱하게도 친척 쪽 남자와 다툼이 벌어지는 바람에 남자가 도끼를 휘두르고 집에 불을 질러 모두 죽고 말았다고.

"벌써 이십 년도 더 됐네요. 그게 설 때였나요. 똑똑히 기억하죠."

마을 노파가 밤껍질을 까며 말했다.

"설 때 일어난 일은 맞다만 이십 년은 아직 안 됐다. 십육 년이지."

"저런, 그런가요. 일, 이."

"세지 않아도 돼. 그런데 그때 불이 났을 때 이 마을 사람들도 불을 끄러 달려갔나."

"밤중에 일어난 일이라 말이죠. 여기서도 불은 보였지만 그래도 무사 나리, 여기서 이즈치까지 험한 산길을 가야 하는데요. 날이 밝은 다음에나 가야지, 아니면 이쪽에서 누가 죽습니다."

고나라 촌 사람들이 동 트기를 기다리는 사이에 역시 불길을 봤는지 근처 산림 관리 주재소에서 관리들이 달려왔다. 그래서 함께 이즈치 촌으로 갔는데 쿠리야는 이미 잿더미가 됐고, 마을 사람들의 오두막도 불이 붙어 몇 채 탔다.

"무슨 전쟁이 났나 싶을 정도였죠. 남아 있던 이즈치 촌 사람들도 일단 다들 이쪽으로 옮겨 왔었답니다."

다들 겁에 질려서는 뭐가 어떻게 된 건지 몰라 혼란에 빠져 있었다고 한다.

"쿠리야가 친척 쪽 사람과 싸움이 났다 하는 이야기는 언제 들었지?"

거기까지 자세한 내용을 기억하는 사람은 없었다. 그 꾸며진 줄거리와 일치하지 않는 소문을 들은 사람도 없었다.

다시 말해 쿠리야의 참사가 일어난 직후부터 진상의 은폐가 시작된 것이다. 그리고 누락도, 빈틈도 없이 그대로 정착됐다.

"이즈치 촌 사람들은 그 뒤 아무도 마을로 돌아가지 않았나?"

"산림 부교 나리의 지시로 다들 다른 곳으로 이주했답니다. 그게 아니라도 그곳으로 돌아갈 발칙한 인간은 없었겠지만요."

"뭐가 발칙하다는 말이지?"

"그 마을을 통솔하던 쿠리야가 집안싸움 끝에 온도 님의 현관을 피로 더럽혔으니까요. 뻔뻔하게 돌아갔다간 천벌을 받을 겁니다."

이즈치 촌은 온도 님 신앙에서 중요한 장소로, 온도 님이 이승과 신들의 나라를 오갈 때 지나는 출입구라고 이야기된다.

"그래서 나중에 사죄의 뜻으로 사미다레 숲에 사당을 세워서 뒷문으로 쓰시게 했죠."

사미다레* 숲은 고나라 촌에서 반 리 정도 간 곳에 있다. 왜 그런지 종종 나뭇잎에 이슬이 맺혀 장맛비처럼 방울방울 떨어지는 아름

* 장맛비

다운 숲이라 그렇게 불린다고 했다.

그렇군. 한주로도 이해했다.

"고나라 촌에 과거 쿠리야에 강령을 부탁한 사람은 있나?"

밤을 까던 노파는 모르겠다고 말했다.

"옛날에 저희 아버지가 말씀하시길 쿠리야에 기도를 부탁하려면 돈이 아주 많이 든다고 하던데요. 이 마을에 그렇게 돈을 허비할 사람이 있을까 모르겠네요."

그 밖에도 몇몇 노인에게 물어봤지만, 이즈치 촌의 쿠리야를 찾아오는 외지 사람은 무사든 평민이든 옷을 번듯하게 차려입은 사람들뿐이었다고 했다.

"대개 성읍에서 와서 이 마을에서 잠깐 쉬고 가니까 삯을 줘서 좋긴 했죠."

"가마를 타고 온 무가의 마님도 계셨답니다."

신선한 이야기였다.

쿠리야는 돈을 비싸게 받았나.

신쿠로의 이야기와 어긋난다. 미타마쿠리 기술은 다른 사람을 돕는 데 쓰였다고 생각했던 터라 한주로는 조금 낙심했다. 미타마쿠리의 신비로운 빛에 속세의 때가 묻은 느낌도 들었다.

"그것도 이젠 다 옛날이야기군요. 지금은 이즈치 촌이 있던 곳은 꺼림칙한 곳이니까요, 웬만하면 가까이 가지 않으시는 게 좋습니다, 무사 나리."

마을 사람들은 친절했다. 이곳에서 하룻밤 자면서 좋은 말을 찾아

몇몇 목장을 돌아볼 생각이라고 이야기하자 "이런 것밖에 없지만 점심으로 드세요"라며 찐 감자를 주었다. 한주로는 고맙게 받아 품에 넣고 고나라 촌을 나섰다.

얼마 가지 않아 작은 행신(行神) 사당이 선 길가에 쭈그리고 앉은 남자애와 마주쳤다. 새까맣게 탔고 나이는 열 살쯤으로 보이는 아이는 한주로를 보더니 일어섰다.

"무사 나리, 이즈치 촌에 가려면 안내해줄 사람이 필요한데요."

한주로는 무서운 표정을 지어 보였다.

"누가 이즈치 촌에 간다고……."

"갈 거잖아요?"

아이는 태연한 표정으로 가까이 다가왔다.

"호, 혹시 간다 해도 그건 피치 못할 사정이 있어서다. 놀러 가는 것이 아니야."

"응, 나도 놀이가 아니라 장사예요. 요금은 협상 가능해요."

더 무서운 표정을 지으려고 해봤지만 결국 한주로는 웃고 말았다.

"발을 들여놓으면 천벌을 받을 꺼림칙한 곳이라고. 무섭지 않냐?"

"난 언제나 온도 님을 소중히 모시는걸요. 벌을 왜 받아요."

"그래, 그럼 부탁하자."

"아무렴 그래야죠. 자, 돈."

이렇게 해서 긴이치와 둘이 가게 됐는데 이게 정말 올바른 선택이었다. 한주로 혼자서는 길을 잃었을 것이다. 그 정도로 산길은 험하고 숲은 깊고, 그렇게 해서 다다른 이즈치 촌은 흔적도 없었다.

"쿠리야라는 곳은 큰 저택이었을 텐데."

덤불로 뒤덮여 기둥이 서 있던 자취조차 찾을 수 없었다. 마을에는 화재를 면한 오두막과 건물도 있었을 텐데 그것조차 남아 있지 않았다.

부순 것이다.

쿠리야의 몰살을 은폐한 세력이 모든 것을 세상에서 지워버린 것이다.

"전에 이곳에 온 적이 있어?"

길을 안내하는 긴이치의 발걸음은 전혀 망설임이 없었다.

"응, 여러 번 왔어요."

긴이치는 태연하게 고개를 끄덕이고 근처에 있던 강아지풀을 뽑아 흔들흔들했다.

"쿠리야는 떵떵거리고 살았다니까 혹시 돈이 될 만한 게 남아 있지 않을까 해서요."

넓은 지역이라 한쪽 끝에서부터 차근차근 뒤졌다고 했다.

"수확은 있었고?"

"아무것도 없어요. 이 근처에선 열매도 거의 안 열리는걸요."

"저기 감이 있는데."

"안 먹는 게 나을걸요. 날감이니까."

따서 곶감으로 말려도 딱딱하게 쪼그라들어 시커멓게 변색될 뿐 단맛이 전혀 없다고 했다.

"보름쯤 전에 왔을 땐 매미가 잔뜩 죽어 있었어요."

"여름이 끝날 때는 원래 매미가 죽는 거야."

"그렇지만 땅바닥이 안 보일 정도로 많았는걸요. 사방에 시체가 널려 있었다고요."

그 말을 듣고 한주로도 문득 등골이 오싹해졌다.

"널 위해 하는 말이니까 너도 앞으로는 이곳에 오지 않는 게 좋겠다."

이곳은 확실히 죽음으로 부정 탄 곳이다.

"무사 나리는 볼일 끝났어요?"

"그래, 이제 됐다. 나는 다른 곳으로 간다만 너 혼자서 고나라 촌으로 돌아갈 수 있지?"

"무사 나리, 이다음에 어디 가는데요?"

한주로는 가타노 촌으로 갈 생각이었다. 신쿠로가 양자로 가 말들을 돌보며 자란 곳.

"이제 안내는 필요 없어."

긴이치는 히죽히죽 웃었다.

"그거야 어디 가느냐에 따라 다르죠."

날이 저물고 있었다. 고나라 촌으로 다시 가는 것은 피하고 싶다. 하지만 해 떨어지기 전에 가타노 촌에 다다르기는 무리일 테니 도중에 어디 촌락에 들러야 한다.

"……그렇겠군."

"아무렴 그래야죠."

"너희 부모님은 걱정하지 않으시냐?"

"수고비만 받아가면 마을에 며칠 없어도 흔 안 나요."

이름을 보면 사람을 안다더니 이 녀석이 딱 그렇다*.

그날은 고나라 촌과 가타노 촌 중간쯤에 위치하는 마을에서 묵기로 했다. 긴이치와 안면이 있는 듯한 노인은 한주로가 수석 가로의 증명서를 보여줄 것도 없이 흔쾌히 헛간을 내주었을 뿐 아니라 저녁 식사로 밤밥을 주었다. 사례금을 주려고 하자 한사코 손사래를 쳤지만, 그래서는 자기 마음이 께름하다고 하자 "그럼 장작을 패주십시오"라고 대답했다.

한주로는 긴이치의 도움을 받아 장작을 잔뜩 팼다. 노인 몫뿐 아니라 이웃 사람들 것까지 팼다. 작업중 잡담을 하면서 이즈치 촌에 관해 묻자 대략 고나라 촌에서 들은 것과 비슷한 대답이었다.

긴이치는 넉살이 좋은 데다 눈치가 있었다. 이런 길 안내나 심부름을 종종 하는 것 같다.

행방불명된 아이들도 이 녀석 또래였다.

그날 밤 장작과 짚 더미 사이에서 잠들기 전에 한주로는 무심코 물었다.

"긴이치, 너는 낯선 사람을 두려워하지 않는 것 같다만 내가 납치범이면 어떻게 하려고 그러지?"

긴이치는 "헹" 하고 대꾸했다. "무사 나리는 납치범이 아니에요."

"어떻게 알아?"

---

* 긴이치는 金一라 씀

"얼굴이 그렇게 안 생겼으니까요."

"납치범의 얼굴은 어떻게 생겼기에?"

"무섭게 생겼죠."

한주로는 웃었다. 긴이치도 웃었다.

"돈 줄 테니까 따라오라고 하면 어떻게 할래?"

"나 같은 어린애한테 그냥 돈 주겠다는 사람은 악당이에요."

분별이 있는 아이다.

"야무지구나. 그렇지만 세상에는 네가 생각도 못 할 만큼 나쁜 사람도 있으니까 주의를 게을리하지 마라. 한 번 더 말하지만 이즈치 촌 옛터에도 이제 가지 말고."

대답이 없었다. 긴이치는 자고 있었다.

이튿날 아침 일찍 일어나 산길을 대략 3리쯤 걸어 숲을 지나 가타노 촌에 다다랐다. 광대한 목장을 둘러싸고 집과 마구간, 헛간이 늘어선 고원의 마을이다. 초지에 부는 가을바람은 이제 선득하게 느껴질 정도다. 목장에 흩어져 있는 말들의 등에 금색 햇빛이 반사되어 아름다운데, 유명한 목장이라 하기에는 말이 적은 것 같다.

바람을 맞으며 "말똥 냄새 한번 엄청 나네"라고 얼굴을 찡그린 긴이치는 한주로가 삯을 주자 생각보다 많았는지 금세 만면에 웃음을 지었다.

"무사 나리, 이다음에는 어디 갈 거예요?"

"아직 정하지 않았어. 당분간 여기 있을지도 모르지. 너는 조심해서 가라."

"그래요."

긴이치는 갑자기 정색하고 목소리를 낮추었다.

"중요한 볼일이 있는 거겠지만 조심해요. 이 마을은 촌장님이 얼마 전에 참수를 당했거든요."

다들 아직 겁내는 것 같으니까, 라고 했다.

"여름 초입에 성에서 높은 분이 할복했잖아요? 그 사람이 촌장님 가족이었거든요. 그래서 같이 벌을 받았대요."

한주로는 놀라움을 감추며 긴이치의 까맣게 탄 얼굴을 봤다.

"할복한 사람은 6대 나리의 수석 요닌을 지낸 이토 나리타카 공이다. 이토 공은 아닌 게 아니라 여기 가타노 촌 출신이다만, 6대 나리께 등용된 뒤로는 이름도 바뀌고 이곳 촌장과 연이 끊어졌을 텐데."

"그래요? 그렇지만 촌장님네에서 여러 명 죽고 잡혀갔는데요."

그리고 말도 대부분 몰수됐다고 했다.

"그럼 지금은 어느 집에서 마을을 다스리고 있지?"

"글쎄요, 나는 모르겠는데요."

이럴 줄 알았으면 고나라 촌에서든 어젯밤을 보낸 마을에서든 가타노 촌에 대해 좀 더 물어보는 건데. 하기야 옛날 일인 이즈치 촌에 관한 것보다 더 흉흉하고 간단히 입에 올릴 화제는 아니니까 쉽게 말해줄 것 같지는 않지만.

그나저나 너무한다. 이토 나리타카가 밉다고 그의 양가에까지 죄를 묻다니.

신쿠로는 친족을 두 차례나 몰살당한 셈이다.

처음에는 십육 년 전 은폐를 위해서. 두 번째는 본때를 보이기 위해서.

두 번째 참사는 누가 명했을까. 나리인가, 성대 가로인가. 와키사카 님도 그런 일을 주저없이 용납하셨나.

권세를 가진 자는 그런 일을 해야 하는 건가. 그것도 정사인가. 기타미 번을 평안하게 다스리기 위해 백성에게 희생을 강요하는 것이.

다들 사람이 좋아서 지나가는 사람에게도 친절하게 대해준다. 기타미 번은 윤택하지는 않지만 영민의 마음은 윤택하고 따뜻하다.

그런 자들에게 희생을 강요하며 번을 위해서는 불가피하다고 말한다면.

비애와 노여움에 먹먹해진 가슴에 먹물을 떨어뜨린 것처럼 검은 불안이 번졌다.

대체 정의란 무엇인가. 나는 정말로 올바른 일을 할 수 있을까.

사람은 보이지 않는 널따란 가을철 목장을 둘러보며 한주로는 입술을 깨물었다.

여느 때처럼 성읍에서 짐이 와 고코인에서는 하인들이 바삐 짐을 풀고 있었다.

입이 늘었으니 짐도 늘었다. 다키도 같이 거들어 정신없이 일하는데 구리키 안고가 불쑥 나타났다.

"이런, 저도 돕겠습니다."

이 대리인은 서쪽 대기소 옆방에서 기거하며 매일같이 고코인에 보관된 문서와 장부에 둘러싸여 지냈다. 덕분에 별로 얼굴을 볼 일이 없어 다키는 안도하고 있었다.

"안 됩니다, 어떻게 감히……."

허둥대는 만사쿠를 구리키 안고가 손을 실실 저어 물리쳤다.

"무슨, 가마니 하나쯤은 나도……."

엉거주춤한 자세로 불안하게 들려 하기에 도요사쿠가 황급히 같이 들려 했으나 이미 늦었다.

"어이쿠, 무거워라!"

그것 봐라 싶게 순식간에 가마니에 깔리고 말았다. 그러자 옆에서 스즈가 즐겁게 쿡쿡 웃었다.

"스즈, 너 그게 무슨 실례야!"

야단치는 고를 구리키 안고는 겸연쩍게 웃으며 말렸다.

"됐어, 됐어. 이런, 스즈에게 웃음을 샀군."

스즈가 명랑하게 대답했다.

"구리키 님께서 장부보다 무거운 것은 못 든다고 스스로 말씀하셨잖아요."

"그랬지, 응."

어느새 친해진 것 같다. 다키는 울컥했다. 그게 표정이 드러나 고가 쓴웃음을 지었다.

"다키 님, 스즈는 가끔 구리키 님 일을 돕거든요."

"어머, 그래요?"

스즈가 싫어하지 않는다면 다키가 화낼 이유도 없다.

"뭘 돕는데요?"

스즈는 즐거운 표정으로 눈을 반짝이고 있었다.

"먹도 갈고, 빔지를 만들어서 구리키 님이 쓰신 문서도 묶고, 옛날 장부를 거풍시키기도 하고요."

"좀이 슬어서 말입니다."

구리키가 말했다.

"뭔가 조사하시는 중인가요?"

"그냥 읽는 것뿐입니다. 손상된 기록은 사본을 만들어 새로 철하고 있습니다만, 스즈가 만들어주는 빔지는 가늘고 튼튼해서 아주 편리하군요."

느긋하니 좋은 일이다.

그 뒤로 시게오키는 매일 시로타 의사를 만나 과거의 기억을 조금씩 되찾으려 노력하고 있었다. 한 번에는 무리인지라 조금씩 시간을 나눠 휴식을 취해가며 진행하는 것 같지만, 창살방에 들어간 의사가 한나절씩 나오지 않을 때도 있었다.

이런 치료가 시작된 직후, 다키는 시게오키 본인에게서 자리를 피하라는 분부를 받았다. 시로타 의사도 그게 좋겠다고 했다.

"다키 님의 마음은 압니다만, 의사와 환자만 알아야 할 일도 있으니까요."

하지만 창살방 밖에서 가슴을 졸일 뿐인 다키는 답답하기 그지없었다. 이대로 괜찮은 걸까 걱정스러웠다.

날마다 하는 이 일을 '치료'라고 해도 되는 걸까. 의사와의 면담이 끝나면 시게오키는 언제나 녹초가 되고 때로는 입도 뗄 수 없을 만큼 소모되어 있곤 했다. 식욕도 잃어 체력 회복이 더뎠다.

이시노 님께서 계셨더라면.

오리베라면 무턱대고 치료를 서두르지 말라고 의사에게 일러주었을 것이다.

자꾸 어두운 표정을 짓게 되니까 빈 시간이 생기지 않도록 일부러 바쁘게 일했다. 오늘도 그러고 있다 보니, 들들 하고 창살방 격자문이 움직이는 묵직한 소리가 들린 지 얼마 안 돼서 시로타 의사가 진찰실로 다키를 불렀다.

"짐과 함께 이시노 님께서 보내신 서한이 왔더군요."

의사는 서한을 무릎 위에 올려놓고 있었다.

"이시노 님은 언제 돌아오시는지요?"

"고코인에는 오시지 않고 성읍에서 바로 에도로 올라가신답니다."

"그럼 곧 비후쿠인 님을 뵙는 건가요?"

"그건 아직 알 수 없나 봅니다. 비후쿠인 님은 큰나리가 서거하신 이래로 기타미 가신들을 멀리하신다고 하는군요."

역시 거기에 뭔가 있다. 그래도 그렇게 말을 하면 결례가 되니 다키는 눈살을 찌푸렸다. 의사도 가볍게 고개를 끄덕였다.

"에도에는 미노스케와 간키치가 있으니 이시노 님의 손발이 될 겁니다. 우리는 이시노 님께서 계시지 않는 동안 저택을 지키며 사태가 움직이기를 기다리죠."

"알겠습니다."

머리를 숙였다가 들자 시로타 의사는 입을 꽉 다물고 다키를 응시하고 있었다.

"다키 님, 하나 여쭤야 할 것이 있습니다."

미간에 보일 듯 말 듯 주름이 져 있었다.

"의사로서 묻는 것이니 정직하게 대답해주셨으면 합니다."

목소리가 낮았다. 다른 사람이 들을까 봐 조심하는 것이다. 다키는 몸을 똑바로 펴고 무릎 위에 손을 가지런히 모았다.

"네, 알겠습니다."

의사는 긴장 속에 잠시 뜸을 들였다가 입을 열었다.

"지금까지 시게오키 님을 가까이에서 모시면서 수청을 들라는 명을 받은 적이 있습니까?"

다키는 눈을 크게 떴다.

"없습니다."

"한 번도?"

"네."

"명확한 명령은 아니지만 넌지시 그런 뜻을 비추신 적은?"

"그것도 없습니다."

"결과적으로 그렇게 되지는 않았어도 남자가 여인에게 원하는 것을 원하신 적은?"

"없어요."

"접촉하신 적은?"

"간호할 때 제 손이 닿는 적은 있어도 나리마님께서 제게 손을 대신 적은 한 번도 없습니다."

"손을 잡으신 적도 없습니까?"

고개를 흔들려다가 다키는 마음을 바꾸었다.

"고토네 님과 새끼손가락을 건 적은 있어요."

"시게오키 님은 지금까지 어떤 경우에도 여인으로 다키 님을 원한 적이 없군요?"

"네. 그런 조짐이 있었다면 저 혼자 가슴에 묻어두거나 하지 않습니다."

얼마 동안 생각에 잠겨 있던 의사는 이윽고 가볍게 한숨을 쉬고 표정을 풀었다.

"사적인 일을 여쭤봐서 죄송합니다. 하지만 필요한 질문이었거든요. 다키 님께 확인해두고 싶었습니다."

"지금 드린 대답으로 됐는지요?"

"네. 아, 하나 더 여쭤볼까요."

의사는 조금 전보다 훨씬 부드러운 표정, 부드러운 눈빛으로 다키를 바라봤다.

"이건 의사로서 묻는 것이 아닙니다만 가능하면 정직하게 대답해주셨으면 합니다."

시로타 의사는 희미하게 미소를 짓고 있었다.

"다키 님은 시게오키 님을 연모하시죠?"

다키는 스스로도 놀랄 만큼 얼굴이 화끈 달아올랐다. 귀까지 뜨거워졌다.

"어머나, 무슨 말씀인가 했더니요."

"가신으로서 성심을 다해 모시고 있다느니 그런 예의 바른 대답을 원하는 것이 아닙니다. 다키 님은 시게오키 님께 호의를 갖고 있습니다. 아니, 마음을 빼앗겼다고 하는 편이 나으려나요."

"저 같은 신분의 사람이……."

"그러니까 그런 딱딱한 말은 지금은 하지 않으셔도 됩니다. 여자로서 시게오키 님을 어떻게 생각하느냐 여쭙는 겁니다."

다키는 혼전의 처녀로 돌아간 것처럼 우물쭈물했다.

"물론 충심은 있습니다. 동정도 있었을 테죠. 하지만 그것만은 아닌 것 같군요."

"……측은하다고 생각했습니다."

"다키 님과 시게오키 님은, 저는 이유를 잘 모르겠습니다만, 깊은 곳에서 서로를 이해하는 것처럼 보입니다만."

서로를 이해한다고? 결혼에 실패한 나와 나리마님이?

그래, 나리마님은 이해해주셨다.

이가와 가에서 시어머니의 부조리한 처사에 시달렸던 다키의 슬픔과 고통을. 그건 기타미 시게오키 또한 부조리한 처사로 영혼에 상처를 입어 타인에게는 털어놓을 수 없는 비밀을 안고 살아온 사람이기 때문이다.

"선생님 말씀대로 저는 나리마님을 연모하고 있습니다. 하지만 그 감정은 저 혼자서 소중히 보듬어야 할 것이고 어떤 형태로든 보답을 받을 것을 바라지 않아요."

"저는 다키 님의 감정이 보답받기를 바랍니다."

단적인 말이었다. 시로타 의사는 또다시 다키에게 미소를 짓고는 다시 입매를 다잡았다.

"그게 시게오키 님께도 좋은 일이라고 생각해서입니다. 그러나 유감스럽게도 그건 아주 쉽지 않은 일이란 말이죠."

잠시 주저하듯 침묵했다.

"……시게오키 님과 정실 부인 유이 마님은 진정한 부부가 아니었습니다."

의사는 침착한 어조로 말했다.

"시게오키 님께 직접 들었습니다. 유이 마님과 부부관계를 가진 적이 한 번도 없으시다고 말이죠."

그것도 시게오키의 비밀, 유이와 공유하는 비밀이었다.

"친가에서 유이 마님을 따라온 유모만은 사정을 알고 있었다 하더군요. 유이 마님께서 유모와 상담해서 같이 비밀을 지킬 수 있도록 도와달라고 부탁하신 겁니다."

다키는 놀라 바로 말이 나오지 않았다.

"유모는 소중한 아가씨께서 그런 처지에 놓이셨는데도 친가에 알리지 않으셨다는 건가요?"

"소중한 아가씨 본인이 남편 곁에 있고 싶어하셨으니까요. 다키 님과 마찬가지인 겁니다. 유이 마님도 시게오키 님을 연모하셨습니다. 이름뿐인 부부라도 서로 사랑했다고 해야 할까요."

그래서 유이 부인은 시게오키와 헤어지고 싶어하지 않았던 것이다. 시게오키도 유이와 함께 있고 싶었다. 서로가 서로를 사랑했다.

"그래도, 아니, 그래서일까요. 시게오키 님은 유이 마님을 진정한 처로 만들 수 없었습니다. 남자로서의 행위를 할 수 없었습니다."

그런 행위를 하면…….

유이를 더럽히는 일이 될 것 같았어.

다키는 방금 전까지 뜨거웠던 귀와 볼이 싸늘하게 식어가는 것을 느꼈다. 쓰라릴 만큼 애달픈 감정이 가슴속에서 밀려왔다.

"시게오키 님은 천진했던 어린 시절에 무참하게도 친아버지와 그의 정부에게 음란하게 괴롭힘을 당했습니다. 말할 것도 없이 이건 무사의 남색과는 의미가 전혀 다릅니다."

있어서는 안 될 일이고, 인간의 도리에 어긋나는, 하늘도 땅도 용서하지 않을 행동이다.

"시게오키 님의 심신에는 당시 맛본 공포와 혐오가 깊이 새겨졌습니다. 그 결과 성장해서도 남자로서 여인을 대할 수 없게 된 겁니다."

시게오키에게 그 행위는 부정한 것이니까. 상대방의 영혼을 죽일 만큼 끔찍한 것일 뿐이니까.

"물론 당시의 시게오키 님은 그때 기억이 없으셨습니다. 그래서 유이 마님에게도 자세한 사정을 말씀하실 수 없었습니다."

그래도 유이 부인은 시게오키와 함께 있기를 택했다. 그 정도로 깊은 사랑이었을 테고, 두 사람의 마음만 틀림없다면 이윽고 시간이 해결해줄 것이다, 함께 행복하게 살다 보면 열매가 무르익듯 자연스레 이루어질 것이라고 희망을 갖고 있었을 것이다.

　그러나 시게오키의 혼란과 착란은 계속 악화됐다. 그 결과 시게오키는 연금되고 부부는 헤어져야 했다.

　다키는 견디지 못하고 손으로 얼굴을 가렸다.

　처음 배알을 허락받았을 때, 창살방 안에서 시게오키는 유이 부인에게 편지를 쓰고 있었다. 이렇게 된 이상 하루라도 빨리 이혼하라고. 그건 유이 부인을 사랑하는 마음이 있었기 때문이다.

　고토네도 말하지 않았나.

　유이는 다정해서 좋아했거든.

　"시게오키 님은 지금도 유이 마님을 잊지 못하십니다."

　어서 이혼하라고 하면서 속으로는 미련을 갖고 부르짖고 있다. 남편으로서 행복하게 해주지 못한 상대이기에 마음을 접지 못한다. 접어야 한다고 머리로는 생각하고 그렇게 말하면서 사랑하는 마음을 지우지 못한다.

　"앞으로 시게오키 님이 회복되어 과거의 어둠에서 벗어나셔도 두 분의 연이 다시 이어지는 일은 있을 수 없습니다."

　유이는 머지 않아 다른 혼처를 찾을 것이다. 그게 다이묘 가 딸의 인생이다.

　"하지만 사람의 마음은 이성으로 없앨 수 있는 것이 아니거든요. 시게오키 님의 마음에는 지금도 유이 마님이 살고 계십니다. 얄궂게도 드디어 수수께끼의 핵심에 접근하는 치료가 시작되고 나서 맨 처음 명확해진 게 그 사실이었습니다."

다키는 손으로 얼굴을 가린 채 천천히 고개를 끄덕였다.

"그래도 다키 님은 시게오키 님을 모실 수 있겠습니까? 다키 님의 충심은 보답을 받아도 애정은 그저 허비될 뿐일지도 모릅니다. 그래도 후회가 없으시겠습니까?"

다키는 손을 내리고 얼굴을 들었다. 눈물 한 줄기가 뺨을 타고 흘러내렸다.

"저는 나리마님께서 행복해지시기를 바랍니다."

다키가 자진해서 괴로움을 털어놓을 수 있었던 분이니까. 그것을 들어주고 받아들여주고 이해해준 분이니까.

"그게 제 소원이고, 그 소원이 이뤄지는 게 행복입니다. 부디 이대로 곁에서 모실 수 있게 해주십시오."

시로타 의사는 눈부신 것을 보는 듯한 표정을 지었다. 이상하게도 왜 그런지 그게 아픔을 견디는 찡그린 얼굴로 보였다.

"……고맙습니다."

다키가 품에서 휴지를 꺼내려 하자 시로타 의사가 먼저 내밀었다. 그것으로 눈물을 닦고 호흡을 가다듬었다.

"선생님, 저도 하나 여쭤봐도 될까요."

"네, 그러시죠."

"나리마님께서 제게 손을 대지 않으시는 것은 그게 나리마님께 부정한 금기와 연결되기 때문이라는 것은 잘 알았습니다."

하지만 오도시마인 우키하시 이야기를 했을 때는 다키가 진정시키려고 시게오키의 몸에 손을 얹은 것을 강하게 야단치며 물리친 이유는 뭘까.

시로타 의사는 진짜로 찡그린 표정을 지었다.

"그건 우키하시가 생각나서 그러신 겁니다. 머리와 마음만이 아니라 십중팔구 몸도."

시게오키는 우키하시과 접촉했을 당시의 심경으로 돌아가 동요한 것이다.

"우키하시가 나리마님의 노여움을 사서 나리마님의 칼에 죽은 것은······."

유이를 나쁘게 말해서.

"그 소동은 밤늦게 시게오키 님의 침소에서 벌어졌습니다. 그래도 모르시겠습니까?"

모를 것도 없다. 하지만 너무나도 추잡하다.

"혹시 우키하시라는 사람은······."

"네, 시게오키 님을 유혹한 겁니다."

우키하시는 오랜 세월 기타미 번의 내실에서 일했고 에도 번저에서 나리오키의 수청을 든 적도 있었다고 했다.

"그런 입장에 착각해서 대담하게도 시게오키 님의 침소에 들어와 속삭였습니다."

좀처럼 잉태가 되지 않는 것은 유이 마님이 아직 어린애라 나리를 만족시켜드리지 못하기 때문이에요.

예전에 큰나리를 위로해드렸듯이 제가 위로해드리지요.

그러나 시게오키에게 그 유혹은 과거에 벌어진 끔찍한 일을 상기

시키는 꺼림칙한 행위일 뿐이었다.

우키하시, 손 치워라!

내게 손을 대 더럽히지 말아라.

시게오키는 자신을 지키기 위해 노여움의 화신이 되어 우키하시를 칼로 베어 죽였다. 그렇기에 당시 기억을 되살려야 했을 때 다키를 제지한 것이다.

다키, 손 치워라!

살기 같은 분위기와 비명에 가까운 고함. 그건 과거로부터 들려온 메아리였다.

"무슨 일이 있어도 우키하시를 죽였듯이 저를 죽이고 싶지 않다고 순간적으로 생각해주셨군요."

그것으로 충분했다. 결코 오기를 부리는 게 아니다. 다키는 이미 보답을 받았다고 생각했다.

"최소한 한 번만이라도 나리마님께서 유이 마님을 만나실 수 있게 해드리고 싶어요……."

두 사람은 대면하고 이별의 말을 나누는 것조차 허락받지 못했다.

"아무리 그래도 그건 무리입니다. 이혼이 성립돼서 유이 마님께서 친가로 돌아가신 뒤로는 서한조차 불가능한……."

시로타 의사는 잠깐 침묵했다. 불현듯 생각난 것처럼 무릎 위의, 오리베가 보낸 서한을 집었다.

"다만 유이 마님은 지금도 가끔씩 비후쿠인 님께 문안을 드리러 찾아가신다고 합니다. 이시노 님은 그때를 이용해 비후쿠인 님을 뵐 생각이시라는군요."

다키는 의사와 마주 봤다. 조금 전과는 다른 이유로 두 뺨이 상기됐다.

"제가 이시노 님을 수행해 유이 마님을 뵐 수는 없을까요?"

그래서 전하고 싶다. 서한을 쓰던 시게오키의 모습을.

의사는 어처구니없다는 듯 천장을 올려다보며 말했다.

"저는 전에 여인의 다정함에는 당할 수 없다고 말씀드렸습니다만 그 말을 바꿔야겠군요. 다키 님에게는 당하지 못하겠습니다."

4

에도로 올라간 미노스케와 간키치는 곧 막다른 골목에 부닥쳤다.

나리오키 때 기타미 번 별저를 관리하던 전 가신 고데라 센노스케가 지내고 있다는 절에 찾아가보니 생각보다 훨씬 중병을 앓고 있었기 때문이다. 이야기를 듣거나 질문을 해서 답변을 얻는 것은 기대도 할 수 없었다.

그가 있는 절은 하라주쿠 촌에 있는 별저에서 멀지 않은 넨부쓰 사였다. 미노스케는 기타미 번의 가신 자격으로 찾아갔다가 경계하면 골치 아프다고 과거 고데라에게 신세를 졌던 상인을, 간키치는 그의 수행인을 가장하고 산문을 지났다. 얼굴이 복스럽게 생긴 중년 주지는 "고데라 님께 문안드리러 왔습니다"라는 미노스케의 말에 친절하게 대해주었다. 바로 본인도 만나게 해주었다.

승방 안쪽에 위치한 한 방에서 마른 나무처럼 야윈 노인이 흐리멍덩한 눈을 반쯤 뜨고 입도 반쯤 벌린 채 누워 있었다.

졸중이라고 했다.

"벌써 칠 년도 더 됐군요."

이시노 오리베의 적자 나오지로에게 에도 별저 관리를 넘기고 가독은 아들에게 물려준 다음 고데라 센노스케는 이 절로 왔다.

"득도해 불도에 귀의하기를 바라셨죠."

그러나 주지는 그를 말렸다. 속세를 떠난다는 중대사를 쉽게 정하면 안 된다. 나무아미타불을 열심히 외우는 것만이 부처님에게 통하는 길이라는 넨부쓰 사에서는, 출가하지 않은 채 독실한 신심을 유지하는 것 또한 존귀한 길이다, 하고.

"당시 고데라 공은 소승이 저도 모르게 그런 말씀을 드리고 싶어질 만큼 출가를 서두르셨거든요."

주지는 대신 당분간 절에서 지내며 절의 생활에 익숙해지는 게 어떻겠느냐고 권했다. 처음에는 내켜하지 않던 고데라 센노스케도 제안을 받아들여 단가(檀家) 신도들을 보살피고 손상된 경문의 수복과 사경을 하며 살았다. 그러다가 반년쯤 지났을 때 최초의 발작을 일으켜 쓰러졌다.

"다행히 그때는 가볍게 지나간 것 같았습니다."

팔다리의 움직임이 다소 둔해지기는 했어도 요양을 통해 다시 예전처럼 생활할 수 있을 정도로 회복됐는데…….

"지난 5월 중순쯤입니다. 고향의 아드님에게서 서한이 왔는데 고데라 님은 그것을 읽고 창백해지시더니……."

또다시 졸중 발작을 일으켰다. 이번에는 증세가 심각해 의사가 사흘을 넘기지 못할 것이라고 했다.

"그때부터 내내 이렇게 누워 계시는 겁니까?"

미노스케는 침통하게 얼굴을 일그러뜨리며 물었다. 아니, 그런 표정을 짓고 물었다. 가게마와리는 역시 가게마와리라고 간키치는 감탄했지만, 자기는 그렇게 감쪽같이 연기할 자신이 없는지라 그냥 얌전히 얼굴을 숙이고만 있었다.

낙엽 더미가 바람에 휩쓸려 버석거리는 듯한 조그만 소리가 났다. 고데라 센노스케의 코에서 나오는 숨소리다.

"고향에서 온 서한이 어지간히 충격이셨나 보군요."

주지는 고개를 끄덕였다.

"당신도 기타미 번과 연이 있다면 이야기를 들으셨을지도 모르겠군요. 당시 6대 번주 기타미 시게오키 님께서 연금되고 종형제 되는 분이 새 번주로 앉으셨다 합니다."

"아…… 네, 그랬죠. 그럼 고데라 님은 그 때문에 놀라셔서?"

"십중팔구 너무나도 가슴이 아파 두 번째 발작을 일으키셨을 테죠."

고데라 센노스케는 그 뒤로 거동을 못 한 채 나날이 조금씩 죽어가는 것 같다고 했다. 말을 못 하거니와 말을 시켜도 알아듣는 기색도 없다. 혼자 힘으로는 돌아눕지도 못한다. 사미승과 일꾼이 보살피며 미음이나 물로 입을 축여주고 잠옷과 기저귀를 갈아줄 뿐, 그 이상 해줄 수 있는 일도 없다고 했다.

"고데라 님은 이렇게 부처님의 부름을 기다리고 계시는 겁니다."

주지는 나무아미타불, 나무아미타불 하며 합장을 했다. 미노스케와 간키치도 따라했다.

"대단히 실례되는 말씀을 여쭙습니다만, 고데라 님을 돌보는 비용은……."

"고향에서 보내주십니다."

"누가 찾아오시는 일은……."

"네."

짤막하게 대답한 주지는 그 이상 대답하기를 거부하는 표정을 지었다.

"그럼 저도 조금이라 부끄럽습니다만 문안의 뜻으로 얼마 기부하겠습니다."

미노스케가 돈 꾸러미를 바치자 주지는 두 사람을 본당으로 데려가 독경을 해주었다. 낭랑한 목소리를 들으며 미노스케는 간키치에게 몰래 속삭였다.

"지코료의 간호인이 보기엔 어때?"

자신이 가게마와리라는 사실이 드러난 뒤로는 이시노 오리베나 시로타 의사에게 합당한 태도를 갖추게 된 미노스케도, 간키치 상대로는 같은 하인으로서 스스럼없는 언동으로 돌아왔다. 덕분에 간키치는 공연한 신경을 쓰지 않아도 됐지만, 어느 쪽이 진짜 미노스케인지 어느 게 본모습인지 알 수 없어서 약간 섬뜩한 기분이 들지 않는 것도 아니었다.

"저래서야 이미 틀린 것 같은데요."

"이야기하기 어려울까."

"무리입니다. 발 한 짝 정도가 아니라 벌써 가슴께까지 관에 들어가 있는데요. 그래도 곁에 붙어 간호하면서 말을 시켜보는 정도는 해볼까요."

미노스케는 잠깐 생각해보더니 이내 고개를 가로저었다.

"그만두자고. 괜히 시간만 잡아먹지."

나미아미타불, 나무아미타불.

넨부쓰 사에서 나온 미노스케는 간키치를 내버려두고 팔짱을 긴채 혼자 생각에 잠겨 걸었다.

"······진심으로 놀라고 슬퍼했을 테죠."

시게오키의 연금 소식에 고데라 센노스케는 말 그대로 정신이 지친 것이라고 간키치는 생각했다. **어렵게** 말하면 비분이다.

"뭔가에 놀라거나 화가 나거나 엄청 슬펐을 때 그걸 계기로 졸중을 일으킬 수 있거든요."

"그냥 놀란 것뿐일까."

미노스케는 허공을 노려보고 있었다.

"그러니까 비분인 겁니다. 나리마님은 이시노 님께 목숨보다 소중한 작은나리잖아요. 고데라 님께도 그렇겠죠. 어렸을 때부터 알고 있었으니까."

미노스케가 으음, 하고 건성으로 대답했다.

"뭔가 수상쩍은 냄새가 난단 말이지."

그야 댁은 가게마와리고 후각이 발달했으니까. 나는 평범한 간호인이고 하인이라서 말이야, 하고 간키치도 품에 손을 넣고 고개까지 움츠렸다.

사실 간키치는 이시노 오리베에게 지금까지 벌어진 소동의 외면적인 부분을 대략 들었을 뿐이다. 고로스케 할아범이 자객이었다는 것도, 도망친 줄 알았던 이토 나리타카가 살해당했다는 것도 경천동지할 일이었지만, 상황의 전체상은 보이지 않아 오리무중이었다. 고데라 센노스케에 대해서도 비슷했지만…….

상대방이 병자라면 간키치가 필요하군. 정성스레 간호하며 십중팔구 돌처럼 무거울 고데라의 입을 열게 해주겠느냐.

이시노 님에게 그렇게 부탁받고 에도까지 올라온 것뿐이다.

그런데 그 역할이 없어졌으면 이제 간키치가 할 일은 없다. 에도에는 물론 이번에 처음 올라온 것이라 아무것도 모른다. 미노스케에게 붙어 있어봤자 방해가 될 뿐이다. 자신과 마찬가지로 여전히 흐릿한 안개에 싸인 고코인에서 매일 바쁘게 지내고 있을 스즈와 고가 마음에 걸렸다.

"미노스케 씨, 이제 어떻게 할 건데?"

"……생각중이야."

"그럼 난 기타미로 돌아가도 되지?"

"아니, 안 돼."

정신이 든 양 얼굴을 든 미노스케는 간키치의 어깨를 꽉 잡고 흔들며 말했다.

"지금은 위급한 상황이야. 너는 이시노 나오지로 님 곁에 있어줘."

이시노 나오지로는 오리베의 적자다. 오리베가 은거했을 때 함께 기타미 번 가신의 신분을 잃고 주군이 없는 무사가 됐다.

"고데라 님 다음에 에도 별저를 관리하던 사람은 나오지로 님이야. 이시노 님과 와키사카 님께서 결심하고 과거를 파헤치려 하시는 이상, 잘못하면 나오지로 님께도 파장이 미칠 수 있어."

"뭐?"

"이번 일의 흑막, 다시 말해 고로스케 할아범의 주인이고 우리 적인 자는 나오지로 님도 노리고 있을지 모른다는 말이야."

"무슨 말인지 잘 모르겠는데" 간키치는 솔직하게 대답했다. "왜?"

"나오지로 님이 나리마님의 어린 시절에 관해 뭔가 알고 있다든지, 고데라 님에게 뭔가 들은 게 있다든지, 짚이는 데가 있다든지 하면 적의 입장에서는 난처할 거 아니야."

"그럼 물어보면 되지. 그래서 이시노 님 아드님이 아무것도 모르신다면 걱정할 필요 없잖아."

미노스케는 눈을 부릅뜨더니 지친 것처럼 한숨을 내쉬었다.

"그렇다 해도 적이 순순히 그렇게 생각해줄 거라는 보장이 없으니까 경계는 해둬야 한다고. 적이 어떤 수단을 쓸지 모르는 일이야. 다짜고짜 선수를 쳐서 나오지로 님의 목숨을 노릴 가능성도 있어. 실제로 이토 님은 그렇게 해서 목을 졸려 죽었지."

이번에는 간키치가 눈을 부릅뜰 차례였다.

"헉, 그런 거였어?"

"그래. 우리 적은, 수석 요닌이었던 오 년간 나리마님과 가장 가까운 곳에 있었던 이토 님이 알려지면 곤란한 뭔가를 알고 있을지도 모른다는 것 하나만으로……."

훈계하듯 잔소리를 늘어놓던 미노스케는 갑자기 입을 다물고 맥이 빠진 것처럼 "뭐, 됐다"라고 말했다.

"그럼 좋고."

"넌 평범한 간호인이고 하인이니 말이다. 할 수 없지."

"지금 그건 가신 미노스케 님이 하시는 말씀 아냐? 그럼 하는 수 없구나, 라고 하라고. 가게마와리는 높은 사람인지 아닌지 알 수 없으니까 영 귀찮아."

미노스케는 그렇군, 하고 쓴웃음을 지었다.

"아무튼 나는 망을 봐야 하니까 너도 내 부하로 일해."

그렇게 해서 간키치는 미노스케 꽁무니에 붙어, 지금은 고이시카와라는 곳에서 하타모토(旗本)* 에도시대 쇼군을 알현할 수 있는 무사)의 요닌으로 있다는 이시노 나오지로를 찾아갔다.

그곳에서 마침내 할 일을 찾아냈다.

나오지로 부부 사이에는 아들, 딸, 아들, 아들, 그렇게 네 아이가 있었다. 밑의 두 아들은 연년생으로 이제 겨우 세 살과 두 살이었다.

---

* 에도시대 쇼군을 알현할 수 있는 무사

그 애들이 한꺼번에 홍역에 걸렸는데 병세가 심해 나오지로의 부인은 간병하느라 지쳐 있었다.

귀찮은 인사와 설명은 미노스케에게 모조리 떠넘기고 간키치는 당장 간호인 겸 하인으로 일하기 시작했다.

나오지로는 그가 섬기는 하타모토의 셋집 중 하나에 살았다. 낡아서 여기저기 상했지만 방은 많았거니와 산울타리는 잘 다듬어졌고 마당의 늙은 소나무가 운치 있는, 꽤 훌륭한 저택이었다. 더부살이하는 하녀는 둘, 가는귀먹은 늙은 하인 하나, 그리고 수습 요닌인 젊은 무사 하나.

간키치는 에도 생활에 대한 지식은 전혀 없었지만 주인을 섬기는 데는 익숙했다. 이시노 가의 하인들과 드나드는 상인들을 통해, 이시노 부부가 좋은 주인이며 나오지로는 요닌으로 훌륭하게 소임을 다하고 있는 듯하다는 것을 알았다. 살림에도 여유가 있을 것 같았다.

에도에서 '요닌'이 어떤 일을 하는지 잘 몰라 미노스케에게 물어보자, 하타모토나 고케닌(御家人)* 쇼군과 주종관계를 맺은 무사)에게 고용되어 그 집의 재산과 셋집을 관리한다고 했다. 신분과 규모는 달라도 기타미 번 에도 번저에서 하던 일과 비슷하다. 그렇다면 이시노 나오지로가 우수한 요닌인 것도 당연한 일이다.

홍역을 앓는 아이들 간호라면 간키치는 눈 감고도 할 수 있다. 나

---

* 쇼군과 주종관계를 맺은 무사

오지로의 부인을 쉬게 하고 다소 세심함이 부족한 두 하녀에게 집안 일을 맡긴 다음 둘째 아들과 셋째 아들 곁에 붙어 있으려니, 앓아누운 동생들 때문에 불안에 시달렸던 듯한 여섯 살배기 딸도 간키치를 따르기 시작했다. 이 아이는 이미 홍역을 앓았다고 하니 옮을 염려도 없는 터라 같이 돌봐주었다. 간키치의 진가가 발휘되는 장면이다.

이런 행동이 미노스케가 말한 '내 부하로 일하는' 건지 아닌지는 알 수 없었지만, 이시노 가에 안정을 가져온다는 점에서는 분명히 도움이 됐다. 미노스케 본인은 그런 옷을 어디서 조달해오는지 알 수 없지만 요닌인 듯한 차림새로 이시노 나오지로를 찾아가 밀담을 거듭하고 있었다. 그쪽은 그쪽대로 순조로운 것 같았다. 다소 세심함이 부족한 두 하녀가 "처음 보는 상인이 왔던데" "어제 또 파발꾼이 서한을 들고 왔어"라고 말하는 것은, 미노스케와 같은 가게마와리가 상인을 가장하고 이시노 가를 망보는 것일 테고, 파발꾼이 가져온 서한은 기타미에서(십중팔구 이시노 오리베에게서) 온 것일 테니, 간키치가 신경 쓸 필요는 없다.

그럼 나는 뭘 신경 써야 하지?

마실 물이라고 생각했다. 독이라도 풀었다가는 큰일이다.

간키치는 우물 하면 땅을 파서 만든 것밖에 모르는지라 에도의 수도 우물이라는 것을 처음 봤는데, 어찌나 편리한지 감탄했다. 수도관으로 끌어온 물을 얕은 직육면체 통에 받았다가 사용하는 우물이라면 몰래 독약을 타기는 쉽지 않을 테고, 물의 색깔이 변하면 눈에 띈다. 그리고 근처 저택들과 공동으로 쓰는 우물이니 이시노 나오지로의 목숨을 노리는(노릴지도 모르는) 적의 자객이, 아무리 수단을 가리지 않는다 해도 어지간한 바보가 아닌 한 동네를 통째로 몰살시킬 수 있는 난폭한 짓을 하지는 않을 것이다. 하지 말라고 부탁하고 싶다.

그러면 주의해야 할 것은 부엌 항아리에 떠놓는 물이다. 한아름은 될 듯한 항아리인데, 바닥에 자갈과 모래를 깔아놓아 마실 물은 밑에 달린 주둥이를 통해 받는 식이다.

다행히 이시노 가의 마당에 놓인 헌 화로 안에는 아이들이 초여름부터 애지중지하며 키우고 있다는 금붕어 몇 마리가 있었다. 그중 한 마리를 빌려 부엌 물 항아리에 넣었다. 하녀와 하인에게는 "이렇게 해두면 홍역으로 몸이 약해진 도련님들한테 다른 병이 들러붙지 않거든"이라며 기타미에서 병을 막는 주술이라고 둘러댔다.

"자갈이랑 모래가 있으니까 금붕어 한 마리 똥쯤은 쉽게 걸러낼 수 있고, 이 정도로 홍역이 도는 저택 안에서 수돗물을 그냥 마시는 건 좋지 않다고. 끓였다가 식혀 마시는 게 제일 좋지. 내가 잘 알아서 할 테니까 언니들은 신경 안 써도 돼. 알았지?"

야슈(野州) 남자의 큰 목청으로 기타미 사투리를 유감없이 발휘해 하녀들을 속여 넘겼다. 게다가 그새 간키치에게 딱 달라붙게 된 여섯 살배기 딸이 항아리에 넣은 금붕어를 만나고 싶어해 "베니마루, 베니마루" 하고 이름을 부르며 종종 뚜껑을 열고 들여다보고 먹이를 주는 덕분에, 자연히 항아리를 살펴볼 기회도 늘었다.

"아가씨, 베니마루의 꼬리지느러미가 선녀의 날개옷처럼 예쁘군요."

나중에 이시노 가의 금붕어는 나오지로가 고용주 하타모토 가에 출입하는 상인에게서 선물받은 것으로 꽤 비싼 품종이라는 사실을 알고 간키치는 식은땀을 흘리게 되지만, 그건 어쨌거나 여담이다.

둘째 아들과 셋째 아들의 홍역이 점차 나아가고 피로로 몸져누웠던 부인도 조금씩 기운을 되찾았다. 간키치는 하루에도 몇 차례씩 미음을 쑤고, 도련님들 약을 달이고, 깨끗한 잠옷으로 갈아입히면서 틈틈이 딸과 놀아주고 '기타미의 옛날이야기'를 해주었다. 그런데 대충 기억하다 보니 중간부터 아무렇게나 지어내는 바람에 어쩌다 들은 부인이 웃음을 터뜨렸다. 어린 도련님들의 이부자리를 볕에 널며 아가씨와 숨바꼭질을 하는데, 열 살 먹은 큰아들이 안에서 논어를 읽는 소리가 들려왔다. 그 아이는 마당에서 젊은 무사에게 검술을 배운 적도 있었다. 젊은 무사는 얼굴은 푹 삶아 뭉그러진 감자처럼 못생겼지만 성품은 고지식하고 실력도 제법 있는 듯했다. 간키치는 한 번 인사를 드렸을 뿐인 이시노 나오지로도 온화하고 대범한 인품으로, 얼굴은 그다지 오리베를 닮지 않았지만 말투와 뒷모습은 똑같았다.

고이시카와라는 곳에는 무사 저택과 절이 많았다. 고케닌이 모여 사는 곳이기도 하다. 상가(商家)는 많지 않고 평민들이 사는 나가야는 거의 없었다. 기타미로 말하자면 일등지와 절 구역을 합해 두 배쯤 늘린 것 같은 느낌으로, 전체적으로 조용하고 기품 있는 지역이다. 그곳에서 이시노 가의 평온한 생활을 누리면서 간키치는 이시노 오리베가 고코인의 저택 관리인으로서 느끼고 있을 심정을 새삼 절

절하게 생각하게 됐다.

오 년 전 오리베가 '큰나리의 급서'에 대한 책임을 지고 은거하는데 그치지 않고 적자 나오지로의 번적 이탈을 청해 명예로운 가로 사가(四家)의 일각을 내놓았을 때, 간키치처럼 힘없는 영민조차 놀랐다. 복잡한 사정은 잘 모르겠거니와 에도 번저는 구름 위나 마찬가지로 아득히 먼 곳이지만, 어쨌거나 가로 나리 중 한 사람이 자신의 혈통을 기타미 번의 중추에서 없앤다는 가혹한 처분을 바랐으니 예삿일이 아니었다.

지코료의 간호인으로서 아픈 사람, 죽는 사람을 수없이 봐온 간키치는, 어제까지 멀쩡했던 사람이 다음 날 싱겁게 죽는 일도 세상에 허다하다는 것을 알고 있었다. 사람은 수명이 다하면 죽으며, 그때가 언제 어떤 상황에서 찾아올지 인간은 알 길이 없다. 아무리 명의라도 진단이 틀릴 때는 틀린다. 큰나리의 급서도 그런 불행한 운명이었지, 측근 중 누가 실수했다 하는 문제가 아니다. 그렇건만 혼자서 그에 대한 책임을 지게 된 이시노 님은 딱하다고 생각했다. 겉으로는 어떨지 몰라도 속으로는 참 억울하겠다고 생각했다.

그렇기에 고코인의 저택 관리인으로 부지런히 일하는 오리베의 모습과 인품에 감탄하면서도, 간키치는 마음 한구석으로 이시노 님의 노력으로 6대 나리의 병이 나으면 이시노 가가 다시 가로 사가로 복귀할 수 있겠지…… 하고 억측하고 있었다. 오리베의 노력은 이시노 가를, 자식을 위한 것이기도 하다고 생각한 것이다.

터무니없는 오해였다. 나오지로 부부와 아이들은 에도에 뿌리를 내려 살고 있었다. 이제 와서 기타미 번에서의 지위에 집착할 것 같지 않았다.

이시노 님도 그냥 나오지로 님 가족과 함께 에도에 계셨으면 즐겁게 살 수 있었을 텐데.

그런 밝은 만년을 스스로 등지고 비밀을 가둔 창살방이 되고 만 고코인을 떠맡는 이시노 오리베에게는 그저 굳은 충성심과 기타미 시게오키를 생각하는 마음이 있을 뿐이었다. 간키치는 창피해졌다. 왜 그런 속담 있잖아? 붕어는 잉어 생각을 알 수 없다. 나도 그거랑 마찬가지였어.

복잡한 문제는 몰라도 나는 이시노 님께 도움이 되고 싶다. 나아가 나오지로 님 일가를 지키고 싶다. 도련님들도 아가씨도 착한 애들이고 말이지, 응.

오리무중이나마 결심했을 때 또다시 기타미 번에서 소식이 왔다. 미노스케가 간키치를 불러 조만간 오리베와 다키가 에도로 올라올 것이라고 말했다.

"이시노 님이 친히? 그렇게 중대한 일이야?"

"이 일은 하나부터 열까지 중대하다고."

나도 그런 줄은 아는데.

"나오지로 님은 그분들 모두 이 저택에 묵게 하시겠다고 말씀하시는군. 이부자리니 고리짝이니 나무통이니 이것저것 부족하니까 준비해줘."

"모두라니 이시노 님하고 다키 님 두 분 아냐?"

"이시노 님을 위사가 수행하고 올 거야. 정체는 가게마와리지만 마님도 계시는데 천장에 숨어 있으라고 할 수는 없잖아. 게다가 간키치, 다키 님이 혼자 오실 것 같아?"

그렇군, 하고 간키치는 깨달았다.

"호위꾼님께서 붙어 오는군."

다지마 한주로다.

"믿을 수 있는 분이야. 우리도 든든하지."

"그야 좋은 일이지만 다지마 님은 대식가에 덩치도 크니까 장소를 차지하겠는걸."

간키치는 하녀와 하인에게 괜찮을 듯한 상점을 묻고 수레를 조달해 허둥지둥 고물상을 돌았다. 하루에도 몇 곳씩 돌고 저택을 드나들고 하는 사이에 이시노 가의 신참으로서 근처 저택의 하인들과 금세 안면이 생겼다.

"난 보시다시피 기타미 촌뜨기라 말이야, 아직 에도 시내를 잘 몰라서 곤란하다니까."

솔직하게 그렇게 말하니 다들 간키치에게 친절하게 대해주었다. 고향에서 이시노 님의 친족이 올라오신다고 이야기하자 짐을 나르는 것을 도와주고 도구를 빌려주겠다고 제안해주었다.

주위에 이렇게 보는 눈이 많으면 되레 안심이지.

가게마와리에는 한참 못 미치지만 나도 할 때는 하는 사람이거든, 하고 바쁜 척하다 보니, 바쁜 척하는 고와 아무리 바빠도 불평 한마디 하지 않는 스즈의 얼굴이 불현듯 떠올랐다. 걔들은 어떻게 지내려나.

내가 없어서 불안해하는 거 아냐?

"와아, 간키치 씨랑 똑같아!"

고코인 뒷마당의 빨래 너는 곳에서 스즈는 손뼉을 치며 웃고 있었다. 지푸라기 얼굴에 솜과 베실과 숯 조각으로 눈코입을 만든 허수아비. 고가 지금 꿰매 붙이고 있는 굵은 눈썹은 정말 간키치의 눈썹과 비슷하다.

다지마 한주로가, 미노스케와 간키치가, 이어서 오리베까지 떠나면서 고코인은 부쩍 쓸쓸해졌다. 위사와 가게마와리 덕분에 경호에 대한 걱정은 없었지만, 익숙한 얼굴이 보이지 않는 쓸쓸함은 안심이 메워주지 못했다. 가끔씩 차가운 웃풍을 느끼는 것은 진쿄 호 호숫가의 가을이 깊어져가는 탓만은 아닐 것이다.

게다가 다음은 다키까지 에도로 가려 하고 있었다.

시로타 의사가 바로 사람을 보내 성읍에 있는 오리베에게 다키의 뜻을 전달하자, 급히 채비하고 일등지에 있는 이시노 가로 오라는 답신이 왔다. 그곳에서 한주로를 만나 셋이 에도로 출발할 것이다.

허락을 받고 다키는 생각했다. 허수아비를 만들자. 떠나 있을 사람들을 닮은 허수아비를. 나가오 촌에서 허수아비를 겁내는 다키를 위해 마을 사람들이 만들어준 것처럼.

고에게 이야기를 꺼내자 그럼 도요사쿠 씨에게 물어볼까요, 그 사람은 농가 출신이니까요, 라고 했다. 도요사쿠도 바로 그러자며 재료를 모으기 시작했다.

"스즈가 쓸쓸한 표정을 짓고 있으니까 말입니다."

물론 그게 마음에 걸렸다.

"유쾌한 허수아비를 마당에 세워두면 조금이라도 나리마님께 위로가 될지도 모르고 말이죠."

도요사쿠는 그것도 헤아려주었다.

"다키 님께서 안 계시는 동안에는 저와 만사쿠가 나리마님 시중을 들어드릴 겁니다. 실수가 없도록 노력하겠습니다만, 그래도 다키님, 볼일을 끝내시면 얼른 돌아오십시오."

봉당에서 손을 짚고 절하는 도요사쿠에게 다키도 그저 머리를 숙여 답했다.

시게오키에게는 먼저 시로타 의사가, 다키가 오리베의 분부를 받아 며칠간 성읍으로 돌아간다고 알렸다.

"에도에 간다는 말씀은 드리지 말기로 하죠. 일부러 말씀드릴 필요는 없습니다."

그 뒤 다키가 성읍으로 돌아가겠다고 정식으로 허락을 청하러 가자, 시게오키는 야윈 뺨에 어렴풋이 미소를 띠며 이렇게 말했다.

"할아범도 다키를 너무 혹사하는군."

매일 진찰을 받고 의사와 이야기하며 자신의 마음속을 바라보고 기억을 되살리고 토해내고 토해낸 것을 다시 바라본다. 그런 반복에 지쳐도 시게오키는 그만두려 하지 않았다. 쉬려 하지도 않았다. 지켜보기만 할 뿐인 다키가 되레 괴로울 정도였지만, 지금은 그것만으로 벅찬 시게오키가 조금이라도 의심을 품고 무슨 일로 성읍에 가느냐고 묻지 않는 게 고마웠다.

심신이 모두 지칠 대로 지쳐 있는 시게오키는 그래도 며칠 전부터 이따금 창살방 밖으로 나왔다. 도비아시를 타고 산책하는 것까지는 무리였지만, 마구간에서 직접 도비아시를 돌보며 함께 시간을 보낸 다음 창살방으로 돌아오곤 했다.

하루는 몰래 엿보니 도비아시의 목을 끌어안고 가만히 서 있었다. 도비아시도 시게오키의 수척해진 어깨를 끌어안으려는 양 고개를 숙이고 있었다. 다키는 말을 걸지 않고 발소리를 죽여 몰래 나왔다.

허수아비를 만들자. 유쾌한 허수아비를. 웃는 얼굴의 허수아비를. 밤에도 자지 않고 호수에서 불어오는 바람에 눈도 깜박이지 않고, 햇빛 아래 환하게, 달빛 아래 부드럽게 고코인을 지켜보는 허수아비를.

"자, 이쪽은 다키 님 허수아비다. 스즈, 고 씨를 도와서 아주 미인으로 만들어야 해."

"이시노 님 허수아비는 역시 허연 머리가 좋겠지."

"새하얗게 말고 살쩍만요."

"허수아비에 살쩍이 있나요?"

웃으며 작업을 계속하는데 "떠들썩하군요"라며 구리키 안고가 나타났다. 이분은 우리가 모여 뭔가를 하고 있으면 꼭 다가온다. 자기도 같이 끼고 싶은 걸까.

"저런, 허수아비입니까."

이 계절에 웬일입니까, 하고 놀랐다.

"추수가 끝나면 허수아비도 보내주는 것이 아니던가요?"

"허수아비를 보내요?"

고개를 갸웃하는 스즈에게 구리키 안고는 과장되게 고개를 끄덕였다.

"그래, 스즈는 모르나? 읍내 아이구나."

"허수아비 보내기는 할 일을 마친 허수아비에 불을 붙여 공양하는 관습이에요."

다키는 말했다.

"태우는 건가요?"

"수고하셨습니다, 하고 경단과 술을 많이 바쳐 위로한 다음 말이죠."

"다키 님, 어떻게 그리 잘 아십니까?"

"구리키 님도 성읍에서 자라셨을 텐데요."

"저희 어머니는 아케노 영에 논이 있는 집 딸이거든요. 저는 어렸을 때 몸이 약해서 종종 외가에 요양을 가곤 했죠. 아케노에서 볕을 쬐고 높은 산에서 흘러오는 맑은 물을 마셔 건강해지라고 말입니다."

어머니의 엄격한 가르침으로 써레질도 모내기도 추수도 거들었다고 했다.

"덕분에 농촌 관습에 밝아졌죠. 스즈, 아케노에서는 허수아비를 보낼 때 노래를 부른단다. 이런 곡조로……."

비실비실 꺾인 목소리가 얼마 동안 고코인 뒷마당에 울려 퍼졌다.

얼굴이 있는 허수아비가 완성됐을 때는 해가 저물어가고 있었다.

"내일 아침 밝을 때 세우기로 하죠."

그날 저녁, 구키리 안고의 상은 다키가 그의 거실로 날랐다. 여느 때는 고나 스즈가 하는 일인지라 구리키가 몹시 놀랐다.

"이렇게 황송할 데가."

허둥지둥 서안 주위에 쌓인 장부며 문서를 그러모았다. 뭘 조사하는지 알 수 없지만, 편 상태로 포개놓으면 철한 부분이 망가질 텐데.

"구리키 님, 실은 여쭐 것이 있어서 찾아뵈었습니다."

다키는 잠시 주위 기척을 살핀 다음 목소리를 낮추었다.

"낮에 구리키 님의 어머님은 아케노 출신이라고 하셨습니다만."

"네, 그렇게 말씀드렸죠."

"아케노에서 이런 말을 쓰는지요? '보로쿠'라는 말인데요."

고로스케가 한주로와 대결했을 때 그를 업신여기며 던진 말이다.

다키도 한주로도 의미를 알 수 없었던, 귀에 선 말이었다. 고로스케의 출신은 아직 밝혀지지 않았지만, 만약 그게 아케노 특유의 표현이라면…….

구리키 안고는 서슴없이 고개를 끄덕였다.

"아, 네, 보로쿠는 아케노 말이 맞습니다. 그나저나 어디서 들으셨습니까?"

좋은 의미가 아닌 욕설이라고 말했다.

"인간말짜라든지 쓰잘머리 없는 놈 같은 뜻이라고 할까요."

"가령 관직이 없는 젊은 무사를 욕할 때 쓰기도 할까요?"

"가능하긴 합니다만 순식간에 칼싸움이 벌어질걸요. 심한 모욕이니까요."

"그럼 하나만 더 여쭙겠습니다. '맛코'라는 말은 어떤지요?"

구리키는 눈을 깜박이며 다키를 쳐다봤다.

"그쪽은 아이를 가리킬 때 쓰는 말입니다. 귀여운 애쯤 될까요."

"칭찬인가요?"

"대체로 그렇겠습니다만…… 경우에 따라서는 아랫사람을 깔보고 야유하는 의미를 포함할지도 모릅니다."

다키는 그 자리에서 생각에 잠기고 말았다. 보로쿠, 맛코, 하고 조그맣게 중얼거리며 고로스케의 입에서 그런 말이 나온 장면을 떠올려봤다. 둘 다 목숨이 걸린 대결 국면이었다.

나리마님은 고로스케에게 '우리 맛코'라는 말을 듣고 노여움의 화신이 되셨다.

"다키 님, 왜 그러십니까."

"구리키 님, 이 두 말이 기타미에서 사용되는 일은 없습니까?"

"기타미 본령과 아케노는 본래 기타미 가를 주인으로 모시는 한 영토입니다. 상인 등은 활발하게 오가고 있으니까 말이 전해지는 일도 있을 테죠. 다만 다키 님이 말씀하신 두 단어는 애초에 무가에서 쓰는 말이 아닙니다. 농촌이나 읍내에서 아랫사람들이 쓰는 구어(口語)로……."

"감사합니다. 어서 드시지요."

구리키는 쩔쩔매며 젓가락을 들었다. 다키는 마음을 딴 데 둔 채 식사 시중을 들었다.

고로스케는 아케노 사람이다. 틈새였던 것이다.

9장

愛憎 애증

I

에도 거리는 가을비에 싸여 있었다.

일동은 고이시카와에 있는 이시노 나오지로의 저택 내실에 모여 있었다. 이시노 오리베와 나오지로 부자, 가가미 다키와 다지마 한 주로. 방 안에는 네 명이 있었지만, 오리베를 따라온 위사가 중간 복도에서 대기중이었다. 미노스케도 어디 가까이에 있을 것이다.

방에서 아담한 안뜰이 내다보였다. 처마 높이쯤 되는 단풍나무. 그 밑에는 둥근 돌을 늘어놓아 만든 작은 연못. 붉은 단풍잎 하나가 수면에 떠서 빗방울이 자아내는 어렴풋한 물결에 흔들리고 있었다.

조용한 집이다 싶었다. 건물은 낡고 여기저기 상했거니와 아들 가족이 처음 살기 시작했을 때는 정원도 더없이 황폐했다고 한다. 손보는 데 수고도 돈도 끈기도 필요했을 텐데 용케 이 정도로 가다듬었다.

외아들의 생활은 이따금 오는 서한을 통해 알고 있었다. 하지만 이렇게 직접 눈으로 보니, 아버지를 위해 기타미 번을 떠나야 했던 나오지로가 그런 불우한 상황에도 지지 않고 에도에서 번듯하게 살고 있다는 실감이 새삼 강하게 들었다.

그렇건만 이 아비는 또 자기 사정으로 아들을 의지해 나오지로의 평온한 생활을 어지럽히려 하고 있었다.

미안하구나.

먼저 한마디 사과하며 머리를 숙인 오리베에게 나오지로는 화를 냈다.

저는 피를 나눈 부자지간의 의절까지 받아들일 생각은 없습니다. 아버지는 지금도 제 아버지이십니다.

다키에게 먼 길을 오느라 고생했다 위로하고 한주로와 이야기를 나누는 나오지로는, 오 년 전 헤어졌을 때보다 몸이 불었다. 하지만 온화하고 다정한 성품은 변함이 없었다.

오리베도 나오지로도 원래 잔꾀를 쓸 줄 아는 수완가와는 거리가 멀다. 작은 일이건 큰 일이건 사람과 사람의 관계가 자아내는 알력에 결코 조바심을 내지 않고 짜증도 내지 않고 관용을 가지고 조금씩 해결책을 찾는, 우직하고 근면한 성격이다.

부전자전이군.

부전자전인 이시노 부자가 기타미 나리오키, 시게오키 부자와 얽힌 어둡고 깊은 수수께끼와 대면했다. 주군과 가신으로서뿐 아니라 두 쌍의 부자의 운명으로서도 참 기이한 인연이다.

끊어야 할 인연이라면 여기서 끊겠다. 이어야 할 인연이 있다면 그 어떤 어려움이 있어도 포기하지 않겠다.

지금부터가 중요하다.

오리베는 이야기했다. 시게오키를 연금하려는 움직임이 시작된 뒤로 지금까지 있었던 일을, 서한에는 다 적을 수 없었던 세부까지 모조리.

다키가 이야기하고, 한주로가 이야기했다. 두 사람의 이야기에는 오리베가 고코인을 떠난 뒤로 판명된 사실, 새로운 변화도 포함되어 있었다. 다키는 시로타 의사의 생각과 진단에 관해서도 설명했다. 그녀의 침착한 어조와 총명함이 엿보이는 말 선택에 나오지로는 감탄하는 것 같았다.

자세를 바로 하고 경청하면서도 나오지로는 이 자리에서 낱낱이 밝혀지는 여러 사실에 놀라 땀을 흘렸다가 입술을 깨물었다가 때로는 동요를 드러내기도 했다. 하지만 믿을 수 없다고 부정하거나 오리베는 물론 다키나 한주로의 말을 의심하며 따지거나 하지 않았다. 두 사람에게 예의를 다하고 점차 친근함과 경의를 표시하게 됐다. 오리베가 이 두 사람에게 갖는 감개와 같은 것이었으니 역시 부자의 마음은 통했다.

이즈치 촌 옛터가 '천벌을 받을' 꺼림칙한 땅이 됐고 가타노 촌이 비참한 상황에 처해 있다. 한주로가 침통하게 이야기한 대목에서는 오리베도 가슴이 아팠다. 쿠리야 신쿠로는 이중으로 눈을 못 감겠다.

무거운 분위기 속에 모두 침묵하고 말았다. 가을비 소리가 부드럽게 귀를 어루만졌다.

이윽고 나오지로가 천천히 입을 열었다.

"가타노 촌에 가본 적이 있습니다."

"언제냐?"

"관례를 치른 지 얼마 안 돼서, 아마 열네 살 때였을 겁니다. 당시 아버지는 에도에 계셨으니 모르실 겁니다."

마술(馬術)을 지도하는 사범을 따라 성읍에서 이 박 삼 일 일정으로 승마를 나갔다고 했다.

"저를 포함해서 젊은 사람들만 예닐곱 명이었습니다만, 그중에서도 제가 제일 어린 데다 마술이 서투른 탓에 꽤 마음이 불편했죠."

단순한 승마가 아니라 전쟁 중 원정과 비슷하게 짠 힘겨운 일정으로, 이 박 모두 노숙을 했다.

"그래서 가타노 촌에도 말을 쉬게 하려고 들렀을 뿐이라 한 시간쯤 있다가 출발했습니다. 그래도 널따란 목장 풍경이 아름다워 지금도 기억합니다. 어쩌면 소년 시절의 이토 나리타카 공, 쿠리야 신쿠로도 만났을지 모르겠군요."

나오지로는 그렇게 중얼거리고는 눈을 가늘게 떴다.

"측은한 일입니다. 얼마나 원통했을까요. 시신은 지금 어디 있습니까?"

"성읍에서 와키사카 님이 장례 준비를 해주셨다."

"그렇다면 다행이군요."

합장하는 나오지로에게 다키는 조용히 머리를 숙였다. "감사합니다."

한주로도 따라 머리를 숙이며 말했다.

"특이한 인물이라 솔직히 말씀드리면 저는 도무지 좋아할 수 없었습니다."

"네, 그럴 테죠."

한주로의 보기만 해도 고지식함이 드러나는 표정에 나오지로는 미소를 지었다.

"여기 에도에서도 기타미 번 수석 요닌 이토 나리타카의 평판이 들려오곤 했답니다."

나오지로가 요닌으로서 모시는 하타모토에게 드나드는 상인들을 통해 소문을 들었다.

"이토 나리타카에 대한 평판이 그렇게 높았습니까?"

한주로가 또 솔직하게 놀랐다.

"쇼군 가문이 다스리는 에도에서 세평에 오를 정도의 인물일 줄이야……."

"아니, 그런 의미가 아닙니다. 그저 상인들은 제 전력을 아니까요."

"네가 네 입으로 말했느냐."

"네. 이 몸이 부덕한 탓에 신분도 녹봉도 잃었지만 기타미 번은 제

그리운 고향이라고 말이죠."

나오지로가 그런 태도이기에 상인들도 계절 인사를 하듯 기타미 번의 최근 소식을 전해주는 것이다.

"그래서 어떤 평판이더냐?"

"관리로서 유능하다고 칭찬하는 소문도, 누구나 싫어하는 벼락출세한 인물이라고 욕하는 소문도 있었습니다. 제가 어떤 표정으로 듣느냐에 따라 방향이 달라지더군요."

상인들은 이시노 나오지로의 비위를 맞춰 애용해주기를 바라는 입장이니 당연할 것이다.

"그런데 6대 나리, 시게오키 님에 관해서는 누구 입에서나 칭찬밖에 나오지 않았습니다."

기타미 번의 작은나리는 반도(板東)에서 으뜸가는 미장부라시죠?

선대 나리도 명군으로 숭앙받는 분이셨다고 들었습니다. 작은나리도 분명 훌륭한 치정을 하실 테죠.

오리베는 잠자코 고개를 끄덕였다. 다키와 한주로는 마주 봤다가 눈을 내리깔았다.

"얄궂은, 그리고 무참한 일이군요."

나오지로의 온화한 표정이 처음으로 일그러졌다.

"아버지, 이번 한 번만 여쭙겠습니다."

시선은 괴로운 듯 오리베를 외면하고 입가가 떨리기 시작했다.

"큰나리께서 어린 이치마쓰 님을 음란하게 학대하셨다는 것을 의심할 여지는 없습니까."

오리베는 눈을 피하지 않고 조용히 나오지로를 응시했다. 그리고
대답했다.

"전혀 없다."

비정한 단언이다. 오리베는 가슴을 후벼파는 듯한 아픔을 느꼈다.
지금 이 자리에서는 시게오키를 생각해서가 아니었다. 충심을 다해
기타미 나리오키를 섬겨온 이시노 나오지로를 위해서다.

나오지로가 얼굴을 들었다. 표정은 여전히 딱딱했지만 의외로 눈
은 맑았다.

"그렇다면 오 년 전에도 먼저 내실에서 벌어진 사건은 시게오키
님에 의한 정당한 보복, 처벌이었던 셈이군요."

나오지로는 숨을 꿀꺽 삼켰다가 깊이 내쉰 다음 똑똑히 말했다.

"가슴에 맺혀 있던 응어리는 사라졌습니다. 앞으로는 시게오키 님
을 위해 제가 할 수 있는 일은 뭐든 다 하겠습니다."

다키가, 한주로가 뭔가가 후려친 것처럼 또다시 머리를 숙였다.
오리베도 눈을 감았다. 나리오키의 급사에 대한 진실을 은폐한 탓
에 나오지로에게 얼마만큼 고통스러운 짐을 지웠는지 새삼 통감
했다.

"미안하다."

또 그 말밖에 할 수 없었다.

"그러지 마십시오. 시게오키 님의 성장을 지켜보며 보물처럼 아껴
오신 것을 생각하면 저보다 아버지가……."

"내 염려는 마라."

오리베의 말에 비로소 나오지로가 표정을 풀었다.

"네. 그럼 아버지, 저는 어떻게 도움이 되어드리면 되겠습니까?"

"내 기억만으로는 부족한 부분을 네가 메꿔주면 좋겠구나. 특히 에도 별저에 관한 일은 나보다 네가 더 잘 알지."

먼저 고데라 센노스케에 관해서다.

"고데라가 은거한 뒤로 만난 적이 있느냐?"

"없습니다. 소식도 모릅니다."

오리베가 그 뒤 고데라가 어떻게 됐는지를 간략하게 설명하자 나오지로는 놀랐다.

"그것 또한 측은한 일이군요……."

절을 방문한 뒤 미노스케는 주위를 돌며 고데라 센노스케의 건강했을 당시 모습도 조사했다. 검소하고 평온하게 살았고 단가와의 관계도 좋았던 것 같다. 주지의 말대로 본인은 출가를 강력하게 원했는데, '마치 속세로부터 도망치려 하시는 것 같다'고 생각하는 사람도 있었다 했다.

"주지께서 득도라는 중대한 결단을 서두르면 안 된다고 말리실 만도 하구나" 오리베는 말했다. "허나 내가 기억하기로 고데라는 그렇게 세상을 비관하고 불도에 귀의하기를 간절히 소망할 만큼 신심이 깊은 인물이 아니었다. 별저를 잘 관리했다만, 굳이 따지자면 치밀한 기질이라기보다 좋게 말하면 대범한, 나쁘게 말하면 무사의 위엄이 부족한 부분이 있는 인물이었다고 생각한다만."

"아버지 말씀이 맞습니다."

나오지로는 그렇게 말하고는 다키와 한주로를 돌아봤다.

"두 분께 설명을 드리자면, 별저가 있는 하라주쿠 촌은 외진 곳이라 주변에 논밭이 펼쳐져 있습니다."

별저의 모습도 본저와 상당히 다르다. 대문은 다이묘의 저택답지만 넓은 정원은 대부분을 농지로 개방한다.

"하라주쿠 촌의 농부들을 고용해서 야채와 감자, 콩 등을 많이 재배하곤 했죠."

그렇기에 사람들의 출입도 평소에는 엄격하게 통제하지 않고 경비도 철저하지 않았다.

"물론 큰나리와 작은나리, 정실 마님이 행차하실 때는 그에 걸맞게 준비를 갖추고 경비도 합니다만, 그것도 본저에 비하면 느슨했습니다."

기타미 가 사람들이 말 그대로 '예복을 벗고' 편히 쉬는 장소가 별저다.

"밭일을 하러 드나드는 농부들은 고데라 님을 친근하게 생각하며 따랐고, 고데라 님도 편안한 마음으로 그런 입장을 즐기셨던 것 같습니다."

나오지로가 별저 관리를 대신하면서 너무나도 선의에 의지하는 느슨했던 기강을 다소 바로잡자, 농부들이 뒤에서 "이번 저택 관리인 나리는 무섭군" "거만하긴" 하고 험담을 했다고 한다.

"다이묘 가의 저택 관리인이라기보다 마을 영감님 같군요" 한주로가 말했다. "저도 그 입장이었다면 고데라 님처럼 행동할 것 같기도 합니다만."

"네. 다지마 공은 분명 농부들이 따를 인품을 가지신 분 같습니다."

"그렇습니까! 마침 얼마 전에 장작을 참 빨리 팬다고 산골마을 할아버지 할머니에게 칭찬받았는데요."

숨이 갑갑할 만큼 긴장된 분위기를 조금이라도 누그러뜨려 보려고 하는 말이겠으나 오리베의 귀에는 들리지 않았다.

그는 생각했다. 사람들의 출입에 너그럽고 여유 있는 별저. 느긋한 성격의 저택 관리인. 평온하고 한가로운 광경이기는 하다.

하지만 그렇기에 어둠이 파고들 여지도 있었다.

"큰나리는 가독을 이으시기 전부터 별저에 자주 행차하셨습니다."

대개는 들놀이를 위해서였다. 시게오키만큼 뛰어나지는 않았지만 나리오키 또한 말타기를 좋아했다.

"5대 번주가 되어 정실 마님을 맞으신 뒤로도 나가셨느냐?"

오리베가 낮은 목소리로 묻자 긴장된 분위기가 흘렀다.

"꽃놀이나 단풍놀이 철에는 정실 마님을 동반하신 적도 있었습니다. 자제분들이 태어나신 뒤로는 일가가 함께 행차하셨죠." 나오지로가 말했다. "큰나리께서 기타미에 계시는 동안 정실 마님이 자제분들과 오실 때도 있었습니다."

기타미 가 사람들은 하라주쿠 촌의 별저에서 쉬는 것을 좋아했다. 금실 좋은 부부로서, 부모자식으로서 마치 시골 촌장 집 같은 한가로운 곳에서 지내기를 즐겼다. 그것만 보면 따뜻하고 아름다운 광경이다. 그러나…….

"큰나리가 어린 시게오키 님만을 데려와 두 분이 별저에 머무신 적도 있었지?"

질문에 담긴 어둡고 꺼림칙한 진의에 나오지로가 주춤했다.

"몇 번인가 있었지, 나오지로?"

"아버지는 기억하십니까?"

오리베는 눈을 감았다. 그리고 대답했다.

"여러 번 있었다."

할아범, 오늘은 아버지가 들놀이에 데려가주실 것이야.

시게오키가 기쁘게, 자랑스럽게 말했다. 일곱 살 때였나. 여덟 살 인가, 아홉 살인가, 열 살인가.

아름답고 사랑스럽고 총명한 기타미 시게오키의 웃는 얼굴.

할아범도 언제 보러 별저로 와.

나는 언젠가 아버지에게 뒤지지 않을 실력을 갖겠어.

오리베도 웃는 얼굴로 시게오키를 배웅했던 기억이 있다.

에도 가로인 오리베는 주군이 에도 본저를 비울 때 말하자면 에 도의 성대(城代) 역할을 해야 한다. 그렇기에 별저에 동행한 적은 한 번도 없었다. 단순한 들놀이나 나들이가 됐든, 은밀한 만남을 위한 것이 됐든.

하물며 누군가와 밀회를 하기 위해서라면.

"그런 때 이치마쓰 님은……."

목에 멘 것처럼 잠긴 목소리로 다키가 말했다. 눈시울이 붉었다.

"이시노 님의 눈이 미치지 않는 곳에서……."

"그렇다고 내 책임이 가벼워지는 것은 아니다."

"아버지……."

달래는 듯한 나오지로의 말을 가로막고 오리베는 말을 이었다.

"별저가 됐건 본저가 됐건 번저 내실에 수상쩍은 여자가 뱀처럼 숨어들어 침소에서 큰나리를 모시고 작은나리를 끌어들여 차마 입에 담기도 끔찍한 행동을 한 것을 조금도 알아차리지 못했다. 얼마나 어리석으냐."

이시노 오리베는 시게오키를 친아버지의 추잡한 행위로부터 구해내는 것에 관해서는 철저하게 무능했다.

아무것도 몰랐다. 의심조차 하지 않았다. 시게오키가 이따금 멍한 상태가 되는 것은 걱정됐지만, 성장기에 나타나는 작은 문제일 뿐 심각하게 생각할 필요는 없다고 생각했다. 그 정도로 시게오키는 현명하고 아름답고 흠집 하나 없는 아이였고, 오리베는 그 모습에 그저 홀려 있었다.

돌이킬 수 없는 어리석음이었다.

고코인에 있을 때는 저택 관리인이라는 지금의 책무가 한편으로는 오리베를 속박하고 또 한편으로는 그를 지탱해주었다. 그 버팀목이 없는 지금 단순히 전(前) 에도 가로, 평범한 노인이 되어 과거를 돌아보니 자책이 거대한 파도처럼 밀려들었다.

지금 이 자리에서 주름투성이 배를 갈라 죗값을 치를 수 있다면 당장 그렇게 할 텐데.

단정하게 앉은 오리베의 몸이 떨렸다. 억누를 길이 없었다.

"이시노 공."

눈썹을 일자로 펴고 목청을 유난스레 낭랑하게 높여 한주로가 나오지로에게 말했다.

"관직도 없는 풋내기가 질문을 드려도 되겠습니까."

나오지로는 바로 대답했다.

"저도 지금은 에도 시내에서 요넌으로 입에 풀칠하는 몸입니다. 무사의 긍지는 저당잡힌 것이나 다름없는 처지죠. 사양하실 필요 없습니다."

"그럼" 한주로는 자세를 고쳐 앉았다. "과거 별저를 책임지셨던 경험에 비추어볼 때, 이시노 님의 전임자이셨던 고데라 센노스케 공은 별저 내에 어떤 수상쩍은 움직임이 있었다면 그것을 알아차릴 수 있었겠습니까?"

나오지로는 호흡 한 번을 할 동안 뜸을 들였다가 대답했다.

"아마 그럴 겁니다."

"주군의 침소 내에서 벌어지는 일이라도 말입니까?"

"네."

"알아차리면 어떻게 할까요?"

"일의 중대함에 따라 다를 테죠."

"그럼……" 한주로의 눈가가 붉어졌다. "주군이 후계자인 어린 도련님을 침소로 끌어들여 음란하게 괴롭히는 모습을 보고 말았다면 어떻게 하겠습니까."

가을비의 고요함 속에 노골적인 질문의 무게가 일동을 짓눌렀다.

오래된 저택 어디선가 삐걱거리는 소리가 들렸다. 오리베는 자신의 마음에서 소리가 난 기분이었다.

잠시 자기 가슴속에 묻듯 생각에 잠겼던 나오지로는 이윽고 대답했다.

"우리 가신은 큰나리…… 나리오키 님을 섬기는 것에 자부심을 가지고 있었습니다."

기타미 번을 다스리는 역대 번주들 중에서도 특출한 명군에 대해. 그의 자비로운 치정에 대해.

"가령 에도 별저 하나만 봐도, 저택 정원을 농지로 개방해 인근 농부들을 고용해서 경작시키고 수확물을 팔아 번 돈을 별저를 유지하는 데 보태면서, 동시에 농부들에게도 합당한 대가를 지불합니다만, 그런 시책을 시작하신 것도 나리오키 님입니다."

"나오지로 말이 맞는다" 오리베는 말했다. "물가가 비싼 에도의 생활비에 보태기 위해 다이묘 가의 별저가 농작이나 공예품 제작에 주력하는 것 자체는 드물지 않다. 이전에도 기타미 번 별저에서는 작은 규모로 농사를 지었다만……."

다만 그건 어디까지나 별저에서 소비하는 데 보태는 정도였다. 큰 규모로 농부를 고용하고 나아가 그들의 생활이 윤택해지도록 정식으로 보수를 주게 된 것은 나리오키 때부터다.

"우리 눈에 큰나리께서는 가신은 물론 일반 사람들에게도 자비롭고 공정하며 영명하신 주군이었습니다. 그런 큰나리께 만일 외부에 알려져서는 안 되는…… 극히 내밀한…….”

여기서 나오지로는 잠시 말을 잇지 못했다.

“꺼림칙한 비밀이 있었다면 우리도 함께 그것을 짊어지자고 각오했을지도 모릅니다.”

“함구령이 내려지든 아니든 처음부터 그냥 삼키셨을 것이라는 말씀이군요.”

나오지로는 고뇌 어린 표정으로 고개를 끄덕였다.

“너무나도 믿기 힘들고 받아들이기 힘든 일이기에 무슨 착오가 있는 것이라고 생각하고 당연히 착오라고 믿는 그런 사고방식도 있을 겁니다.”

그런 일은 실제로는 벌어지지 않았다, 자신은 뭔가 터무니없는 오해를 한 것뿐이라고.

“그게 사람 마음, 부처님과는 다른 인간의 천성이라는 것이겠죠.”

한주로가 말했다.

오리베는 가을비에 젖은 단풍을 보고 있었다. 작은 연못의 수면에 나타났다가는 사라지는 물결을 보고 있었다.

하늘이 눈물을 흘리면 비가 되어 세상을 적신다. 사람의 눈물은 그저 소매를 적시고 그 사람의 마음속 심연으로 사라질 뿐이다.

부처님과는 다른 인간의 천성인가. 이 얼마나 왜소한가.

“시로타 선생님이 바로 얼마 전에 같은 말씀을 하셨습니다.”

다키가 작은 목소리로 속삭이듯 말했다.

“선생님은 나리마님께서 조금씩 기억을 되살려 말씀하시게 된 과거의 사건을 제게 알려주지 않으십니다. 그것은 의사와 환자 둘만의 일이라고 설명해주셔서 저도 여쭙지 않으려고 노력해왔습니다."

다만 다키는 도무지 이해할 수 없는 게 하나 있었다.

"어린 이치마쓰 님께서 그런 무참한 일을 당하시는 것을 정말 아무도 몰랐을까요. 본저에서나 별저에서나 남자분만 일하는 것이 아닙니다. 내실에는 오도시마도 시녀들도 있는데요. 누구 한 사람 알아차리고 염려하는 사람이 없었을까요. 저도 모르게 그렇게 여쭙지 않을 수 없었습니다."

그러자 의사는 다키에게 이렇게 대답했다고 한다.

"사람은 너무나도 기묘한 일, 보통 있을 수 없는 일에 직면하면 그것을 인정하기보다 부정한다고 합니다."

최근 진찰을 통해 이치마쓰 님이 몹쓸 일을 당하셨던 시기를 대략 알게 됐습니다.

처음 시작된 것은 일곱 살 혹은 여덟 살 때. 시게오키가 열너덧 살이 되자 끝났다고 한다.

큰나리는 기타미로 돌아가시면 반년은 에도 번저에 계시지 않습니다. 게다가 그 일은 부정기적으로 일어나 출부 중 내내 아무 일도 없었나 하면 한 달 사이에 두 번, 세 번 계속된 적도 있다고 합니다.

"부정기적으로 일어나는 데다 물론 은밀히 행하는 일이니 다른 사람 눈에 띌 기회가 줄어듭니다. 게다가 침소에서 벌어지는 일이니 곁에 있는 사람은 제한되죠."

그리고 그런 입장에 있는 사람이 어쩌다 우연히 믿기 힘든 뭔가를 보고, 듣고, 의아하게 생각했다 해도 '설마 그런 일이 있을 리 없다'라며 의심과 의혹을 감춘다면, 또는 지워버린다면.

"아무 일 없었던 것이나 같아진다고, 어둠 속에 매장됐을 것이라고 선생님은 말씀하셨습니다."

우리 나리께서 설마.

아버지가 아들에게 설마.

인간의 도리를 벗어나는 행위가 설마 번저에서.

그런 일이 있을 리 없다. 내가 잘못 본 것이다. 내가 어떻게 된 것이다. 전부 오해가 틀림없다.

"저도 그렇게 된 일이라고 생각합니다."

한주로는 말하고는 가을비에 눈길을 주고 있는 오리베를 불렀다.

"이시노 님, 부디 납득해주십시오. 이 일은 이시노 님 한 분의 실책이 아닙니다. 이시노 님께서 스스로를 책하시고 후회하신들 시간을 되돌릴 수 있는 것도 아닙니다."

"……나도 안다."

"고데라 공은 실제로 뭔가 알아차리신 것이 아닌가 싶습니다."

나오지로가 목소리에 힘을 주어 말했다.

"그리고 당시에는 보지 못한 것으로 하기로 했습니다. 그런 일은 있을 수 없다고 삼키고 잊어버리기로 한 겁니다."

그런데 잊지 못한 게 아닐까.

"잊었다고 생각해도 본 광경은 마음에 남을 테죠. 끝까지 감추려고 해도 뇌리에서 지워지는 것이 아닙니다. 그렇기에 은거하자마자 출가를 원한 것이 아니겠습니까."

그렇기에 주지가 말리는데도 한결같이 현세와의 관계를 끊으려 한 게 아닐까.

오리베는 눈을 들었다. 나오지로가, 한주로가, 다키가 힘을 북돋 워주듯, 믿고 의지하듯 주시하고 있었다.

오리베는 말했다.

"작은나리가 큰나리를 죽이셨다는 사실을, 그 참상을, 없었던 일 로 은폐하면서도 나는 한시도 그 일을 잊은 적이 없었다."

"그 자리에 있지는 않았습니다만 비밀을 공유했다는 점에서는 아 버지, 저도 마찬가지였습니다."

나오지로가 침통한 표정으로 토로했다.

비밀은 마음속에 묻어 뚜껑을 닫아도 그곳에서 숨 쉬고 있다.

"더욱이 고데라 공은 소중한 도련님을 도와드리지 못하고 못 본 척하고 말았다는 자책도 있었을 겁니다."

한주로의 말은 동정심이 전혀 없었다. 하지만 비난도 없었다. 그 저 노여워하고 있었다.

"그렇다면 더더욱 잊기 힘들었을 테지" 오리베는 말했다. "나이가 들어 마음이 약해지면 노인네는 자꾸 과거만 생각나는 법이니까."

회한에 시달리는 고데라는 불도에서 구원을 얻으려 했다.

마치 속세로부터 도망치려 하시는 것 같았습니다.

오리베는 생각했다. 나리오키가 죽고 성장한 시게오키가 영민들의 환호 속에 6대 번주가 됐을 때는 고데라도 구원받은 기분이 들었을 것이다. 때마침 자신도 첫 번째 졸중에서 회복되던 시기다. 시게오키의 경사는 분명 힘이 됐을 것이다.

아아, 이치마쓰 님은 어엿하게 대를 이으셨다.

이제 자신이 목격한 끔찍한 과거는 잊어도 된다.

그런데 그렇게 되지 않았다. 고작 오 년 만에 시게오키는 연금됐다. 병이 위중해 번주로서 부족하다고 판단되어 자리에서 쫓겨나고 말았다.

소식을 듣고 고데라는 다시 쓰러질 정도로 충격을 받았다. 낙담과 슬픔과 양심의 가책에 더는 딛고 일어설 수 없을 만큼 큰 타격을 받았다.

꺼림칙할 정도로 앞뒤가 맞는다.

다키가 살며시 오리베의 안색을 살폈다. 어느새 어금니가 뻐근할 정도로 이를 악물고 있었다.

오리베는 고데라 센노스케의 심정이 이해됐다. 구역질이 날 만큼 뼈저리게 알 수 있었다. 그나마 고데라는 오리베와는 달리 나리오키의 죽음에 얽힌 진상과 시게오키의 기이한 '병'을 몰라 다행이었다.

"물론 이것은 억측일 뿐입니다."

한주로는 이마에 살짝 밴 식은땀을 닦으며 말을 이었다.

"이 억측을 가능한 한 뒷받침할 증거를 찾는다. 또는 억측을 뒤집을 사실이 없는지 확인한다. 그게 지금부터 저희가 해야 할 일이라고 생각합니다. 다만 그 전에 조금 더 드릴 말씀이 있습니다."

"한주로 씨 생각은 무엇이죠?"

"아닙니다. 미리 털어놓자면 이것은 저 혼자만의 생각이 아닙니다. 대부분은 서쪽 거리 파수막의 눈 센치쿠에게서 주워들은 것이죠."

그러고는 왜 그런지 머쓱하게 머리를 긁적였다.

"제 딴에는 서쪽 거리의 유흥을 이해한다고 생각합니다만, 정사와 관련해, 그러니까…… 매우 정상적이지 않은 취향에 관해서는 영 어두워서 말이죠."

무사가 혼을 교감하는 남색이라면 그나마 이해할 수 있다.

"그러나 소아 취향은 도무지 감당이 되지 않습니다. 하지만 센치쿠는 견문이 넓고 세상물정에 밝은 터라, 그래서 저, 이것저것 가르침을 청하려면 어느 정도 사정을 털어놓을 수밖에 없어서……."

"변명도 서론도 필요 없다" 오리베는 말했다. "센치쿠가 뭐라 하더냐?"

한주로는 고개를 움츠리며 말했다.

"소아 취향…… 사내애가 됐건 계집애가 됐건 성년이 되지 않은 어린아이에게 음행을 하는 자가, 그러니까 저, 제 자식을 상대로도 통제가 되지 않을 만큼 심각하게 빠져 있다면……."

또다시 식은땀을 뻘뻘 흘리기 시작했다.

"그런 남자는 처를 맞이해도 자식을 보기는 어려울 것이라고 합니다."

성숙한 여인을 상대할 수 없기 때문이다.

"하지만 큰나리께서는 비후쿠인 님과의 사이에 시게오키 님을 비롯해 세 자제 분을 두셨습니다. 그러니 큰나리의 그런 취향은 타고난 것, 뼛속까지 물든 것이 아니리라는 것이 센치쿠의 말입니다."

마귀에 홀리셨을 테지.

"그럼 그 여자 틈새가 큰나리를 부추겼을 것이란 뜻인가요?"

갑자기 다키가 마치 채찍을 맞은 것처럼 몸서리를 쳤다.

"악랄한 취향은 그 여자 것이었고 큰나리는 여자에게 감화된 것이다?"

"그렇게 생각하는 편이 조리가 선다는 것이 센치쿠의 **판단**입니다."

다키의 뺨이 한층 창백해졌다.

"나리마님은 제게 이렇게 말씀하셨어요. 그 끔찍한 일이 일어날 때는 가면을 쓴 여자가 **언제나** 함께 있었다고."

그러고는 이치마쓰에게 속삭이곤 했다. 얌전히 있으렴. 좋은 것 해줄게.

"그렇다면 제악의 근원은 그 여자 틈새에게 있다는 말입니까."

즉각 납득하고 싶은 듯한 나오지로를 한주로가 제지했다.

"그렇게 단정하기는 아직 이릅니다. 다만 시게오키 님을 고통스럽게 한 사건의 단초는, 여자가 큰나리께 접근해 친밀한 관계가 된 것이라 생각할 수 있다고 해두죠. 그게 언제였는지, 아직은 단서가 없습니다만."

"아니, 단서는 있다" 오리베는 말했다. "큰나리께서 아케노의 틈새와 비밀리에 깊이 관여하시게 된 것은, 대략 삼십 년 전의 '덩굴 문서'가 계기일 것이야."

이때 나리오키는 틈새를 해체할 의향을 갖고 있었으니 틈새 입장에서 보면 적이다. 그러나 양측은 전쟁을 벌이는 것이 아니었고, 나리오키는 일문에게도 이득이 될 대가를 제시하며 협상을 하려 했다. 틈새와도 은밀하게 교섭했어도 이상할 것 없다.

"아버지, 삼십 년 전이면 시게오키 님은 아직 태어나지 않으셨을 때입니다만."

"당시 바로 여자가 큰나리의 측녀가 되었을 것이라고 하는 말이 아니다. 어디까지나 그때를 계기로 큰나리와 틈새 사이에 우리 중신들조차도 알지 못하는 관계가 생겨났을지 모른다는 뜻이지."

물밑의, 어둠속의 인연이다.

"그 일에 관해서 자세히 아는 자가 있다. 내가 에도로 올라온 목적 중 하나는 그자를 만나는 것이야."

과거 아케노 영의 숙로였으며 지금은 에도에서 상인으로 살고 있다는 인물이다.

"'덩굴 문서'에 찬동한 탓에 배신자라고 일문 및 틈새 일부의 노여움을 산지라 지금도 만나려면 신중을 기해야 한다. 그래서 와키사카 님을 통해 줄을 놓고 지금은 기회를 기다리는 중이구나."

오리베는 기타미에서 소식이 오는 대로 만나러 갈 생각이었다.

"함께 가겠습니다."

한주로와 나오지로가 동시에 말하고는 겸연쩍게 마주 봤다.

"그것은 그때 가서 정하자. 다지마, 센치쿠는 또 무슨 말을 하더냐?"

"기타미 성읍에서 십팔 년 전부터 십일 년 전까지 네 사내애가 행방불명된 괴사건 말씀입니다만."

한주로는 진쿄 호에서 발견된 작은 백골에 관한 것을 비롯해 모든 의혹을 센치쿠에게 털어놨다고 말했다.

"제 독단으로 그런 짓을 해서 죄송합니다."

"상관없다. 센치쿠는 나도 만나봤다만 신뢰할 만한 인물이더구나."

"감사합니다."

센치쿠의 제안으로 한주로는 조사했다.

"맨 처음 실종된 목수의 아들 잇페이는 십팔 년 전 여름. 두 번째 환전상 일꾼은 십육 년 전 여름. 세 번째 방물 상점 아들은 십삼 년 전 초봄. 네 번째 사노 촌의 고키치는 십일 년 전 여름."

신령에게 잡혀간 것처럼 사라진 남자애들.

"그때마다 큰나리는 기타미에 계셨습니다. 방물 상점 아들 때는 에도에서 돌아오시고 열흘 뒤였습니다만."

"그런 세세한 것까지 알 수 있습니까."

"방물 상점 아들에 관해서는 당시의 눈이 작성한 비망록이 있습니다. 큰나리의 출부과 귀국 일정은, 보기와는 달리 꼬박꼬박 기록을 하는 저희 아버지가 오랜 세월 일지를 적어온 덕에 비밀리에 바로 확인할 수 있었습니다."

"아이들은 모두 고코인으로 끌려간 걸까요. 그 애들이 행방불명됐을 때 큰나리는 고코인에 계셨나요?"

다키의 눈빛이 변했다. 한주로가 부드럽게 그녀의 손목을 잡았다.

"다키 님, 진정하십시오."

"아아, 죄송해요. 제가……."

진쿄 호에서 물풀에 휘감겨 있던 작은 백골을 발견한 사람은 다키다. 조급한 기분도 이해가 갔다.

"나도 그것을 알고 싶어서 구리키에게 고코인의 문서를 모조리 살펴보게 했단다."

오리베의 말에 다키는 눈을 깜박였다.

"어머나, 구리키 님께서 온 방 안에 장부를 펼쳐놓고 계셨던 것이 그 때문이었나요."

"어질러놓았다고 다키 님이 언짢아하시는 것 같다면서 본인은 풀이 죽으셨더군요."

가타노 촌에서 돌아온 한주로는 일단 고코인에 들렀다가 성읍으로 나왔다. 마침 구리키의 조사도 일단락된 참이었다.

"큰나리께서는 고코인에 가실 때 미행(微行)하신 적도 많습니다만, 그 경우는 공적인 기록이 남지 않습니다. 하지만 음식과 술 준비, 등불에 쓰는 유채 기름의 양, 위사의 일지 등을 조사하면 대략 알 수 있죠."

구리키의 조사에 따르면, 성읍에서 네 남자애가 사라진 것과 전후하는 기간에 기타미 나리오키가 고코인에 머물고 있었다, 또는 그랬다고 거의 확실하게 추측할 수 있는 것은…….

"맨 처음 사라진 잇페이 때, 그리고 마지막 고키치 때, 이 두 번뿐입니다."

다른 두 아이 때 나리오키는 고코인에 없었다.

"그럼 그쪽은 여자 틈새 소행이군요!" 나오지로가 흥분해 몸을 내밀었다. "아니, 아예 네 명 다 여자 틈새가 저지른 짓 아닙니까? 큰나리는 그저 여자에게 마음을 빼앗겨 감싸주시기만 한 겁니다."

매달리는 듯한 눈빛이었다.

"나오지로야" 오리베는 부드럽게 끼어들었다. "조금이라도 큰나리의 관여를 줄여보려는 네 마음은 이해한다. 그러나 지금은 아직 거기까지 수수께끼를 해부할 만한 재료가 없어."

"그것은…… 네, 아버지 말씀이 맞습니다."

아버지의 설득에 나오지로는 금세 의기소침해졌다.

"저도 모르게 앞서가고 말았습니다. 죄송합니다."

"신경 쓰지 마십시오. 관직도 없는 저조차도 가신 중 한 명으로서 이 수수께끼 앞에서는 평정을 유지하기가 어렵습니다."

한주로의 어조도 무거웠다.

"어쨌거나 잇페이나 고키치 둘 중 누가, 또는 두 아이 다 성읍에서 납치되어 고코인으로 끌려왔다 친다 하고, 그런 일이 여자 혼자 힘으로 가능할까요. 열 살 먹은 사내애입니다. 갓난아기가 아니거든요. 울며 도움을 청할 테고, 묶으면 소란을 피울 테고, 도망칠 염려도 있습니다."

"도와준 자가 있다는 말인가."

"이것은 즉흥적으로 할 수 있는 일이 아닙니다. 용의주도하게 준비했을 것이라고 생각합니다."

한주로는 고코인에서 가져온 꾸러미를 끌어당겨 풀었다. 문서 몇 개가 겹쳐져 있었다. 넷으로 접은 그중 하나를 펴자 도판이었다.

"고코인의 도면이로군."

"네. 구리키 공이 찾아냈습니다. 시게오키 님을 위해 공사하기 전, 고코인의 원래 구조를 알 수 있습니다."

모두 얼굴을 맞대고 도면을 바라봤다.

"큰나리의 침소는 여기입니다" 한주로가 내실 한 곳을 가리켰다. "시게오키 님의 침소와 같죠."

"고로스케가 나리마님의 침소에 숨어든 것처럼 여자 틈새도 천장을 통해 큰나리의 침소에 드나들었겠군요."

그날 밤 일이 생각났는지 다키의 목소리가 어렴풋이 떨렸다.

"그럴지도 모릅니다. 하지만 다키 님, 지금 이 자리에서 생각해주셨으면 하는 문제는 그게 아닙니다."

한주로는 가볍게 손을 펴서 도면 전체를 가리켰다.

"사내애는 어떻게 내실로 데려갈까요? 천장을 통해 끌고 갈 수 있을까요?"

그의 물음에 모두가 도면을 노려보며 입을 다물었다.

다키가 숨을 죽이고 속삭였다.

"……고로스케가 도왔군요."

이를 악물고 노여움에 부들부들 떨고 있었다.

"그자는 틈새이니까요."

나오지로가 조심스레 물었다.

"고로스케라는 자는 고코인의 하인이죠? 그렇다면 고코인에서 돕는 것은 할 수 있을 테죠. 하지만 성읍에서 사내애를 납치하는 것까지는……."

"아니, 가능했을 테지" 오리베는 말했다. "고로스케는 다른 하인들과는 달리 하루 이틀 모습을 보이지 않아도 아무도 신경 쓰지 않았으니까."

사실 고코인에서 지내는 동안 오리베는 고로스케에 관해 잘 알지 못했다. 가끔 눈에 띄어 노고를 치하해주려 하면 어느새 사라지고 없는 식이었던지라, 부지런하다는 말을 듣지 않았다면 고코인 정원에 사는 원숭이라고 생각했을지도 모른다.

"다리가 튼튼한 자라면 하룻밤 만에 성읍과 고코인을 왕복할 수 있을 테지. 틈새나 가게마와리는 더 말할 것도 없다."

"무시무시하군요."

나오지로의 얼굴이 굳었다.

"흠" 한주로는 한숨을 쉬었다. "아닌 게 아니라 고로스케는 무시무시한 사내였고, 저도 이 수수께끼와 깊이 관여하고 있다고 생각합니다. 다음은 이것을 봐주십시오."

한주로는 재빨리 다른 문서를 폈다. 사람의 이름과 신분 등을 적은 일람이다. 여러 장으로 된 문서에 글씨가 죽 이어졌다.

"문제의 기간 중 고코인에 드나든 사람들입니다. 먼저 이쪽이 큰나리께서 계시지 않을 동안 고코인을 지켰던 위사들, 하녀들과 하인들, 식량과 일용품을 배달한 상가 일꾼. 이따금 건물과 정원을 청소하러 징용된 인근 마을 사람들과 성읍의 조경업자들."

이어서 또 몇 장을 폈다.

"이쪽이 큰나리가 고코인에 머무실 때 수행했던 자들입니다. 연도별로 정리했습니다만, 직무 수행 때문에 그때그때 바뀐 자도 있습니다. 요닌, 시동 우두머리와 시동, 우마마와리, 고난도, 요리사, 음식에 독이 들지 않았는지 먹어보는 자, 마부."

가신들은 모조리 합당한 신분과 녹봉을 가진 자들이다. 마을 사람들이나 하인들도 이름과 나이까지 빠짐없이 기록돼 있었다.

"구리키는 이만한 것을 고코인에서 알아낸 것이냐?"

"마을 사람들이나 상인들 것은 일지를 확인하거나 인근 마을에 나가 조사해서 보완해야 했던 것 같습니다만."

생김새는 믿음직스럽지 못하지만 와키사카 가쓰타카가 중용할 만하다.

다키는 한주로가 편 문서 중 한 줄을 손가락으로 짚으며 큰 소리로 말했다.

"여기에 고로스케의 이름이 있는데요!"

번주가 없는 동안 고코인을 지켰던 위사들과 하인들 이름들 중에 '고로스케'가 있었다.

한주로는 그에 대해 뭐라 대답하기 전에 오리베에게 물었다.

"이시노 님, 와키사카 님께 고로스케의 신원에 관해 소식이 있었습니까?"

"아니, 아직 없구나."

"그렇습니까……. 드문 이름은 아니니 대량의 기록 속에 파묻혔을 테죠. 한낱 하인 한 명인 데다 봉급도 병아리 눈물만큼일 테고 말입니다."

한주로는 다키에게 고개를 끄덕여 보였다.

"이 고로스케가 그 고로스케입니다. 원래는 성읍에서 중개인을 통해 고용한 하인이었습니다."

게다가 처음에는 나리오키가 별저에 없을 때 저택을 지키는 위사들 밑에서 일했다.

"일을 잘한다고 교체되는 일 없이 남았을 테죠."

"그럼 고코인 근처 출신이라 그곳을 잘 안다는 것은 거짓말이었나."

"확실히 잘 아는 것 같았으니……."

한주로의 말을 가로막고 다키는 강한 어조로 말했다.

"틈새이니 자신에게 유리하게 거짓말을 할 테고, 거짓말이 들키지 않도록 머리도 쓰지 않겠습니까."

가게마와리도 틈새도 신분과 직업, 나이를 속여 그럴싸하게 가장하는 게 소임이다.

"고로스케는 언제 고코인에 왔느냐?"

"위사의 일지에 이름이 처음 등장하는 것은 십구 년 전 5월입니다."

"성읍에서 잇페이라는 아이가 없어지기 일 년 전이군요."

나오지로가 즉각 말했다.

"으음……"

그 또한 이 뒤에 벌어질 무참한 사건을 위해 미리 움직인 것처럼 여겨졌다.

"저는 모르겠어요. 한주로 씨는 뭘 생각하라는 말씀이죠?"

다키가 평소답지 않게 성급하게 한주로를 몰아붙였다.

"여자 틈새, 그리고 이 역시 틈새였던 고로스케. 이 두 사람이 범인입니다. 가엾은 사내애를 납치해서 은밀히 고코인으로 끌고 와 죽이고 시신을 진쿄 호에 버렸어요. 그러면 수수께끼가 풀리는 것 아닌가요?"

한주로는 다키의 말에 대답하지 않고 오리베를 향해 돌아앉았다.

"이시노 님, 고코인의 건물은 아름답습니다만 기타미 성보다는 훨씬 작죠?"

"물론이다."

"기타미 번 에도 번저의 본저와 비교하면 어떻습니까?"

"본저가 더 크지. 별저도 건물만 생각하면 고코인보다 넓을 것이야."

"그렇다면 큰나리께서 머물고 계실 때면 그만한 건물 안에 이렇게 많은 사람이 있었다는 뜻입니다."

오리베는 또다시 도면을 바라봤다.

"이곳에서 수상한 일을 벌이는 것은 너무 위험할 것 같습니다만."

잇페이가 됐든 고키치가 됐든 백골이 된 남자애는 고코인 안으로 끌려오지는 않았다.

가슴속에 이해가 찾아들었다.

그렇군. 큰나리께서 사내애 살해에는 관여하지 않고 그저 그 사실을 은폐하셨을 경우는 물론, 직접 죽였을 경우에도 **구태여 고코인을 이용할 필요가 없다.**

고코인에 머물 때 나리오키는 마음대로 산책이나 들놀이를 나갈수 있었다. 그곳에서 은밀히 흉사에 가담했어도 고코인에 있는 자들은 알지 못한다.

"달리 장소가 있었군."

"네?" 다키가 얼어붙었다.

"네. 사내애들은 다른 곳에 붙들려 괴롭힘을 당하다가 목숨을 잃고 호수에 버려졌을 겁니다."

끔찍하고 꺼림칙한 이야기가 방 안에서 오가는 것과 무관하게 가을비는 고요히 내렸다. 씻어내주어라, 하고 오리베는 생각했다. 우리 망설임을, 약한 마음을, 공포를 정화시켜주어라.

"호숫가 어디겠군요."

나오지로의 말에 한주로는 고개를 끄덕였다.

"이토 나리타카가 묻혀 있던 주재소 옛터처럼 고코인에 출입하는 자의 눈이 미치지 않는 곳이 아직 몇 군데 있을 것 같습니다."

다키가 놀라 눈을 크게 떴다.

"그러고 보니 고로스케의 거처도……."

"네. 그 사내가 어디서 기거하는지 도무지 모르겠다고 고나 간키치와도 이야기한 적이 있죠."

"수색은 시작했느냐?"

한주로는 가볍게 고개를 움츠렸다.

"이시노 님께 허가를 받기 전에, 이것도 독단입니다만, 저와 구리키 공이 멋대로 시작했습니다."

"괜찮다. 인원이 부족할 것 같으면 더 모아라."

"예! 즉시 구리키 공에게 알리겠습니다."

"과거 미에의 둑을 쌓고 고코인을 건설한 토목청에서도 인력을 얻을 수 있다면 더욱 수월할 테지. 내가 와키사카 님께 부탁드려보마."

"그럼 아예 호수도 훑으면 어떻겠습니까?"

나오지로가 말했다.

"명안이라 하고 싶다만 너는 진쿄 호가 얼마나 넓은지를 몰라."

"물론 이 끝부터 저 끝까지 모조리 훑는 것은 무리일 테죠. 그렇지만 다키 님이 백골을 발견한 장소라든지 물이 정체되어 있는 곳, 반대로 물건이 자주 떠내려오는 얕은 곳이라면……."

다키가 눈을 크게 뜬 채 고개를 힘차게 끄덕였다.

"저도 그럴 수 있으면 좋겠다고 생각했습니다."

"흐음. 그럼 상의해보마. 토목청이라면 무슨 수가 있을지도 모르지."

여기서 긴장이 풀린 것처럼 다키가 갑자기 머리를 떨구고 두 손으로 얼굴을 가렸다.

"다키 님, 어디 편찮으십니까?"

"죄송해요, 한주로 씨."

우는 목소리였다.

"아아, 어떻게 그런 잔인한…… 그런 끔찍한 일이……."

차근차근 따져 생각하면 할수록 견딜 수 없어졌을 것이다.

"어서 다른 아이들도 찾아내주고 싶어요."

오리베도 생각했다. 그래, 찾아내주고 싶다. 하지만 찾아내고 나면 사태는 추측의 영역을 벗어나게 된다. 아무도 도망칠 수 없게 된다.

"다키야. 너는 유이 마님을 뵙는다는 중대한 역할이 기다리고 있지 않느냐. 울기에는 아직 일러."

우는 것은 모든 게 백일하에 드러난 다음이다. 우는 것밖에 달리 할 수 있는 일이 없게 될 때, 그때 울면 된다.

2

아침부터 정원에서 떠들썩한 목소리가 들렸다. 내다보니 고와 스즈, 도요사쿠가 있었다. 나무들 주위에 세운 허수아비를 둘러싸고 이러쿵저러쿵하고 있다.

"무슨 일이지?"

시로타 노보루가 말을 걸자 스즈가 돌아봤다.

"앗, 젊은 선생님! 보세요."

까치발을 하고 허수아비들 얼굴을 가리켰다.

"밤에 비가 와서 다들 눈도 코도 없어졌지 뭐예요."

현재 고코인에 없는 이시노 오리베와 가가미 다키, 다지마 한주로, 그리고 미노스케와 간키치. 다섯 사람에 맞춰 허수아비를 다섯 개 만들었는데 차림새는 각각 다르다. 오리베는 가타기누를 흉내 내 소매를 잘라낸 짧은 저고리를 입었고, 다키의 허수아비는 낡은 기모노에 깃까지 달았다. 한주로는 칼 대신 빗장을 찼고, 미노스케는 본인이 종종 쓰던 낚싯대를 등에 멨으며, 간키치는 초롱을 허리에 매달았다.

그 정도로 공들여서 만들었건만, 정말 얼굴에 해당되는 부분에 붙였던 숯 눈썹도, 토란도, 무 꽁다리도 사라지고 없었다.

"어제 비가 많이 왔으니 말이지."

"빨간 실로 수를 놓은 다키 님 입만은 남아 있는데요. 실이 물에 불어서 모양이 이상해졌어요."

고가 말했다.

"요괴 같아 보인다고. 이런 게 다키 님 대신이라니 되레 송구스러울 정도야."

도요사쿠는 불만인 듯했다.

"토란과 무 꽁다리는 또 새가 쪼아 먹었을지도 몰라."

'또' 정도가 아니다. 벌써 여러 번 먹었다. 그때마다 스즈가 수선을 피운 탓에 노보루도 알고 있었다.

자신들이 없는 동안 고코인을 지키도록 유쾌한 허수아비를 만들자는 다키의 계획은 좋았지만 얼굴 달린 허수아비를 유지하기가 영 쉽지 않다.

"도요사쿠 씨가 아예 가면을 씌우는 게 낫지 않느냐고 하는데요, 그걸 누가 만드나요? 저는 바느질이면 그래도 그럭저럭 할 수 있지만 가면은 어떻게 만드는지도 모르는걸요."

"내가 만들게요. 나무를 조각하면 되죠."

"그렇게 쉬운 게 아니다."

세 사람의 말을 들으며 노보루는 생각했다. 다지마 한주로를 통해 들은 눈 센치쿠. 서쪽 거리 파수막에 살면서 부인이 가면 가게를 하고 있다.

"도요사쿠, 그거 명안이군. 미안하지만 급히 성읍으로 가서 가면을 사다주지 않겠나?"

노보루의 말에 셋이 제각각 놀랐다.

"젊은 선생님도 참, 무슨 일을 그렇게 크게 만드세요? 저희가 그냥 어떻게 해볼게요."

"아니, 실은 나도 쓸 일이 있어서 말이지. 어떤 가면이 필요한지 서한을 써줄 테니까 서쪽 거리 가면 가게 주인에게 전해줘. 그럼 알아서 해줄 테지."

"네, 서쪽 거리 말씀입니까?"

무심결에 그러는 것처럼 도요사쿠가 히죽히죽 웃었다. 노보루가 필요하다는 가면이 어떤 가면인지 알았을 것이다.

"어머나, 아주 신나셨네."

당장 고가 비난했다.

"서쪽 거리라면 전에 고 씨가 성읍에서 제일 사악한 곳이라고 했던 곳요?"

"응. 돈이라면 사족을 못 쓰는 분칠한 관음보살님이 아주 많은 곳이야."

깐죽깐죽 찔러대니 아주 죽겠다. 도요사쿠는 노보루가 쓴 서한을 품에 넣고 허둥지둥 성읍으로 출발했다.

창살방으로 가자 시게오키는 아침식사를 마친 참이었다. 거의 남기지 않고 먹었다.

"아주 좋은 일이군요."

과거를 파헤치는 치료를 시작하자 시게오키는 식욕을 잃고 잠도 설쳤다. 다키는 위로했다가 격려했다가 나무랐다가 하며 식사를 들게 하고, 밤에는 머리맡에 앉아 이야기를 들려주며 조금이라도 시게오키가 편히 쉴 수 있도록 애썼다. 그리고 에도로 출발하기 전에 이런 말을 남겼다.

고코인으로 돌아왔을 때 나리마님께서 지금보다 수척해지셨거나 안색이 더 좋지 않으시면 다키는 그 자리에서 자결하겠습니다.

담담한 말투에서 되레 진심이라는 게 느껴졌다. 곁에 있던 노보루조차 등골이 오싹해질 정도였으니, 시게오키가 당황해서 꼬박꼬박 먹고 자겠다고 약속할 만도 했다. 주치의 입장에서는 참 고마운 협박이었다.

되살아나는 과거를 토해내 다시 살펴보고 검토하는 하루하루는 시게오키에게 마치 내장을 꺼내 뒤집는 듯한 고통의 연속이었을 것이다. 그런데도 잘 견뎌내고 있다. 노보루는 요새 시게오키에 대해 의사로서 환자를 칭찬한다기보다 비슷한 또래의 사람으로서 존경심을 느낄 때가 있었다.

"오늘은 가을비가 잠깐 그친 것 같습니다. 이 기회에 치료도 쉴까요."

진쿄 호를 뒤덮고 있던 갑갑한 구름이 걷혀 오늘 아침은 푸른 하늘이 상쾌하다.

"아직은 땅이 질척거립니다만 오후에는 마를 테죠. 오랜만에 도비아시를 타고 산책을 나가보시면 어떻겠습니까."

"그것도 좋겠군."

적극적인 대답도 오랜만이다.

"고토네도 바깥바람을 쐬고 싶다고 하거든."

그렇게 말한 시게오키는 노보루의 얼굴을 보고 미소를 지었다.

"방금 상을 받은 어린애처럼 기쁜 표정을 짓던데."

노보루도 웃음을 지었다.

"네. 날씨가 좋으니까요."

노보루와 둘이 과거를 직면하면서부터 '여자'와 '상스러운 남자'는 한 번도 나타나지 않았다.

고발이 받아들여져 '여자'는 이제 필요 없게 됐기 때문이다. '여자'

가 되어 그 기억을 지켜야 했던, 시게오키에게 가장 가혹했던 시기는 이제 끝났다.

'상스러운 남자'는 원래 그가 필요한 위기에만 등장했다. 앞으로 또 그런 때가 닥치면 나타날지도 모르지만, 이전과 크게 사정이 다른 것은 시게오키 본인이 '자신이 그렇게 될 때가 있다'는 것을 이해한다는 점이다.

그럼 고토네는 어떤가.

시게오키는 아직 그 애가 필요하다. 사실은 노보루도 그런지라, 자연스러운 '교대'를 기다리기보다 시게오키를 잠들게 하고 고토네를 불러내 이것저것 물어볼 때도 있었다. 시게오키 스스로는 말하기 힘든(인정하기 힘든) 일도, 관찰자였던 고토네는 훨씬 편안하게 대답할 수 있기 때문이다.

다만 그런 대화를 끝내면, 고토네를 '돌려보내고' 시게오키를 깨우기 전에 꼭 이렇게 일러두었다.

"이번에 나눈 이야기에 대해 고토네 님의 기억과 시게오키 님의 기억에 차이가 없는지 두 분이 잘 말씀해보십시오."

시게오키 안에서 고토네를 밖으로 불러내지 않고 둘이 말을 나눌 수 있는지 시험해봐라.

또 시게오키에게도 때때로 이렇게 말했다.

"방금 제가 여쭤본 것에 대해 고토네 님은 어떻게 생각하시는지요? 시게오키 님께서 고토네 님에게 물어보고 제게 가르쳐주십시오."

지금까지 번번이 밖으로 나왔던 고토네를 시게오키 안에 두고 두 사람이 기억과 의사와 감정을 완전히 소통할 수 있게 하는 것이 노보루의 치료 방침이었다. 고토네를 없애는 게 아니다. 시게오키의 소중한 아군으로서 그를 내부에서 뒷받침해온 고토네를 그대로 둔 채 단지 시게오키와의 경계를 더없이 옅게, 모호하게 만들어, 머지 않아 시게오키가 항상 시게오키 본인으로서 고토네의 기억과 감정을 자유롭게 대변할 수 있도록 하고 싶다.

시게오키는 노보루의 의도를 잘 이해해주었다. 의사와 환자는 손을 잡고 앞으로 나아가고 있었다. 엉금엉금 기어가듯 하는 전진이었지만 길은 잘못 들지 않았다. 그렇기에 이렇게 시게오키가 고토네의 의향을 전해주고, 노보루가 기뻐하면 시게오키가 놀리는 것이다.

치료는 진전을 보여 큰 고개를 넘으려 하고 있었다. 아직 어디서 산사태가 기다리고 있을지 모르니 방심할 수는 없지만 그래도 앞날은 밝았다.

반면 파헤친 과거와 얽힌 수수께끼 쪽은 여전히 안개에 싸여 있었다. 오히려 어둠이 짙어졌다는 느낌까지 들었다.

시게오키와 고토네가 해주는 단편적이나마 구체적인 이야기를 들어보면, 어린 이치마쓰가 음행을 당한 것, 그것도 그 상태가 몇 년씩 이어졌다는 것은 이제 의심할 여지가 없었다. 유감스럽게도 악몽도, 오해도 아니었다.

그럼 그 일은 언제부터 시작됐나. 장소는 어디였나.

장소에 관해서는 시게오키와 고토네의 대답이 일치했다.

아버지를 따라 에도 별저에 머물고 있을 때였다.

밤중에 다들 잠들면 아버지가 이치마쓰의 침소로 오셨어.

그러나 언제부터 시작됐는지는 알지 못했다. 시게오키는 몹시 괴로워하며 애써 기억을 되살리려 하지만 여태 확실치 않았다. 당시고토네는 '태어나기' 전이었으니 대신 이야기할 수도 없었다.

시게오키는 좌우지간 더웠다고 말했다. 온몸이 땀에 젖어 끈적거렸던 것을 기억하고 있었다. 그리고 하얀 명주 잠옷에 피가 묻은 게 보였다. 누구 피인지는 모르겠다. 자신이 다쳤던 기억은 없다. 어디가 아팠던 기억도 없다.

자신은 어렸다. 아직 철도 들기 전이었다. 똑똑히 기억하는 것은 그저…….

아버지가 내게 거듭해서 낮게 속삭이셨다는 것뿐이다. 사랑하기에 이러는 것이다, 네가 사랑스럽다.

그런 일이 있을 때마다 속삭이셨다.

에도 번저에서 시게오키가 학대를 당한 것과 성읍에서 네 남자애가 행방불명된 괴사건은 연결되어 있다. 시게오키를 학대한 나리오키와 그의 애첩 여자 틈새가 성읍에서 벌어진 사건의 범인이라고 봐도 될 것이다.

성읍에서 최초로 발생한 사건은 십팔 년 전 여름. 납치된 것은 목수의 아들 잇페이로, 열 살이었다. 당시 시게오키는 여덟 살이다.

두 번째는 십육 년 전 여름, 환전상 심부름꾼, 열한 살. 시게오키는 열 살.

세 번째는 십삼 년 전 초봄, 방물 상점 외아들, 아홉 살. 시게오키는 열세 살.

네 번째는 십일 년 전 한여름, 사노 촌의 고키치, 열세 살. 시게오키는 열다섯 살이다.

성읍에서 사건이 일어났을 때 나리오키는 매번 기타미에 있었다. 적자 시게오키는 관례를 치른 뒤로도 6대 번주가 될 때까지 에도 번저를 떠난 적이 없다. 나리오키와 여자 틈새는 에도에서는 시게오키에게, 기타미로 돌아와서는 성읍의 아이에게 독수를 뻗쳤다.

노보루는 생각했다. 그렇다면 시게오키가 먼저였다고 볼 경우 첫 시작은 십구 년 전이 될 것이다. 시게오키는 일곱 살이다. 성읍, 다시 말해 본국의 잇페이 쪽이 먼저였을 경우 그것을 단초로 시게오키에게도 독수를 뻗쳤다면, 시게오키가 아홉 살 때부터였다는 뜻이다.

어쨌거나 소아 취향이지.

이것도 조리는 선다. 그러나 걸리는 점이 있다.

노보루는 나가사키에서 유학하며 화란 의학을 배웠지만 그가 공부한 것은 어디까지나 내과와 외과의 지식 및 기술이다. 다 큰 성인이 어린 남자애에게 음행을 한 끝에 죽이는 이상 행동을 진단할 기술은 갖고 있지 않다. 다만 이런 종류의 성적 취향이 어느 순간 갑자기 시작되는 게 아니라는 것 정도는 상식으로 판단할 수 있었다. 일반적으로 어린아이에게 음행하는 취향을 가진 자는 젊었을 때부터 그런 경향이 나타난다고 한다.

그 점에서 기타미 나리오키는 어땠을까. 중신들, 측근들 중 누군 가가 뭔가 깨달은 적은 없나.

다행히 시로타 가는 번의 가계다. 오리베의 허락을 받아 노보루는 아버지 겐유에게 사정을 알렸다. 내밀하게 진행하느라 직접 보고 이 야기를 나눌 수 없는 게 답답했지만, 겐유는 일찌감치 두꺼운 의견 서를 보내 자신의 견해를 알렸다.

1. 번의로서 또 측근 중 한 사람으로서, 청년 시절의 큰나리가 사 내애에게 음행을 하는 경향을 느낀 적은 한 번도 없다. 또 그런 소문 을 들은 적도 없다. 다만 큰나리는 가독을 잇기 전 한 시동과 관계를 맺으셨는데 상대에게 지나치게 애착하는 나머지, 당시의 수석 가로* 가 엄하게 간언하고 동시에 훗날의 비후쿠인과의 혼담을 권해 시동 이 할복하는 사건이 있었다. 시동은 당시 열일곱 살, 큰나리는 스무 살이셨다.

2. 큰나리는 여색을 탐하셨다.

3. 이치마쓰 님이 만약 그런 학대로 인해 다치신 적이 있다면 큰 나리의 출부에 동행해 번저에 머물던 내가 몰랐을 리 없다. 이치마 쓰 님이 넋을 놓는 버릇을 심각하게 생각하지 않았던 불명은 부끄럽 게 생각하지만, 신체의 상처나 이변을 놓친 적은 없다고 단언할 수 있다.

4. 그러나 이런 종류의 악한 성벽은 철저하게 감추며 비밀리에만

* 와키사카 가쓰타카의 아버지

드러내는 것이며, 자신의 불명과 더불어 생각할 때 큰나리에 관해서도 완전히 결백하다 말하기는 어렵다. 또 이치마쓰 님이 그런 학대를 당하셨다면 오 년 전 큰나리 참살의 진짜 원인을 그것에서 찾을 수 있으니 오히려 앞뒤는 맞는다 할 수 있다(그렇기에 네 이야기를 듣고 다소 마음이 개운해진 듯하다는 것은 아비로서 덧붙이는 말이다).

5. 이런 종류의 악한 성벽은 한 번 드러내고 나면 자연히 중단되는 법은 없다. 이치마쓰 님은 성장하신 탓에 대상에서 제외됐다 치더라도, 성읍 사내애들 사건이 십일 년 전에 그쳤다는 것은 확실한가. 확실하다면 그것은 (누가 됐든) 범인이 이 흉행을 중지하고 성벽을 봉해야 할 외적 요인이 작용한 탓이라고 생각할 수 있다.

외적 요인.

발각될 것 같아져서 허둥지둥 그만두었나? 또는 큰나리를 현혹시켜 이런 악행에 끌어들인 여자 틈새가 곁에서 배제됐기 때문에, 또는 스스로 멀어졌기 때문에 큰나리가 정신을 차렸나?

아버지의 지적은 꽤 날카롭다고 노보루는 생각했다. 번의의 생활은 민간 의사와 비교하면 우아하다, 번의는 의사가 아니라 맥을 짚는 차 시종이나 다름없다고 업신여기는 부분이 있었는데 다시 봤다.

기타미 나리오키는 원래 사내애에게 음행하는 사악한 버릇을 감추고 있었는데 인생의 어느 시기에 그것을 억누를 수 없게 됐나. 아니면 여자 틈새에게 홀려 인륜에 반하는 행동을 했을 뿐이라 여자가 사라지자 바로 정신이 들었나.

있는 그대로 보자면 가능성은 둘 중 하나다.

그러나 시로타 노보루는 영 찜찜했다.

나를 괴롭힐 때 아버지도 그 여자도 늘 가면을 쓰고 있었다.

시게오키는 다키에게 그렇게 말했다고 한다. 노보루에게도 여러 차례 말했다. 하얀 바탕의 가면이었다. 그게 되레 무서웠다. 구멍으로 보이는 눈은 짐승의 눈이었다.

그러나 가면은 얼굴을 감추기 위한 것이다.

시게오키가 본 가면 뒤에는 정말 나리오키의 얼굴이 있었나. 혹시 다른 사람이 어린 시게오키를 속여 나리오키인 척한 것은 아닌가.

물론 이건 상당히 대담한 생각이다. 누가 무슨 목적으로 그런 공들인 속임수를 쓴다는 말인가. 어지간한 이유가 아니면 있을 수 없다. 그렇기에 노보루도 지금까지는 작정하고 검토해보지 않았다.

하지만 이시노 오리베에게 '덩굴 문서' 이야기를 들은 뒤로 차츰 생각이 바뀌었다. 어쩌면 그게 '어지간한 이유'에 해당되지 않을까 하고.

약 삼십 년 전, 적자가 번주가 되는 기타미 가의 주류와 따로 떨어진 지역의 영주 이상이 되지 못하는 일문 사이의 해묵은 갈등을 해소하기 위해 나리오키는 개혁을 단행하려고 했다. '덩굴 문서'로 장차 번주 자리에 앉을 자의 서열을 정하고 일문의 눈과 귀인 틈새를 해체해 가게마와리에 편입시킴으로써, 내홍의 싹을 자르고 화합을 꾀하려 했다.

그러나 그의 개혁은 강한 반발에 부딪쳐 결국 실패로 끝났다. 아무리 작은 일이라도 순서를 정하면 불만을 갖는 사람이 생기는 게 세상 이치다. 일문도 뜻을 모으지 못해 분쟁이 벌어져 반발하게 됐을 테고, 머리인 일문이 다투면 손발인 틈새 또한 다툴 수밖에 없다. 더욱이 틈새 입장에서 볼 때, 해체되어 기타미 가 주류의 앞잡이가 되라는 명령은 존재 의의를 근본부터 없애는 것이나 다름없다.

반발은 '덩굴 문서'를 묻어버리고 나리오키에게 찬동했던 아케노 영의 한 숙로를 실각으로 몰아넣었다. 숙로는 지위를 잃는 데 그치지 않고 생명의 위협을 피하기 위해 무사 신분마저 버리고 아케노 영에서 도망쳐야 했다.

이때 나리오키도 덩굴 문서를 반대하는 일파에게 원한을 산 게 아닐까. 그 일파가 보복을 위해 나리오키를 가장하고 나리오키의 아들이자 기타미 가 주류의 적자인 어린 이치마쓰에게 상처를 주고 괴롭힌 게 아닐까.

다만 보복치고는 꽤나 간접적인 방식이다. 틈새의 능력과 기술이 있으면 나리오키와 시게오키를 암살하거나 더 노골적인 방법으로 나리오키의 권위를 실추시키는 것도 가능했을 텐데, 구태여 이렇게 우회적인 방법을 쓸까.

아닌 게 아니라 어린 이치마쓰는 깊은 상처를 입어, 성장해 시게오키가 된 뒤로도 여전히 과거의 기억에 시달리며 고통을 받고 있다. 하지만 반드시 그렇게 될 것이라고 기대하기는 불가능할 것이다. 이런 경우에 '기대'라는 말을 쓰는 것은 매우 역겨우니까 확률은 낮았다고 바꿔 말하자. 이치마쓰는 끔찍한 일을 잊고 무사히 성장했을 수도 있다.

이런 방법을 쓸 때 가장 효과가 있으려면 그때 당시에 은폐가 불가능한 형태로 폭로하면 된다. 그런데 그런 흔적은 없다. 있다면 이치마쓰와 시게오키의 고뇌가 그 정도까지 응고되지는 않았을 것이다.

시로타 노보루의 사고는 그 이상 나아가지 못하고 제자리걸음을 했다. 시게오키의 고통, 지금까지 걸어온 길을 자세히 알면 알수록 망설임이 생겼다. 자연스러운 인간의 마음을 생각할 때 이런 보복이 과연 있을 수 있을까. 자신은 큰나리가 자기 자식을 음욕의 먹잇감으로 삼았다는 것을 인정하고 싶지 않은 마음에 다른 가설을 억지로 만들어내려고 하는 게 아닐까.

시게오키 님께 가면을 보여드려볼까.

그런 생각이 든 것은 제자리걸음에 지쳤기 때문일지도 모른다.

도요사쿠가 가면을 구해 돌아오면 그냥 보여드리는 게 아니라 자신이 그것을 쓰고 시게오키와 대면해보자. 더욱 잔혹한 진찰이 되리라는 것은 잘 알지만, 어쩌면 보다 상세한 기억을 일깨울 수 있을지도 모른다.

가면을 쓴 사람은 정말 시게오키 님의 아버님이셨습니까. 얼굴이 보이지 않는데 왜 그렇게 생각하셨습니까. 평상시가 아니라 공포스럽고 수치스러운 일을 한창 당하던 중의 기억입니다. 혼란에 빠지시지 않았을까요.

"엣헴!"

커다란 헛기침 소리에 노보루는 눈을 들었다. 거실 칸막이 옆에 구리키 안고가 앉아 있었다.

"죄송합니다. 여러 번 불러봤습니다만."

정신이 들어보니 자신은 약연을 든 채 멍하니 있었다. 약연 안에는 반쯤 짓찧은 약초 열매와 뿌리가 들어 있었다. 작업중에 생각에 잠겼던 모양이다.

"저야말로 죄송합니다. 무슨 일이신지요?"

구리키가 신기한 듯 고개를 내밀어 쳐다봤다.

"무슨 약이죠?"

"설사약입니다."

구리키가 눈을 둥그렇게 떴다.

"나리마님께서?"

"아뇨, 상비약입니다. 이 시기가 되면 물을 마시고 탈이 나는 사람이 생기니까요."

"그럴 리가요." 구리키는 곁눈질을 했다. "그건 여름철 행사 아닙니까."

'행사'라니 말이 이상하다.

"여름에는 다들 조심해서 물을 끓여 마십니다만, 지금쯤 되면 방심하기 때문에 되레 탈이 나죠."

"그런가요."

"그래서 무슨 일이신지요?"

아차, 하고 구리키가 자세를 바로 했다.

"성읍에서 서한이 왔습니다. 이시노 님께서 가로 나리와 상의해 토목청 등의 인력을 빌어 대규모 수색을 시작하신다고 합니다."

고로스케의 거처, 그리고 더 있을지도 모르는 남자애들의 유골을 찾기 위해.

"진쿄 호를 훑는 것도 생각하시는 모양입니다."

노보루는 고로스케의 거처와 성읍에서 사라진 네 남자애가 살해된 장소를 연결해서 생각한 적이 없었다. 듣고 보니 매우 이치에 맞는다.

"수수께끼를 풀려면 필요한 일일 테죠."

"하지만 선생님은 걱정되지 않으십니까? 주변에 사람이 늘어 소란스러워지면 치료에 방해가 될지도 모릅니다. 나리마님의 병세에도 좋지 않은 영향을 미치지 않겠습니까?"

뜻밖이었다. 구리키 안고는 제법 세세한 데까지 생각이 미치는 인물인가 보다.

"작업을 하려면 고코인 바깥에 오두막이나 주재소를 설치할 테죠."

"네."

"그럼 지장 없을 겁니다. 사전에 말씀드려두면 시게오키 님을 공연히 심란하게 해드릴 염려는 없습니다."

구리키의 눈썹이 살짝 꿈틀했다.

"잔교 근처에서 해골이 발견됐을 때 선생님도 그 자리에 계셨죠?"

"네, 그렇습니다만."

"여기 고코인 일대를 그린 평면도에 오두막도 들어 있습니다만,

많이 낡았다고 들었습니다."

"네. 그 상태로 쓸 수는 없을 겁니다. 그 자리에 주재소를 설치하려면 먼저 오두막을 헐어야 할 테죠."

"제가 미리 살펴보러 갈까 합니다만 길을 잃지는 않겠습니까?"

"길을 잃을 만큼 멀지 않습니다."

평면도가 있다면 더 말할 것도 없다.

"그렇습니까."

구리키는 어쩐지 우물쭈물하고 있었다.

"오늘은 날씨도 좋거니와 산책을 겸해 갈 만한 곳입니다. 이곳에 오신 뒤로 구리키 공은 직무에 몰두하시느라 고코인의 아름다운 정원도, 진쿄 호도 아직 본 적이 없지 않으십니까. 마침 좋은 기회라고 생각합니다만……."

"실은 제가 헤엄을 전혀 치지 못해서……."

구리키가 노보루의 말을 가로막고 모기 같은 목소리로 말했다.

"잔교 끝으로 가까이 가지만 않으면 괜찮습니다. 물이 깊은 곳은 그 부근뿐이고 그 너머는 얕으니까요."

"예에."

그래도 어물거리는 구리키의 얼굴을 보다가 노보루는 깨달았다.

"구리키 공, 혹시 혼자 가기 겁나시는 겁니까?"

"그럴 리 있습니까!"

펄쩍 뛰어오를 듯한 기세로 부정하는 게 되레 노보루의 짐작이 옳다는 것을 말해주었다.

구리키 안고는 두리번두리번 주위를 신경 쓰며 무릎걸음으로 슬금슬금 노보루의 거실에 들어와서는 목소리를 낮추었습니다.

"부끄러운 이야기입니다만 제가 어렸을 때 소위 망령 같은 것을 본 적이 있습니다."

이마에 땀을 맺어가며 서둘러 말했다.

"생가 근처에 있던 폐가에 친구와 담력 시험을 하러 들어갔습니다. 그랬더니…… 나온 겁니다. 찢어진 장지 뒤에서 뼈가 앙상하고 머리를 풀어 헤친 여자 얼굴이 저희를 보고 있었습니다. 예전에 그 저택에서 주인의 노여움을 산 하녀가 고문을 당해 죽었다는 소문이 있어서……."

노보루가 아무 말도 하지 않자 구리키는 말을 중단하고 눈을 들어 쳐다봤다.

"정말이지 부끄럽기 그지없습니다. 이렇게 겁이 많다니 무사로서 있을 수 없는 일입니다."

"제 생각은 다릅니다. 용맹한 무사에게도 수행을 쌓은 고승에게도 무서운 것은 있을 테죠. 그게 사람입니다."

"……그렇습니까. 선생님은 관대하신 분이군요."

구리키는 갑자기 얼이 빠진 사람 같아졌다.

"진쿄 호에는 그 해골 임자 외에도 다른 사내애의 시신이 있을지도 모릅니다. 원한을 품은 아이들 망령이 나타나도 이상할 것 없지 않겠습니까."

"저는 오히려 나타나주면 좋겠군요. 망령이 시신이 있는 곳으로 안내해주면 수고를 크게 덜 테고 그만큼 빨리 공양해줄 수도 있을 테죠."

노보루는 시원스레 말했다.

"아, 예, 마, 맞는 말씀입니다."

한층 겁을 먹은 구리키는 다소 과하게 얼빠진 것 같다. 그래도 무사의 체면이 있으니 가게마와리나 위사들은 물론 도요사쿠나 만사쿠에게도 동행을 부탁할 수 없을 것이다.

나는 편하게 느껴졌나, 하고 생각하면 귀여운 것도 같다.

"알겠습니다. 안내해드리죠."

"면목 없습니다! 그럼 부탁드립니다."

덥석 엎드린 구리키에게 노보루는 슬쩍 장난기가 생겨 덧붙였다.

"생각해보니 명안이군요. 사내애들 망령을 부르면서 호숫가를 걸어볼까요."

"그, 그것만은 제발 봐주십시오. 선생님 혼자 계실 때 시험해보시도록 부탁드립니다."

노보루는 문득 생각했다. 망령, 죽은 자의 영혼을 부르고, 불러내 의사를 소통한다. 그게 바로 미타마쿠리라는 기술 아니었나.

쿠리야의 핏줄을 잇는 가가미 다키가 정말 미타마쿠리를 쓸 수 있었다면 대규모 수색도, 호수를 훑는 수고도 필요 없다. 몇 가지 수수께끼도 순식간에 풀릴 것이다. 아이들 망령에게 물어보면 된다. 기타미 나리오키의 망령을 불러낼 수 있다면 원하는 대로 추궁하는 것도 가능하다.

어처구니가 없군.

사람이 숨을 거두고 몸뚱이가 흙으로 돌아간 뒤로도 그 사람의 기질과 체험을 고스란히 간직한 채 망혼이 될 수 있다면, 그럼 '죽음'이란 무엇인가. 왜 사람은 죽나. 목숨의 가치는 어디에 있나. 삶과 죽음의 경계가 모호해지면 의사가 환자를 구하려 하는 것의 의미도, 의의도 희박해지지 않나.

기를 쓰고 고집할 일도 아니다. 노보루에게는 자명한 이치다.

두 사람은 먼저 잔교로 향했다. 다키와 스즈가 물에 빠졌을 때 이야기를 하자 구리키는 다시금 겁에 질렸다.

"다키 님은 대찬 분이시군요. 해골을 보고 놀라 물에 빠졌으면 저 같으면 공포에 질려 숨이 멎었을 겁니다."

"그건 공포가 아니라 구리키 공이 헤엄을 치지 못하기 때문입니다."

잔교 옆 오두막은 다시 자세히 보니 토대도 꽤 많이 망가졌다.

"호수를 훑으려면 이 잔교를 사용하게 될 겁니다. 오두막은 빠른 시일 내로 헐어야겠군요."

"이렇게 썩었는데 지금까지 바람에 무너지지 않았다니 신기한데요."

"수면에서 바람이 선회하니 이쪽 기슭에 돌풍이 직접 불어치는 일이 없었을 테죠."

진쿄 호 일대는 뇌신의 마당, 뇌수의 보금자리라고 불릴 만큼 번개가 잦다. 숲을 걷다 보면 여기저기에 낙뢰 흔적이 있다. 그런데…….

"이 오두막은 지금까지 벼락도 맞지 않은 것 같군요."

잔교 어귀에 나란히 서서 노보루가 말하자, 구리키는 오두막 뒤쪽에서 호숫가를 향해 뻗은 숲을 가리키며 말했다.

"저 나무들이 지켜주는 겁니다. 낙뢰로 인한 화재도 그 너머, 기슭이 바위 밭이 되는 곳이 있지 않습니까? 북쪽에서 오는 불길은 저곳이 막아줄 테고, 남쪽에서는 우리가 걸어온 오솔길 밑 벼랑이 벽이 되어줄 겁니다. 원래 그런 곳이기에 과거 미에의 둑을 건설한 토목 청도 이곳에 잔교를 만들었을 테죠."

망령이 무섭다고 물결이 잔교를 때리는 소리에도, 가을 햇빛에 반짝이는 수면을 새가 스치고 지나가는 기척에도 벌벌 떨면서, 이런 일에는 말도 능숙하게 잘한다.

"구리키 공은 토목 공사나 기상을 잘 아십니까?"

"천만에요. 저는 가로 나리께서 분부하시면 무슨 일이든 조사하기 때문에 넓고 얕게, 일시적인 지식을 얻는 것뿐입니다."

머쓱한 듯 이마에 손을 얹으며 무심코 벼랑 밑 덤불 쪽으로 눈을 준 구리키가 얼어붙었다. 두 눈이 커다랗게 벌어졌다.

"왜 그러십니까?"

"사, 사, 사."

노보루는 구리키가 보는 방향을 돌아봤다. 수면에 반짝이는 햇살이 눈부셔 그늘이 진 벼랑 밑은 어두웠다.

"구리키 님, 무슨 일이십니까."

"사, 사내, 사내."

사내애 얼굴이, 라고 말했다.

"사내애, 어, 얼굴이 저 덤불 사이로, 보였습니다."

구리키가 가리켰다. 무성한 덤불이 벼랑 아랫부분에서 땅까지 뒤덮고 있었다. 덤불에 조그만 빨간색 열매가 열린 관목이 섞여 있는데, 그것 때문인지 작은 새가 내려앉기도 하고 날아오르기도 하며 경쾌하게 지저귀고 있었다.

"아무것도 보이지 않습니다만."

노보루가 시선을 되돌린 순간이었다.

"으악!"

구리키가 부르짖고는 펄쩍 뛰어올라 도망치려 했다. 허겁지겁 뛰다가 호수에 빠지면 큰일이다. 노보루는 그의 소매를 붙들었다.

"서, 선생님. 마, 망령이."

"대체 어디에……."

부스럭부스럭 소리가 났다.

"으악, 나왔다! 사람 살려!"

구리키는 노보루에게 소매를 붙들린 채 그 자리에 주저앉아 두 손으로 머리를 싸안았다.

벼랑 밑 덤불 사이로 까무잡잡하게 타고 흙이 묻은 남자애 얼굴이 보였다. 노보루와 눈이 마주치자 쏙 들어가버렸다. 덤불이 흔들리며 새가 날아올랐다.

"구리키 공, 손을 놓겠습니다. 위험하니까 여기 가만히 계시는 겁니다."

노보루는 자박자박 다가가 앞쪽 관목 가지를 손으로 헤쳤다.

어린애 머리와 얼굴 윗부분이 보였다. 눈을 위로 올려 뜨고 노보루를 보는 터라 약간 섬뜩하게 흰자위가 커 보였다. 구리키가 봤다면 기절했을지도 모른다.

무엇부터 물을까, 우선은 이름을 물을까 노보루가 생각하는 사이에 아이가 먼저 입을 열었다.

"이 위의 저택이 고코인이죠? 무사 나리들 거기 사람이에요? 다지마 한주로란 무사 나리 있어요?"

3

남자애는 "난 긴이치예요" 하고 이름을 밝혔다. 고나라 촌에서 왔다고 했다.

"그게 그러니까 열흘쯤 됐나요. 다지마 한주로란 무사 나리가 옛날에 이즈치 촌이 있던 곳을 찾아서 내가 안내했거든요."

말하는 틈틈이 고가 만들어준 주먹밥을 베어 물었다. 어지간히 배가 고팠나 보다. 게걸스레 먹다가 목이 메어 눈을 희번덕거리기에 시로타 노보루는 등을 두드려주었다.

"그렇게 급히 먹지 않아도 밥이 어디로 도망가지 않는다."

노보루와 구리키 안고는 긴이치를 사이에 두고 부엌 마루방에 앉

아 있었다. 때가 꾀죄죄한 흙투성이 얼굴과 손발은 고가 다짜고짜
닦은 덕에 아까보다 그나마 나았다.

"너 같은 어린애가 다지마 한주로 공에게 무슨 볼일이냐?"

망령이 무섭다고 그렇게 혼비백산했던 구리키 안고는 상대방이
살아 있는 어린애라는 것을 알자 바로 회복했다. 겸연쩍은 마음도
있는지 어깨에 잔뜩 힘을 준 것이 어울리지 않는다.

"다지마 님 안 계세요?"

"용건을 말해라."

"촌장님한테 고코인 사람이라고 했는데 내가 잘못 들었나?"

"다지마 공은 지금 없다."

"아, 역시 그렇구나. 내내 살펴보고 있었는데 다지마 님 같은 분이
안 보이길래 기다렸거든요. 그런데 배가 고파서요."

"너 언제부터 호숫가에 숨어 있었느냐?"

"어제 해 질 녘 전에 왔는데요."

어젯밤은 잔교 옆 오두막에 숨어들어 잤다고 했다.

"위사들도 소용이 없군." 구리키는 한탄했다. "하는 수 없지, 어쨌
거나 용건을 말해라. 내가 다지마 공 대신 들어줄 테니까."

"아뇨, 그럼 안 돼요. 난 다지마 님 있는 데로 갈 거예요. 어디 있는
데요?"

노보루는 웃고 말았다.

"긴이치는 다지마 공과 이 일에 대해 함부로 떠들면 안 된다고 약
속했나?"

긴이치는 손가락에 붙은 밥풀을 꼼꼼하게 핥아먹으며 노보루를 살펴봤다.

"무사 나리, 머리도 안 틀었고 칼도 안 찼는데 무사 나리 아니에요?"

"이 꼬맹이 놈이, 내 말이……."

노보루는 "아니, 그러지 마시고"라며 손짓으로 구리키를 만류했다.

"나는 의사란다."

그러자 긴이치의 눈이 동그래졌다.

"의사요? 아픈 사람을 봐주는 선생님이군요? 와, 잘됐다, 부탁이에요, 선생님! 기요 아줌마 좀 봐줘요."

아니, 잠깐.

"고, 긴이치에게 백비탕을 가져다줘라."

그럭저럭 긴이치를 진정시킨 다음 노보루는 차례대로 질문을 했다. 그렇게 해서 들은 엄청난 이야기는 생각지도 못한 수확을 가져다주었다.

다지마 한주로를 이즈치 촌에서 가타노 촌까지 안내하고 두둑한 수고비를 받은 다음 헤어진 긴이치는 바로 그 일을 잊을 수 없었던 모양이다. 어쨌거나 벌이가 괜찮았던 데다가 "다지마 님은 좋은 사람이었으니까요"라고 긴이치는 말했다.

한주로가 알고 싶어했던 이전의 이즈치 촌에 관해 자신은 모르지만 고나라 촌에는 누군가 아는 사람이 있을지도 모른다고 생각했다. 하지만 한주로가 '웬만하면 떠들고 다니지 마라'라고 했거니와, 지

255

금의 이즈치 촌은 꺼림칙한 곳이니 이야기를 꺼내면 마을 사람들이 좋아하지 않을 것이다. 충분히 주의하면서 옛날이야기를 해줄 만한 사람을 찾아보자고 생각했다.

그런데 바로 그저께다. 고나라 촌에서 산 두 개를 넘어 남쪽 마을로 시집간 기요라는 여자가 본가로 돌아왔다. 쉴 새 없이 기침을 하고 뼈와 가죽만 남아 있었다. 폐병에 걸린 듯 그 때문에 이혼당했다고 했다.

기요의 나이는 서른한 살. 결혼해서 마을을 떠난 것은 긴이치가 태어나기도 전이다. 그렇기에 처음 만난 것이었지만, 긴이치의 형, 누나나 다름없는 기요의 남동생, 여동생이 기요를 걱정하며 화를 내고 울고 하는 통에 긴이치도 걱정됐다. 그래서 기요 주위를 얼쩡거리는 사이에 기요의 가족들이 어두운 표정으로 수군거리는 말을 들었다.

기요도 참 가엾지.

운 좋은 아이라고 생각했는데.

쿠리야에서 혼자 화를 면했으니 말이지. 운이 좋은 게 아니라 그때 운을 다 써버린 건가.

이즈치 촌에 그냥 있었으면 말려들어 목숨을 잃었을 테니까.

좋은 곳으로 시집갔는데.

좋은 곳은 무슨. 지금까지 부지런히 일하면서 애를 다섯이나 낳아준 며느리라고. 병났더니 쓸모없다고 쫓아내다니 박정한 남편이군.

그렇지만 우리도 폐병 걸린 사람을 마을에 둘 수는 없잖아.

이건 긴이치에게 귀가 솔깃한 이야기였다. 기요 아줌마는 이즈치 촌 쿠리야에 있었던 적이 있나. 고용살이라도 했나.

혼자 화를 면했다면 십육 년 전에 관해 뭔가 알지 않을까.

"다지마 님은 이즈치 촌에 안내만 했는데 수고비를 그렇게 많이 쳤는걸요. 기요 아줌마가 알고 있는 걸 말하면 더 많이 줄 거 아니에요? 그럼 그걸로 좋은 약을 사면 폐병도 낫잖아요."

긴이치는 주위의 눈을 피해 몸져누운 기요에게 다가가 몰래 상황을 설명했다. 병 때문에 약해진 데다 남편에게 버림받고 자식들과도 떨어져야 한 슬픔에 사로잡혀 있던 기요는 처음에는 그냥 멍하니 있었으나, 긴이치가 이즈치 촌, 쿠리야 하고 되풀이하는 사이에 사정을 이해한 듯했다.

"기요 아줌마가 뭐랄까, 점점 눈을 뜬 것처럼 되더라고요."

이윽고 뼈만 앙상한 몸에서 힘을 쥐어짜듯 해서 질문에 대답하기 시작했다.

그래, 난 처녀 때 이즈치 촌 쿠리야에서 고용살이를 했어.

예전 이즈치 촌에 관해 알고 싶어하는 분이 계신다고?

쿠리야의 큰마님께서 내가 도망칠 수 있게 도와주신 건 이런 때를 위해서였으니까, 역시 큰마님은 뭐든 다 내다보고 계셨던 거야.

헛소리를 하듯 그런 말을 늘어놓고는 울기만 하는지라, 긴이치는 기요에게 이 일을 아무에게도 말하지 말라고 굳게 다짐을 두고는 고나라 촌을 떠났다.

"다지마 님은 아직 가타노 촌에 있을지도 모르지만 길이 엇갈리면 안 되잖아요. 어디 다른 곳에 갔어도 언젠가는 고코인으로 돌아올 테니까 나도 고코인에 가면 되겠지 한 거예요."

끝까지 듣고 나서 노보루는 저도 모르게 소리쳤다.

"잘했다!"

노보루는 당장 긴이치를 데리고 고나라 촌으로 갔다. 가는 길에 의논해서 약초를 캐러 산에 갔다가 길을 잃고 헤매는 노보루를 긴이치가 구해주었다고 하기로 했다. 그때 긴이치에게 마을에 폐병을 앓는 사람이 있다는 말을 듣고 진찰하러 온 것이라고.

"나는 원래 지코료의 의사라서 영민이 병으로 어려움을 겪고 있을 때는 누구든 진찰을 하거든."

"지코료가 뭐예요?"

"성읍에 있는 시약원이야. 약값을 받지 않는 의사가 있는 곳."

고나라에 도착한 노보루는 바로 촌장을 만났다.

"그렇지 않아도 다들 걱정하는 것 같다만 기요의 병은 전염이 잘된다. 특히 노인과 아이는 주의해야 하지. 마을에서 바람이 부는 방향으로 가장 끝에 있는 오두막을 비워주겠나? 그곳으로 기요를 옮기고 해열제와 기침약을 주어 용태를 본 다음, 내일 일찍 성읍의 시약원으로 데려가겠네. 마을 사람들은 오두막에 가까이 다가가지 말도록."

그럴싸한 핑계를 대 사람을 물리고 기요와 차분히 이야기를 나눌 수 있게 했다. 긴이치도 잽싸게 움직여 마을 사람들 눈을 피해 찾아왔다.

두 사람 이야기는 가짜였지만 기요의 병은 진짜다. 무리하게 하면 안 된다. 겁을 주어서도 안 된다.

"기요, 내 이름은 시로타 노보루라고 한다. 시로타 가는 대대로 번의의 소임을 다하는 가문으로, 내 형은 7대 나오마사 님을 모시고 있지. 나는 병환으로 은거하신 뒤 고코인에서 지내시는 선대 시게오키 님의 주치의로 있고."

시로타 가의 문장이 든 약상자를 보여주었다. 곁에서 긴이치가 거들었다.

"나 고코인에서 시로타 선생님을 만났어. 선생님 말은 진짜야."

"나를 이 마을로 보내신 분은 고코인의 저택 관리인이신 이시노 오리베 님이다. 기타미 번 가로 사가 중 한 분이시니 기요도 함자 정도는 알지 않을까."

노보루가 준 약이 몸에 맞았는지 기요의 기침이 조금 진정됐다. 누운 자세이기는 해도 노보루의 얼굴에 눈을 똑바로 맞추며 듣고 있었다.

"긴이치에게 들었겠다만, 부득이한 사정이 있어 이시노 님은 지금 십육 년 전 이즈치 촌 쿠리야에서 벌어진 사건을 조사하고 계신다. 당시 기억을 잘 떠올려서 대답해주면 좋겠군."

갑작스러운 이야기에 놀라면서도 기요는 거의 망설이지 않았다.

"예, 알겠습니다. 말씀드릴게요."

아아, 정말로 그런 때가 왔어, 하며 살짝 눈물을 글썽였다. 그러고는 자연스레, 말이 쏟아지는 것처럼 이야기를 시작했다.

"그때 쿠리야의 큰마님께서 말씀하셨어요."

기요야, 앞으로 잘못하면 쿠리야에 무슨 일이 일어날지 모른다. 우리는 다들 목숨을 잃게 될 수도 있어.

"그때를 대비해 너는 내 말을 가슴에 잘 새기고 바로 고나라 촌으로 돌아가라고 하셨습니다."

쿠리야 일족은 미타마쿠리 기술을 써서 온도 님을 섬기는 이상 그로 인해 화를 입는 일이 있어도 이상할 것 없다. 그 또한 본분이라는 것이다. 그러나 너는 우리 일족이 아닌데 말려들면 가엾지.

마을로 돌아가서도 아무에게도 말하지 마라. 그리고 되도록 일찍, 되도록 먼 곳에서 혼처를 찾아라. 알겠느냐?

"큰마님께서 하신 말씀도, 제가 쿠리야에서 보고 들은 것도, 쿠리야에서 고용살이를 했다는 것조차도 절대로 입에 담지 말라고 약속하라 하셨습니다."

아무것도 모르는 척해라.

단 기요야, 언젠가 기타미 번의 가신께서 오시거든, 그래서 이분이라면 말씀드려도 괜찮겠다 싶거든 예전에 이즈치 촌에서 있었던 일을 남김없이 말씀드려도 된다.

네게 고된 짐을 지우는구나. 물으러 오는 이가 아무도 없어 네가 그 짐을 저세상까지 짊어지고 가게 된다면 그것도 상관없다.

그러나 털어놓을 때가 온다면 그때는 부탁하마.

기요는 숨을 씨근거리며 중간중간 쉬어가면서도 열심히 이야기했다.

기요는 고나라 촌에서 나고 자라 열네 살 때 이즈치 촌 쿠리야에서 하녀로 고용살이를 시작했다. 고나라 촌과 이즈치 촌은 전부터 왕래가 잦아서 고나라 촌의 처녀가 쿠리야에서 고용살이를 하는 것도 드물지 않았다. '쿠리야에서 큰마님의 가르침을 받으면 좋은 아내가 된다'고들 했다.

기요는 부지런히 일해 쿠리야 큰마님의 눈에 들었다. 큰마님의 큰딸이자 쿠리야의 후계자인 야에도 기요를 친딸처럼 예뻐했다.

"기요는 고나라 촌으로 돌아가지 말고 이즈치 촌에서 괜찮은 남자와 결혼해라, 쿠리야에서 혼례를 치러주겠다, 그런 말씀까지 해주셨답니다."

다들 다정하고 너그러웠다고 했다.

"쿠리야의 야에라는 사람에게 사에라는 여동생이 있었을 텐데."

노보루는 물었다.

가가미 다키의 어머니 사에다. 쿠리야 신쿠로가 다키에게 한 이야기에 따르면 사이좋은 자매였다고 했다.

"네, 야에 님께 말씀 많이 들었습니다. 성읍에 양녀로 가셨다고요."

야에는 당시 이미 결혼해서 남편이 있었지만 아이는 아들뿐 딸이 없었다. 야에의 오빠에게는 딸이 있었던 터라 그 아이가 야에 다음으로 쿠리야를 잇게 된다.

"그래서 불만이 있는 건 아니었지만 야에 님은 조금 쓸쓸하신 것 같았어요."

사에에게 딸이 있다면 그 애를 데려올 수 없나.

그런 말을 해서는, 사에는 사에대로 행복하게 살고 있으니 함부로 휘젓는 게 아니라고 큰마님에게 혼났다고 한다.

"저 같은 걸 예뻐해주신 것도 외로우셨기 때문일지 모릅니다."

노보루는 속으로 오싹했다.

만약 당시 큰마님이 야에의 자기 본위적인(어떤 의미에서는) 소망을 들어주어 성읍의 다지마 가와 가가미 가에 이야기해 사에의 딸 다키를 쿠리야로 데려왔다면.

다키 님도 십육 년 전 참사에 휘말렸을지 모른다.

큰일 날 뻔했다고 생각하지 않을 수 없었다.

"쿠리야에 미타마쿠리라는 신비한 기술이 전해졌다고 들었다만."

"강령 말씀이시죠. 네, 평판이 아주 좋아서 손님들이 많이 오셨어요."

격이 높아 보이는 무가의 여자나 사치스럽게 차려 입은 상가 사람이 큰마님을 찾아오는 것을 보고 기요는 종종 놀랐다고 한다.

"미타마쿠리를 하는 자리에 있었던 적도 있나?"

"당치도 않습니다. 그건 큰마님과 야에 님께서만 하실 수 있는 일이라 쿠리야의 핏줄을 잇는 사람이라도 어지간해서는 들어가지 못해요."

기요는 하녀로서 손님의 시중을 들기만 했지만, 그래도 어두운 얼굴로 왔던 손님이 미타마쿠리를 마치고 갈 때는 웃고 있다든지 반대로 눈물을 글썽이는 모습을 보곤 했다.

"몹시 화를 내며 가셨던 손님이 닷새도 채 못 돼서 돌아와서는 당장 큰마님을 뵙고 싶다, 큰마님이 보신 게 맞았다, 사과를 드리고 싶다, 감사 인사를 드리고 싶다고 대문 앞에 무릎을 꿇은 적도 있었답니다."

저는 한낱 하녀였지만, 하며 기요는 희미하게 미소를 지었다.

"큰마님과 야에 님은 대단하신 분들이라고 저까지 자랑스러운 기분이 들었어요."

그렇게 세월이 흘러 십칠 년 전 겨울, 첫눈이 흩날리던 날이었다.

"이즈치 촌은 춥기는 해도 눈이 쌓일 만큼 내리지는 않거든요. 하늘에서 자잘한 얼음 조각이 떨어지는 것처럼 아름다운 광경이랍니다."

갓과 솜저고리 어깨에 얼음 알갱이를 붙이고 성읍에서 또 손님이 왔다. 무사는 아니었다. 상인 아니면 장인의 차림새였다.

"꽤 나이가 많은 남자 분이셨는데 표정이 무척 심각하셨어요."

이 남자는 누구고 미타마쿠리를 통해 무엇을 알려고 했나.

"지금부터 드리는 말씀은 전부 나중에 큰마님께서 가르쳐주신 거예요."

남자는 장인 구역의 도편수였다.

"그 전해 여름에 도편수 밑에서 일하는 목수의 아들이 갑자기 행방불명돼서 돌아오지 않는데 찾아달라는 이야기였다고 합니다."

십팔 년 전 여름 성읍 외곽의 오누마 숲에서 사라진 열 살 먹은 남자애 잇페이 이야기다.

잇페이는 그 전해 한여름에 성읍 외곽에 있는 오누마 숲에 놀러 갔다가 돌아오지 않았다. 그로부터 일 년 이상 잇페이 부모의 동료 들과 이웃 사람들까지 총출동해서 찾아다녔지만 아직 발견하지 못 했다.

"그래도 부모는 아직 포기하지 않았습니다. 나도 심정은 마찬가지 입니다. 잇페이는 기운이 넘치고 약간 건방질 정도로 똑똑한 아이였 단 말입니다."

아무 생각 없이 위험한 곳에 다가갈 리 없다고 도편수는 말했다.

"그 애는 신령님이 데려간 겁니다. 사람이 무턱대고 찾아다녀 봤 자 찾을 수 없죠. 소문이 자자한 이즈치 촌의 강령술 도움을 받아보 자고 말을 꺼내봤습니다만."

잇페이의 부모는 납득하지 않았다. 특히 어머니가 승낙하려 하지 않았다. 강령술을 한다는 것은 곧 잇페이가 죽었다고 단정한다는 뜻 이다, 그럴 수는 없다고.

하는 수 없이 도편수 혼자 이즈치 촌으로 찾아온 것이었다. 쿠리 야의 미타마쿠리에 관해 가르쳐준 인물에게서 행방불명된 사람을 찾으려면 그 사람이 몸에 지녔던 물건이 필요하다고 들어서, 잇페이 의 잠옷을 가지고 왔다. 아이 부모 몰래 가져왔다고 했다.

쿠리야의 큰마님은 먼저 미타마쿠리는 죽은 이의 영혼을 불러내 기만 하는 기술이 아니라는 것, 쿠리야 조상의 영혼의 중개를 통해 온도 님의 힘에 매달리는 것이라고 자세히 설명했다.

온도 님은 신역의 신이다. 죽은 이와 관계된 일은 모두 온도 님의 영향 아래 있다. 산 사람 또한 언젠가 반드시 죽을 자이기에 온도 님은 그의 운명을 내다볼 수 있다. 그렇기에 잇페이라는 아이가 살아 있든 죽었든 미타마쿠리가 성공하면 반드시 뭔가 알 수 있다. 다만 꼭 성공하리라는 보장은 없다.

도편수가 납득하고 그래도 괜찮다며 부탁해서 큰마님은 야에를 불러 미타마쿠리를 한다고 알렸다. 야에는 목욕재계를 한 다음 흰 비단 홑옷으로 갈아입고 머리를 내려 흰 종이로 묶었다. 그리고 잇페이의 작은 잠옷을 등에 걸쳤다.

아니나 다를까, 기도를 시작하자 야에에게 곧 잇페이의 영혼이 내려왔다. 가엾지만 이 아이는 이미 죽었다는 뜻이다.

미타마쿠리에 의해 빙의체에게 내리는 죽은 자는 빙의체의 입을 빌려 이야기한다. 이 경우, 말하는 것은 열 살 먹은 어린애, 한창 개구쟁이 짓을 할 나이의 목수 아들이다. 어른 같은 지혜도 분별도 없다. 말도 조리 있게 못 하니 얼마나 답답한지 모른다. 다른 어떤 경우보다도 끈기와 위로가 필요하다.

큰마님은 사전에 도편수에게, 미타마쿠리를 행하는 자리에서는 무슨 일이 있어도 소란을 피우면 안 되고 큰마님의 허락 없이 잇페이에게 말을 걸거나 질문하면 안 된다고 엄하게 일렀다. 도편수도 지시에 잘 따라주었는데, 큰마님이 도편수를 가리키며 "잇페이, 여기 계시는 분이 누군지 알겠느냐?" 하고 묻자 잇페이는 "도편수" 하고 중얼거렸다. 그러고는 집에 가고 싶다, 아버지는 어디 있느냐, 어머니는 어디 있느냐 하며 울음을 터뜨렸다. 도편수도 같이 엉엉 울었다.

"무서워, 추워."

잇페이는 영혼이 된 지금도 몹시 겁에 질려 있었다. 큰마님은 점차 알아차렸다.

이 아이는 누군가의 손에 끔찍하게 죽었다.

그리고 또 하나, 이 아이의 시신은 물속에 있다. 다만 잇페이 자신도 그곳이 어디인지 모른다. 차갑고 어둡고 깊은 곳에 가라앉아 있는 것 같다는 말을 되풀이할 뿐, 누가 그곳으로 데려갔는지도 알지 못했다. 물어도 잇페이는 눈물을 흘리며 고개만 흔들었다.

이윽고 빙의체인 야에의 몸이 못 버티게 됐다. 잔인한 죽음을 겪은 영혼을 받아들여 공포와 슬픔에 가득 차면 빙의체의 몸도 약해진다. 이렇게 되면 그 이상 미타마쿠리를 계속할 수 없다. 무리하면 야에가 죽는다.

큰마님이 미타마쿠리를 끝내자 야에는 실신했다. 땀에 젖어 싸늘하게 식은 몸은 마치 차가운 물속에서 끌어낸 것 같았다.

야에를 보살펴 정신이 들기를 기다렸다가 물어보니 잇페이의 영혼을 받아들인 동안 역시 물속에 있는 기분이었다고 말했다. 흐르는 물이 아니었다. 주위는 어둡고 아주 깊은 곳에 있는 느낌이 들었다고 했다.

"큰 저택이 보였습니다. 기와지붕에 기타미 번의 가문이 든 보랏빛 깃발이 펄럭이고 있었습니다."

그 말에 도편수가 흥분했다.

"그럼 역시 오누마가 틀림없군요!"

잇페이는 성읍 외곽에 있는 오누마 숲에서 없어졌다. 오누마는 그리 큰 늪은 아니지만 깊은 곳은 성인 남자의 키 정도 된다고 한다. 멀리 보였다는 저택은 기타미 성일 것이다.

"기타미 님의 가문이 든 깃발이 다른 곳에 있을 리 없습니다. 당신들 같은 시골 사람은 모르겠지만 성읍에선 축제 날이면 그런 깃발이 서거든요."

한 번 더 오누마를 찾아보겠다. 이번에는 물을 빼고 철저하게 수색하겠다고 씩씩거리는 도편수를 큰마님은 애써 달랬다. 아직 단정하기에는 이르다. 오누마라는 곳에서 기타미 성이 잘 보이나. 야에가 말한 것처럼 깃발의 문장까지 보일 만큼 가까운 곳인가. 흥분을 가라앉혀라, 하고.

그러나 도편수는 들은 척도 하지 않았다. 오누마 주변을 찾는 데 그치지 않고 물까지 빼려면 경비소의 허가가 필요하니 서둘러 손을 써야겠다고 들떠 있었다. 큰마님은 가까스로 도편수의 소매를 붙들고 타일렀다.

"당신과는 달리 미타마쿠리로 알게 된 일을 믿지 않는 사람도 있을 테지. 싫어하는 사람도 있을 테지. 흥분이 조금만 가라앉으면 당신도 그것을 알게 될 것이야. 무턱대고 큰 소리로 떠들고 다녀서는 안 돼. 일을 서둘러서는 안 돼."

물론 큰마님도 잇페이가 발견되기를 바랐다. 오누마가 맞는다면 좋겠다고 생각했다. 그러나 머리에 피가 솟은 도편수가 어떻게 행동할지 몰라 불안했고, 야에의 말을 있는 그대로 해석한다면 그녀가 본 것은 어디까지나 '저택'이지 '성'이 아니라는 게 마음에 걸렸다. 성읍에서 먼 산골마을에 사는 야에도 성을 보면 성인 줄 알 것이다.

그때 야에가 나지막하게 말했다.

"저희에게 성읍이 먼 것처럼 성읍에서 오신 분에게는 먼 곳이라 바로 머리에 떠오르지 않으시겠지만 기타미 님의 저택 중에는 고코인도 있죠."

번주의 별저다. 게다가 진쿄 호 호숫가에 위치한다.

야에는 자신의 눈으로 본 것을 확인하고 싶다고 말했다. 고코인을 보러 가겠다고.

큰마님은 야에를 야단쳤다. 미타마쿠리를 하는 자가 거기까지 파고들면 안 된다. 고코인을 봤더니 빙의체로서 잇페이가 됐을 때 본 '저택'과 다르다는 것을 똑똑히 알면 괜찮지만, '어째 비슷한 것 같다' 하는 정도라면 되레 기분이 복잡하게 엉킬 것이다.

"'비슷하다'면 '똑같다'라고 믿는 게 사람의 천성이다. 그 결과 그릇되게 소란을 피우게 된다면 잇페이에게도 그 아이 부모님에게도 미안하지 않느냐."

이렇게 해서 잇페이와 관련된 일은 끝났다. 그 뒤로 도편수가 다시 찾아오지도 않았고 오누마를 수색할 수 있었는지 아닌지도 알지 못했다. 야에는 걱정했지만 큰마님은 마음을 악독하게 먹어서라도 이쪽에서 먼저 물어서는 안 된다고 타일렀다.

그러다가 하루가 다르게 날이 추워진 그믐달의 어느 날.

그 무렵 쿠리야에는 큰마님 오빠의 손자인 산키치라는 남자애가 있었다. 부모를 여의는 바람에 큰마님이 거두었다. 나이는 일곱 살, 온화하고 귀여운 아이로 야에가 어머니 노릇을 했다.

그런데 산키치가 땔감을 찾으러 숲에 들어가서는 시간이 지나도 돌아오지 않았다. 일곱 살 어린애가 먼 곳까지 갔을 리 없지만, 혹시 다쳐서 꼼짝하지 못할지도 모른다고 마을 사람들의 도움을 받아 수색하자 얼마 지나지 않아 발견했다.

그런데 어쩐지 모습이 이상했다.

눈을 뜬 채로 꿈을 꾸는 것처럼 넋이 나가 있었다. 좋은 꿈은 아닌 듯 크게 벌어진 눈 속에 눈동자가 얼어붙어 있었다. 숨은 쉬는데 말을 걸어도 대답하지 않았다.

야에가 끌어안고 등을 문질러주며 끈기 있게 말을 걸자, 문득 몸을 부르르 떨고는 정신을 차렸다. 세차게 기침하며 울음을 터뜨리더니 '숲에서 악귀를 만났다'라고 말했다.

어떤 악귀인가. 붉은 기모노를 입었다. 그럼 여자인가. 산녀 아닌가. 머리가 길고 좋은 냄새가 났다. 그런데 얼굴은 새하얬다. 눈만 있고 나머지는 새하얬다.

실컷 울고는 정말 꿈에서 깨어난 것처럼 진정됐기에 큰마님은 산키치에게 일렀다. 너구리가 요술을 부린 것이다. 산속 숲에서는 이따금 그런 일이 있으니 앞으로 조심해라.

그날 밤 산키치를 재운 뒤 야에가 몰래 큰마님을 부르러 왔다. 무슨 일이냐고 물어도 좌우지간 와서 보라고 말했다.

야에는 잠자는 산키치의 이불을 들추고는 잠옷 자락을 배까지 걷어올렸다.

큰마님은 숨을 혹 들이마셨다.

아직 가느다란 산키치의 좌우 허벅지에 손가락 자국이 있었다. 오른쪽에 다섯 개, 왼쪽에도 다섯 개 멍이 들었다.

어지간히 세게 잡지 않았다면 이렇게는 되지 않을 것이다. 그런데 산키치는 아파하지 않았다. 애초에 멍이 든 것도 모르는 것 같았다.

"어머니, 어떻게 하죠?"

불안해하는 야에를 달래 어쨌거나 그날 밤은 산키치를 그냥 자게 두었다. 야에는 밤새 산키치 곁을 지킨 듯했다.

이튿날 아침, 산키치의 몸을 살펴보니 멍은 꽤 옅어져 있었다. 지난밤에는 등불 밑에서 본 탓에 잘못 봤을지도 모른다.

본인에게 물어보자 아프지는 않다고 했다. 어쩌다가 이런 멍이 들었는지 전혀 모르겠다고도 말했다. 뿐만 아니라 산에서 하얀 얼굴의 악귀를 만난 것조차 산키치는 잘 기억하지 못하는 것 같았다.

"역시 산에 사는 도깨비의 소행일 것이다. 너무 걱정하면 안 돼. 그런 부류는 이쪽에 겁내면 되레 더 나쁜 짓을 하니까."

야에에게는 그렇게 말했지만 큰마님의 마음속에는 응어리가 남았다. 그날은 특히 정성을 들여 온도 님에게 기도를 드리는데, 오후가 돼서 야에가 남편과 둘이서 찾아왔다.

두 사람은 대뜸 "죄송합니다"라며 머리를 숙였다. 그리고 놀라는 큰마님에게 고백했다. 지난달 잇페이라는 아이의 미타마쿠리를 한 뒤, 영 마음에 찜찜하게 남아 큰마님의 지시를 어기고 부부가 몰래 진쿄 호까지 가봤다고 했다.

그러고 보면 야에 부부가 쿠리야를 하룻밤 비운 적이 있었다. 겨울이 되기 전에 이것저것 사두기 위해 쿠리야 사람이 인근 마을이나 성읍에 가는 일은 결코 드물지 않다. 그래서 큰마님은 깊이 생각하지 않았고 그 전후로 부부에게 무슨 이상한 점도 없었는데, 설마 그렇게 시치미 뚝 떼고 지시를 어겼을 줄이야.

호되게 야단친 뒤 사정을 묻자, 부부는 저택에서 진쿄 호를 끼고 맞은편, 미에의 둑이라는 곳까지 가서 건물을 바라보고 왔다 했다. 고코인 주위에는 파수가 있었거니와 숲 오솔길을 말을 타고 가는 위사의 모습도 보이기에 거듭 주의했다.

"어머니 말씀대로 고코인의 큰 건물을 봐도 잇페이의 영혼을 내렸을 때 본 환상과 비슷한 것도 같고 아닌 것도 같고, 비슷하다 싶으면 똑같은 것 같은, 모호한 느낌만 들었어요."

그래도 답답했던 가슴이 개운해져서 서둘러 나왔다. 이즈치 촌에서 진쿄 호까지 어른의 걸음으로 서두르면 일 박으로 충분히 왕복이 가능한 거리다. 도중에 필요한 물건도 샀고 잠자코 있으면 큰마님에게 들킬 염려도 없다. 부부 둘만의 작은 비밀이라고 조금 장난스럽고 즐거운 기분도 들었는데…….

"돌아오는 길에 어쩐지 누가 뒤를 밟는 느낌이 드는 거예요."

누가 보고 있다는 느낌도 들었다고 야에는 말했다.

남편은 기분 탓이라며 웃었다. 어머니 몰래 행동해서 그런 기분이 드는 것이라고. 야에도 그렇게 생각하기로 했다. 실제로 쿠리야에 도착했을 즈음 그런 느낌은 사라지고 없었다.

"그래서 끝까지 비밀로 할 생각이었는데 어제 산키치의 몸에 그런 섬뜩한 게 있었으니까요."

잇페이에게 벌어진 심상치 않은 사건에 야에가 지나치게 깊이 개입한 탓에, 산키치가 있는 쿠리야에까지 사건의 근원을 끌어들인 게 아닌가.

"산키치의 허벅지에 난 손가락 자국을 봤더니 무서워졌어요."

창백하게 질린 야에와 마주 앉은 큰마님 가슴속에도 싸늘한 감촉이 스쳤다.

두 번 다시 내 말을 어기면 안 된다, 미타마쿠리는 당분간 중단한다. 야에는 당장 목욕재계를 하고 근신해라. 야에의 남편은 온도 님께 바칠 호랑가시나무를 찾아와라. 사악한 것이 접근하지 못하도록 내가 쿠리야를 정화하고 지키겠다.

"이제 곧 해가 바뀐다. 새해가 되면 지난해의 과오와 부정은 사라질 것이야."

부부에게 그렇게 타이르면서 큰마님 자신도 강하게 그러기를 빌었다.

"거기까지 큰마님 말씀을 듣고 저도 생각났습니다만……."

졸지에 요양소가 된 오두막 안에서 기요는 이야기를 계속했다.

"그러고 보니 그해 말에만 쿠리야에 처음 보는 장식을 했지 뭐예

요."

설 장식이 아니다.

"건물 네 귀퉁이의 처마에 호랑가시나무를 묶어 걸고 마루 밑 여기저기에 소금을 두었거든요. 그리고 밤에 자기 전에 부엌 물 항아리를 큰마님이 만드신 끈으로 봉하고, 아침에 항아리를 열기 전에 반드시 온도 님께 기도를 드리라고 하셨습니다."

"전에는 그런 적이 없었고?"

"예. 그래서 기억에 남았습니다."

노(爐)에 건 쇠 주전자에서 조용히 김이 오르고 있었다. 기침이 계속되는 환자는 김이 목에 습기를 주어 호흡이 편해진다.

"제가 그 말씀을 드렸더니 큰마님은 분한 것처럼 이를 가시면서……."

김 저편에서 기요도 얼굴을 찡그리며 눈을 가늘게 떴다.

"그런 잔꾀로 물리칠 수 있는 상대가 아니었다고 말씀하셨습니다."

섣달그믐이 되어 쿠리야에 손님이 찾아왔다.

나이는 서른 전 아니면 조금 더 젊을까. 눈썹을 뽑지 않았고 이도 검게 칠하지 않았다. 여장은 화려하지 않으면서도 세련됐고, 성읍에서 급히 왔다, 이 부근은 춥다, 몸이 얼 것 같다고 말하는 데 비해 지친 기색은 없었다.

데리고 온 사람도 없었다. 겨울 산촌에 내려온 천녀처럼 여자는 혼자였다.

비단 같은 하얀 살결. 변형 시마다 식으로 올린 머리는 젖은 까마귀 깃털처럼 새카매서 진홍색 산호 구슬로 장식한 비녀가 잘 어울렸다.

목이 길고, 처진 어깨가 우아하고, 허리는 버들가지처럼 가늘었다. 그림 속에 나오는 미녀 같다고 하면 좋겠는데, 이상하게도 여자의 이목구비 자체는 굳이 따지자면 불완전함이 눈에 띄었다. 눈썹은 너무 가늘고, 코는 길고, 눈꼬리는 사납게 올라갔고, 입은 컸다. 주걱턱이라 말을 하면 가지런히 난 아랫니가 얼핏얼핏 보였다.

여자는 미타마쿠리를 부탁하러 왔다고 말했다. 연지를 바른 입술이 요염하고 목소리에도 교태가 있었지만, 가끔씩 여자치고는 낮은 목소리로 들렸다. 게이샤나 예능 사범, 아니면 요릿집 안주인. 어쨌거나 일반 사람은 아닐 것 같다고 생각하는데, 여자 쪽에서 먼저 성읍 중심가에서 큰 쌀 도매상 주인이 살림을 차려줘 살고 있다고 털어놨다.

그런 입장이라 이름은 밝히고 싶지 않은데 그래도 미타마쿠리를 해주겠느냐고 물었다.

큰마님은 진심으로 미타마쿠리를 부탁하는 사람이면 입장이 어떻든 거절한 적이 없었다. 섣달그믐이든 정월이든 날짜 또한 상관없었다. 쿠리야에서는 대대로 그렇게 해왔다. 온도 님 앞에서는 사람의 신분도 격식도, 부자도 가난한 사람도 없거니와, 온도 님께 매달리고 싶은 사람이라면 언제 어느 때나 받아주어야 하기 때문이다.

하지만 이때는 순간적으로 거절해야겠다고 생각했다. 빙의체인 야에가 근신중이라서가 아니다. 이 여자에게서 뭐라 말할 수 없이 불길한 느낌을 받았기 때문이다.

온화하게 웃으며 쿠리야의 응접실에 들어온 여자의 몸놀림부터 가 마음에 들지 않았다. 나긋나긋하게 미끄러지는 듯한 움직임. 얌 전하고 우아한 느낌이 아니었다. 아니, 사실은 그랬을지도 모르지만 큰마님 눈에는 그렇게 보이지 않았다.

그 어떤 작은 틈새로도 파고드는 뱀 같았다.

여자가 무릎 위에 가지런히 모으고 이야기하면서 가끔씩 입가로 가져가는 긴 손가락도, 그 손놀림도 마음에 들지 않았다. 손톱이 너 무 긴 것 같고 너무 뾰족한 것 같았다.

여자와 마주하고 있으려니 섣달의 이즈치 촌을 덮은 추위 속에서 도 비릿한 냄새가 코끝을 스치는 것 같았다.

전부 지나친 생각일 수도 있다. 착각일 수도 있다. 안으로 들여 이 제 막 마주 앉았다. 아직 아무것도 알 수 없다.

그러나 큰마님의 감, 미타마쿠리로 온도 님을 섬겨온 쿠리야 일족 의 피가 큰마님에게 가르쳐주었다. 이 여자를 쫓아내라고.

여자는 큰마님의 갈등을 아랑곳하지 않고 긴 손가락을 스르르 놀 려 손짐에서 기묘한 것을 꺼냈다.

종이 가면이었다. 머리에 뿔이 났으니 악귀 가면일 것이다. 그 외 에는 눈 부분에 구멍이 뚫렸을 뿐인 간소한 만듦새로, 색도 칠하지 않았다. 어린애 장난감치고도 너무 멋이 없다.

큰마님은 흠칫했다.

산키치가 봤다는 하얀 얼굴의 악귀.

저도 모르게 여자를 봤다. 눈이 마주쳤다. 여자는 흰 이를 드러내며 웃었다.

"왜 그러시는지요, 큰마님?"

여자는 말했다. 요새 남편이 침소에서 종종 이런 것을 쓰고 생각에 잠겨 있다. 어쨌거나 자신은 첩의 몸이니 남편이 하는 일에 불평할 수 없다. 그래도 대체 이런 게 뭐가 재미있다는 건지, 남편이 왜 이런 것을 쓰는지 알 수 없어서 몹시 신경 쓰인다.

"쿠리야의 미타마쿠리는 강령만 하는 게 아니고 큰마님은 천리안의 능력도 갖고 계신다고 들었거든요."

대체 남편이 무슨 생각을 하는지 큰마님의 안력으로 간파해주지 않겠나.

"어쩌면 남편이 변심해서 저와 손을 끊을 생각일지도 모릅니다. 해가 바뀌는 김에 연도 끊자고 맨몸뚱이로 저를 쫓아내면 어떻게 하지요."

그런 생각을 하니 가만있을 수 없어서 무턱대고 이즈치 촌까지 왔다고 말을 이었다.

"제 이런 심정을 측은히 여기고 부디 도와주세요."

큰마님은 여자의 부드러운 어조 속에 심술궂은 야유가 숨어 있음을 느꼈다.

미소 짓는 여자의 눈 속에 도전적인 적의가 엿보였다.

이 여자는 누군가.

태어나서 처음으로 큰마님은 공포에 떨었다. 쿠리야를 이끄는 여자가 혼란에 빠져 있었다. 이유가 뭔가. 왜 이 여자가 이런 종이 가면을 무섭다고 하는 건가.

"큰마님, 한번 가면을 들어보세요."

여자는 나긋나긋하게 독촉했다. 두 사람 사이에 거리가 있는데도 여자의 위로 올라간 눈이, 점으로 쪼그라든 눈동자가 가까이 다가오는 것을 큰마님은 느꼈다.

"큰마님께서 이것에 손을 대보시면 제 남편이 생각에 잠기는 이유도 알 수 있을 테죠."

큰마님은 여자가 자신을 시험한다고 느꼈다. 이 여자는 나를 떠보고 있다.

알고 싶은 게 무엇인지 자세히는 알 수 없었다. 목적도, 정체도 알 수 없었다. 그러나 이 이야기에 넘어가면 안 된다. 도매상 주인의 첩이니 뭐니 다 새빨간 거짓말이 틀림없다.

큰마님은 여자에게 말했다. 미타마쿠리는 온도 님의 힘에 의지하는 기술이다. 경솔하게 써선 안 된다. 남편이 생각에 잠기는 것은 당신에게 불안의 씨앗이겠지만, 미타마쿠리에 의지하기 전에 먼저 자신의 마음을 다해야 할 것이다.

여자는 몹시 송구스러워하는 표정을 지었다.

"어머나, 제가 실례를 범했나요."

짐짓 탄식하고는 싱거울 정도로 선뜻 기모노 자락을 떨치며 일어섰다.

"못 하시겠다면 억지를 부릴 수는 없죠. 그만 가겠습니다. 실례 많았습니다."

그러고는 큰마님의 얼굴을 슬쩍 보며 간신히 들릴 정도의 작은 목소리로 말했다.

"야에 님께도 안부 전해주세요."

여자의 말투, 입의 움직임, 입가에 어린 엷은 웃음. 그 모든 것에 큰마님은 얼어붙었다. 그 틈에 여자는 가볍게 돌아서서 응접실에서 나갔다.

큰마님은 움직일 수 없었다. 목소리를 낼 수도 없었다.

다다미 위에 종이 가면이 남아 있었다. 큰마님은 앉은 채로 그것을 노려봤다. 꽤 오랫동안 그러고 있다가 손을 뻗어 가면을 집었다.

바스락 하고 마른 감촉이 느껴졌다. 평범한 종이 가면이다. 아무 것도 말해주지 않았다.

큰마님은 가면을 온도 님의 등불 위로 들었다. 간소한 가면은 연기를 내며 탔다. 속이 메스꺼워지는 악취에 현기증이 났다. 그 순간, 사고가 노도처럼 머릿속에 밀려들었다.

오오사랑스럽구나사랑스럽구나네가사랑스럽구나너무나도사랑스러워미칠것같구나나는너를먹고네피를마셔너와함께추락하고너와함께미치련다.

남자 목소리였다. 열에 들뜨고 환희에 찬, 그런데 공포에 꺾인 목소리였다.

구역질을 하고 몸서리를 치며 큰마님은 깨달았다.

주구(呪具)구나.

방금 큰마님이 감지한 것은 주술에 걸린 남자의 외침이다.

이제 섣달그믐이고 초봄이고 뭐고 없었다. 큰마님은 야에의 남편을 불러 성읍에 다녀오라고 일렀다. 잇페이의 미타마쿠리를 부탁했던 도편수를 만나 알아봐라. 오누마를 수색하는 게 가능했나. 결과는 어땠나. 성읍에서는 그런 사건에 대한 소문이 얼마만큼 퍼졌나.

"이것을 가져가라."

큰마님은 간단히 그린 여자의 얼굴 그림을 내밀었다.

"도편수든 잇페이의 부모든 이 여자 얼굴을 아는 사람이 없는지 물어봐라."

그날 밤 제야는 조촐하게 치른 채 큰마님은 야에와 둘이서 온도님의 제단 앞에 엎드려 절하며 지냈다.

야에의 남편이 돌아온 것은 정월 초사흘이었다. 도편수도 잇페이의 부모도 만나 큰마님이 알고 싶어했던 것 이상의 정보를 가지고 돌아왔다.

미타마쿠리를 꺼려했던 잇페이의 어머니도 도편수의 이야기를 듣고는 한 번 더 오누마를 수색해달라고 했고, 그들이 사는 장인 구역 남자들도 모두 동의했다.

"그 뒤 바로 착수했다고 하더군요."

물웅덩이나 다름없는 작은 늪이라도 철저하게 훑으려면 여간 큰일이 아니다. 성읍에 사는 장인들의 감찰사 역할을 하는 눈을 통해 경비소의 허가를 받아 관리의 입회하에 작업을 시작했다. 진창을 휘젓고 얼음처럼 찬 물을 헤치며 사나흘씩 수색해도 잇페이의 시체는 물론 단서가 될 만한 것도 나오지 않았다.

낙담한 사람들은 미타마쿠리를 통해 보였던 '기타미 님의 가문이 든 깃발이 있는 저택'은 성이 아닌 게 아니냐고 말했다. 대뜸 '성'이라고 믿었던 도편수도 다른 사람들 의견에 비로소 마음이 흔들렸다.

하지만 대체 다른 어느 곳이란 말인가.

센 천의 관개나 농지 개간을 하는 곳에 토목청 관리가 깃발을 세우지 않나?

그럼 잇페이가 빠졌다는 물은 센 천인가?

아니, 쿠리야의 야에 님은 흐르는 물이 아니라고 했어. 게다가 토목청 주재소가 기와지붕일 리 있나.

그럼 성 외호는 어때? 물이 깊은데. 다른 어느 곳보다 성이 가까이서 보이잖아.

내 생각엔 고코인일 것 같은데. 너희 몰라? 나리의 별저인데, 아주 근사한 저택이고 진쿄 호란 큰 호수 근처에 있다고. 젊었을 때 공사하러 간 적이 있거든.

잇페이를 찾아내고 싶은 일념뿐인 이들의, 결코 타의는 없는 이야기였다. 그러나 경비소 관리의 귀에는 다르게 들렸다. 기타미 성도, 고코인도 주군의 거처다. 영민 주제에 행방불명된 아이가 **미타마쿠리라는 뭔지 모를 주술로** 점친 결과 이미 죽었다면서, 시체가 그 근처 물속에 있는 게 아니겠느냐고 열심히 말하는 것은 더없이 무례하고 불경스러운 일이다.

"도편수는 경비소로 잡혀가서 삼십 일간 쇠고랑을 차는 벌을 받았다고 합니다."

장인 구역의 눈도 이 무례한 소문을 단속하지 않았다는 죄목으로 증표를 빼앗겼다고 한다.

"일이 그렇게 됐다 보니 이제 그 부근에서는 잇페이 이야기를 입에 담는 것도 꺼리는 것 같았습니다."

큰마님은 현기증이 났다. 그래서 그렇게 무턱대고 수선을 피우면 안 된다고 못을 박았건만.

"큰마님이 그리신 여자의 얼굴 그림 말씀입니다만."

장인 구역 사람들은 다들 그런 여자를 본 적이 없다고 말했다. 그런데 딱 한 명, 잇페이와 친했다는 남자애가 이런 이야기를 했다.

"재작년 여름에 잇페이가 행방불명되기 전입니다만, 그때도 매미를 잡으러 오누마 숲에 갔다가 새 쫓는 여자를 만났다고 합니다."

새 쫓는 여자는 여자 유랑 악사다. 등에 샤미센 보퉁이를 지고 있었다고 했다.

"그 여자가 이렇게 생겼었던 것 같다. 확실한지 아닌지는 알 수 없지만 못 보던 얼굴이라 마음에 걸렸다."

게다가 어쩐지 느낌이 섬뜩했다고 남자애는 말했다.

"오누마 숲 나무들 사이에서 갑자기 나왔다. 발소리도 들리지 않았고 기척도 전혀 없었는데 어느새 거기 있어서 깜짝 놀랐다."

새 쫓는 여자는 아이에게 웃음을 지어 보였다고 한다.

"아이가 놀라서 도망쳤더니 여자도 모습을 감추었다. 연기처럼 사라져버렸다. 그렇게 말하더군요."

큰마님은 생각했다. 새 쫓는 여자가 쿠리야에 왔던 여자다. 그리고 분명 잇페이의 실종에도 관여했을 것이다.

대체 누군가.

여자가 이곳에 온 것은 성읍에서 오누마 수색 소동에 관해 들었기 때문일 것이다. 이즈치 촌의 쿠리야라는 집에서 미타마쿠리라는 강령술을 쓰는 자가 행방불명된 잇페이가 물속에 있다고 점쳤다. 게다가 그 '물'은 기타미 님의 가문이 든 깃발이 있는 저택에서 가깝다고 했다.

점괘가 여자에게 위협이었던 것이다. 생각지도 않게 나타난 방해물이었다.

산키치에게 나쁜 짓을 한 것은 여자가 쿠리야에 대해 느끼는 노여움과 악의에서다. 쿠리야에 쳐들어와 큰마님 앞에서 새빨간 거짓말을 늘어놓은 것도, 그리고 큰마님을 시험한 것도.

큰마님은 도발에 응하지 않았다. 그러나 여자의 섬뜩한 분위기를 감지한 것을 숨기지 못했다. 큰마님의 그런 태도가, 미타마쿠리가 가짜가 아님을, 여자가 위협을 느껴야 할 기술임을 한층 강하게 입증하지 않았을까.

그 여자는 누구며 원하는 게 무엇인가.

단순한 아이 살인범 같지는 않다. 종이 가면에는 주술이 걸려 있었다. 주술의 대상은 누군가.

야에에게 기타미 님의 가문이 보였다.

기타미 가에게 해를 입히려는 음모.

가면을 태운 연기를 마시고 큰마님이 감지한 혼란에 빠진 사고. 환희와 공포가 뒤섞인 남자 목소리.

나리이신가.

그 여자는 나리를 저주하고 있나. 그렇다면 잇페이의 목숨도, 산키치가 맛본 공포도, 저주의 재료로 쓰인 게 아닐까. 목숨을 노린다면 목숨을, 혈통을 끊으려고 한다면 피를 제물로 삼는 끔찍한 저주의 재료로.

살해되고 해를 입은 것은 어린 남자애.

오오네가사랑스럽구나너를먹고.

작은나리의 신변도 위험한가.

큰마님은 두려움에 떨면서도 결심했다. 알릴 곳에 알려야겠다. 다행히 쿠리야는 지금까지 미타마쿠리를 통해 대대의 영지 마님이나 번의 상급 관리들에게 연줄이 있었다. 바로 믿어주지는 않더라도 열심히 설득하면 누군가 이해해줄 분의 귀에 들어갈 것이다.

온도 님을 섬기며 미타마쿠리 기술을 허락받은 쿠리야에게 일생일대의 중요한 장면이었다.

하지만 그 여자는 만만치 않은 상대다.

게다가 적이 여자 혼자라는 법은 없다. 번주 가문에 해를 끼치려는 엄청난 음모인데 당연히 한패가 있을 것이다. 아무 생각 없이 진쿄 호로 간 야에 부부는 기분 탓이 아니라 정말로 미행당한 것이다.

지금부터는 그저 온도 님의 가호를 빌며 시간과 싸우는 게 될 것이다. 누가 더 빠를 것인가, 적인가, 쿠리야인가.

꼭 이기겠다. 큰마님은 주먹을 부르쥐고 입술을 꽉 다물었다. 하지만 뜻하지 않게 쿠리야가 질 때를 대비해……

큰마님은 손뼉을 쳐 고나라 촌 출신의 하녀 기요를 불렀다.

이야기를 마친 기요에게 탕약을 주어 재운 다음, 시로타 노보루는 오두막 밖으로 나왔다. 내일 일찍 기요를 데리고 산을 내려가 성읍의 지코료로 데려가겠다고 촌장에게 알렸다.

미타마쿠리. 천리안. 이치에 따라 사람을 치유하는 길을 가는 의사 노보루에게는 둘 다 받아들이기 힘들다. 하지만 지금은 진위를 따질 때가 아니었다.

이시노 오리베에게 알려야 한다.

4

화창한 하늘 아래 진쿄 호 호숫가에 관리와 인부가 모여 있었다.

인력을 셋으로 나누었다. 첫째 무리는 잔교 근처 오두막을 헐고 새 주재소를 세운다. 둘째 무리는 호수를 따라 왼쪽 방향으로 돌며 나무를 베고 길을 고르는 한편 고로스케의 거처를 찾는다. 셋째 무리는 호수를 따라 오른쪽 방향으로 돌아 쿠리야 신쿠로의 시체가 묻혀 있던 주재소 옛터까지 가서 과거 진쿄 호를 조성할 때 쓰였던 임도를 정비한다. 새 배와 저인망 등 호수를 수색하는 데 필요한 자재와 도구를 운반하기 위해서다. 구리키 안고가 전체를 지휘하고 토목 공사에 관해서는 토목청의 감독이 주재한다.

여기에 이르기까지 구리키는 꽤 머리를 썼다. 이만한 인원을 동원하는 명목을 뭐라 내세우나. 인부의 징용과 자재 조달에 드는 비용을 어떻게 마련하나.

구리키가 섬기는 수석 가로 와키사카 가쓰타카는 진쿄 호 준설과 미에의 둑 복구라는 명목으로 충분할 것이라고 말했지만, 구리키는 순순히 그런 분부에 따를 마음은 없었다. 그래서는 결코 여유 있다 할 수 없는 기타미 번의 재정에 또 부담을 주게 되기 때문이다.

기타미 번을 이롭게 할 백년지계 센 천, 나가 못 공사가 진행중이니, 본래 그쪽에 들어가야 할 자금을 가로채는 짓은 하고 싶지 않다.

"마음가짐은 기특하다만 그렇다면 어찌할 생각이냐."

평소보다도 한층 떨떠름한 표정을 짓는 수석 가로에게 구리키는 진언했다. 기타미 영 최대의 골칫거리인 '벼락'을 상징하는 진쿄 호에 뇌신을 받들고 뇌수를 모시는 신사를 세운다. 그를 위해 6대 번주 기타미 시게오키의 이름으로 기부금을 모은다. 그러면 번에서는 한 푼도 내지 않고 성읍의 지주, 상인 및 장인 조합, 영내 각지의 촌장 등에게 권화장을 돌리는 것만으로 순식간에 자금이 모일 것이다.

"가로 나리께서 나리에게 이 계획을 말씀드려주지 않으시겠습니까."

수석 가로는 '영악하다'라고 평하면서도 명안은 명안이라고 인정한 듯했다. 즉각 에도에 있는 나오마사에게 허가를 구하는 서한을 보냈다.

"에도 번저에 출입하는 상인들에게서도 기부금을 모을 수 있도록 나리께 부탁드려야겠다."

구리키는 무릎을 치며 말했다. "가로 나리께서 저보다 더 영악한 너구리이시군요."

"누가 너구리냐."

"자재는 주로 솎아낸 나무를 쓸 테니 지금부터 말씀드리는 몇 개 식림촌에 공출 명령을 내려주십시오. 초석은 진쿄 호 호반의 주재소 옛터에 남아 있는 것을 활용하겠습니다."

"초석이라고? 신사를 세운다는 것은 그냥 구실이 아니냐?"

"기타미 영에서는 겨울부터 초봄까지가 일 년 중 가장 벼락으로 인한 피해를 경계해야 할 철입니다. 그 시기에 진쿄 호 호반에서 공사를 하려면 먼저 벼락을 막아줄 피뢰탑을 세워야 합니다. 아니면 인부들 목숨이 남아나지 않을 테죠. 벼락을 맞아 빠른 속도로 죽어나갈 것입니다. 초석은 피뢰탑에 필요한 것입니다. 일이 끝난 다음 탑을 신사로 꾸미면 일석이조 아니겠습니까. 거짓말이 진실이 되는 것입니다."

"……구리키."

"예."

"너는 영악한 너구리 대장이로구나."

"그것도 다 가로 나리의 가르침 덕분입니다."

그런 책모가 결실을 맺어 공사를 감독하는 구리키 안고는 매우 의욕이 넘쳤다.

스즈와 고는 나란히 고코인 정원에 서서 진쿄 호를 내려다보고 있었다. 똑같은 통소매 옷을 맞춰 입고 줄지어 호숫가를 오가는 인부들의 모습은 두 사람이 처음 보는 광경이었다.

손바닥으로 해를 가리며 까치발로 선 고가 큰 소리로 말했다.

"스즈, 배가 나왔어."

잔교가 있는 방향에서 작은 배가 나타났다. 노를 젓는 사람과 함께 진바오리를 입은 구리키 안고가 타고 있었다. 호수 한복판으로 미끄러지듯 나아가는 배 위에 서서 구리키도 이마 언저리에 손을 올리며 주위를 둘러봤다.

"어머나…… 저렇게 버티고 서서는 꼭 전쟁이라도 시작하는 것 같네."

고는 쓴웃음을 지으며 손을 내렸다.

"구리키 님은 뭐 하시는 거지?"

"물의 깊이랑 흐르는 방향을 조사한다고 하시던데요."

진쿄 호는 원래 작은 늪이었던 것을 막아서 만들었다. 수원, 다시 말해 맑은 물이 솟아나는 곳이 몇 군데 있기 때문에, 수면은 잔잔해도 물밑에서는 흐름이 복잡하게 얽혀 있다. 구리키에게 바로 얼마 전에 그렇게 배웠다.

"그래? 구리키 님, 잘 아시네."

"토목청 장부랑 도면을 보면 알 수 있대요."

"옛날 장부를 참 좋아하시니까 말이지. 그렇지만 진바오리는 진짜 안 어울리네."

스즈도 입을 가리며 쿡쿡 웃었다. 구리키 님이 아침에 고코인을 나설 때 득의양양하게 가슴을 펴고 진바오리 차림을 자랑하러 온 것은 고에게 비밀로 해두자.

"둘이 그런 데서 수다 떠냐."

돌아보니 간키치가 있었다. 인부들과 같은 통소매 옷에 잠방이 차림으로 이마에 하얀 무명 머리띠를 묶으며 다가왔다.

"뭐야, 원수라도 갚으러 가?"

"멍청하긴. 이 흰 머리띠는 호반 수색조의 표시라고."

그러고 보니 호숫가의 인부들은 머리띠 색이 달랐다. 무명의 흰색과 주홍색, 또 하나는 쪽빛이었던가.

"간키치 씨도 돕게?"

"그럼. 그러려고 돌아온 건데."

사흘 전, 시로타 가의 젊은 선생님이 고나라 촌이라는 곳으로 떠나고 그와 엇갈리듯 에도에서 미노스케와 간키치가 돌아왔다. 이시노 님이 그쪽 일은 이제 끝났다며 고코인을 부탁하셨다고 했다.

두 사람이 자리를 잡자 이번에는 고나라 촌에서 사람이 와서 젊은 선생님은 마을 환자를 성읍 지코료로 데려갔다가 그길로 에도로 올라간다고 전했다. 급히 이시노 님을 뵈어야 할 일이 생겼다고 했다.

이렇게 해서 이시노 님도, 다키 님도, 다지마 님도, 젊은 선생님도 고코인을 떠나고 없었다. 미노스케 씨는 경비를 철저하게 하고 있으니 걱정 없다고 하지만 그래도 좀 불안하다. 다만 사실 스즈는 그런 생각을 하고 있을 겨를이 별로 없었다.

"여어, 형, 간키치 형, 어디 가?"

커다란 목소리가 들리나 싶더니 마구간 쪽에서 목소리 임자가 나타났다. 이름은 긴이치. 젊은 선생님이 심부름 보낸 고나라 촌의 아이다.

"아이고, 시끄러운 게 왔네."

고는 귀를 막으며 얼굴을 찡그렸다.

그 '시끄러운 것' 때문에 스즈는 아주 정신없었다.

"간이야, 동생 왔네."

"간이라고 부르지 말라니까!"

왁자지껄 떠드는데 긴이치가 달려왔다. 고가 펄쩍 뛰어올랐다.

"얘, 긴이치! 어휴, 냄새 나!"

"어? 나?"

긴이치는 말똥투성이였다.

간키치가 코를 쥐며 물었다. "마구간 청소 끝났냐?"

"응, 다 했어."

"그럼 하나만 묻자. 너 혹시 빗자루 안 쓰고 마구간을 데굴데굴 굴러다니면서 청소한 거 아니냐?"

긴이치는 자신의 두 손과 몸, 이곳으로 와서 바로 갈아입은 제복 저고리 냄새를 킁킁 맡아봤다.

"그렇게 냄새 나?"

"대체 뭘 한 거냐?"

"고코인 말은 좋은 여물을 먹어서 똥이 좋거든. 비료로 안 쓰면 아깝잖아."

전부 손으로 주워 모아 뒷마당으로 들고 가 쌓아두었다고 했다.

"꺅! 안 돼!"

빨래가, 빨래가, 하고 허둥대며 고가 뒷마당으로 달려갔다. 스즈는 또 쿡쿡 웃었다. 이번에는 냄새 때문에 손으로 코를 가리면서.

"에헤헤, 스즈. 여기 있었구나."

기쁜 표정으로 다가오려는 긴이치를 간키치가 막았다.

"나는 지금부터 구리키 님 밑에서 중요한 일을 해야 해. 넌 씻고 옷을 갈아입어서 이 냄새를 어떻게 좀 하고 나면 측간을 청소하고 땔감을 모아 오라고. 스즈, 이 바보 녀석을 부탁한다."

"응, 부탁해."

긴이치는 (어른 식으로 말하자면) 젠체했다.

고코인에 온 긴이치는 보자마자 멍하니 스즈를 가리키며 "미인이네"라고 했다.

"너 어디 출신이야? 성읍? 역시 성읍엔 천녀처럼 이쁘게 생긴 여자가 있구나."

온도 님의 화재로 화상을 입은 뒤로 '미인'이니 '이쁘다' 같은 말은 스즈의 인생에서 사라졌다. 잔인하고 악랄한 농담이라는 생각밖에 들지 않았다.

그러나 긴이치는 어디까지나 진심이고 악의도 없는 것 같았다. 고가 후려갈길 듯한 기세로 야단쳐도 어리둥절한 얼굴이었다. 간키치가 타일러보고 비로소 혼내는 게 이상한 것이었음을 알았다.

"아아, 스즈 얼굴의 저 멍 말이야?"

그게 뭐가 문제냐고 긴이치는 말했다. 스즈의 화상 흉터를 아예 신경 쓰지 않았다.

"안심했다. 너도 안 보이는 건 아니었군."

"보이긴 보여. 저거 화상이야? 그런 건 어쩔 수 없잖아. 다치고 싶어서 다치는 사람은 없는걸."

"응, 뭐, 그렇지."

"화상 같은 건 아무래도 상관없어. 스즈는 미인이라고. 고나라 촌엔 저렇게 하얗고 눈이 큰 여자애가 없어."

다시 말해 긴이치는 스즈에게 첫눈에 반한 모양이다. 그래서 구애 중, 이라고 하면 너무 어른 식인가. 요는 스즈와 친해지고 싶은 모양이다.

스즈에게는 경천동지할 일이었다. 놀리거나 동정하거나 꺼림칙하게 여기거나 하지 않고, 스즈가 도망치거나 숨기도 전에 대뜸 호의를 보이다니.

간키치와 고는 입을 모아 '떠돌이 개가 따른다고 생각해라'라고 말했다. 실제로 스즈를 보면 신나서 달려와 꼬리를 흔드는 긴이치는 개 같기도 했다. 별로 똑똑하지는 않지만 애교 있는 개다.

"긴이치 씨, 씻어야지."

"응, 스즈가 하라면 난 뭐든 다 할 거야."

긴이치는 온몸으로 호감을 표시했다.

"그렇지만 어차피 지금부터 측간 청소할 건데, 그러고 나서 씻고 옷 갈아입는 게 낫지 않아?"

"그건 그러네."

똑똑하지 않을지는 몰라도 바보는 아니다. 재미있다고 생각한 스스로가 웃음이 나 스즈는 또다시 살짝 웃었다.

"스즈는 웃으면 오른쪽 볼에 보조개가 생기는구나."

그런 말을 들은 것도 처음이었다. 정말 당황스럽다.

둘이 분담해서 측간을 청소한 다음 뒷마당으로 가보니, 긴이치가 모은 말똥 더미는 사라지고 없었다.

"도요사쿠 씨한테 부탁해서 묻었어. 장소가 따로 있대. 지금까지 도요사쿠 씨가 비료를 만들었거든. 오늘은 수고를 덜었다고 좋아하더라."

고가 여전히 코를 쥐며 말했다.

몸을 씻고 옷을 갈아입은 긴이치와 부엌 쪽으로 가는데, 동쪽 대기소에서 위사가 나오더니 "아, 너!"라며 긴이치를 가리켰다.

"당장 마구간으로 와라. 나리마님께서 부르신다."

긴이치는 얼빠진 목소리로 "엥?"이라고 했지만 스즈는 발이 얼어붙었다.

"긴이치 씨, 혹시 무슨 장난이라도 쳤어? 뭘 만지거나 망가뜨린 거 아냐?"

"난 아무것도……."

"꾸물대지 말고!"

"아, 네, 지금 갈게요. 긴이치 씨, 가자."

스즈는 긴이치의 손을 잡았다. 긴이치는 그것만으로 흐물흐물 녹아버리는 바람에 스즈는 이 애송이를 끌고 달려야 했다.

기타미 시게오키는 도비아시 곁에 있었다. 스즈와 긴이치가 문간에서 엎드려 절하자 먼저 위사를 물린 다음 두 사람을 불렀다.

"그런 곳에 있지 말고 이리로 들어와라."

"네, 그럼."

긴이치가 아무렇게나 일어서려고 하는 바람에 스즈는 그의 허리띠를 붙들었다.

"머리를 숙여! 더 숙여!"

그러자 나리마님이 웃었다. 스즈는 처음에 긴이치에게 미인이라는 말을 들었을 때 못지않게 놀랐다. 나리마님도 웃으시는구나. 게다가 어쩌면 그렇게 밝은 목소리이신지.

이제 몸은 괜찮으신 걸까.

젊은 선생님의 치료가 효과가 있어 병이 사라진 걸까. 이시노 님과 다키 님이 얼마나 기뻐하실까.

"스즈, 좋은 친구가 생겼구나."

나한테 물으시는 건가. 어떻게 하지?

"눈을 들고 내 얼굴을 봐라. 아무도 야단치지 않으니까 걱정할 것 없다."

"예."

머뭇머뭇 얼굴을 들자 나리마님은 도비아시의 목덜미를 쏠고 있었다.

"조금 전 마구간을 청소한 사람이 거기 있는 긴이치냐."

"예. 긴이치 씨, 자."

스즈가 머리를 누르고 있던 손을 떼자 긴이치는 발딱 일어났다. 그러더니 대뜸 "와아" 하고 큰 소리로 말했다. "무사 나리, 그 말 무사 나리 거예요?"

스즈는 순식간에 간이 서늘해졌다. 아까 그 위사가 달려와서 우리 목을 베어버릴 것이다.

그런데 나리마님은 즐겁게 웃었다.

"그래. 내 애마란다. 하늘을 날듯 달린다고 도비아시(飛足)라고 하지."

"아, 역시 그렇구나. 어쩐지 무릎 뒤가 평평하더라."

"호? 그러냐?"

"네. 저 할아버지한테 배웠거든요. 무릎 뒤가 이렇게 평평한 말은 엄청 빠르지만 힘은 약해서 짐말로 쓰기에는 안 맞는다고요."

나리마님은 쭈그리고 앉아 도비아시의 다리를 꼼꼼히 살펴보더니 "정말 그런데"라고 말씀하셨다.

"긴이치는 말을 좋아하느냐?"

"좋아해요. 똑똑하고 힘도 세니까요. 마을엔 한 마리밖에 없지만 내가 망아지 때부터 돌봐줬어요."

"그러냐. 그래서 도비아시도 너를 경계하지 않았나 보구나. 그런데다가 네가 마음에 든 것 같다."

도비아시는 긴이치에게 코를 쿵쿵거리며 고개를 끄덕이듯 머리를 흔들었다.

"오늘 아침은 호반 쪽이 수선스럽구나."

나리마님은 그렇게 말하고는 일어섰다.

"어떠냐, 나와 같이 도비아시를 데리고 가보지 않겠느냐."

삼십 몇 년 전, 기타미 나리오키의 '덩굴 문서'에 찬동하고 그 때문에 가문과 신분을 버리고 고향인 아케노 영에서 도망쳐야 했던 전 숙로는, 에도에서 은퇴한 목재 도매상 주인으로 유복하게 살고 있었다. 옥호는 가도야라고 했다.

와키사카 가쓰타카를 통해 서한을 주고받은 끝에 겨우 만남이 성사됐다. 상대방이 지정한 장소는 후카가와 외곽의 오시마 촌에 있는 가도야의 은거소였다. 그 일대는 에도는 에도라도 신개간지다. 오랫동안 에도 가로로 있었던 오리베에게도 생소한 곳이었다.

익숙지 않으리라는 것을 짐작했는지 약속한 날에 가도야에서 이시노 가로 안내인을 보내주었다. 볼이 빨간 어린 심부름꾼이다. 이시노 오리베와 시로타 노보루는 아이를 따라 엄숙하게 오시마 촌으로 향했다.

심부름꾼에게 묻자 가도야의 은거소에는 평소 찾아오는 사람이 많다고 했다.

"어르신은 하이카이*와 하이가**를 즐기시기 때문에 스승님이나 동호하는 분들이 오신답니다."

오리베와 시로타 의사도 그런 풍류인으로 보일까. 추수가 끝난 논은 그저 한없이 넓었지만, 밭에는 아직 작업하는 이들이 흩어져 있었다.

기타미 영에서도 바로 지금이, 한겨울이 제철인 파를 심을 시기다. 이기작(二期作)이 가능한 감자나 뿌리채소는 바꿔 심을 때다.

오리베는 문득 생각났다.

큰나리는 파를 싫어하셨다.

기타미에서 나는 겨울 파는 썰어서 국 건더기나 고명으로 쓰는 것 외에 구워서도 먹는다. 단맛이 강해 맛도 있는 데다 몸이 따뜻해져서 감기 예방에 좋다. 그런데 나리오키는 싫어해 상에 올리면 늘 언짢아했다. 번의 명산품이라도 싫은 것은 싫으니 어쩔 수 없다고 어린애처럼 떼를 쓰며 젓가락을 대지 않았다.

그리운 추억이군.

최근에는 나리오키의 이런 작은 추억을 마음속에서 꺼내본 적

* 일본 시형식의 일종
** 하이카이 취향의 간소한 일본화

이 없었다. 오히려 기억을 봉인했다. 오리베가 몰랐던 다른 얼굴을 찾으려 할 때, 찾아야 한다, 밝혀내야 한다 생각할 때, 오리베가 아는 기타미 나리오키의 평범한 초상은 방해가 될 뿐이었기 때문이다.

사람의 온기를 띠고 부모의 위엄을 갖추었으며 주군으로서의 권위를 지닌 나리오키의 얼굴.

그런 나리오키가 어린 이치마쓰에게 음행을 했다. 사람이 아닌 짐승의 눈빛으로, 괴물의 얼굴로.

하지만 나리오키도 현혹되어 속고 있었다면.

시로타 노보루가 고나라 촌에서 가져온 이야기는 오리베에게 한 줄기 광명을 안겨주었다. 뿔 달린 하얀 가면은 주구였다. 큰마님이 그것을 간파하고 누군가가 큰나리에게 주술을 걸어 작은나리의 몸에 위험이 닥쳤다는 것을 알아차린 탓에 쿠리야는 몰살당한 것이다.

"거의 다 왔습니다."

시로타 의사의 말에 오리베는 생각에서 깨어났다. 방풍림 뒤에 짚으로 두껍게 지붕을 인 시골집이 보였다. 새를 쫓기 위한 작은 바람개비가 대문 기둥 위에서 돌아가고 있다. 그 바로 옆에서 마른 나무처럼 여위고 키가 큰 노인이 머리를 깊이 조아리고 있었다. 천천히 몸을 일으켰다.

두 사람의 눈이 마주쳤다. 아케노 영의 전 숙로, 지금은 은퇴한 에도 가도야 전 주인의 얼굴에는 무수한 주름이 나이테처럼 깊이 새겨져 있었다.

"이시노 오리베 님, 이런 곳까지 걸음을 하시게 한 무례를 용서해주십시오."

오리베는 앞으로 나섰다.

"귀공이……."

"예. 이전의 이름은 이와이 이치노신이라고 합니다. 제가 또다시 기타미의 가로를 뵙게 될 때가 올 줄이야……."

더없이 원통한 일입니다.

"나리마님은 전에는 나리셨구나."

고코인 앞마당을 가로질러 호숫가로 내려가는 길을 따라가며 긴이치는 아직도 고개를 갸웃거리고 있었다.

"그런 것은 아무래도 상관없다."

도비아시를 탄 나리마님은 즐거워 보였다. 얼굴은 창백하고 뺨도 여전히 홀쭉했지만 웃음은 명랑하고 목소리도 들떠 있었다.

긴이치는 도비아시의 고삐를 잡고, 도비아시는 얌전히 긴이치와 보조를 맞추었다.

"나는 도비아시의 주인이고 긴이치는 도비아시의 마부다. 그것만 기억하면 된다."

"예이."

뒤에서 미노스케가 식은땀을 흘리고 있었다. 나리마님이 나갔다 오겠다고 하자 자신도 따라가겠다며 서둘러 나리마님의 하오리와 스즈의 솜저고리를 들고 왔다.

스즈는 허공을 걷는 기분이었다. 가까이에서 나리마님의 존안을 뵙는 것은 고로스케 할아범이 죽은 그 무서운 밤 이래로 처음이다. 그 뒤로도 도비아시와 함께 마구간에 오시거나 젊은 선생님과 정원을 산책하는 모습을 뵌 적은 있었지만, 그런 때 스즈는 재빨리 숨어 나리마님의 눈에 띄지 않도록 조심했다. 지금도 땅만 보며 걷고 있었다.

"스즈, 그렇게 밑만 보면 경치가 안 보여."

긴이치가 기운차게 말했다.

"봐, 저기 호수가 보이는데. 예쁘다. 햇빛에 물이 반짝반짝 빛나는 걸. 와, 저거 뭐하는 거지?"

잔교 옆 오래된 오두막에 밧줄을 묶어 인부들이 쓰러뜨리려 하고 있었다. 목재를 지고 나르는 사람, 톱질 작업대를 설치하는 사람, 도구를 준비하는 사람, 다들 바빠 보인다.

"오두막을 헐고 주재소를 짓는 거다" 미노스케가 가르쳐주었다. "이것저것 공사를 시작하니 말이지."

안장 위에서 나리마님이 긴이치를 내려다보며 말했다.

"진쿄 호는 아름답다만 실은 물이 탁하거든. 이 공사는 진쿄 호를 정화하고 물속에 가라앉아 있는, 잃어버린 것들을 찾기 위한 것이란다."

그 말에 왜 그런지 미노스케가 숨이 멎는 듯한 표정을 지었다. 잠깐이었지만 스즈는 마음에 걸렸다. 미노스케 씨, 왜 그러는 거지?

호숫가의 숲은 단풍철이 지나 잎이 지기 시작했다. 물 위에도 시든 잎이 흩어져 흘러갔다.

오두막 근처에서 일하는 사람들은 쪽빛 머리띠를 맸다. 이곳을 지휘하는 듯한, 밑단에 검은 공단을 댄 하카마를 입고 어깨끈을 묶은 관리가 그들을 보더니 흠칫 놀랐다. 안장 위에서 나리마님이 미노스케에게 고개를 끄덕이자, 미노스케는 종종걸음으로 도비아시 앞으로 나와 두 손을 들고 제지하는 듯한 몸짓을 했다.

"내가 눈에 띄면 방해가 될 것 같군."

나리마님은 그렇게 말하고는 가벼운 몸놀림으로 뛰어내렸다. 그러더니 뜻밖에도 스즈에게 다가와 훌쩍 안아 들었다.

"어!"

놀라 소리치다 보니 어느새 스즈는 도비아시의 안장 위에 다리를 옆으로 모으고 앉아 있었다.

"스즈는 지금까지 일만 하느라 느긋하게 산책한 적도 없을 테지."

"그, 그, 그렇지만 과, 과, 과분합니다."

"떨어질 것 같아 무섭다면 제대로 타면 된다. 긴이치, 잠깐 도비아시를 세워라. 미노스케, 네가 도와주고."

미노스케도 놀란 얼굴이었지만 금세 빙긋 웃었다.

"스즈, 나리마님 말씀을 들어라."

긴이치도 신이 났다. "도비아시, 미인을 태우니까 좋지?"

"네가 더 좋아 보이는구나" 나리마님이 웃었다. "스즈, 고삐 저쪽을 잡아라. 두 손으로 꽉 잡는 것이야. 당기지 않아도 된다. 도비아시가 걷는 것은 긴이치에게 맡기면 돼."

도비아시가 푸르르 콧김을 불고 다시 걸음을 뗐다. 스즈는 뺨이 화끈 달아오르고 몸이 떨리고 울음이 날 것 같았다.

"나리마님, 도비아시가 쑥스러워하는데요."

긴이치는 도비아시의 목덜미를 가볍게 두들겼다.

"어라? 스즈, 얼굴이 왜 그렇게 빨개? 도비아시는 안 무서워. 난 이렇게 똑똑한 말 처음 보는데."

전에 난부에서 온 여자 말 장수 시게 씨가 도비아시는 세상에 몇 없는 준마이지만 약간 낯을 가린다고 말한 적이 있었다. 그리고 무엇보다도 도비아시는 나리마님 말이다. 나 같은 게 타도 되는 말이 아니다, 어떻게 이런 황송한 일이.

"아아, 경치가 좋구나."

"나리마님, 그쪽은 낭떠러지입니다. 조심하십시오."

"와, 호수에 배가 있네. 스즈, 너 보여?"

"푸르르, 푸르르."

혼란에 빠진 스즈를 아랑곳하지 않고 다른 세 사람과 한 마리는 너무나도 편안해 보였다.

"나, 나, 나리마님."

"음? 스즈, 춥지는 않느냐."

"네. 그건 그런데, 저……."

"구리키는 저런 곳에서 뭘 하는 것이지?"

"배를 타고 나와 바로 수면에 종잇조각을 뿌리더군요."

"물의 흐름을 조사하나?"

"미, 미노스케 씨, 저……."

"그렇군요, 종잇조각이 흘러가는 대로 배를 움직이는 것 같습니다."

스즈는 포기했다. 여기서 얌전히 있을 수밖에 없을 것 같다.

잔교에서 내리면 괜한 소란이 벌어질 듯해서 벼랑 위 길을 그대로 갔다.

정말 경치가 좋다. 안장 위에서 살그머니 몸을 틀어 돌아보니, 겨울을 앞두고 잎이 떨어지기 시작한 나무들 저편에 고코인의 지붕이 보였다. 연기 한 줄기가 피어오르는 것은 인부들을 위해 밥을 짓는 중일 것이다.

"아름다운 곳이군."

눈을 가늘게 뜨고 호수를 바라보며 나리마님이 온화한 목소리로 말했다.

"이렇게나 아름다운데……."

거기서 말을 멈추고 도비아시의 갈기를 쓸어주었다. 왜 그런지 미노스케가 또 잠깐 괴로운 듯 눈을 내리깐 것을 스즈는 알아차렸다.

가도야의 은거소에서 오리베와 시로타 의사는 노(爐)를 둘러싸고 앉았다. 하녀가 바지런한 동작으로 다과를 내고는 널문을 꽉 닫고 나갔다.

과거 이와이 이치노신이었고 지금은 가도야의 전 주인 세이베에가 된 남자는 확인해보니 오리베보다 다섯 살 많았다. 그가 아케노의 젊은 숙로였을 당시, 오리베도 갓 시작된 나리오키의 치정을 지탱하는 젊은 에도 가로였다.

지금은 둘 다 늙어 백발의 주름투성이 노인으로 이렇게 마주 앉았다.

"누추한 곳에 모셔 죄송합니다. 이 부근은 시내보다 계절이 일러 꽤 춥습니다. 불 가까이 오시지요."

깜박깜박 타는 장작. 잉걸불의 선명한 붉은색. 하얀 재. 갈고리에 건 쇠 주전자 주둥이에서 모락모락 피어오르는 김.

"와키사카 님의 서한에 이시노 님께 나리오키 님과 '덩굴 문서'에 관해 자세히 말씀드리라고 쓰여 있었습니다만."

김 저편에서 세이베에가 먼저 입을 열었다.

"삼십 년도 더 된 일을 이제 와서 조사하시는 데에는 그럴 만한 긴한 이유가 있으실 테지요. 어디서부터 말씀드리면 되겠습니까?"

오리베는 불을 바라보던 눈길을 들었다.

"본론에 들어가기에 앞서 먼저 물어보겠네. 내 방문을 받아들여 예전 이야기를 하는 것으로 귀공의 현재 생활이 위협받을 염려는 없는가."

가도야 세이베에는 조용히 머리를 숙였다.

"배려에 감사드립니다. 다행히 저와 아케노 영의 관계는 완전히 끊어졌으니 조금도 걱정하실 필요 없습니다."

과거에 이와이 이치노신이었던 남자는 죽었다고 말했다.

"귀공의 가족은 어떻게 됐는가. 함께 피했다고 들었네만 안녕한가."

세이베에의 눈썹이 희미하게 꿈틀했다.

"제 신상에 관해서는 부디 염려하지 마십시오."

뭔가 숨은 뜻이 있는 것 같다.

"그렇다면 단적으로 이야기하지. 과거 '덩굴 문서' 계획으로 인해 큰나리…… 나리오키 님은 일문 중 어느 분 또는 일부 틈새의 노여움과 원한을 사 주술에 걸리셨네. 이렇게나 세월이 지나 비로소 판명된 사실에 우리는 그저 부끄러울 따름이네만, 당시 누가 나리오키 님께 주술로 해코지를 하려 했을지 짚이는 데가 있는가?"

시로타 의사가 이어받았다.

"혹시 있다면 주술의 수단, 수법도 모르십니까? 틈새가 사용하는 주술 종류일 듯합니다만."

가도야 세이베에는 대답도 하지 않고 꼼짝도 하지 않았다. 나이 탓인지 오른쪽 눈이 약간 축축하게 젖었고 붉었다. 그 눈으로 오리베를 똑바로 보며 목상으로 변한 양 눈도 깜박이지 않았다.

오리베는 시로타 의사와 마주 봤다. 의사가 몸을 내밀었다.

"……짚이는 데가 있으신 것 같군요."

세이베에는 눈을 내리깔았다. 입을 열려다가 다시 다물고 무릎 위에 놓인 뼈가 앙상한 손을 천천히 쥐었다.

"틈새 중에는 사람을 현혹시키는 기술을 쓰는 자도 있습니다. 사람을 속이고 조종해 자기 뜻에 따르게 하지요. 그것을 '주술'이라 한다면 아닌 게 아니라 틈새는 주술을 쓴다고 말씀드릴 수도 있을 것입니다.”

기도사나 술사가 쓰는 주술과는 다르다. 한밤중 신사에서 지푸라기 인형에 대못을 박는 것 같은 ‘화를 입으라고 저주하는’ 것과도 다르다.

“어디까지나 사람을 현혹시켜 시키는 대로 행동하게 하기 위한 기술입니다.”

“네, 저희가 말씀드리는 것도 그런 의미입니다.”

“나리오키 님께서 당하셨다는 주술은 도구를 썼습니까?”

“네, 썼습니다.”

“어떤 도구인지요?”

오리베가 대답하려는 것을 시로타 의사가 막았다.

“어르신이 아시는, 지금 떠올리고 계시는 도구를 먼저 가르쳐주시겠습니까. 여러 개가 있다면 여러 개 말씀해주셔도 됩니다.”

세이베에는 의사를 쳐다보더니 오리베에게 시선을 돌렸다.

“그 주술로 인해 나리오키 님은 본래의 성품으로는 있을 수 없는 행동을 하셨습니까?”

오리베는 고개를 끄덕였다.

“당시 나리오키 님 곁에 여자가 있지 않았습니까?”

“있었습니다” 시로타 의사가 대답했다. “그 여자가 틈새였습니다. 그 때문에 여자가 큰나리께 접근해 큰나리를 현혹시켰던 것을 당시 아무도 알아차리지 못했습니다.”

“……여자에게 현혹당한 나리오키 님께 해를 입은 사람은 혹시

작은나리 아니십니까."

오리베도 시로타 의사도 순간 숨이 멎을 만큼 놀랐다.

"귀공은 무엇을 어디까지 알고 있는가."

"여자가 주술을 걸기 위해 쓰는 도구는 종이 가면일 테지요. 눈 부분에 구멍이 뚫려 있을 뿐인 간소한 흰 가면입니다."

"네, 맞습니다!"

의사의 대답에 세이베에의 갈라진 목소리가 한층 더 떨리기 시작했다.

"그렇다면 저는 그 여자를 잘 압니다. 잠시 동안이었습니다만 과거에 제 처였습니다."

노 안에서 장작불이 탁탁 날카로운 소리를 내며 튀었다.

"이름은 기리하라고 합니다. '덩굴 문서' 일이 있었을 때 이와이가에 막 맞아들인 참이었습니다."

당시 이와이 이치노신은 이십대 중반이 넘었고, 기리하는 열여섯 살이었다고 한다.

"그런 혼인 관계가……."

시로타 의사는 놀라 눈을 깜박였다.

"직위나 신분과 무관하게 적절한 나이가 되면 누구나 배필을 얻어 자식을 낳고 혈통을 잇게 마련입니다만, 기타미 번으로 따지면 가로에 해당되는 숙로 가문에 여자 틈새가 들어갈 수 있습니까?"

"예."

세이베에는 짤막하게 대답했다.

"숙로와 틈새는 둘 다 오랜 세월 아케노 영의 기타미 일문을 섬겨 온 충신입니다. 가문과 가문 사이에 상하 관계는 없습니다."

"알겠네" 오리베는 말했다. "숙로는 대외적인 무대에 서고 틈새는 그늘에서 활약한다는 역할의 차이만 있을 뿐 요는 방패의 겉과 뒤라고 생각하면 되겠는가."

"그렇습니다. 또 틈새의 딸이 숙로와 결혼하거나 틈새의 아들이 숙로의 양자가 됨으로써 대외적인 신분을 얻을 수 있다는 이점도 있지요."

"예에…… 대외적인 신분을 얻어도 틈새로 계속 활약합니까?"

"예, 물론입니다."

"기타미 번의 가게마와리와 마찬가지네. 첩자가 어디서 어떻게 살든 이상할 것 없고, 어디서 어떻게 살아도 본분은 첩자야."

오리베는 의사에게 말했다.

"그럼 부인…… 기리하도?"

의사의 물음에 가도야 세이베에는 천천히 고개를 끄덕였다.

"애초에 기리하가 이와이 가로 시집온 것은 틈새로서의 역할을 다하기 위해서였으니까요."

역할 중 하나는 대외적으로 유용한 신분을 얻는 것. 또 하나는 숙로와 틈새 양쪽 모두의 피를 이어받은 우수한 아이들을 낳는 것. 적자는 숙로가 되고, 다른 아이들은 아케노 영내에서 합당한 지위를 얻거나…….

"소질 있는 자는 틈새가 되는군요."

"예."

숙로와 틈새가 결속을 강화하며 일문을 지켜나가는 것이다.

"이 혼담은 제 아버지와 기리하의 아버지가 정한 것이라 예비 혼례를 올리는 당일까지 저는 기리하를 본 적도 없었습니다."

다만 소문은 들었다고 했다. 숙로는 틈새를 부리는 입장인지라 어느 정도는 일문이 데리고 있는 각 틈새의 특징과 활동을 알 수 있다.

"기리하의 아버지는 틈새 중에서도 자객으로 활약하는 자였습니다. 몸은 작고 움직임은 원숭이처럼 민첩하지요. 과거 열 손가락으로도 모자랄 만큼 여러 암살을 계획해 한 번도 실패한 적이 없다고 말입니다."

무기는 칼도 창도 활도 아니다.

"올가미를 썼습니다."

시로타 노보루가 "네?" 하고 소리쳤다. "밧줄 말씀입니까? 밧줄을 무기로 쓰는 겁니까?"

오리베는 물었다. "이름은?"

"'구자(九蛇)'라는 별명으로 통했습니다."

이 몸집이 작은 남자 틈새 손에서는 밧줄이 대가리가 아홉 개 달린 뱀처럼 무시무시하게 움직인다고 해서 붙은 이름이라고 했다.

"우리가 직면한 수수께끼와 문제에도 올가미를 쓰는 틈새가 있었네. 십구 년 전부터 고로스케라는 이름으로 고코인에서 하인으로 일했네만."

가도야 세이베에는 움찔했다.

"고코인이라면 별저 말씀입니까."

"그래. 고로스케는 뼈와 가죽만 남은 늙은 하인이네. 그런데 내 부하가 하마터면 죽임을 당할 뻔했군. 무시무시한 기술을 쓰더라고 들었네."

오리베는 다지마 한주로가 진쿄 호 호숫가에서 겪은 일을 짤막하게 설명했다. 세이베에는 표정이 한층 심각해져 고개를 끄덕였다.

"구자의 기술이 맞습니다. 과거 제 장인이었던 자이지요."

역시 여간한 집념이 아니군요, 라며 신음했다.

"감시했을 테지요."

"감시?"

"딸인 기리하가 건 주술의 효과를 지켜보기 위해 나리오키 님 곁에 머물러 있었을 것입니다."

"가면을 사용한 주술의 효과를 말입니까."

노에서 타오르는 불의 색은 밝고 쇠 주전자에서 피어오르는 김은 따뜻하건만, 시로타 노보루는 창백하게 질려서는 한기가 드는 것처럼 팔을 문지르고 있었다.

나리오키를 현혹시킨 여자 틈새와 고로스케가 부녀지간이었나.

"기리하는 구자에게 충실한 딸이었고, 부녀 모두 '덩굴 문서'와 관련해 나리오키 님께 깊은 원한을 갖고 있었습니다."

일문도 틈새도 '덩굴 문서'와 그것을 제안한 나리오키에 대한 반응은 다양했다. 찬성하는 의견이 있는가 하면 반발도 있었고, 젊은 나리오키의 깜찍한 제안을 이용하려는 움직임도 있었다.

"일문 중에는 나리오키 님의 움직임을 내홍으로 막부에 고발해 기타미 번을 없애고 아케노 영만을 분리해 새로운 다이묘 가문으로 인정받기를 꾀하는 일파도 있었습니다."

시로타 의사는 말없이 고개를 내젓고 있었다. 오리베는 자신이 가로로 있었던 시절 극복해야 했던 나리오키와 일문 사이의 알력을 떠올렸다. 혈족 내의 서열과 체면과 관련된 분쟁부터 재물과 돈 쟁탈로 통하는 절실한 다툼에 이르기까지, 쓴웃음이 나는 일이 있는가 하면 나리오키와 기타미 중신들의 단잠을 방해하는 일도 있었다.

"그런 가운데 특히 강하게 나리오키 님을 원망하고 노여움에 불탄 자들이, 자진해서 나리오키 님을 따르려 한 저의 가족이었다는 것은 정말 얄궂은 일입니다."

청년 번주 기타미 나리오키가 '덩굴 문서' 계획을 세우고 물밑 교섭을 통해 기타미 번과 아케노 영의 융화를 꾀했으나, 결국 실패하고 내밀히 그에 가담했던 숙로 이와이 이치노신이 아케노 영에서 도망치기까지 일 년 남짓.

"그동안 저와 기리하 사이에 한 아이가 태어났습니다만……."

여자 틈새로서 숙로와 결혼한 기리하는 남편이 틈새를 해체하려는 '덩굴 문서'에 찬동한 배신자였다는 것을 알자 먼저 갓난아기의 목숨을 앗았다.

"뭐라고요!"

"배신자의 피를 잇는 아이를 살려둘 수 없다고 하더군요."

"하지만 기리하가 배 아파 낳은 아이 아닙니까."

오리베는 분개하는 의사를 손짓으로 가볍게 제지했다. 세이베에는 고개를 떨구고 무릎 위에 놓은 손을 부르쥐고 있었다.

"기리하에게는 일문에게 충성을 바쳐야 할 숙로 가문에 태어났으면서 은밀히 나리오키 님 편을 든 이와이 이치노신이 그만큼 용서할 수 없는 죄인이었던 것입니다."

"그렇다고 어머니가 자식을 죽이다니요."

세이베에는 가로막듯 말을 내뱉었다.

"아기는 기리하가 죽인 것이 아닙니다."

주먹을 쥔 손이 떨렸다.

"이와이 이치노신이…… 제가 죽였습니다."

오리베는 조용히 물었다. "현혹됐군."

세이베에가 고개를 푹 떨어뜨렸다.

"그때도 종이 가면이 사용됐고."

"……예."

기리하는 가면으로 타인을 조종한다. 기리하의 가면으로 꼭두각시가 된 자는 끓는 물속에서 헤엄치라고 하면 당장 뛰어들고, 부모 목을 베라고 하면 기쁘게 벤다.

"그 위력을 저도 몸소 맛봤습니다."

삼십 년 가까이 지난 지금도 잊을 수 없다. 눈이 쏟아지는 늦은 밤이었다고 한다.

"저는 악몽을 꾸다가 깼습니다. 얼굴에 악귀 가면을 쓰고 흰 홑옷을 입고 춤을 춥니다. 춤을 추고 또 추어 숨이 차고 어지러운데 그래도 춤을 그만둘 수 없습니다."

정신을 차려보니 숨을 몰아쉬고 땀을 흘리면서 어느새 아내와 아기의 침소에 들어와 갓난아기의 작은 비단 이불 앞에 무릎을 꿇고 있었다.

"아기는 숨을 쉬지 않았습니다. 가녀린 목에 제 손가락 자국이 시커멓게 남아 있었습니다."

공포와 비탄에 소리치는 이치노신 앞에 틈새의 검은 옷을 입은 기리하가 스르르 나타났다.

그러고는 노래하는 듯한 목소리로 부드럽게 말했다.

네 스스로 한 짓을 봤나.

이와이 가의 핏줄을 잇는 자를 제 손으로 죽인 어리석은 사내여.

너는 틈새를 멸망시키고 일문을 굴복시키려는 계획에 가담했다.

말하는 내용과 달리 목소리는 한없이 아름다웠다.

나리오키의 앞잡이여, 네 죄에 합당한 벌을 받아라.

"기리하는 녹아내릴 듯한 달콤한 목소리로 말하며 웃는 얼굴로 제게 몸을 기대고는……."

몸 뒤에 감추고 있던 손을 앞으로 내놓자 종이 가면이 들려 있었다. 흰 바탕에 악귀의 뿔이 달린 가면이었다.

네게 이것을 한 번 더 씌우고 내가 주술을 걸면 너는 방금 네가 한 일을 모조리 잊게 될 것이다. 그저 꿈을 꾼 것처럼 잊게 될 것이다.

"그러기를 바라느냐고 묻더군요."

바란다면 무릎을 꿇고 애걸해라. 내가 다시 너를 조종해 잊게 해주마. 네 죄를, 네 우행을.

이치노신을 비웃고 그러면서 위로하고 회유하려는 여자의 살내.

"이 괴물은 아내가 아니다. 내 자식의 어미도 아니다."

이것은 사람조차도 아니다. 그 일념이 이치노신을 움직였다.

"죽여주마!"

그러나 장소는 침소다. 이치노신은 잠옷 차림. 한순간 생긴 빈틈을 타 기리하는 모습을 감추었다.

배신자여, 아기가 죽은 것은 네놈 탓이다. 남은 평생 괴로워해라.

남은 것은 구슬이 구르는 듯한 웃음소리, 그리고 종이 가면뿐이었다.

"저는 사태의 중대함을 깨달았습니다."

나리오키에게 가담해 '덩굴 문서'의 실현을 꾀하면 일문과 일부 틈새의 노여움을 살 것은 이미 각오하고 있었다. 그렇기에 은밀히 움직였던 것인데.

"그것이 이렇게 쉽사리 간파당해 이 정도로 격렬한 노여움을 살 줄이야. 게다가 가장 노여워하는 자가 가까이에 있었을 줄이야."

이치노신은 갓난아기의 시신을 안고 아케노 영에서 도망쳤다.

"제가 아케노 영에 그냥 있다가는 사정을 모르는 친척들, 아랫사람들, 향사들에게까지 화가 미칠지 모른다 싶었습니다."

기타미 영내로 가서 당시 수석 가로였던 와키사카 가쓰타카의 아버지를 찾아가 사정을 털어놓았다. 그러고는 그의 도움으로 새 신분을 얻어 에도로 올라갔다.

"갓난아기의 공양은 와키사카 님께 부탁드리는 수밖에 없었습니다."

아기의 머리카락을 잘라 부적 주머니에 넣어 가져온 것이 고작이었다고 했다.

"어르신이 **가족을 데리고** 아케노 영을 떠났다고 돼 있는 것도 와키사카 님께서 조치하셨을까요."

"아닙니다. 그쪽은 아케노 영내에서 일문의 뜻으로 그렇게 했을 테지요. 저와 아기에게 무슨 일이 생겼는지 정말 몰라서 그렇게 꾸밀 수밖에 없었을 것입니다."

"기리하는 벌을 받지도 않았다. 틈새로서 어둠 속에 숨어 아버지와 함께 아케노 영을 위해 계속해서 일했다……."

그 뒤 어떻게 됐나.

소름 끼치는 의문.

가도야 세이베에는 오리베와 시로타 의사를 봤다.

"칼을 버리고 상인이 된 제가 그 뒤 어떻게 살았는지는 이 자리에서 말씀드릴 것이 아닙니다. 다만 기타미 번과도 아케노 영과도 무관한 자가 된 뒤로도, 저는 와키사카 님을 통해 이와이 이치노신이었던 과거의 자신과 한 가닥 실로 이어져 있었습니다."

그편이 안전할 것이라 생각해서였고, 고로스케, 기리하 부녀의 끓어오르는 노여움이 어디로 향할지 그 행방이 걱정돼서였다.

기타미 나리오키가 위험하다.

"와키사카 님은 나리오키 님께도 상황을 설명드리고 주의에 주의를 거듭해 결코 경계를 게을리하지 않겠다고 약속하셨습니다."

'덩굴 문서'는 기타미 주가(主家)에서는 나리오키와 수석 가로, 그의 적자인 와키사카 가쓰타카, 이렇게 세 사람만이 아는 비밀이었다. 오리베조차도 삼십여 년이 지나 비로소 얼마 전에 알았을 정도다. 당시 와키사카 부자가 얼마나 마음고생을 했을지 생각하면 가슴이 멨다.

"다행히 아무 일도 일어나지 않았습니다."

팽팽히 긴장시킨 경계의 실을 흔드는 것은 없었다. 나리오키를 노리는 자객은 나타나지 않았고, 주가를 전복하려는 심상치 않은 움직임도 없었다.

"나리오키 님과 정실 마님 사이에 시게오키 님이 태어나신 것은 '덩굴 문서' 계획이 실패하고 삼 년 뒤였습니다만."

온 번이 적자의 탄생을 축하하는 중에도 틈새에 대한 경계는 여전히 이어졌다. 그러나 해가 갈수록 절박함이 줄었다.

이치마쓰는 성장했다. 두 살이 되고, 세 살이 됐다. 똑똑하고, 사랑스럽고, 장래가 촉망되는 후계자다. 한편 나리오키는 센 천의 제방 조성, 농지 개척, 명산물 진흥 등 새로운 시책을 펴 영민의 신뢰를 모으고 치정을 공고히 했다. 아케노 영과의 사이에도 이렇다 할 충돌은 일어나지 않았다.

세월은 평온하게 흘러갔다. '덩굴 문서'의 실패가 남긴 흉터는 점점 옅어졌다.

위기는 멀어졌다.

그러나 사라진 게 아니었다. 잘 보이지 않게 됐을 뿐이다.

이시노 오리베는 흔들리는 불길을 응시했다.

저도 모르게 낮게 신음하고 있었다.

진정으로 경계해야 할 것은 자객이 아니었다.

주가를 전복하려는 움직임도 아니었다.

밧줄을 쓰는 아버지와 가면을 쓰는 딸. 노여움에 불타 보복을 꾀하는 틈새 부녀가 노린 것은 기타미 부자의 목숨이 아니었다.

영혼의 존엄이었다.

세월이 흐르며 느슨해진 경계의 그물 틈새로 꺼림칙한 손은 확실하게 기타미 부자를 붙들고 있었다.

시게오키는 조금씩 기억을 되찾아가고 있다. 가면으로 얼굴을 가린 아버지에게 괴롭힘을 당하게 된 것은 일고여덟 살 때였다고 말했다.

그런 때 늘 그 여자가 곁에 있었다.

좋은 것 해줄게.

구자와 기리하는 나리오키로 하여금 어린 이치마쓰를 괴롭히고 결국 죽이게 할 셈이었을 것이다.

이와이 이치노신이 갓난아기를 죽인 것처럼.

아니면 이치마쓰에게 고통을 주어 온전한 정신을 유지하지 못하게 하려고 했나. 나리오키 또한 고통을 받도록.

또는 학대를 당하며 성장한 시게오키가 마음속에 품은 노여움을

316

폭발시켜 언젠가 자기 손으로 아버지를 죽이도록.

그렇다면 계획은 성공했다. 집념을 담아, 시간을 들여 실행한 보복은 완성됐다. 오 년 전 시게오키는 착란을 일으켜 분명히 나리오키를 죽였으니까.

꼴좋다.

시게오키의 입에서 흘러나온 말은 틈새 부녀가 부른 쾌재였나.

황송하게 도비아시를 타고 가며 스즈는 화창한 하늘을 올려다봤다. 손을 뻗으면 잡을 수 있을 것 같은 곳에 솜뭉치 같은 구름이 떠있다.

실눈을 뜨고 올려다보고 있으려니 긴이치가 말했다.

"맛있어 보이는 구름인걸."

스즈는 웃고 말았다.

"긴이치 씨, 벌써 배고파?"

"응. 날씨가 이렇게 좋으면 배도 금세 꺼지거든."

이 말에는 나리마님도 미노스케도 웃었다.

"너무 멀리까지 갔다가는 긴이치가 배고파 움직일 수 없게 되려나."

"아뇨. 이따 고코인으로 돌아가서 배불리 먹을 수 있으면 전 괜찮아요, 나리마님."

"예끼, 이놈아, 뻔뻔한 것도 정도껏 해야지."

"괜찮다. 긴이치, 무엇이 먹고 싶지?"

"주먹밥요! 고코인의 주먹밥은 맛있거든요."

"그리고 또?"

"아, 팥고물 떡도요!"

"또?"

"더 말해도 돼요? 그럼 음, 음…….'"

"좋아하는 음식을 말해봐라. 긴이치는 가장 맛있는 음식이 무엇이냐?"

진지하게 생각하느라 걸음이 늦어지자 도비아시가 코로 긴이치를 쿡 질렀다.

"수, 수제비! 닭고기 완자가 잔뜩 든 거요."

스즈와 미노스케는 또 웃었지만 나리마님은 부드럽게 말했다.

"그럼 고와 스즈에게 부탁해서 만들어달라고 하자꾸나."

"네!"

긴이치는 뛸 듯이 기뻐했지만 나리마님의 옆얼굴에 그늘이 드리워졌다.

비록 하녀이기는 해도 3월부터 고코인에서 생활해온 스즈는 나리마님의 마음을 조금은 짐작할 수 있을 것 같았다. 나리마님은 분명 놀라신 것이다. 긴이치의 '가장 맛있는 음식'이 고코인에서는 종종 나리마님의 상에 오르는 수제비라는 것에. 뿐만 아니라 주먹밥도 팥고물 떡도 긴이치에게는 맛있는 음식이라는 것에.

강한 바람이 한 줄기 불어와 나무들이 술렁거렸다. 도비아시가 꼬리를 저으며 푸르르 울었다.

긴이치가 탄성을 질렀다.

"와아, 진쿄 호에선 이렇게 날씨가 맑아도 이런 바람이 부는구나. 역시 뇌신이 사시는 곳인걸."

감탄한 듯 목소리를 꺾어가며 말했다.

"이 호수는 뇌신의 손거울이야. 아까 분 바람은 초겨울 바람 아니야?"

스즈가 말하자 긴이치는 과장되게 얼굴을 찡그리며 눈알을 굴렸다.

"어라라, 스즈는 뭘 모르네. 방금 돌풍은 해님이 지는 방향에서 불어왔잖아. 그냥 초겨울 바람이 아니야. '알림'이지."

"알림?"

고개를 갸웃한 스즈는 이 역시 의아한 표정인 나리마님과 황송하게도 마주 보고 말았다. 그런데 미노스케는 긴이치가 무슨 말을 하는지 아는 듯했다.

"그래, 고나라 촌 부근에서는 '알림'이라고 부르는구나. 이 근방에서는 '예고'라 한다더군."

뇌신이 다가오기 전에 미리 예고하듯 부는 바람이라고 한다.

"날씨가 궂어질 전조라는 뜻인가."

나리마님의 물음에 미노스케는 고개를 끄덕였다.

"예. 지금처럼 한 번 불어 지나가는 정도라면 신경 쓸 필요가 없습니다만, 몇 번씩 연달아 불기 시작하면 하늘이 맑더라도 주의해야 한다고 합니다."

뇌신이 다가온다, 뇌운이 닥친다는 증거이기 때문이다.

"이렇게 맑은데도요."

스즈는 다시금 하늘을 올려다봤다. 방금 전에 본 솜구름은 흘러가고 작은 구름 두 개가 한가롭게 나란히 떠 있었다.

"꼭 큰 뇌운이 비를 내린다는 법은 없다. 성읍에서 저 온도 님의 큰불을 일으킨 번개도……."

미노스케의 말을 나리마님이 가볍게 손을 들어 가로막았다. 스즈를 생각해주신 것이다.

"맞아. 마른번개란 건 정말 무섭다고."

긴이치는 아무것도 못 알아차리고 어엿하게 강의를 계속했다.

"하늘이 맑다고 방심하는데 번쩍 한단 말이지. 비가 안 와서 젖지 않았으니까 번개가 떨어지면 바로 불이 나는 거야."

"고나라 촌 부근도 번개로 산불이 날까 봐 무서워하는구나."

"응. 그래서 다들 조심해. 마을 주변의 덤불이랑 잡목림은 꼬박꼬박 베고, 우리 마을은 작지만 오두막이랑 오두막 사이에 거리를 충분히 두고 짓는다고."

"연소를 막기 위해서로군. 현명한 대비야."

나리마님이 칭찬하시는데도 긴이치는 듣지 않고 주위를 두리번거렸다. 그러더니 말했다.

"여기엔 '꺼꾸리'가 없네."

"'꺼꾸리'?"

스즈만 모르는 게 아니었다. 나리마님과 미노스케도 어리둥절한 표정이다.

"나리마님도 모르세요? 그럼 우리 산에 있는 '꺼꾸리'는 누가 놔 준 거지?"

"그러니까 그 '꺼꾸리'라는 것이 뭐냐?"

"커다란 통인데요."

성인 남자 세 명이 달려들어야 겨우 움직일 수 있을 만큼 크다고 했다.

"그 커다란 통을 빙빙 도는 톱니바퀴랑 축으로 지탱하거든요. 축을 받치는 기둥은 오두막 높이 정도 되니까 그 통을 꺼꾸리 하면……."

통을 뒤집는다는 뜻일 것이다.

"안에 모아놓은 빗물이 왁 흘러나와서 금세 산불을 끌 수 있어요."

고나라 촌을 둘러싼 산의 비탈에는 '꺼꾸리'가 여럿 있다고 한다.

스즈는 아직 잘 이해되지 않았지만 나리마님과 미노스케는 그 설명으로 충분한 듯했다.

"아아, 이제 알겠군."

나리마님은 숲 너머 산들에 시선을 주었다.

"그 또한 대단히 현명하구나. 긴이치, '꺼꾸리'는 고나라 촌 사람들이 지혜를 모아 마련한 대비책일 것이다. 번의 관리가 준 것이 아니야."

"그래요? 그럼 나리마님, 여기에도 '꺼꾸리'를 놓으면 되잖아요."

나리마님은 미소를 지었다.

"그렇군. 명안인데."

또다시 돌풍이 불어왔다. 고맙게도 이번에는 그냥 북풍이었다. 스즈는 곱은 두 손을 맞비볐다.

가도야 세이베에가 직접 새로 차를 달여주었다. 뜨거운 반차는 오리베의 피로한 심신에 스며들었다.

세이베에는 쇠 주전자에 물을 더 부어 노의 갈고리에 걸었다. 손놀림은 익숙했지만 무릎을 폈다 구부렸다 하기가 조금 힘겨워 보였다. 나이 탓일 것이다.

자신도 기타미 성읍 구석에서 습자 교습소의 늙은 훈장으로 계속 있을 수 있었다면, 하고 오리베는 생각했다. 혼자 사는 데 익숙해져 적적하기는 해도 평온한 생활 속에, 점차 허리가 굽고 하체가 약해지고 흰머리가 빠지고 수염이 빈약해지고 몸도 약해진다. 하지만 마음은 모난 데가 없이 둥글어져 정밀(靜謐)한 경지에 이를 수 있지 않았을까. 언젠가 저세상으로 떠날 날이 와도 학생들의 기척이 밴 장소에 있었다면 조금도 외롭지 않았을 것이다.

모두 그저 꿈일 뿐이다. 후회는 없었다.

"어르신은 기리하가 그 뒤 어떻게 됐는지 소식을 아십니까."

세이베에가 불가에 다시 앉기를 기다려 시로타 의사가 물었다.

"기리하가 지금 어디에서 무엇을 하는지. 와키사카 님을 통해 남긴 한 가닥 실로 전해진 것이 없었습니까."

세이베에는 가느다란 장작을 부러뜨려 노에 살며시 얹으며 대답했다.

"……죽었다고 들었습니다."

오리베도 젊은 의사도 숨을 들이마셨다.

"언제 말씀입니까."

"십 년도 더 됐습니다."

"십 년!"

시로타 의사는 안색이 변해 오리베를 돌아봤다.

"이시노 님, 성읍에서 행방불명된 네 번째 사내애, 사노 촌의 고키치는 십일 년 전 여름에 사라졌습니다. 그 뒤로 적어도 성읍과 그 주변에서는 사내애의 실종 사건이 없습니다. 역시……."

기리하가 죽었기 때문에 남자애들이 사라지는 일도 없어진 게 아닌가.

"선생, 잠깐 기다려보겠나."

오리베는 의사의 말을 가로막고 세이베에에게 말했다.

"실은 까다로운 수수께끼가 또 하나 있어서 말이지. 더욱이 이 수수께끼가 아무래도 중심 되는 쪽과도 얽혀 있는 듯하네."

세이베에는 천천히 눈을 깜박였다.

"제가 들어도 되는 이야기입니까."

"발설은 삼가주기를 부탁하네."

"압니다."

오리베는 네 남자애에 관해 이야기했다. 시간과 장소, 아이의 이름 등을 일일이 시로타 의사에게 확인하면서 되도록 자세히 이야기했다.

이야기를 듣는 사이에 가도야 세이베에의 뺨이 한층 홀쭉해지고 주름진 얼굴에서 핏기가 가시는 것을 알 수 있었다.

"첫 번째 사내애가 없어진 것이 십팔 년 전 여름입니까."

"그래. 이치마쓰 님은 당시 여덟 살, 이때 큰나리…… 나리오키 님은 기타미에 계셨지."

나리오키가 이치마쓰를 음란하게 괴롭히기 시작한 것은 그보다 먼저, 이치마쓰가 일곱 살 때다.

"두 번째 사내애가 사라진 것이 십육 년 전 여름. 시게오키 님은 열 살. 세 번째 아이가 십삼 년 전 초봄으로, 시게오키 님은 열세 살 이셨습니다" 시로타 의사가 말을 이었다. "시게오키 님에 대한 몹쓸 짓은 적어도 네 번째 사내애가 없어지기 전에 중단된 것 같습니다."

"확실한 일입니까."

의사는 입가에 힘을 주고 고개를 끄덕였다. "친히 증언해주셨습니다."

세이베에의 시선에 동요가 드러났다.

"그럼 시게오키 님은 기억하신다는……?"

"오랫동안 잊고 계셨습니다. 마음속에 봉인해두셨다고 할까요. 반 년 전부터 봉인을 깨고 차츰 기억을 되찾는 중이십니다."

"그 과정에서 작은나리께서 몇몇 사내애가 목숨을 잃어 시신이 진쿄 호에 가라앉아 있다고 말씀하셔서 말이네."

그때는 시게오키 본인으로서 이야기하지 못하고 시게오키가 알 고 있던 기리하가 되어 털어놓은 셈인데.

"작은나리께서 말씀하신 사내애들과 성읍에서 사라진 사내애들이 직접 연결되는지는 아직 모르네. 의혹은 짙지만 확증은 없군."

"아닙니다. 그 두 가지는 관계가 있습니다."

세이베에는 조금도 주저하지 않고 단호하게 말했다.

"성읍에서 사라진 네 사내애는 기리하가 나리오키 님께 주술을 걸기 위한 제물이 됐을 것이 틀림없습니다. 물론 아버지인 구자도 거들었겠습니다만."

주술을 걸기 위한 제물.

"무슨 말씀입니까."

세이베에가 시로타 의사의 물음에 대답하려고 입을 열었다. 호흡이 거칠고 얼굴은 창백했다.

"저는 기리하를 처로 맞이했을 때……."

말꼬리가 억누를 길 없이 떨렸다.

"열여섯 살이라는 젊은 나이에도 불구하고 기리하가 이미 가면을 이용한 기술에 능하다는 사실에 흥미가 동해 대체 어떤 기술이냐고 물은 적이 있습니다."

남편으로서, 숙로로서 네가 쓰는 기술의 비밀을 알려달라고. 가면을 써서 어떻게 타인을 조종하느냐고.

"그때는 설마 가까운 장래에 저 자신이 기술의 효력을 경험하게 될 줄은 몰랐기에……."

쏩쓸한 후회와 더불어 세이베에는 지금도 공포를 곱씹고 있었다.

"기리하는 처음에는 거절했습니다. 이유를 묻자 상대가 남편이든 숙로든 틈새의 기술은 그 사람만의 비기(祕技)이자 무기라 간단히 밝혀도 되는 것이 아니라고 하더군요."

그건 그럴 것이다. 거절하는 이유로서 합당하다.

"게다가 여자 틈새인 기리하가 쓰는 기술은, 그러니까 여자가 남자에게 거는 주술인지라."

"남자만 조종할 수 있는 겁니까."

"여자에게 현혹되는 것은 남자입니다. 여자의 매력과 그것을 탐하는 자신의 육욕에 현혹되는 것이지요."

기리하의 주술은 남녀 간의 비밀을 매개로 하는 기술이라는 뜻이다.

"기리하는 방사로 남자를 현혹해 조종합니다. 그렇기에 남편인 제게 자세히 이야기할 수 없다고 말했습니다."

당신도 기분이 좋지 않을 거예요.

"실제로 겨우 열여섯 살 된, 아직 처녀나 다름없는 아내에게 당시 저는 순식간에 마음을 빼앗겼습니다. 그렇기에 틈새로서의 아내 얼굴을 알고 싶다는 욕심도 생긴 것입니다."

저도 모르게 그러하듯 얼굴을 숙인 세이베에게 오리베는 사과했다.

"사사로운 일을 물어 미안하군."

세이베에는 고개를 젓고 자신을 추슬렀다.

"신경 쓰실 것 없습니다. 이것은 제 젊음의 소치, 젊었기에 저지른 수치스러운 일이니까요."

에도에서 버젓하게 상인으로 살다가 지금은 은거해 편안하게 사는 가도야 세이베에 안에, 기리하라는 아내에게 마음을 빼앗겨 그녀의 몸에 빠져 있던 이와이 이치노신이 아직 남아 있다. 그것을 부끄럽게 여기는 것이 애처로웠다.

"그래도 제가 끈질기게 조르자 기리하도 기리하 나름대로…… 저에 대한 정도 있고 또 방심하는 마음도 있었을 테지요. 이런 것을 가르쳐주었습니다."

가면을 써서 타인을 조종해 자신이 바라는 일을 시키려면, 먼저 주구가 되는 가면을 자신이 쓰고 상대방에게 시키고 싶은 일을 해야 한다.

오리베는 천천히 눈을 크게 떴다.

"그 말은……."

믿을 수 없다. 믿고 싶지 않다.

"이 일로 따지면 그럼 이런 뜻인가. 기리하가 나리오키 님을 조종해 아드님이신 이치마쓰를 괴롭히게 하려면……."

"예. 사전에 기리하 자신이 가면을 쓰고 이치마쓰 님으로 꾸민 비슷한 또래의 사내애를 괴롭혀 그 가면을 주구로 만들 필요가 있었다는 말씀입니다."

그렇기에 사라진 남자애들은 '제물'이었다는 뜻이다.

"제물을 이용해 만든 주구는 언제 어디서나 기리하가 원하는 때, 원하는 장소에서 쓸 수 있습니다."

기타미 영에 사는 남자애들은 본래 나리오키의 치정에 의해 보호를 받아야 할 입장이다. 그렇기에 아이들의 목숨은 주술의 힘을 더해주는 최고의 제물이다.

시로타 의사가 신음하듯 중얼거렸다.

"인간이 할 짓이 아닙니다!"

"외람됩니다만 선생님, 인간이 하는 일이기에 주술이라는 것을 쓰려면 쓰는 쪽도 성할 수 없는 것 아니겠습니까."

주술로 타인을 조종해 타인에게 해를 입히려면, 먼저 주술을 거는 쪽이 자기 손을 더럽혀야 한다.

세이베에의 말이 맞는다. 오리베는 몸속에 끓어오르는 전율을 참기 위해 눈을 감았다.

"……기리하는 주술의 제물로 삼을 사내애를 괴롭히는 데 그치지 않고 죽이기까지 했군요."

시로타 노보루의 목소리도 떨렸다.

"그렇다면 최종적으로는 나리오키 님께서 이치마쓰 님을 죽이도록 하는 게 목적이었을까요."

세이베에는 잠시 생각했다가 고개를 흔들었다.

"구자가 노련한 자객이었던 것처럼 그 딸인 기리하도 자객으로서 뛰어났을 테니, 죽이거나 죽이게 하는 데 대한 주저는 없었을 것입니다. 하지만 나리오키 님과 이치마쓰 님의 경우 오히려 일찌감치 목숨을 앗게 하는 것으로는 부족했을 테지요."

오리베도 고개를 끄덕였다.

"두 분에게 오랫동안 고통을 주어 부자의 인생을 망치는 것이 복수였을 테지."

"그러니 제물로 이용된 사내애들이 목숨까지 잃은 것은 단순히 입을 막기 위해서였을 것입니다. 그리고⋯⋯"

세이베에는 겁이 난 것처럼 머뭇거렸다.

"뭡니까. 생각나신 게 있으면 말씀해주십시오."

시로타 의사가 재촉하자 세이베에는 뻣뻣하게 굳은 입가를 바르르 떨며 말했다.

"시게오키 님께서 현재 되찾고 계시는 기억과 이시노 님께서 조사하신 일이 사실이라면, 십팔 년 전 여름에 사라진 잇페이라는 사내애 전에도 제물이 된 사내애가 있을 것입니다."

그렇다. 잇페이가 행방불명되기 전에 이미 나리오키의 이치마쓰에 대한 부정한 행위가 시작됐으니까.

기리하가 나리오키에게 주술을 걸기 위한 최초의 제물.

"⋯⋯아케노 영의 사내애일 테지요."

세이베에가 떨리는 입술을 깨물듯이 말했다.

"그것도 틈새 혈통의 아이일 것입니다."

이 말에는 오리베도 놀라고 시로타 의사는 안색이 더욱 창백해졌다.

"동료의 아이를 제물로 이용한다는 말입니까."

세이베에는 굳은 얼굴로 고개를 끄덕였다.

"나리오키 님에 대한 주술을 **시작**하는 중요한 제물입니다. 기리하가 나리오키 님께 가진 분노를 공유하는 자, 다시 말해 '덩굴 문서'

에 의해 폐지될 뻔했던 틈새의 일원이라는 것이 중요했을 테지요."

"그렇다고 동료의 아이 목숨을 빼앗다니요."

시로타 의사는 물어뜯듯 말했다. 세이베에가 또다시 힘주어 고개를 끄덕였다. 주름이 깊게 팬 그의 이마도, 청년 의사의 팽팽한 이마도 똑같이 식은땀에 젖어 있었다.

"저를 괴롭히겠다는 목적 하나만으로 자기 자식의 목숨을 도구로 사용한 여자입니다. 조금도 주저하지 않을 것입니다."

세이베에가 말했다. 납득할 수밖에 없는 추론이었다.

오리베는 목소리를 낮추고 말했다.

"잇페이 전에 최소한 한 명. 나아가 우리가 알아낸 네 명 외에도 더 있을 테지. 기리하가 나리오키 님께 주술을 걸어 꺼림칙한 행위를 계속하게 하기 위해서는 늘 새로운 제물이 필요했을 것이야."

세이베에는 면목이 없는 것처럼 어깨를 움츠렸다.

"사노 촌의 고키치 때 수상하게 여겨 조사하려고 했던 청과 시장의 눈 부부가 독살당했습니다. 이쪽은 제물은 아니겠습니다만……."

그 사건도 잊어서는 안 된다.

"그쪽은 책임 추궁을 피하기 위해서 한 일이겠지요."

세이베에가 말했다.

"십삼 년 전 사건에서는 방물 상점 아들이 행방불명된 뒤 누가 신발을 점포 내에 던진 기괴한 사건이 있었습니다. 그것도……?"

"기리하가 혼선을 일으키려고 했을 테지."

흔적을 감추어 추적을 막고 사건을 어둠 속에 파묻으려는 틈새의 수법.

머릿속으로 지금까지 알아낸 일을 복습하는지 미간에 주름을 잡으며 생각에 잠겨 있던 시로타 의사가 긴장해서 눈을 들었다.

"십일 년 전 고키치가 사라졌을 때 나리오키 님의 시게오키 님에 대한 행위는 중단된 상태였습니다. 십삼 년 전은 미묘하게 알 수 없습니다만, 십일 년 전에는 이미 행위가 계속되지 않았죠. 이건 시게오키 님께서 명확하게 말씀하신 일입니다."

그런데 고키치가 사라졌다. 다시 말해 기리하에게 아직 제물이 필요했다. 나리오키에게 여전히 주술을 걸고 있었다.

세 사람은 마주 쳐다봤다. 답은 하나뿐이다. 그러나 입에 담기 껄끄러웠다.

오리베는 말했다.

"시게오키 님께는 남동생과 누이동생이 계시네."

나리오키의 자식들이여, 저주를 받아라.

기리하의 집념.

"십 년 전 기리하가 죽지 않았다면 더 오래 계속됐을지도 모릅니다."

시로타 의사는 견딜 수 없는 것처럼 몸서리를 치며 세이베에에게 물었다.

"어르신, 기리하는 왜, 어떻게 해서 죽었습니까."

"선생, 진정하지."

세이베에는 한 손으로 가슴을 부여잡으며 숨을 고르고는 말했다.

"제가 아는 한 이와이 이치노신이 처자식을 데리고 도망쳤다고 알려진 뒤로도 구자와 기리하는 틈새로 활동했던 것 같습니다."

'덩굴 문서'는 없던 것이 됐다. 아케노 영도 일문도 틈새도 변함없이 존속한다.

"다만 기타미 번의 가게마와리도 마찬가지이겠습니다만, 자객처럼 비밀리에 활동하는 첩자는 그를 부리는 입장에 있는 사람조차 모르게 움직이는 일도 많은 모양입니다."

"그것은 나도 알 수 있네."

"그렇기에 구자와 기리하의 동정을 상세히 알기는 쉽지 않았습니다. 그저 구자는 아케노 영에서 거의 모습을 볼 수 없게 됐다고 들었고……."

"하인 고로스케로 기타미의 고코인에 자리를 잡았기 때문이군."

그리고 기리하는 나리오키에게 접근해 품에 파고들어 그의 마음에 주술을 걸고 음란한 독을 주입하고 있었다.

"그랬을 테지요. 저는 혹시 구자가 저를 노리고 에도 시내에 숨어 있는 것이 아닌가 두려워한 적도 있었습니다만."

그러다가 십 년 전 가을 초입.

"구자가 갑자기 아케노 영에 나타나더니 지기가 있는 오래된 절로 찾아왔다는 소문이 들려왔습니다. 딸의 공양을 해달라며 돈을 주고 바로 사라졌다고 말입니다."

틈새의 다리로는 하루면 충분히 왕복할 수 있을 것이다. 고코인에서 빠져나와서는 구자로 돌아와 절을 찾아가고, 곧장 돌아와 다시 하인 고로스케인 척한다.

"아비가 딸의 죽음을 시인했다면 틀림없겠군."

오리베의 말에 시로타 의사는 흥분했다.

"첩자가 하는 일을 그렇게 간단히 믿어도 되겠습니까."

"선생님 말씀이 맞습니다."

세이베에는 피폐한 표정으로, 그래도 목소리에 힘을 주어 말했다.

"그래서 저도 당시 바로 긴장을 늦추지 않았습니다만, 한편으로 다른 소문도 들려왔던 터라 평온한 나날을 보내는 사이에 아아, 기리하는 정말 죽었구나 하고 이해하게 됐습니다."

"무슨 소문인가."

죽은 것으로 알려진 시기 조금 전부터 아케노 영의 숙로들 사이에 '가면술사 기리하가 병들었다'는 소문이 퍼졌다고 했다.

"어떤 병이죠?"

"몸의 병이 아닙니다. 영혼의 병이었습니다."

기리하의 정신이 온전하지 않다. 언동이 이상하다. 이제 틈새로 쓰기에 위험하지 않나.

"그 사실을 알고, 어렸을 때부터 타인을 현혹시키는 주술을 쓰면서 그를 위해 제물의 피로 손을 더럽혀온 여자에게 알맞은 업보라고 생각했습니다."

오오. 오리베는 순간적으로 생각했다.

남을 저주하면 그 저주가 자신에게도 돌아온다.

세이베에가 오리베와 눈을 마주치며 크게 고개를 끄덕였다. 시로타 의사도 눈을 크게 뜨고 있었다.

"그렇군요……. 어르신이 아까도 말씀하셨죠. 타인에게 주술을 걸려면 거는 쪽도 성치 못할 것이라고."

누군가의 목숨을 빼앗고 혼에 상처를 입히는 일을 계속하다 보면 언젠가 반드시 자기 몸과 혼에도 같은 일이 벌어진다.

"구자가 일부러 이케노 영으로 돌아가 딸의 공양을 부탁한 것도, 정신이 온전치 않은 기리하가 틈새로서의 소임에 실패해 목숨을 잃었기 때문이 아닐까 싶습니다."

틈새든 가게마와리든 임무중에 죽으면 아무도 시신을 거두어주지 않는다. 아버지가 최소한 독경이라도 부탁하려고 고향 절을 찾아갔어도 이상할 것 없다.

"있을 수 있는 일이로군" 오리베는 고개를 끄덕였다. "허나 여기서 세이베에 공을 추궁한들 진위는 알 수 없어. 다른 방면으로도 조사를 해봐야 할 테지."

"도움이 되어드리지 못해 죄송합니다."

세이베에가 엎드려 절하는 것을 오리베는 만류했다.

"아니, 잘 말해주었네. 덕분에 여러 가지가 밝혀졌어."

가도야 세이베에, 이제는 정말 안심하게.

"기리하는 죽었고 고로스케라는 하인으로 둔갑했던 구자도 죽었네. 세이베에 공은 이제 아무것도 두려워할 것이 없을 테지."

"황송합니다."

험악한 표정으로 노의 불을 응시하던 시로타 의사가 "하나만 더

334

여쭙겠습니다"라고 말했다.

"어르신의 생각을 말씀해주십시오. 구자가 고코인에 머물러 있었던 것은 나리오키 님과 자제분들을 감시하기 위해, 기리하가 건 주술의 독이 부자 사이에 퍼지는 것을 지켜보기 위해서였을까요."

"예, 제 생각도 그렇습니다."

"그러면서 제물로 삼은 사내애들 시신을 진쿄 호에 빠뜨린 것 같습니다. 시게오키 님은 기리하에게 그렇게 들었다고 말씀하셨고, 실제로 작은 백골 하나가 발견됐습니다."

오리베는 말했다. "그 백골이 우리가 이 수수께끼를 알아차리고 풀려 하게 된 발단이 됐네만."

세이베에는 고개를 끄덕이고 눈물 어린 눈을 깜박였다.

시로타 의사는 말을 이었다.

"이상한 것은 구자와 기리하가 왜 그런 번거로운 일을 했느냐 하는 겁니다. 성읍에서 납치한 사내애들을 구태여 진쿄 호까지 데려와 죽이다니요."

"성읍에서 죽이고 나서 시신을 운반했는지도 모르지."

"그래도 번거로운 것은 매한가지입니다. 더 가까운 곳에 숨기든 매장하든 얼마든지 간단하게 처리할 수 있었을 텐데요."

그렇다면 이 행동에도 무슨 의미가 있는 게 아닐까.

세이베에는 눈물이 맺힌 눈을 손가락으로 누르며 잠시 생각하다가 말했다.

"저도 그저 추측할 수밖에 없습니다만……."

그 역시 주술일 것이라고 했다.

"진쿄 호를 더럽히고 고코인에서 나리오키 님이 바라보실 경치를 더럽히기 위해 그런 수고를 들인 것이 아닐까 싶습니다."

성장하면 언젠가 고코인을 찾아와 마찬가지로 경치를 감상할 시게오키에게도, 그를 괴롭히는 주술의 재료로 쓰인 제물들의 시신을 **보여주는** 것이다. 물론 당사자들은 모른다. 아무도 모른다. 그런 것을 **보고 있다는** 사실을 모른다. 아는 사람은 구자와 기리하뿐이다.

"나아가 진쿄 호는 기타미 주가와 가신 분들이 힘을 합쳐 완성한 대규모 사업의 성과 아닙니까."

그것을 은밀히 더럽혀 비웃는 것도, 일문을 섬기는 틈새에게는 속이 후련해지는 복수였던 게 아닐까.

납득했는지 시로타 의사는 무릎 위에서 주먹을 부르쥐었다. 노여움에 이를 악물고 숨을 깊이 내뱉고는 말했다.

"기리하는 시게오키 님께 이런 갖은 몹쓸 짓이 모두 나리오키 님의 뜻인 것처럼 이야기하며 협박한 것 같습니다."

그렇기에 잔교에서 착란을 일으켜 **기리하가 된** 시게오키는 '큰나리가 그럽다' '옛날 일을 끄집어내면 큰나리가 노여워하실 것이다'라고 말했다.

어린 이치마쓰가 나리오키에게 당한 일은, 그의 눈에 어디까지나 아버지가 자진해서 하는 일로 보였을 것이다. 기리하는 그 위에 거짓말을 덧입혔다. 사악하고, 이치마쓰를 한층 막다른 곳에 몰아넣을 거짓말을.

아버지가 총애하는 측녀와 함께 나를 괴롭히신다면 나는 거역할
수 없다. 무서워도, 꺼림칙해도, 구역질이 날 만큼 싫어도, 아버지가
하시는 일이라면 거역할 수 없다.

나리오키의 뜻이 아니었건만. 주술 때문이었건만.

"끝을 내야 하네."

거짓말과 사악한 허위를.

"차가운 물속의 시신을 한 구도 빠뜨리지 말고 찾아내자고."

이시노 오리베는 조용히 말했다.

"마침 오늘부터 진쿄 호에서 대규모 수색이 시작될 것이야."

긴이치가 도비아시의 고삐를 꽉 잡고 멈춰 섰다.

"어째 이상한데요."

아닌 게 아니라 앞쪽 숲속에서 인부들이 분주히 움직였다.

"이곳에서 기다리십시오. 제가 보고 오겠습니다."

미노스케가 얼른 달려갔다. 나리마님은 도비아시의 목덜미를 쓰
다듬으며 바람에 눈을 가늘게 떴다.

안장 위의 스즈에게는 흰 머리띠를 묶은 인부들의 소동이 잘 보
였다. 다들 허둥대는 데다 뭔가를 겁내는 것 같았다. 괭이와 낫 같은
연장을 든 사람도 있는 것을 보면 땅을 파는 걸까.

"구리키 님께 알려! 어서, 어서!"

다그치는 목소리는 토목청 관리인가.

"왜 그러지?"

조금 불안한 듯 말한 긴이치의 배에서 크게 꼬르륵 소리가 났다.

나리마님이 빙긋 웃었다. "이 이상 가면 안 될 것 같구나. 미노스케가 오면 고코인으로 돌아가 식사를 하자."

"네, 도비아시한테도 물을 줘야 하고요."

스즈는 앞쪽의 움직임에서 눈을 뗄 수 없었다. 한 인부가 더러운 누더기 같은 것을 들고 있었다. 관리 나리께 보여드리려나. 흠칫거리는 손놀림이었다. 저 천, 꽤 많이 상한 것 같은데 뭘까.

그때 인부가 천을 펼치는 것을 보고 알았다.

소매다.

작다. 어린애 기모노다.

저도 모르게 눈을 돌려 나리마님의 얼굴을 보고 말았다. 나리마님도 방금 그것을 보셨을까.

표정이 달라져 있었다.

아니, 표정이 사라지고 없었다. 웃음도 없다. 눈은 멍하고 입매가 약간 느슨했다.

도비아시는 머리를 숙이고 꼬리를 흔들고 있었다. 긴이치가 쭈그리고 앉아 발굽 상태를 살펴보고 있다.

말안장에 앉은 스즈는 나리마님의 단정한 얼굴을 위에서 내려다보고 있었다. 수려한 이마에 검은 잔머리가 몇 가닥 빠져나와 있다. 위로 올라간 눈꼬리가 늠름하다.

나리마님의 눈꼬리가 보일 듯 말 듯 경련했다.

"……무서웠어."

아주 작은 목소리였다. 그래서 스즈가 정확히 알아듣지 못했을지도 모른다. 잘못 들었을지도 모른다. 방금 그 목소리는 나리마님 것 같지 않았다.

스즈는 안장 위에서 내려왔다. 그리고 나리마님 곁으로 다가갔다.

"내내 무서웠어."

나리마님은 스즈에게 말씀하고 계셨다. 하지만 나리마님 목소리가 아니다. 더 어린 아이 목소리였다.

"자, 자, 너도 다리가 차가워졌네. 따뜻하게 해줄게."

긴이치가 다리를 문질러주자 도비아시는 기쁜지 긴이치의 머리에 코를 박았다.

"그 여자는 시키는 대로 하지 않으면 이치마쓰도 나도 물에 빠뜨리겠다고……."

나리마님의 얼굴은 스즈를 보지 않고 앞을 향하고 있었다. 하지만 혼잣말 같은 중얼거림은 분명히 스즈에게 하는 말이었다.

"……그 때문에 무서워서 잠자코 있었어. 아무에게도 말할 수 없었어."

스즈의 가슴이 두근거렸다. 속삭이듯 간신히 물었다.

"나리마님은 뭐가 무서우셨어요?"

나리마님이 스즈를 봤다. 그리고 그도 속삭이듯 대답했다.

"그 여자가 무서웠어."

눈동자가 바늘 끝처럼 좁아져 있었다.

"이 호수가 무서웠어. 이곳에 여러 남자애들이 가라앉아 있으니까."

이치마쓰. 나리마님의 어렸을 때 이름이다.

"이제야 찾아내준 모양이야, 그 아이들을."

인부들의 움직임이 한층 분주해졌다. 길 저편에서 주홍색 머리띠를 묶은 사람들이 달려왔다. 급히 인원을 늘려야 할 일이 생긴 것이다.

문득 보니 나리마님의 손가락이 떨리고 있었다. 팔도, 어깨도 떨렸다. 좁아져 있던 눈동자가 확대되고 눈이 눈물에 젖었다.

어쩔 수 없을 만큼 가슴이 메어 스즈는 저도 모르게 나리마님의 손을 잡았다. 싸늘한 손가락을 꼭 쥐었다.

나리마님도 같이 잡아주셨다. 지금 스즈와 손을 맞잡고 호숫가 오솔길에 서 있는 사람은 스즈와 비슷한 또래의 어린애다. 어린 남자애다.

그 무서웠던 밤에 창살방에서 뵈었던 고토네 님이다.

"어이, 어이, 구리키 님은 아직 오지 않으셨나! 어서 서둘러! 큰일 났어!"

한 관리가 어쩔 줄 몰라 하며 숲 쪽을 향해 크게 소리쳤다.

우왕좌왕하는 남자들 사이를 헤치고 미노스케가 돌아왔다. 표정이 심각했다.

"나리마님, 이 이상 가지 마시고 고코인으로 돌아가시지요. 긴이치, 말 머리를 돌려라."

"네? 아, 네."

미노스케는 허둥대고 있었다. 한편 나리마님은 스즈와 붙어 선 채 꼼짝하지 않았다.

"……뭘 찾았는데?"

어린애 목소리로 조그맣게 물었다. 미노스케는 놀란 듯 나리마님을 보고, 스즈를 보고, 두 사람이 손을 꽉 잡고 있는 것을 봤다.

"고로스케의 거처를 찾은 것 같습니다."

앞쪽에서 소동이 벌어진 곳에서는 다른 인부가 물가까지 나가 또 다른 누더기를 펼치기 시작했다. 흠칫거리며 펴자 이 또한 어린애 기모노였다. 바둑판무늬가 남아 있다.

"그곳에 저희가 찾던 것과 더불어 다소 예상치 못한 것이 있었습니다."

어? 미노스케 씨 말투가 위사들 같아졌다.

"뭔데?"

나리마님은 숨죽이고 물었다. 스즈도 숨을 죽였다. 긴이치가 두 사람에게 다가왔다.

"……무덤이라고 할까요."

파헤쳐보자 긴 머리와 뼈가 나왔다고 했다.

"꽤 오래된 것입니다만 양쪽 다 여자 것 같습니다. 어린애가 아니라 성인 여자입니다. 무덤은 고로스케가 정성스레 관리한 듯합니다만."

무덤에 바친 물건이 있었다. 모두 똑같은데 수가 아주 많았다.

"대다수가 썩어 흙 속에 묻혀 있습니다. 가장 새것으로 보이는 것도 비바람에 찢어져 더러워졌습니다만……."

그래도 그게 뭔지는 짐작할 수 있다고 했다.

"하얀 종이 가면입니다."

미노스케가 거기까지 말했을 때 나리마님이 스즈의 손을 놨다.

몸이 흔들렸다. 두 발에 힘을 주고 버티며 똑바로 섰다.

"이치마쓰."

남자애 목소리로 불렀다. 누구를? 나리마님 자신을.

"그 여자는 죽었어."

죽었다, 죽었다, 죽었다.

이제 이 세상에 없다.

"아하하."

더없이 명랑하게 웃으며 나리마님은 그 자리에서 가볍게 팔짝팔짝 뛰기 시작했다.

"아하하, 아하하, 아하하!"

손뼉을 치며 웃고 춤추듯 뛰었다.

"꼴좋다!"

드높은 환성이 진쿄 호 수면 위로 울려 퍼졌다. 잔향이 사라질 때까지 꼼짝 않고 귀를 기울이며 눈을 감고…….

눈을 떴을 때 나리마님의 분위기가 바뀌었다.

스즈를 내려다보며 다정하게 미소 지었다.

"너희처럼 더러움을 모르는 아이들은 이런 곳에 오래 있으면 안 된다. 자, 고코인으로 돌아가자."

원래의 나리마님으로 돌아와 있었다.

마지막 장

세상의 봄

この世の春

I

구불구불한 산길을
하얀 말에 붉은 안장을 얹고
마을에서 마을로 촌락에서 촌락으로
광의 정월 님
선물을 잔뜩 갖고 계셔라

비후쿠인의 암자 내실에 가가미 다키는 혼자 앉아 있었다.

다다미 넉 장 반 크기에 마루방이 붙어 있을 뿐 가재도구도 없는 방이지만, 장지 아랫부분으로 긴 햇살이 환하게 비쳐들었다. 복도에 감돌던 어렴풋한 향냄새가 방 안에서도 희미하게 나서 다키의 긴장을 누그러뜨려주는 것 같다.

마루방에 작은 장식 선반이 있었다. 윗단에는 유약이 반드르르한 꽃병에 들국화 한 송이가 장식되어 있고, 아랫단에는 종이 백마가 하나. 손 안에 쏙 들어갈 듯한 크기의 종이 말은 등에 붉은 바탕에 희끗희끗한 무늬가 든 천 조각으로 방석을 만들어 얹었다.

달리 할 것이 없어 그것을 바라보고 있다 보니 어렸을 때 어머니가 종종 불러주었던 우스꽝스러운 노래가 생각났다. 슬슬 설 준비를 할 때가 되면 어머니 사에는 바느질 등을 하며 곧잘 이 노래를 흥얼거리곤 했다.

세차게 흐르는 센 천을
하얀 말의 고삐를 잡고
마을에서 마을로 촌락에서 촌락으로
광의 정월 님
말이 빨리 가면 벌러덩

'광'은 곳간의 광으로, 온도 님의 수호를 받는 기타미의 풍요로운 결실을 의미한다고 한다. '정월 님'은 말 그대로 기타미 땅에 새로운 한 해를 데려오는 정월의 신인데, 사람 눈에는 투실투실하게 살찐 흰 쥐처럼 보인다고 한다.

구불구불한 산길을 따라 물살이 빠른 센 천을 건너 영내를 돌아다니는 정월 님은 새해에 기타미 사람들에게 나눠줄 보물을 잔뜩 운반한다. 너무 서두르면 말 위에서 굴러 떨어져 보물도 같이 떨어뜨린다.

그러니까 말이지, 다키. 정월이 어서 오면 좋겠다고 재촉하면 안 되는 거예요. 정월 님, 천천히 오세요, 하얀 말과 느긋하게 즐기면서 오세요, 하고 말씀드려야 해.

'마을에서 마을로 촌락에서 촌락으로'라는 가사를 보면 본래 성읍에서 부를 노래가 아니다. 산촌이나 농촌에서 전해져 내려왔을 것이다. 실제로 기타미 성읍의 무사 저택이나 나가야에서 이 노래를 아는 사람은 사에뿐이었다.

어렸을 때는 이상하게 생각한 적이 없었다. 토목청 일로 영내 곳곳을 다니던 아버지 가즈에몬이 어디서 듣고 어머니에게 가르쳐주었을까, 하는 정도로만 생각했다.

지금 생각하면 글쎄 어떨까. 어쩌면 사에가 어렸을 때 고향 이즈치 촌에서 들은 노래를 어른이 돼서 불렀을지도 모른다.

비후쿠인은 멀리 무쓰에서 시집온 분인데, 할머니는 원래 몇 대 전 기타미 번주가 측실에게서 낳은 딸이니 꽤 멀기는 해도 나리오키의 친척뻘이다. 어쩌면 그 측실은 무가 출신이 아니라 당시 번주의 눈에 든 영내 부농의 딸이었을지도 모른다. 그렇기에 이 노래를 알고 있었고 비후쿠인에게도 불러주어, 긴긴 연결고리 끝에 귀여운 종이 백마가 붉은 방석을 지고 여기에 있을지도 모르겠다는 생각이 들었다.

수석 가로 와키사카 가쓰타카의 정중한 신청이 받아들여진 덕택에, 이시노 오리베는 과거 시게오키의 정실이었던 유이 부인을 알현할 수 있게 됐다. 그리고 대략 한 달에 한 번 꼴로 유이 부인이 전 시어머니인 비후쿠인에게 문안하는 것에 편승해 간신히 이렇게 암자로 찾아올 수 있었다.

이렇게 우회적인 방법을 써야 했던 것은, 비후쿠인이 고인인 남편과 (대외적으로는) 병환으로 요양중인 적자를 둘러싸고 있던 기타미번 중신들을 싫어해 한결같이 거리를 두어왔기 때문이다.

본래 은거한 시게오키를 저택 관리인으로서 섬기는 이시노 오리베에게는 시게오키의 전처인 유이 부인보다 생모인 비후쿠인 쪽이 더 가까운 입장이어야 할 것이다. 그런데 실제로는 정반대였다. 얼굴도 보지 못한 채 이혼해야 했던 시게오키를 대신해 사죄와 문안 인사를 드릴 기회를 얻고 싶다고 오리베가 청하자, 유이 부인은 즉각 허락했다고 한다. 유이 부인의 본가에서는 난색을 표하는 의견도 있었는데 그것도 물리쳐주었다고 한다.

지금 이 방에서 더 안으로 들어간 응접실에서는 오리베가 유이 마님의 주선으로 비후쿠인과 대면하는 중이다. 오리베의 수행인 자격으로 온 다키는 비후쿠인의 종자일 젊은 여승의 안내로 이 방에 들어와, 그 장면을 상상하며 불안을 억누르고 있었다. 저택 관리인 직속의 시녀로서 부끄럽지 않을 몸차림을 갖추기는 했지만 한낱 시녀에게는 황송한 대우에 몸이 약간 움츠러들었다.

암자 안은 시간이 멈춘 것처럼 정적으로 가득 메워져 있었다.

다키의 마음은 자연히 지금까지 있었던 일을 돌이켰다. 아직은 춥던 심야에 시게오키의 측근이었던 이토 나리타카의 외아들 이치노스케를 안은 유모가 나가오 촌의 아버지 은거소로 도망쳐온 것을 시작으로, 머리가 어지러울 만큼 잇따라 놀랄 일이 벌어졌다. 다키의 생활도 입장도 크게 바뀌었다.

눈앞에 떠오르는, 지금은 세상을 떠난 아버지 어머니의 미소는 다키를 위로하고 힘을 북돋워주듯이 따스했다. 딸아, 네가 해야 할 일을 해라. 충심으로 시게오키 님을 모시고 이시노 님을 도와드려라.

"실례합니다."

당지를 바른 장지문 밖에서 목소리가 들리더니 다키를 안내해준 여승이 얼굴을 내밀었다. 다키도 돌아앉아 서로 손가락을 짚고 맞절했다.

여승이 스르르 옆으로 물러나자, 옷자락 스치는 소리와 함께 산뜻한 향이 감도는 여인이 이 아담한 방에 들어섰다.

하얀 버선발, 흰 바탕에 즈이운세이가이하(瑞雲靑海波) 문양의 홑옷, 짙은 쪽빛에 등꽃과 모란 문양의 덧옷. 묵직한 비단이 다다미 위로 미끄러졌다.

설마 이런 일이. 믿기지 않았다.

"얼굴을 드세요."

기분 좋은, 상냥한 목소리.

다키는 몸이 뻣뻣하게 굳어 꼼짝도 할 수 없었다. 호흡도 멎었다.

"당신과 단둘이 이야기하고 싶다고 비후쿠인님께 졸랐더니 허락해주셨어요. 다른 사람은 들어오지 않을 테니 얼굴을 보여주세요."

다키는 천천히, 숨을 멈춘 채 얼굴을 들었다.

가타하즈시* 식으로 쪽을 진 머리. 머리 장식은 조신한 것이 눈에 튀지 않는다. 다이묘 가 딸의 머리 모양인 후키와가 아닌 것은 결혼했던 몸이기 때문이다.

"당신이 이시노의 수행인인 가가미 다키지요?"

다키는 소리도 못 내고 그저 입 모양만으로 '예' 하고 대답하고는 또 엎드렸다.

"내가 유이예요. 기타미에서 먼 길을 잘 와주셨습니다."

다키가 마음속에 그렸던 부모의 웃음과 비슷한, 따스한 미소가 바로 눈앞에 있었다.

"내가 놀라게 했나요."

"아, 아닙니다. 황송합니다."

가능만 하다면 자신도 유이 마님을 잠깐이라도 뵙고 싶다. 시게오키 님이 얼마만큼 유이 마님께 미련과 변함없는 애정을 갖고 있는지 한마디라도 좋으니 전할 수 있다면 얼마나 기쁠까. 아닌 게 아니라 오리베에게 그렇게 청했다. 하지만 이렇게 즉각 이루어질 줄이야.

유이 부인은 연분홍 입술을 벌려 더욱 놀라운 말을 했다.

"비후쿠인 님은 조금 전 이시노와 함께 출타하셨답니다."

"출타하셨다고요?"

"네. 두 분이 아니면 할 수 없는 중요한 용건이 있다고 하세요. 그러니까 이시노가 돌아올 때까지 다키는 이곳에서 암자를 지켜야 해

---

* 에도시대 궁중 및 쇼군 가의 시녀나 무가의 부인이 하던 머리 모양

요."

유이 부인이 생긋 웃자 소박한 분위기가 확 바뀌었다. 꽃잎이 흩날리는 듯한 명랑함과 화사함, 긴장을 풀어주는 편안함.

아아, 이분이 나리마님께서 사랑하는 분이시구나.

충격을 받고, 동시에 매료됐다.

나 따위는 발치에도 못 미친다. 아름답기만 한 게 아니다. 총명하기만 한 것도 아니다. 너그럽고 다정하고 따뜻하고 사랑스럽다.

"암자를 지키는 동안 내 말상대가 되어주세요. 당신에게 물어보고 싶은 것이 많답니다."

유이 부인은 입술을 다물고 눈을 내리깔았다. 흔들리는 마음을 진정시키려는 걸까.

"……시게오키 님은 안녕하신지요."

부드러운 목소리가 잠기고 말꼬리가 흔들렸다.

"당신은 고토네 님도 만났지요? 두 분 다 나를 기억하시나요? 그리워해주시나요?"

벌써 별이 깃든 동그란 눈동자가 눈물에 젖었다.

"나도 두 분이 그립습니다. 한 번 더 뵐 수만 있다면 대가로 영혼을 팔아도 좋다고 생각했지만, 그것은 이루어질 수 없는 꿈이지요."

한 번 더 시게오키를 보고 싶다.

한 번 더 고토네를 보고 싶다.

이분은 모든 것을 아시는구나.

"당신이 시게오키 님을 모신다는 말은 이시노에게 들었습니다. 이시노는 시게오키 님께서 종종 말씀하셨던 것과 똑같더군요. 그래도 기침은 많이 나아진 것 같아서 안심했어요."

오리베가 피곤하거나 몸이 차면 기침을 많이 하는 것까지 알고 있었다.

"시게오키 님은 가끔씩 말씀하셨지요. 할아범은 고집쟁이라 문제다, 자네는 이제 늙었으니 충분히 쉬면서 약을 먹지 않으면 그 기침 때문에 수명이 줄 것이라고 야단쳐도, 작은나리께 훈계를 들을 이유가 없습니다. 제 몸은 제가 제일 잘 압니다, 하고 항변만 하고 전혀 말을 들을 생각을 하지 않는다고 말이에요."

유이 부인의 웃음이 꽃같이 피고, 꽃잎에 어려 있던 아침 이슬이 떨어지듯 눈가에서 눈물 한 방울이 흘렀다.

"나도 참, 벌써 울다니 주책이네요."

"마, 마님. 아니, 유이 마님."

"그냥 유이라고 불러줘요. 지금 여기에서는 신분과 입장을 잊기로 해요."

목소리에서 소녀 같은 장난기와 친근함이 느껴졌다.

"당신 신상에 관해서도 들었어요. 평생을 함께할 생각이었던 남편과 생이별을 했다는 점에서도 우리는 똑같지요. 이 자리에서는 괴로운 이별을 겪은 여자와 여자로서 마음을 열고 이야기해요."

자, 무슨 이야기부터 할까요?

비후쿠인은 이시노 오리베의 방문을 예기한 것 같았다. 뿐만 아니라 방문 목적도 짐작하는 듯했다.

끔찍하기는 해도 피할 수 없는 일. 꺼림칙하기는 해도 언젠가는 직면해야 할 일. 그렇게 각오하고 있었다는 인상조차 받았다.

실성과 착란을 일으키는 병과 싸우며 건강한 심신을 되찾으려 노력하는 시게오키를 위해 과거에 있었던 일을 파헤치고 있다고 오리베는 간결하게 설명했다. 그 과정에서 다양한 문제와 수수께끼와 마주쳤다. 우리는 아직도 어둠 속에 있다. 하지만 어둠 속에서 드디어 한 줄기 빛을 발견하고 그 빛을 향해 나아가는 중이다.

"결례인 줄은 잘 압니다만, 오늘 이런 형태로 비후쿠인 님께 배알을 청한 것도 오로지 시게오키 님을 위해서입니다. 비후쿠인 님의 진노는 시게오키 님께서 회복되신 뒤 저 이시노가 주름투성이 배를 갈라 사죄드리려 합니다."

그렇게 말하고 엎드린 오리베에게 억양이 없는 담담한 어조로 비후쿠인은 물었다.

"……시게오키 공은 어디까지 기억을 되찾으셨습니까."

오리베는 저도 모르게 얼굴을 들고 말았다. 무릎 위에 두 손을 모으고 두 사람 사이에 조용히 앉아 있는 유이 부인도 아름다운 눈을 크게 떴다.

죽은 남편의 명복을 빌어 머리를 깎고 불도에 귀의했어도 비후쿠인의 피부는 고왔다. 짙은 먹빛의 간소한 법복이 기품 있는 미모를 되레 돋보이게 해주었다.

얼굴은 노 가면 같았다. 노여움도 슬픔도 고통도 내보이지 않았다.

돌처럼. 목상처럼.

"어미로서 시게오키 공이 기억을 되찾지 못했으면 하는 일이 여럿 있습니다. 그것을 구태여 파헤친다면 이시노, 이 싸움에 승산은 있습니까. 그대는 확실히 생각하는 바가 있어 과거의 어둠을 조사하려는 것입니까."

오리베의 놀람은 곧 확신으로 바뀌었다. 역시 비후쿠인 님은 뭔가를 아신다. 그것도 중요한 사실을. 수수께끼의 핵심과 관련된 일을.

"생각하는 바는 있습니다."

그렇게 대답하고 비후쿠인의 기름한 눈을 응시했다.

잠시 침묵이 흐른 뒤 비후쿠인은 눈을 내리깔고 아픔을 견디듯 몸을 비틀며 쥐어짜는 듯한 목소리로 물었다.

"그 어둠 속에 괴물이 있는 것도 그대는 압니까."

괴물. 주술로 사람을 현혹시키는 사악한 것.

"잘 압니다."

오리베의 등골을 전율이 훑고 피가 술렁거렸다. 오오, 마님, 측은하셔라. 도대체 어떤 무서운 것을 보셨는가. 그것을 숨겨온 세월의 무게에 몸은 이제 더 이상 버틸 수 없게 된 게 아닐까.

"외람되오나 비후쿠인 님께서 작은나리가 기억을 되찾기를 원하지 않으셨던 일을, 그 비밀들이 드리워온 긴 그림자를, 그 속에 숨은 사악한 것의 정체를 저 이시노가 말씀드리겠습니다."

'덩굴 문서'에서 비롯된 운명을. 나리오키와 시게오키 사이에 일어난 일을. 고토네의 말을. 이즈치 촌의 참극을. 제물이 되어 행방불명된 사내애들을.

틈새 부녀, 구자와 기리하의 원한을.

"너무나도 끔찍하고 꺼림칙해 저 자신도 타인의 입에서 들은 이야기였다면 믿을 수 없다고 일축했을 테지요."

그러나 모두 사실이다. 외면할 수 없는 사실이다.

"그래도 부디 안심하십시오. 비록 속도는 느려도 작은나리는 확실하게 회복되고 계십니다. 시게오키 님은 과거의 어둠에서 빠져나와 빛을 향해 나아가고 계십니다."

그리고 또 하나 중요한 게 있다.

"틈새 부녀, 고로스케라는 이름을 썼던 구자도, 가면술사 기리하도 이미 이 세상에 없습니다. 괴물은 죽고 몸은 썩었습니다."

기리하의 시체는 진쿄 호 호숫가에 묻혀 있었다. 전 숙로 이와이 이치노신의 말처럼 주술로 타인을 조종해온 벌을 받아 아마 미쳐 죽었을 것이다.

"고로스케가 시체를 진쿄 호로 가져와 은밀히 매장했을 테지요. 죽어서도 큰나리와 작은나리가 고코인에서 보시는 경치를 더럽히려 한 집념은 가히 무시무시합니다만, 이제는 그것도 없어졌습니다."

이제 틈새 부녀의 복수를 두려워하지 않아도 된다.

"고로스케는 작은나리께서 몸소 처단하셨습니다. 주술로 인해 고통받은 자의 마음이 정의로운 힘으로 주술을 이겨낸 것입니다."

오리베가 이야기하는 동안 비후쿠인은 몸을 숙이고 고개를 들지 않았다. 어깨가 떨렸다. 쓰러지려는 몸을 손으로 지탱했다. 유이 부인이 위로하듯 비후쿠인의 손에 자신의 손을 얹었다.

"비후쿠인 님……."

오리베도 목이 메었다.

비후쿠인은 몸을 일으켜 두 손으로 얼굴을 가렸다. 손바닥으로 뺨을 세게 눌렀다. 손가락 사이로 흐트러진 숨소리가 들렸다.

이윽고 손을 내리고 오리베를 봤다.

눈물이 여러 줄기 뺨을 타고 흘러내리고 있었다. 그러나 눈동자 속에는 불이 활활 타오르고 있었다. 그 불이 비후쿠인의 노 가면 같은 얼굴을 살아있는 여자의, 아내요, 어머니인 여자의 얼굴로 바꾸어놓았다. 본래의 얼굴을 되찾았다.

"죽었군요."

비후쿠인은 중얼거렸다. 처음에는 작은 목소리로.

"죽었군요. 죽었군요."

되풀이하는 사이에 목소리가 점점 커지고 힘이 생겼다.

"그 여자는 죽었군요. 도망쳐 목숨을 부지한 것이 아니었군요. 분명 그것도 시게오키 덕분이겠지요. 네, 틀림없습니다. 그러면 좋겠습니다, 그러면……."

열에 들뜬 사람처럼 말했다. 오리베는 아연했다. 도망친 게 아니었다? **그것도** 시게오키 덕분이라니? 대체 무슨 말인가.

"마, 마님, 그 말씀은……."

당혹한 나머지 무심코 튀어나온 그리운 호칭에는 반응하지 않고,

비후쿠인은 일어나 거실 상좌에 모신 불단으로 다가갔다. 죽은 나리 오키, 곤보 후의 위패는 조상들 것과 함께 기타미 영내의 절에 안치되어 있기 때문에 이곳에는 유발만 있다. 청정한 암자의 분위기에 걸맞게 금박이나 나전 같은 화려한 장식을 배제하고 흑단을 조각했을 뿐인 간소한 제단이다.

비후쿠인은 작은 서랍을 열어 보랏빛 비단 보를 꺼냈다. 그것을 들고 오리베의 맞은편 자리로 돌아왔다. 뺨의 홍조는 사라지고 눈동자 속에서 타오르던 불길도 잉걸불로 바뀌어 있었다.

"보십시오."

긴 손가락으로 비단 보를 펴고 안에 있던 것을 꺼내 오리베 쪽으로 밀어주었다.

비후쿠인과 오리베 사이에 데굴 구른 것은 붉은 산호 구슬로 장식된 비녀였다.

오리베는 눈을 크게 떴다. 숨 쉬는 것도 잊었다. 유이 부인은 얼어붙은 것처럼 꼼짝하지 않았다.

"그 괴물, 가면술사 여자가 몸에 지니고 있던 것입니다."

그러고 보면 이즈치 촌에서 쿠리야의 큰마님을 만났을 때도 기리하는 진홍색 산호 구슬이 달린 비녀를 꽂고 있었다 했다.

"이시노, 내가 부탁할 것이 있습니다."

동요하는 오리베와는 반대로 비후쿠인은 침착함을 되찾았다. 목소리는 의연하고 힘이 있었다.

"과거 에도 별저를 관리하던 고데라 센노스케를 만나러 가야 합니다."

만나서 가르쳐줘야 한다.

"그 사람의 병세에 관해서는 나도 압니다. 하루하루 염려하며 지내왔습니다. 이 이야기를 고데라에게도 해주고 싶군요. 이 이야기를 들으면 고데라도 평안한 마음으로 저승으로 갈 수 있을 테니까요."

바로 가마를 준비해주십시오.

십일 년 전 여름. 기타미 성읍에서 사노 촌의 열세 살 먹은 남자애 고키치가 행방불명된 지 얼마 안 됐을 때였다. 밤늦게 기타미 번에도 별저 내실에서 소동이 벌어졌다.

그날 밤 별저에는 나리오키의 정실과 적자, 차남, 딸이 머물고 있었다. 적자는 열다섯 살. 그 전해 봄에 관례를 치러 아명 이치마쓰 대신 시게오키라는 이름을 썼다. 남동생은 열 살 되는 쓰구요시. 호칭은 쓰기. 딸은 여섯 살 되는 스에히메.

이때 번주 기타미 나리오키는 기타미 영에 돌아가 있었다. 정실과 세 아이는 여름철 무더위를 피해 시내보다 한 발 일찍 날아다니는 반딧불을 감상하기 위해 하라주쿠 촌의 별저에서 지내고 있었다.

심야의 변사는 시게오키의 침소에서 일어났다. 불침번을 서는 위사를 제외하고 모두가 잠들었을 때, 흡사 짐승의 포효 같은 고함소리가 울려 퍼졌다.

평소에도 별저의 경비는 느슨하다. 다만 이때는 정실과 아이들이 머물고 있었으니 본저에서 증원한 위사들이 있었다. 저택 관리인 고데라 센노스케는 그들과 함께 시게오키의 침소로 달려갔다.

침소 장지문을 박차고 한 여자가 구르듯 뛰쳐나왔다. 검은 옷을 입고 단검을 거꾸로 쥔 채 예사롭지 않은 재빠른 동작으로 몸을 돌려 위사에게 덤벼들었다. 몹쓸 목적을 가지고 침입한 자라는 것은 명백했지만, 한눈에 여자임을 알 수 있었던 것은 길고 검은 머리가 풀어져 폭이 좁은 등까지 내려왔고, 희끄무레한 얼굴에 입술이 선명한 붉은색이었기 때문이다.

붉게 물든 것은 입술만이 아니었다. 여자는 한쪽 눈이 뭉개졌거니와 목 옆쪽을 손으로 누르고 있었는데 두 곳에서 모두 피가 철철 흘렀다.

여자는 곡예사 같은 몸놀림으로 위사들의 포위를 빠져나갔지만, 상처와 출혈 때문인지 여러 번 벽에 부딪치거나 미끄러지는 등 추태를 보였다. 위사들이 놓친 뒤로는 정실을 경호하던 가게마와리가 추적했으나 결국 세 구역 정도 지난 농가의 우물 부근에서 놓치고 말았다. 그곳에는 대야만 한 크기로 피가 흥건히 고여 있었다.

검은 옷을 입은 여자 침입자는 도둑이었나, 첩자였나. 기타미 가 사람의 목숨을 노린 자객이었나.

보통은 우선 그런 것을 생각하게 마련인데, 이때 기타미 번 별저는 그럴 경황이 없었다. 여자의 침입을 알아차리고 포효하며 반격해 그렇게 큰 상처를 입힌 적자 시게오키가, 마치 짐승이 들린 것처럼, 완전히 짐승이 된 것처럼 날뛰었다. 위사들이 한꺼번에 달려들어도 좀처럼 진정시킬 수 없었다.

시게오키의 잠옷에는 피가 얼룩덜룩 묻어 있었다. 본인은 다치지 않았으니 여자의 피일 것이다.

뜻밖에도 시게오키의 칼 두 자루는 받침대에 그냥 놓여 있었다. 그는 맨손으로 여자와 싸워 피가 고일 만큼 심한 상처를 입힌 것이다. 한편 시게오키의 목둘레에도 여자 것으로 보이는 손가락 자국이 남아 있었다.

시게오키는 총명하고 쾌활한 청년이다. 그런 작은나리가 딴 사람이 된 것처럼 으르렁거리며 신음하고 침을 질질 흘리면서 종잡을 수 없는 말을 부르짖었다. 가까스로 알아들을 수 있었던 것은 이런 말이었다.

"가면이, 흰 가면이."

"쓰기."

"그렇게는 안 될걸."

"죽어라! 죽어라!"

그리고 여자를 놓친 가게마와리가 피바다 속에서 주워 가지고 돌아온 것을 보더니 눈을 번득이며 웃기 시작해 숨이 멎을 만큼 웃고는 기절했다.

가게마와리가 가져온 게 진홍색 산호 구슬이 달린 비녀였다.

"……이튿날 아침 깨어난 시게오키는 여느 때의 시게오키로 돌아와 있었습니다만."

하라주쿠 촌의 넨부쓰 사에서 마루방에 깐 얇은 이부자리에 누워 고데라 센노스케는 죽어가고 있었다. 비후쿠인은 그의 머리맡에 앉아 야윈 손을 잡고 조용히 말을 시켰다.

"전날 밤에 관해 아무것도 기억하지 못했습니다. 그렇지요, 고데라."

이시노 오리베는 이부자리 발치에 앉아 있었다. 고데라의 희미한 숨소리는 그의 귀에 들리지 않았다.

비후쿠인은 해골에 가죽 한 겹 씌운 것처럼 뼈만 남은 고데라의 얼굴에 복스러운 얼굴을 가까이 가져가 차분히 이야기했다.

"나는 기타미에 계시는 큰나리께 상황을 알리기 위해 바로 사자를 보내자고 그대를 불렀습니다."

비후쿠인은 다정하게 고데라의 손을 어루만졌다.

"그때 그대가 말했지요. 작은나리가 자꾸 종이 가면 이야기를 하는 것이 마음에 걸립니다, 하고."

본당 쪽에서 부드러운 종소리가 들려왔다. 한 번, 두 번, 그리고 독경이 시작됐다.

절에 도착한 비후쿠인은 주지를 만나 정중하게 독경을 청했다. 내가 고데라를 만나는 동안 계속해주십시오. 고데라의 마음이 편해질 수 있도록 부처님 말씀을 들려주십시오.

고데라는 눈을 뜨고 있었다. 스스로는 눈을 깜박이지 못하는지라 간호하는 동자승이 하루에 몇 차례씩 젖은 수건으로 눈가를 닦아준다고 했다.

그의 눈은 어디를 보고 있나. 비후쿠인의 모습은 보일까. 아니면 십일 년 전 사건을 보고 있나.

"오래전, 시게오키가 일곱 살 때, 그때는 초겨울 늦은 밤이었다고 합니다만."

비후쿠인은 고데라의 손을 문질러주며 말을 이었다.

"고데라는 보고 말았습니다. 악귀처럼 뿔이 돋은 하얀 종이 가면을 쓴 큰나리가 그 아이 침소에 있는 모습을."

얼굴은 고데라 쪽을 향하고 있지만 말은 오리베에게 하고 있었다. 그래서 오리베도 되도록 조용한 목소리로 물었다.

"그날 큰나리는 작은나리와 두 분이 별저에 머물고 계셨지요."

"이치마쓰를 데리고 멀리 승마를 나가신다고 하셨습니다. 나는 쓰기를 안고 본저에 남아 있었습니다."

고코인에서 시로타 의사의 치료를 통해 시게오키가 조금씩 되찾은 기억과 일치한다.

"하얀 종이 가면을 쓴 큰나리의 모습을 봤을 때, 고데라는 처음에 큰나리가 작은나리를 단련하시는가보다 생각했다 합니다."

무사로서, 장차 한 번을 책임지는 다이묘 가의 당주가 될 남자로서, 언제 어디서 어떤 수상한 자와 마주쳐도 의연하게 대처할 수 있어야 한다.

"큰나리는 작은나리에게 그렇게 가르치시려는 것이 아닌가. 그렇다면 공연히 방해하면 안 되겠다 생각했다고 내게 말했습니다. 그랬지요?"

비후쿠인이 묻는 목소리에 고데라 센노스케의 호흡이 흐트러진 듯했다. 눈도 조금 움직였다. 고데라는 이 상황을, 여기서 오가는 말을 이해하는 것이다.

"큰나리도 그 정도로 팽팽하게 긴장된, 일종의 상궤를 벗어난 기색이셨다고 말입니다."

나리오키와 시게오키 부자의 관계, 나리오키가 시게오키를 엄하게 교육시키고 지도해온 것을 오리베도 똑똑히 기억했다. 고데라 센노스케가 '심야의 침소에서 악귀 가면'이라는 기이한 장면을 목격하고 순간적으로 그렇게 해석한 것도 무리가 아니다. 사실은 주술에 의해 조종당하고 있었다는 것을 알 턱이 없고 애초에 그런 가능성에는 생각이 미치지도 못할 것이다.

저택에서는 야경을 제외하고 다들 잠들어 있었다. 아니, 야경조차도 기척을 죽일 만큼 고요했다.

다들 숨을 거둔 것처럼.

"그런 생각이 드니 고데라는 갑자기 전율을 느껴 결례를 무릅쓰고 큰나리를 불러보려고 했습니다만."

침소에서 흘러나오는 어렴풋한 향의 냄새에 머리가 어지러워졌다. 현기증이 나 앞뒤 분간이 안 되고 목소리가 나오지 않았다.

"깨어 있는 줄 알았는데 사실은 알고 보면 꿈을 꾸는 것이 아닌가."

애초에 나는 왜 자다 깨서 작은나리 침소로 갔나.

소리가 들려와서 아니었나. 기척이 느껴져서 아니었나.

침소 안에서 작은나리가 뭐라 말씀하셨다.

방해하면 안 되는 건가. 말을 걸어보는 편이 나은가.

나리.

거기서 고데라의 의식은 끊겼다. 퍼뜩 눈을 떴을 때는 이미 새벽이었다.

급히 몸차림을 갖추고 나리오키와 시게오키의 침소로 가보니 두 사람 다 딱히 이상한 기색은 느껴지지 않았다. 별저 안에도 이변은 없었다.

역시 악몽이었구나.

고데라는 모조리 잊고 아무에게도 말하지 않았다. 기이하지만 단순한 악몽이다. 게다가 애써 잊어버리려 하지 않아도 심야에 목격한 광경은 빠른 속도로 흐려져 그의 뇌리에서 사라져갔다.

"그 또한 주술의 힘이었을 테지요. 현기증을 일으키는 냄새의 향이라는 것도 기리하의 주술과 관계가 있었을 것이 틀림없습니다."

오리베는 말했다.

향이 아니라 약품 종류 아니었을까.

"고데라도 큰나리와 마찬가지로 거기에 현혹된 것이겠지요."

기리하의 입장에서는 고데라에게 목격됐다는 실책을 잘 덮은 셈이다.

그러나 시게오키의 기억이 남아 있었던 것처럼 고데라 센노스케의 기억도 완전히 지워지지 않았다. 십일 년 전 여름 밤, 딴 사람이 된 것처럼 흥분한 시게오키가 "가면이, 흰 가면이" 하고 소리쳤을 때, 고데라 안에서 흐릿하게 남아 있던 과거의 광경이 단숨에 선명하게 되살아났다.

그건 대체 무슨 일이었나.

그곳에서 무슨 일이 벌어지고 있었나.

역시 예삿일이 아니었던 게 아닌가.

고데라 센노스케의 손등을 어루만져주며 비후쿠인은 목소리를 낮춰 말을 이었다.

"그 이야기를 듣고 나도 불안해졌습니다."

하룻밤 지나 진정된 시게오키, 여느 때처럼 영명하고 활달한 작은 나리로 돌아온 시게오키에게 비후쿠인은 물었다. 그 어떤 사소한 일이라도 상관없다. 어젯밤에 관해 기억나는 게 있는지 봐라. 기억을 되살려봐라.

"시게오키는 아무것도 기억나지 않는다는 말만 반복했는데……."

점차 안색을 잃고 떨기 시작했다.

"내 눈에는 두려워하는 것처럼 보였습니다. 아주 무서운 일로부터 도망치려고, 또는 숨으려고 하는 것처럼 보였습니다."

이윽고 머리가 깨질 것처럼 아프다고 괴로워하기 시작한 시게오키는 그 자리에서 심하게 토하더니 축 늘어져 졸도하고 말았다.

그런데 당황한 비후쿠인이 큰 소리로 사람을 부르려 했을 때 기이한 일이 벌어졌다.

"시게오키가 느닷없이 눈을 뜨더니 벌떡 일어난 것이에요."

그리고 비후쿠인 앞에 자세를 바로 잡고 또렷한 어조로 불렀다.

이치마쓰의 어머님.

"어린 목소리였습니다."

독백하는 비후쿠인의 목소리가 낮아졌다. 억눌러 속삭이듯 말했다.

"이미 관례를 치른 시게오키보다 훨씬 어리고 귀여운 목소리였습니다."

어린 시절의 시게오키, 이치마쓰의 목소리와 비슷한 것 같았다.

"그 목소리로 내게 이름을 대더군요."

저는 고토네라고 합니다.

이치마쓰 안에 있으며 이치마쓰의 일부이고 이치마쓰가 아닌 자. '교대'하는 것으로 본래의 모습이어야 할 무구한 이치마쓰를 **지켜온** 자.

"고토네는 지난밤 무슨 일이 있었는지, 지금까지 큰나리와 기리하라는 여자가 시게오키에게 어떤 짓을 했는지, 어떻게 겁을 주었는지 내게 이야기해주었습니다."

십일 년 전부터 비후쿠인은 알고 있었다.

고토네에게 들어 알고 있었다.

"하지만 고토네가 알 수 없는 일은 나도 알 수 없습니다. 큰나리께서 이런 보복을 당하시게 된 근본 이유인 '덩굴 문서'에 관한 것과 여자의 이름, 그 아비인 구자에 관한 것은 알 방도가 없었지요."

그것을 제외한 대강의 사실은 고토네에게 들었다고 한다.

이치마쓰는 몹시 두려워하고 매우 수치스러워하기 때문에, 원래는 제가 이 일에 대해 발설하는 것도 싫을 겁니다.

"하지만 낳아준 어미인 저는 별개라고 말하더군요."

그런 분별. 필사적인 표정과 말투.

"고토네는 여자에게 맨손으로 중상을 입힌 것은 본래의 시게오키가 아니라 시게오키의 노여움을 체현하는 난폭한 남자고, 그 때문에 본래의 시게오키는 지난밤 일을 기억하지 못할 것이라고 가르쳐주었습니다."

비후쿠인은 쓸쓸하고 슬프게 미소를 지었다.

"곧이곧대로 믿을 수 있는 이야기는 아니었지만, 당시 나는 고토네의 말을 믿는 수밖에 없었습니다."

어머님은 별개입니다.

그런 말로 매달리는 고토네와 마찬가지로 비후쿠인 또한 기이한 사태 앞에서 매달릴 것이 필요했다.

오리베는 온화하게 말했다.

"십중팔구 작은나리의 '노여움의 화신'이 처음 겉으로 나타난 것이 그날 밤이겠지요."

그 뒤로 '노여움의 화신'은 세 번 나타났다. 나리오키를 때려 죽였을 때. 오도시마인 우키하시를 처단했을 때. 그리고 고코인 창살방에서 틈새인 고로스케를 목 졸라 죽였을 때.

"기리하는 별저에 숨어들기 직전 기타미에서 농민의 아이를 제물로 삼았습니다."

오리베는 되도록 목소리를 낮추어 말했다.

"그렇다면 그날 밤도 가면을 이용한 주술을 걸 작정이었을 텐데,

큰나리는 에도에 계시지 않았으니……."

"그러니까 여자는 시게오키를 노린 것이에요."

비후쿠인의 하얀 볼이 희미하게 상기됐다.

"시게오키와 쓰구요시를 먹잇감으로 삼을 생각이었던 것이지요. 그 몹쓸 여자 틈새는 이번에는 큰나리가 아니라 청년이 된 시게오키를 조종해 쓰기를 괴롭히려 한 것입니다."

역시 그런가. 생각할 수 있는 가능성은 그것뿐이지만, 오리베는 몸속을 훑는 전율에 어금니를 꽉 깨물었다.

이 얼마나 엄청난 악의인가.

"시게오키는 그에 저항해, 아니, 자신의 힘으로는 끝까지 저항할 수 없었기에 '노여움의 화신'이 되어 여자와 싸웠을 테지요."

그렇게 해서 동생을 지키고 기리하를 물리쳤다.

나리오키의 자식들이여, 저주를 받아라.

순순히 당할쏘냐. 네가 건 주술로 오랜 세월 고통을 받았기에 나는 네게 저항하고 너를 처단할 힘을 얻었다. 이번에야말로 그것을 실감하게 해주마.

시게오키의 역습에 기리하는 피가 웅덩이를 이룰 만큼 중상을 입고 어둠 속으로 도망쳐 어둠 속 어디선가 죽었다.

시신을 진쿄 호로 운반한 구자는 노여움에 불탔을 것이다. 그래도 올가미 기술을 사용해 시게오키의 목숨을 노리려 하지 않았다.

간단히 죽여주지 않겠다.

주술에 걸린 아버지의 음행으로 시게오키의 심신이 독에 좀먹히는 모습을, 그 독이 열매를 맺어 나타날 때를 기다리기를 선택했다.

고코인에서 바라보이는 경치를 더럽히며 그날이 오기를 기다려 주마.

그렇게 결심했던 건가.

"나도 고데라도……."

비후쿠인은 중얼거리고는 입을 다물었다. 고데라 센노스케의 손을 살며시 이불 속에 넣어주고 눈을 내리깐 채 얼마 동안 침묵했다.

"사태의 꺼림칙함과 복잡함에 당황하고 말았습니다."

고토네는 비후쿠인에게 이렇게 말했다고 한다.

이치마쓰의 아버님은 여자에게 현혹되어 몹쓸 짓을 하시는 것뿐, 당신이 하는 일을 기억하지 못하십니다.

"그 말에는 나도 수긍할 수 있는 부분이 있었습니다. 만약 큰나리가 스스로의 의사로 시게오키에게 음행을 하고 떳떳하지 못한 비밀을 가지고 계셨다면, 아무리 내가 어리석은 아내라도 느낌이 있었을 터입니다."

다시 말해 본인조차 자신이 한 일을 기억하지 못하기에 주위 사람들도 알아차리지 못한 게 아닐까. 나리오키에게는 '비밀'이 아니다. 아무것도 감추는 게 없으니까.

"그런 큰나리께 어떻게 이 사태를 알려 이해를 얻을 수 있을까."

서한으로는 전할 길이 없다. 하지만 비후쿠인은 에도를 벗어나지 못한다.

"고데라를 보낼까 생각도 해봤습니다만, 그것도 허튼 일이라고 바로 다시 생각했습니다. 아무리 내가 보내는 위급한 전갈이라 해도, 아니, 위급한 전갈이기에, 기타미 번에서는 아무도 에도 별저 저택 관리인의 말을 믿어주지 않을 테지요. 그것도 이렇게 기괴하고 믿기 어렵고 추잡한 일을."

비후쿠인은 눈을 들어 오리베를 돌아봤다. 차갑고 긴장된 시선이었다.

"같은 생각을 나는 이시노, 에도 가로인 그대에 대해서도 했습니다."

목소리에 얼음 같은 가시가 돋혀 있었다.

"대대로 기타미 번을 좌지우지해온 네 가로 중 한 사람. 큰나리에게 충심을 바치며 후견인으로서 번번이 나와 시게오키 사이에 끼어들고 어미의 심정은 생각해주지 않는 그대가, 큰나리가 시인하지 않으시는 일에 대해 내 말을 믿어줄 리 없다."

힐난하는 한편으로 한탄하듯 목소리가 갈라졌다.

"자칫하면 그대는 내가 미쳤다고 생각할 것이다. 나를 꺼려 시게오키와 쓰기와 스에히메로부터 떼어내 멀리 쫓아버리려 할 것이다."

눈에 눈물이 어렸다.

"내가 미치지 않았다는 것을 입증하려고 그대와 고토네를 만나게 하면, 그대가 고토네에 관해 알면, 시게오키도 실성했다고 생각할지 모른다. 그렇게 되면 시게오키의 향후 처우가 어떻게 달라질지 알 수 없습니다."

그런 위험을 무릅쓸 수는 없었다.

"그대들 가로는 주가를 지키기 위해서는 신명(身命)을 다하지만, 그를 위해 불필요한 자는 거들떠보지도 않지요. 나는 시게오키를 불필요한 자라고 버림받을지도 모르는 입장에 몰아넣고 싶지 않았습니다."

가문을 지키는 일에만 급급한 자들에게 어떻게 마음을 허락하겠는가.

"나는 그대를 의지할 수 없었습니다."

변명이 아니라 비난이었다.

오리베는 말없이 엎드렸다.

항변할 말이라면 있었다. 결코 비후쿠인을 함부로 대한 적은 없다. 모자간에 끼어들겠다는 마음도 없었다. 오리베가 시게오키를 소중히 기른 것은 시게오키가 후계자라서가 아니다. 그저 애지중지하는 마음도 있었다.

그러나 지금 이 지리에서 그런 말을 한들 허무할 뿐이다. 비후쿠인에게는 오리베를 비롯한 중신들의 태도가 차갑고 사납게 보였던 것이다.

오해가 있었다. 그러나 신하 입장에서는 머리를 숙이는 수밖에 없었다.

"결국 나와 고데라가 의논해 별저에서 벌어진 이 기이한 사태에 관해서는 일체를 감추기로 했습니다."

나리오키에게는 별저에 머무는 중 침입한 자가 있었는데 시게오키와 위사가 이를 물리쳤다는 전말만을 알렸다.

"큰나리께서는 에도 번저의 경비를 강화하도록 바로 분부를 내려주셨습니다. 그리고 큰나리가 출부하실 때까지는 나와 아이들은 절대로 별저에 가지 말라고도 하셨지요."

물론 비후쿠인은 명에 따랐다.

"저도 그 분부를 기억합니다" 오리베는 말했다. "작은나리께 여쭤보니 아닌 게 아니라 침입자는 있었지만 별일 없었으니 소란 피울 것 없다고 말씀하셨습니다."

"내가 시게오키에게 그렇게 해달라고 부탁한 것입니다."

차갑게 내뱉듯 말하고 비후쿠인은 순간 눈을 깜박였다.

"시게오키도 할아범에게 공연한 걱정을 끼치고 싶지 않다며 웃더군요."

어머니 말씀대로라면 저는 잠에 취한 채 침입자를 퇴치했다는 뜻입니다만, 그것은 무사로서 명예스러운 일인지 불명예스러운 일인지 잘 모르겠군요. 만약 불명예라면 아버지께 호된 꾸중을 듣게 될 테지요. 제가 꾸중을 들으면 할아범도 꾸중을 듣습니다. 그것은 싫습니다.

"다정한 아이입니다."

비후쿠인은 중얼거렸다.

"시게오키는 그대를 좋아했습니다. 누구보다도 좋아했지요. 나는…… 그대가 부럽고 원망스러웠습니다."

오리베는 또다시 대답할 말을 찾지 못했다.

"나도 고데라도 그 뒤로 숨을 죽이고 신경을 쓰면서 하루하루를 보낼 수밖에 없었습니다만……."

번저 경비가 강화된 덕에 마음이 든든했다.

"그 뒤로 여자가 모습을 드러내는 일은 없었습니다. 고토네가 나 타나 제게 도움을 청하는 사태도 일어나지 않았습니다. 시게오키에 게서도 이상한 기색은 찾아볼 수 없었습니다."

공포스러운 시기는 지난 것 같았다.

"큰나리께서 출부하신 다음 이 일에 관해 다시금 물으셨습니다 만……."

비후쿠인은 앞서 알렸던 대로 이야기했다. 나리오키는 그것을 의 심하는 눈치는 없었으나…….

"내가 감추고 있던 산호 구슬 비녀를 보여드렸더니 안색이 달라 지시더군요. 본 적이 있으시냐고 여쭸더니 털어놓아주셨습니다."

십 년 전부터 은밀히 측녀로 곁에 두었던 여자 틈새의 물건이라 고 했다.

측녀라고는 하나 어쨌거나 첩자다. 내내 곁에 두었던 것이 아니 야. 새가 날아들듯 제 마음 내킬 때 나타났다가 사라지는 여자였다.

"어째서 여자 틈새를, 하고 나도 모르게 비난하는 투가 되었을 테 지요. 큰나리는 씁쓸한 표정으로 이렇게 말씀하셨습니다."

여자 틈새를 회유해두면 아케노 영과 일문의 동정을 살피는 데 도움이 될 테지.

오리베의 몸속에서 내장이 천천히 뒤집혔다. 그 정도로 큰 놀라움 과 쓰디쓴 이해가 치밀었다.

이 얼마나 얄궂은 일인가. 나리오키는 자신이 기리하를 밀정으로 이용하고 있는 줄 알았던 것이다.

하지만 틈새는 결국 틈새라는 뜻이군. 기회만 있으면 이쪽의 목을 딸 셈이었나.

"큰나리는 그렇게 말씀하시며 여자가 분명히 죽었는지 조사해보겠다고 하셨습니다. 그리고 이 일은 그것으로 끝난 것이 됐지요."

그 뒤로 비후쿠인은 나리오키에게 아무 말도 못 들었다고 한다. 그저 딱 한 번, 다른 이야기를 하던 중에······.

이제 여자 틈새를 가까이 두는 엉뚱한 짓은 하지 않을 테니 안심해라.

짤막하게 그렇게만 말했다고 했다.

"나는 소심하고 어리석은 여자입니다."

제정신이 아니라고 할까봐 두려워 의혹을 직시하고 부딪치지 못했다.

"큰나리는 정말 조종당한 것이었나. 시게오키를 괴롭힌 것을 정말 전혀 기억하지 못하시나."

마음은 흔들리고 의혹에 망설였다.

"아니면 시게오키······ 고토네가 한 말이 악몽 같은 거짓이고 그 아이야말로 제정신이 아닌가."

신변에는 평온이 돌아왔다. 그 뒤로 이상한 일은 한 번도 일어나지 않았다.

다 끝났다. 이제 어떻게도 할 수 없다. 시간을 되돌릴 수는 없으니 확인하고 싶어도 할 수 없는 것도 있다.

"스스로에게 그렇게 타이르며 한결같이 도망쳐왔습니다."

눈을 돌리고, 등을 돌리고, 도망치고 또 도망쳐 지금까지 피하고 지냈다.

"쓰구요시와 스에히메를 성장하기도 전에 다른 곳으로 보낸 것도, 만에 하나라도 두 아이에게 해가 미치지 않게 하는 데는 그편이 낫다고 어리석은 어미 나름대로 생각했기 때문입니다."

스에히메는 그렇다 치고 작은아들인 쓰구요시를 양자로 보내는 데 대해 나리오키는 별로 탐탁해하지 않았다고 한다.

"그래서 내 본가를 통해 양자 보낼 곳을 찾았습니다. 그러면 큰나리도 무턱대고 거절할 수 없으실 테니까요."

그런 결사의 노력이 쓰구요시와 스에히메를 지켰다.

"그러고 나서는 내가 시게오키를 지켜보기로 결심했습니다."

몸은 여기에 있어도 마음은 계속 도망치고 있었다. 어둠을 떨치고 빛 속으로 도망치려 했다. 흘러가는 시간이 모자의 편이 되어주기를 한결같이 소망하며.

무사히 도망친 줄 알았다.

오 년 전 시게오키가 나리오키를 죽이는 참극이 벌어지기 전까지는.

"큰나리를 죽이고 피투성이 얼굴을 향해 시게오키가 '꼴좋다'라고 소리쳤다지요?"

비후쿠인의 볼에 눈물이 흘렀다.

얇은 이부자리에 누운 고데라 센노스케는 눈을 감고 있었다. 주의해서 듣지 않으면 이제 숨소리도 들리지 않았다.

"그 말은 자신을 괴롭힌 아버지에게 보복한 그 아이의 부르짖음이었을까요. 아니면 복수에 성공한 틈새 부녀의 쾌재였을까요. 이시노, 그대는 어떻게 생각합니까."

비통한 물음이 오리베의 가슴을 꿰뚫었다. 동시에 뇌리를 스치는 생각이 있었다.

나리오키가 급사한 진짜 이유를 구자는 알았을까. 오리베를 비롯한 중신들의 은폐 노력을 뚫고 진상을 파악했을까.

그러고 보면 시게오키가 나리오키를 죽이게 된 계기는 무엇이었나. 구자가 꾸민 일이 아니라고 단정할 수 있을까.

이 수수께끼는 이제 시게오키에게 물어 푸는 수밖에 없다.

"반드시 진실을 밝혀내겠습니다."

오리베가 할 말은 그것밖에 없었다.

"다만 지금 이 자리에서 말씀드려야 할 것이 있습니다. 마님은 결코 어리석지 않으십니다. 어리석고 무력했던 것은 저희 기타미 중신들입니다. 그중에서도 저 이시노 오리베가 특히 둘도 없는 바보였습니다."

뭐가 스치는 소리가 났다.

아니, 소리가 아니라 목소리다. 고데라 센노스케가 눈을 뜨고 뭐라 말하려 하고 있었다.

비후쿠인이 고데라를 불렀다. 오리베도 무릎걸음으로 고데라의 얼굴 가까이 다가갔다.

"……용서해주십시오."

목소리가 잠겨 알아들을 수 없었다. 고데라는 경련하듯 눈을 크게 뜨는가 싶더니 힘이 다한 것처럼 눈을 감았다.

더는 숨을 쉬지 않았다.

2

깊은 어둠 속에 떠오른 빛의 고리.

수면에 흔들리는 달처럼 환한 고리 속에 기타미 시게오키는 우두커니 서 있었다.

오랜 세월 몇 번이고 꿈속에서 찾아왔던 곳이다. 그렇건만 시게오키는 이곳이 어디인지 알지 못했다. 현세에 있는 곳인가. 아니면 자기 마음속의 어둠에 찾아오는 걸까.

지금 비로소 알았다.

이곳은 진쿄 호다.

고코인에서 보이는 푸른 호수다. 그런데 이렇게 어두운 것은 여기가 밤이기 때문이다.

끝없는 밤. 바람도 날리지 못하는 어둠. 가득 차오른 차갑고 검은 물.

그 물속에 감추어진 게 바로 시게오키가 느끼는 공포의 근원이었다. 시게오키가 안고 있는 어둠의 근원이었다.

이곳은 죽음의 호수다.

아이들의 시체를 감추고 있었다. 시게오키의 수치와 비밀을 삼키고 있었다.

오늘 밤 드디어 나는 이곳에서 죽는 걸까. 오늘 밤 이 어둠이 나를 집어삼켜 모든 게 사라지는 걸까.

"그렇지 않아."

다정하고 맑은 목소리가 들려왔다.

우두커니 선 시게오키의 오른손에 손가락이 살며시 감겼다. 고토네의 손가락이다. 내려다보니 고토네가 웃으며 시게오키를 보고 있었다.

"고토네."

어째선지 오늘 밤은 하얀 명주 잠옷을 입고 있었다. 맨발로 빛의 고리 안에 서 있다. 작은 발톱을 어둠의 물결이 씻었다.

"이치마쓰, 너는 죽지 않아."

그저 기억이 났을 뿐이다.

"그 여자는 죽었지."

고토네는 더욱 활짝 웃으며 속삭였다.

"이미 오래전에 죽었어. 뼈만 남아 진창과 썩은 나뭇잎 속에 묻혀 있었어."

네 눈으로 봤지?

시게오키는 몸을 굽히고 무릎을 꿇어 고토네의 싸늘한 손가락을 쥐며 얼굴과 얼굴을 맞댔다.

고토네의 눈동자를 들여다봤다. 그곳에도 희미하지만 눈부신 빛이 밝혀져 있었다.

"모든 게 이미 오래전에 끝났던 거야."

고토네의 목소리는 상냥한데 말투에는 늠름한 느낌이 있었다.

"이치마쓰를 위협하고 사로잡고 있었던 것은 단순한 환상이었어."

시게마쓰는 천천히 고개를 흔들었다.

"환상을 지울 수는 없어."

실체가 없는 환상이기에 퇴치할 수 없다. 칼을 휘둘러도 창으로 찔러도 효과가 없다.

"그래. 하지만 환각을 향해 말해줄 수는 있어."

너는 한갓 환상이다.

너는 거짓 덩어리다.

너는 허구의 그림자에 불과하다고.

"그 여자는 이치마쓰의 아버지를 사랑하지 않았어."

아버지에게 사랑받지도 않았다.

"그 여자의 눈물은 가짜였어."

아버지를 위해 흘린 눈물이 아니었다.

"그 여자는 사악한 기만으로 이치마쓰의 아버지를 현혹시킨 것뿐이야."

큰나리가 그리워.

"그거야말로 거짓말이야."

큰나리를 위해 네게 이런 일을 하는 거야. 얌전히 있으렴. 얌전히 있으면 좋은 것 해줄게.

"그 여자는 사실 한 번도 이치마쓰의 아버지를 사랑해본 적이 없었어."

고토네는 노래하듯 가볍게 가락을 붙여 되풀이했다. 죄다 거짓말, 거짓말, 거짓말이었다고.

시게오키는 몸속에서 뭔가가 치미는 것을 느꼈다. 꿈속에 있는 텅 빈 몸 안에서 위산처럼 쓰린 것이 역류했다.

"닥쳐, 이 애송이가."

시게오키의 입에서 여자 목소리가 튀어나왔다. 위산 같은 독을 품은 목소리.

아아, 이건 내가 아니다. 내 안에 자리 잡은 그 여자의 목소리. 그 여자의 마음.

고토네는 시게오키의 손가락을 꽉 쥐었다. 그리고 시게오키를 끌어당겨 코끝이 닿을 만큼 얼굴을 가까이 대고 말했다.

"이치마쓰 안에서 나가."

이제 너는 필요 없어.

"이치마쓰는 이제 너를 데리고 있을 필요가 없어졌어. 왜냐하면 이제는 모두가 아니까. 네 악행이 폭로돼서 모두가 알고 있으니까."

고토네는 다른 한 손을 들어 시게오키의 뺨을 어루만졌다.

"이제 이 여자를 놔도 돼. 이 여자는 이치마쓰 안에 자리 잡고 있었던 게 아니야. 이치마쓰가 이 여자를 잡고 있었던 거야."

언젠가 이 여자의 사악한 거짓말의 가죽을 찢어버리기 위해.

"흥, 시건방진 소리."

시게오키의 입에서 또 여자의 독이 어린 목소리가 터져 나왔다. 이치마쓰와 고토네를 비웃듯이 시게오키의 얼굴이 일그러졌다.

"환상은 너, 허상은 너다. 어디서 감히 내 힘에 저항하려고 들지?"

"나는 허상이 아니야. 본래 그렇게 됐어야 할 이치마쓰의 모습이다."

고토네의 목소리가 어둠의 수면에 울려 퍼졌다. 물결이 퍼졌다가 다시 밀려들어 호수가 고토네의 목소리로 속삭였다.

그래, 그래, 그래.

"여기는 기타미 시게오키의 장소다. 너는 나가라. 너는 사라져라."

모습은 고토네다. 그러나 그 입에서 나오는 목소리는…….

나다.

시게오키의 목소리가 되어 있었다.

시게오키 안의 여자가 이를 부득부득 갈며 대꾸했다.

"시끄러워, 닥쳐!"

여자가 악을 썼다.

"악 쓰고 싶으면 써라. 저항하고 싶으면 저항해라. 그러나 여자여, 너는 이제 끝장이다."

모든 게 백일하에 드러났다.

"너는 죽었다. 네 그림자도 죽을 때가 됐다."

허상이여, 사라져라.

"나는 기억한다."

고토네는 기억한다.

"이치마쓰도 기억한다."

무엇이 두려웠는지. 무엇이 죽음보다도 수치스러웠는지.

"네가 사용했던 종이 가면을 기억한다. 기타미 시게오키는 기억한다. 이제 그것을 벗겨 불태워버릴 때가 왔다!"

이제 아무것도 두려워할 필요가 없다.

"나는 기억을 되찾을 것이다."

고토네의 모습으로 기타미 시게오키는 선언했다.

"나는 나 자신을 되찾을 것이다."

여자여, 헛되이 사라져라. 이제 너는 필요 없다.

시게오키는 입을 벌렸다. 크게, 크게, 목구멍까지 한껏.

여자의 비명이 치밀었다. 처음에는 가늘게, 멀리서. 과거 저편으로부터. 시게오키의 영혼 밑바닥으로부터.

으아아아아아악.

어둠에 가득 찬 밤의 호수가 비명을 빨아들였다.

토해냈다. 토해냈다. 시게오키의 몸은 토해냈다. 오랜 세월 쌓여온 거짓을. 공포를. 수치를.

시게오키는 몸을 부르르 떨고 그 자리에 두 손을 짚었다. 호흡이 흐트러졌다. 꿈속인데도 온몸이 땀에 젖었다.

가벼웠다.

자신의 안에서 뭔가가 나갔다. 그리고 정화됐다.

"……이치마쓰."

고토네의 조그만 두 손이 시게오키의 얼굴을 감쌌다. 고토네는 고토네로 돌아왔고 시게오키는 시게오키로 돌아왔다. 두 사람은 마주 보며 서로의 얼굴을 응시했다.

"이별할 때가 왔어."

고토네는 사랑스러운 미소를 띠며 시게오키에게 말했다.

"여자는 사라졌어. 나도 이제 사라질 거야. 너는 그 어떤 것도 대신할 수 없는 너 한 사람이야. 하지만 외톨이는 아니야. 많은 사람들이 네 곁에 있어."

"고, 고토네."

가지 마라. 그렇게 말하려는데 말이 나오지 않아 시게오키는 그저 고토네의 어깨를 끌어안았다.

"네 안의 라세쓰도 내가 같이 데려갈게."

라세쓰. 나찰(羅刹)이다. 시게오키 안에 숨어 있던 노여움의 화신. 고토네와 둘이서 그렇게 불렀다.

"너는 이제 나도 라세쓰도 필요 없어. 너는 너 혼자서 충분히 살 수 있어."

시게오키는 고토네를 부둥켜안았다. 어째서일까. 감촉이 느껴지지 않았다. 그림자를 안고 있는 것 같다.

그건 고토네가 그림자이기 때문이다. 고토네 또한 그림자에 불과했기 때문이다.

시게오키를 지탱하고 도와준 그림자.

"사실은 시게오키도 알지?"

처음으로 고토네가 '시게오키'라고 불렀다.

"나도 라세쓰도 네 일부야. 이 모습도 목소리도 임시로 가져다 쓴 것뿐이야."

"그렇지 않아. 나는……."

"나도 라세쓰도 너를 위해 태어났어. 네가 우리를 필요로 했기 때문에."

아무도 믿어주지 않을 것이라고 생각했기 때문에.

아무도 도와주지 않을 것이라고 생각했기 때문에.

아무에게도 말할 수 없다고 생각했기 때문에.

"시게오키에게는 우리밖에 없었으니까."

고토네의 상냥한 목소리가 귓가에서 들려왔다. 그러나 품 안의 모습은 반짝이며 점점 엷어져갔다.

고토네의 얼굴, 고토네의 어깨, 고토네의 손가락. 눈부신 빛의 알갱이가 되어 어둠의 호수 위로 날아올랐다.

"그렇지만 이제는 달라. 시게오키에게는 이제 진짜 네 편이 되어줄 사람들이 있어."

시게오키가 전부 기억을 되찾아 전부 이야기하면 그것을 받아들여 믿어줄 사람들이.

그러니까 이제 일어서.

"시게오키는 강해. 앞으로 훨씬 더 강해질 수 있어."

시게오키의 팔이 허공을 갈랐다. 고토네는 없었다. 빛의 알갱이

한 덩어리가 고토네의 웃는 얼굴을 이루며 떠 있을 뿐이었다.

"안녕."

고토네의 웃는 얼굴이 바람에 실려 흩어졌다. 빛 알갱이가 사라져 갔다.

시게오키는 손을 뻗어 그것을 잡으려 했다. 반딧불 무리처럼 빛 알갱이는 순간 시게오키의 손가락에 들러붙었다가 사라졌다. 고요하고 검은 어둠의 호수 저편으로.

희미한 달빛 아래 기타미 시게오키는 홀로 잔물결 소리를 들으며 우두커니 서 있었다.

돌아왔다.

고코인으로 돌아온 다키는 그렇게 생각했다.

에도에서 기타미 영에 들어섰을 때, 서쪽 거리의 눈 센치쿠를 만난다는 다지마 한주로와 헤어져 이시노 오리베와 시로타 의사, 다키는 성읍에 들르지 않고 곧장 고코인으로 향했다.

집에 간다.

그런 기분이었다. 자기가 원해서 에도로 갈 것을 허락받았는데도, 막상 고코인을 떠났더니 얼마나 쓸쓸하고 불안했는지 다키는 새삼 통감했다.

돌아와보자 진쿄 호에 배가 여러 척 떠 있고 인부들이 관리의 지휘 아래 작업하고 있었다. 호수 한복판에 돌을 가라앉혀 그 위에 토대를 쌓는 것은 대체 뭘 만드는 걸까.

"피뢰탑이겠죠."

시로타 의사가 숲 곳곳을 가리키며 말했다.

"보십시오, 저기에도, 저기에도 있군요. 호숫가에서 수색을 시작하기 전에 꼭 필요하니 세우겠다고 했습니다만……."

"호숫가만으로는 부족했나."

"호수 한복판에 피뢰탑이 있으면 더 효과적으로 낙뢰를 막을 수 있을 테죠. 잘만 되면 앞으로 고코인 주변이 훨씬 안전해질 겁니다."

하지만 공사가 쉽지 않을 것이다.

"구리키 공도 참 과감하군요. 돈과 자재는 어떻게 조달했을까요."

호숫가 숲에는 이미 초겨울 느낌이 감돌고 있었다. 햇빛은 투명하고 뺨에 닿는 바람은 싸늘하게 식었다.

"저런 작업을 하는 것을 보면 수색은 끝났고 고로스케의 거처도 벌써 치웠을까요. 볼 수 있으면 좋았을 텐데요."

시로타 의사가 눈부신 듯 실눈을 뜨고 호수를 바라보며 말했다. 반면 오리베는 고개를 천천히 가로저었다.

"나는 사양하고 싶군. 살날이 얼마 남지 않은 몸이니 밤에는 편히 자고 싶네."

다키는 잠자코 안장 위에서 흔들리고 있었다. 말의 걸음걸이 때문이 아니라 마음이 흔들렸다. 품에 넣은 한 통의 서한이 무거웠다. 유이가 시게오키에게 전해달라며 준 서한이었다.

내 마음을 솔직하게 적었어요.

두꺼운 서한은 아니다. 그게 다키를 불안하게 했다.

다지마 한주로는 대체로 섬세한 성격은 아니지만 남을 생각할 줄 아는 남자다. 에도에서 돌아오는 길에 되도록 평소와 다름없이 행동하려 애쓰는 다키의 옆얼굴에서 나름대로 뭔가를 알아차린 듯했다. 진쿄 호에서 발견됐다는 유물을 신중하게 조사하고 확인해 행방불명된 아이들의 가족에게 알려도 될 때 센치쿠를 만나도 늦지 않으리라는 오리베의 말을 거스르고 도망치듯 서쪽 거리로 가버렸다.

한주로는 봤다. 비후쿠인의 암자에서 유이와 이야기를 나눈 뒤 돌아왔을 때 다키의 얼굴을. 눈동자에 비친 겹겹의 마음을. 그걸 표정에 드러내지 않으려고 다키가 지은 미소를.

한주로 씨, 미안해요.

마음 착한 사촌동생에게 너무 걱정을 끼쳤다.

이시노 오리베는 말했다. 수수께끼의 태반은 풀렸다. 작은나리의 머리 위를 뒤덮었고 우리를 괴롭혔던 먹구름은 조각조각 사라져갔다. 얼마 남지 않은 작은 구름 끄트러기를 뒤쫓을지 말지는 작은나리의 결정에 맡기고 싶다는 것이 내 생각이다.

문제는 사라졌다. 기타미 시게오키는 고통에서 풀려날 것이다.

더없는 기쁨과 안도감에 세상 모든 것이 환하게 빛났다.

그렇건만 쓸쓸했다.

가가미 다키의 역할은 끝났다. 머지않아 고코인에서의 생활도 끝날 것이다. 본래의 생활로 돌아갈 때가 왔다.

다키가 그리운 고코인으로 돌아온 것은 진짜 이별을 고하기 위해서다.

"어라……?"

선두를 가던 시로타 의사가 고코인 앞마당이 보이는 곳에서 말고삐를 잡았다.

"저건 뭘 하는 걸까요?"

고개를 뻗어 보니 정말 앞마당에 사람들이 모여 있었다. 제복 저고리 차림의 미노스케와 간키치, 스즈와 고.

저 어린 남자애는 누구지?

뜻밖에 시게오키도 있었다. 기모노의 좌우 옷자락을 허리띠에 꽂고 누구 것을 빌렸는지 솜저고리를 껴입은 차림으로 다른 이들과 함께 부지런히 움직이는 게 아닌가.

"오오."

오리베가 감탄한 듯 탄성을 지르더니 웃었다.

"허수아비를 새로 만드는 것 같구나."

정말 고코인을 비웠던 사람들과 비슷하게 만든 허수아비가 땅바닥에 누워 있었다. 주위에는 새로 만드는 허수아비와 그에 입힐 기모노며 삿갓, 장식품 등이 흩어져 있었다.

시게오키와 마주 보며 몸짓을 곁들여 열심히 이야기하는 스즈는 한없이 즐거운 표정이었다. 시게오키도 웃고 있다.

"음, 그럼 다 합해서 몇 개지?"

간키치가 이마를 탁탁 치며 곤란한 듯 큰 소리로 말했다.

"지푸라기가 모자란데요, 나리마님…… 아!"

주위를 둘러보다가 일행을 발견했나보다. 간키치가 펄쩍 뛰어올랐다.

"다들 돌아오셨습니다. 보십시오, 저기."

앞마당의 일동이 돌아봤다. 스즈가 손을 번쩍 들어 흔들고, 스즈의 웃는 얼굴을 올려다보는 약아 보이는 남자애도 깡충깡충 뛰며 두 손을 흔들기 시작했다.

"진짜네. 와, 선생님, 어서 오세요."

"저 아이가 고나라 촌의 긴이치입니다."

"이즈치 촌의 산 증인을 찾아내는 공을 세운 꼬마인가."

시로타 의사가 웃으며 손을 흔들고, 오리베가 다키를 돌아봤다.

"그새 완전히 고코인의 일원이 된 것 같구나."

와아, 와아, 어서 오세요.

하인들은 머리를 숙이고 긴이치는 깡충깡충 뛰어다녔다. 아직 거리가 있는데도 시게오키의 시선이 느껴졌다. 시게오키가 두 손을 입에 대고 불렀다.

"여기 고코인에 사는 사람 전원의 허수아비를 만드는 중이다. 이곳이 우리들 집이라는 증거로 말이지."

초여름 푸른 하늘 아래 기타미 시게오키의 웃음이 화사하게 꽃피었다.

눈물이 다키의 눈앞을 가렸다.

시게오키의 상태가 좋아진 것은 표정에서도 행동에서도 똑똑히 알 수 있었다. 몸에 단단한 심이 있었다. 눈에 빛이 있었다. 말은 늘 또렷또렷했다.

진쿄 호 한복판의 피뢰탑은, 구리키가 계획한 것이기는 했지만 꼭 실현시키라고 민 사람은 시게오키였다. 그들이 없는 동안에도 구리키와 상의를 거듭하고 호숫가 일대도 시찰했다고 한다. 시게오키는 일련의 수색과 공사의 상세를 파악하고 있었다.

이제는 저택의 주인으로서 구리키에게 일을 시키는 한편 그의 의견도 받아들이고 작업의 진행을 지켜보며 적확한 지시를 내렸다.

"호반의 수색은 끝났다만 역시 물속도 수색해보고 싶구나. 대체 몇 명이나 되는 사내애가 희생됐는지 모르는 이상 유골과 유품은 최대한 찾아주고 싶다."

시게오키의 강력한 의향을 받들어 구리키 안고가 또다시 바삐 뛰어다녔다.

필요가 없어졌다고 창살방을 멋대로 철거할 수는 없다. 시게오키가 편히 지낼 수 있도록, 또 하인들이 드나들기 쉽도록 무거운 문은 활짝 열어놓은 상태로 고정하고, 잠갔던 곳은 열어놓고, 장지문도 몇 곳은 치웠다.

에도에서 돌아온 다음 날, 시로타 의사는 시게오키와 잠깐 면담을 가졌다. 그리고 그것을 마친 뒤 오리베와 다키에게 말했다.

"시게오키 님과의 마지막 수수께끼 풀이는 조금 더 기다려주십시오."

오리베도 다키도 반대 의견은 없었지만 불안은 있었다. 다키의 품에는 지금도 유이의 서한이 들어 있었다.

"아직 마음이 진정되지 않으셨나."

"아닙니다. 다지마 공이 돌아오기를 기다리겠다고 하십니다. 수수께끼를 푸는 자리에 다지마 공이 꼭 있었으면 하시더군요."

한주로는 정식으로 시게오키를 배알한 적이 없다. 그런데 어째서 그렇게까지 신뢰하는 걸까?

"다지마 공에 관해서는 저희도 말씀드린 적이 있고 스즈와 간키치에게서도 들으셨다고 합니다."

무엇보다도 다키의 사촌동생 아닌가.

이렇게 해서 이튿날, 한주로가 고코인으로 돌아오자 드디어 최후의 수수께끼를 풀게 됐다. 시게오키는 오리베와 시로타 의사, 서둘러 흙먼지를 털고 차림새를 갖춘 한주로를 거실로 불러들였다.

"이제 와서 다키 님에게 비밀로 할 일이 있습니까?"

의아하게 여기는 시로타 의사에게 시게오키는 미소를 지으며 말했다.

"선생, 그 반대네. 다키와는 내밀하게 할 이야기가 있으니까 따로 자리를 마련하고 싶은 것이야."

오늘은 시게오키가 나가지 않는 터라 공사와 수색도 중지했다. 관리와 인부는 쉬는 날이다.

"그러나 구리키에게는 나오마사 공과 와키사카에게 호수 피뢰탑을 위한 지원을 청하는 서한을 쓰라고 일러두었다. 상당히 애는 먹겠다만 구리키라면 괜찮을 테지."

도비아시는 긴이치에게 맡겼다. 앞마당을 산책하는 것은 괜찮지만 오늘은 호숫가에 아무도 없으니 멀리 가지 말라고 지시했다.

"지난번 온 짐에 설탕과 팥이 있었다더군. 고와 스즈가 단것을 만들어줄 것이야."

오리베가 기쁜 표정으로 한숨을 쉬며 "전부 분부대로 하겠습니다"라고 말했다.

내실에서 회담이 벌어지는 동안 다키는 바쁘게 일했다. 인부들 식사는 호숫가 오두막에서 각자 알아서 마련하지만, 모처럼 쉬는 날이니 이쪽에서 준비해 가져다주고 싶었다.

쌀을 찧고 있을 틈이 없어 고와 의논해서 오하기를 만들기로 했다. 간키치와 도요사쿠에게도 도움을 받았다. 스즈도 도우려고 했지만, 꽁무니에 딱 붙어다니는 긴이치가 자꾸 집어먹으려 해서 두 사람에게는 측간 청소를 시켰다.

다키의 심장이 달그락거리는 언저리에 유이의 아름다운 글씨로 쓰인 서한이 있었다. 그것이 때로는 어렴풋한 열을 발하는 것 같고 때로는 다키의 흥분을 식혀주는 것 같았다.

오전 중에 시작한 회담은 오후가 되어 겨우 끝났다. 시로타 의사와 한주로는 내실에서 나와, 부엌 옆방에서 다키의 시중을 받으며 늦은 점심식사를 했다. 개운한 표정의 시로타 의사는 오하기를 반기고, 한주로는 눈시울이 붉어서는 말수도 적었다. 그러나 오하기는 많이 먹었다. 스즈가 "그러다 배터지시겠어요" 하고 말릴 정도로 먹었다.

내실에서 시게오키와 함께 오하기를 먹은 오리베는 기분 좋은 표정으로 나와서 고를 칭찬했다. 다키에게는 아무 말도 하지 않고 제대로 얼굴도 마주하지 않은 채 "짐을 벗었더니 뼛속까지 피곤하구나. 역시 나이는 먹을 것이 못 된다"라며 낮잠을 잔다고 방으로 가버렸다.

다키는 점점 가슴이 갑갑해졌다. 시게오키는 무슨 이야기를 하려는 걸까. 왜 자기만 따로 자리를 마련하는 걸까.

이제나저제나 하고 부름받기를 기다리고 있건만, 시게오키는 가벼운 발걸음으로 내실에서 나오더니 긴이치와 스즈를 데리고 도비아시와 산책을 나가고 말았다.

"……다키 님."

고가 살며시 불렀다.

"만들기만 하시고 하나도 안 드셨잖아요. 어서 드세요."

뜨거운 반차를 새로 끓여 권해주었다. 어느새 부엌에 그들 둘만 남아 있었다. 다들 각각 바쁘거나 휴식을 취하는 중인가보다.

"저는 여기 고코인으로 왔을 때 처음으로 기타미 성읍 밖으로 나와봤답니다."

고가 어깨끈을 벗으며 이야기했다.

"그런 시골뜨기이니까 에도는 극락이나 마찬가지로 멀고 신기한 곳입니다. 아주 번화한 곳이었을 테죠. 그래서 피곤하신가 봐요."

다키는 팥의 단맛과 고의 친절한 배려를 곱씹으며 고개를 끄덕였다.

"번화한 시내를 구경할 여유는 없었지만 이시노 님 아드님은 뵈었어요. 손주들도 귀엽더군요."

고는 놀란 것 같았다.

"이시노 님은 적자와 의절하셨다는 소문을 들었는데요."

"의절은 하셨지만 사이가 나쁘신 것은 아니에요. 이런저런 사정이 있으셨을 테지요."

뒷마당에서 누가 장작을 패는지 단조로운 소리가 들렸다.

"……고 씨."

"네."

"저는 에도에 주제넘은 짓을 하러 다녀왔어요."

고는 잠자코 다키를 보고 있었다. 다키는 오하기 접시에서 눈을 들지 않은 채 작은 목소리로 말을 이었다.

"나리마님의 정실 마님이셨던 유이 님을 뵙고 왔어요. 유이 님께서 지금도 종종 비후쿠인 님에게 문안하고 나리마님에 대해서도 염려하시는 듯하다는 것을 알고는 가만있을 수 없었어요."

고는 천천히 고개를 끄덕였다.

"나리마님도 여전히 유이 님께 미련이 있으세요. 두 분은 지금도 서로 사랑하시는 거예요."

다키의 말에 고는 입술을 살짝 깨물고는 조심스레 말했다.

"그렇지만 헤어지셨잖아요."

"유이 님은 돌아갈 수 있다면 돌아가고 싶다고 제게 분명하게 말씀하셨어요."

다키는 얼굴을 들어 고를 봤다.

"그 말씀을 듣고 싶어서, 그 말씀을 가지고 돌아오고 싶어서, 저는 에도로 가서 유이 님을 뵌 것이에요. 에도까지 간 보람이 있었습니다. 어서, 이 말씀을…… 나리마님께 전해드려야 해요."

다키는 손을 가슴에 갖다댔다. 유이의 서한은 다키의 목숨보다도 중요하다.

"두 분의 인연의 실을 다시 이을 수만 있다면 기타미 가의 가신으로서 자랑스럽고 또 기쁜 일입니다. 나리마님은 은거하셔서 홀가분한 입장이시니, 병이 나으신 이상 재혼을 가로막을 이유는 없어요. 나오마사 님도 분명히 허락해주실 테지요."

다키가 단숨에 거기까지 말하자 고는 말했다.

"유이 님 본가에서는 다르게 생각하실지도 몰라요."

정원 쪽에서 긴이치가 도비아시에게 말하는 소리가 들려왔다. 야아, 야아! 도비아시는 오늘도 기분이 좋은데! 그에 대답하듯 경쾌한 말발굽 소리도 들렸다.

고는 서둘러 말을 이었다.

"게다가 저 따위가 이런 말씀을 드리는 건 주제넘은 짓입니다만……."

다키는 적잖이 당혹한 듯 눈을 깜박였다.

"주제넘다니요……."

누구 없느냐. 시게오키가 불렀다. 돌아왔다.

"나리마님께서 돌아오셨어요."

스즈의 목소리도 즐거워 보였다.

"다키 님, 가보세요."

고는 다키를 재촉했다. 등을 떠밀다시피 해서 부엌에서 내쫓았다.

그리고 혼자 남자 서둘러 단숨에 조금 전 하다 만 말을 토해냈다.

"……다키 님이 나리마님과 유이 님의 재혼을 중개하는 건 저는 전혀 명안 같지 않아요. 그래서 잘될 것 같지도 않아요."

다키 님, 괜찮으실까.

"아아, 연애는 참 쉽지 않네."

소리 내서 혼잣말을 매듭짓은 뒤 고는 접시에 남은 오하기를 덥석 베어 물었다.

⸜

다키의 귓속에는 유이의 맑은 목소리가 남아 있었다. 매끈한 피부, 아름답게 반짝이는 눈동자도 잊을 수 없었다.

시게오키 님과의 혼담이 나온 것은 내가 아홉 살, 시게오키 님이 열한 살, 아직 이치마쓰 님이라 불리셨을 때랍니다.

선대 기타미 님도 아버지도 매우 마음에 들어하셔서 순조롭게 이야기가 매듭지어졌어요. 내가 열 살이 되면 기타미 번 에도 번저에서 약식 혼례를 올리고 나서 이치마쓰 님과 함께 생활한다는 것까지

정해져 있었지요.

그런데 그해 말에 한 살 어린 여동생이 감기가 도져 세상을 떠나는 슬픈 일이 있었습니다. 내게는 오라버니가 셋 있습니다만 여자 형제는 여동생뿐이라 둘이 아주 사이가 좋았거든요. 그래서 나도 슬퍼했지만 그 이상으로 어머니가 몹시 슬퍼하셔서 충격으로 몸져누우셨을 정도였어요.

비록 약속은 했지만 그런 어머니에게서 나를 떼어놓으면 너무 가엾다고 아버지께서 기타미 님께 약식 혼례를 미루자고 청하셨을 때, 처음에는 흔쾌히 허락해주셨습니다. 그런데 그 뒤 사정이 바뀌어 혼담을 없었던 것으로 하자는 의향을 전달하신 겁니다. 선대 기타미 님은 변함없이 나와 이치마쓰 님의 혼인을 바라셨지만, 일문에서 죽음으로 부정을 탄 혼담은 불길하다고 비판이 워낙 심했다고 합니다. 그런 상황에서 혼인을 강행하는 것은 바람직하지 않다 판단하셨다고 아버지께서 나를 잘 타이르셨던 것이 기억납니다.

나는 그때 아직 이치마쓰 님을 뵌 적이 없었지만, 시를 몇 차례 주고받으면서 쾌활하면서도 다정한 말씀을 접했던 터라 인연이 끊어진 것이 유감이었습니다. 또 당시 아버지가 어머니에게 "기타미 공은 영민의 경모를 받는 명군이고 이치마쓰 공은 영명하고 쾌활한 청년이라고 평판이 자자하지만, 그처럼 까다로운 일문이 있으면 앞으로도 이런저런 지장이 있을지 모른다. 저 아이의 행복을 생각하면 이 혼담은 없었던 것이 되어 다행이다"라고 말씀하시는 것을 몰래 듣고, 어린 마음에도 '기타미 번은 까다로운 곳이구나' '이치마쓰 님도 고생이 많으시지 않을까' 하고 불안을 느꼈답니다.

시게오키 님의 그리운 '할아범', 이시노 오리베는 충심이 깊은 인물이군요. 이시노를 만나 오랜 세월 시게오키 님을 괴롭혀온 화의 근원 또한 기타미 님과 일문 사이의 알력에 있었다는 것을 알고 나는 그저 놀랄 뿐이었습니다. 동시에 당시 아버지의 근심 어린 얼굴이 생각나 그것이 결코 기우가 아니었구나 하고 새삼 납득했지요.

그렇지만 한편으로 문득 몽상도 하게 되네요. 그때 혼담을 취소하지 않아 내가 열 살 때 기타미 번에도 먼저에 들어갔다면 사태가 어떻게든 달라지지 않았을까. 나 자신은 무력한 여자에 불과하지만, 나를 수행해 기타미 가로 오는 자들은 나를 지키기 위해 눈을 번득이고 귀를 기울입니다. 기타미 가를 뒤덮은 무시무시한 주술의 먹구름을 알아차리고 그것을 걷어내기 위해 움직이는 것도 가능했을지 모릅니다.

지금에 와서는 허튼 소리일 뿐입니다만.

어쨌거나 그런 사정으로 나는 기타미 가로 시집가지 못했습니다만 그 뒤로도 여기저기에서 혼담이 들어왔답니다. 그렇지만 마음도 몸도 약해진 어머니 곁을 떠나고 싶지 않았거니와 어머니도 나를 보내고 싶어하지 않으셔서 혼담이 이루어지지는 못했어요. 아버지도 어머니와 내 뜻을 들어주신 것이지요.

그러고 보면 이치마쓰 님께서 관례를 치러 시게오키 님이 되셨을 때 아버지가 축하 선물을 보내드린 것이 기억나네요. 그러면서 시게오키 님이 여러 다이묘 가문의 아드님들 중에서도 손꼽히는 미장부가 되셨다는 소문에 내실 시녀들이 술렁거리면, 아버지가 가정 가로를 통해 꾸중하신 적도 있었어요. 그런 소문에 일일이 반응하는 것은 경망스러운 일이라고 엄하게 말씀하셨지만, 아버지는 아버지 나름대로 내 마음이 어지럽지 않도록 배려해주신 것일 테지요.

그래요, 나는 시게오키 님에 대한 미련이 아련히 남아 있었습니다. 서로 얼굴도 보지 못한 채 가문의 사정으로 멋대로 생겼다가 멋대로 없어진 혼담이었지만, 한때는 시를 통해 마음이 이어졌다는 확신이 있었으니 시게오키 님을 생각하는 마음을 완전히 없앨 수는 없었습니다.

그렇기에 선대 기타미 님이 급서하시고 시게오키 님이 6대 번주가 되셨다는 소식을 들었을 때, 그것이야말로 더없이 경망스러운 일입니다만 나는 안절부절못하고 말았습니다. 일국의 주인이 되신 이상 시게오키 님은 바로 정실을 맞이하실 것이다. 이미 정혼자가 있어도 이상할 것 없는데…….

그런 때 생각지도 못하게 시게오키 님이 여전히 나와 혼인하기를 원하신다며 기타미 번에서 정식으로 청이 들어왔으니 얼마나 놀랐는지 몰라요. 이번에는 이쪽이 상중이니 정식 혼례는 탈상을 기다려야 한다. 이쪽에서 물러놓고 뻔뻔하다는 것은 잘 알지만 부디 한번 생각해주면 좋겠다는 정중한 말씀에 나는 당장에라도 시게오키 님께 달려가고 싶었습니다.

아버지는 내켜하지 않으셨습니다. 오라버니들도(시게오키 님의 인기에 대한 질투와 의심도 어느 정도 섞여 있었다고 생각합니다만) 언짢은 표정이었지만, 어머니는 내 편을 들어주었어요. 어머니도 제가 가슴 속에 몰래 품어온 마음을 알고 계셨던 것이에요.

이래서 인연이란 알 수 없는 것입니다. 유이를 기타미 가로 보내 주십시오. 제 평생 소원입니다.

오랜 세월 작은 고집 하나 부리지 않고 사치도 하지 않고 아버지 를 섬겨온 어머니의 청에 아버지도 마음을 바꿔주셨습니다.

이번에야말로 순조롭게 혼담이 이루어져 급히 준비를 갖춰 예비 혼례를 맞이해, 나는 기타미 시게오키의 아내가 됐습니다.

세상에 이보다 더한 행복이 있을까 싶었습니다.

처음으로 시게오키 님의 얼굴을 뵙고 목소리를 들었을 때 느낀 기쁨은 말로 표현할 수 없어요. 내가 그려왔던 시게오키 님의 초상 은 이루어질 수 없는 마음 탓에 반짝반짝 빛났지만, 실상은 그보다 한층 눈부시고 아름답고 내 상상을 훨씬 뛰어넘었습니다.

나는 이런 분을 연모했던 건가 생각하면 새삼스레 기쁘고 부끄러 웠습니다. 그분 역시 나를 한시도 잊지 않고 언젠가 일국의 주인이 되면 반드시 나를 정실로 맞이하시겠다고 결심해서, 쏟아져 들어오 는 혼담도 모두 거절하셨다는 말씀을 들었을 때는 하늘에 오를 듯한 기분이었습니다.

내 행복은 시게오키 님의 행복. 우리는 전생의 인연으로 맺어지도 록 정해져 있었다.

기쁨과 자랑스러움에 몸을 떨며 내가 곱씹었던 확신은 그러나 초 야에 완전히 뒤집어지고 말았습니다.

하얀 명주 잠옷으로 갈아입고 볼이 상기되어 가슴을 두근거리며 시게오키 님이 오시기를 기다리던 내 앞에 나타난 것은 고토네 님이 었습니다.

당신이 유이지?

나는 시게오키 님을 뵙고 앞으로 부부가 될 두 사람으로서 친밀하게 이야기를 나눈 다음에 고토네 님을 '만났지만', 다키는 고토네 님을 먼저 만났다지요? 많이 당황했겠어요. 몸은 시게오키 님인데 목소리나 말투, 몸짓이 다르니 말이에요.

고토네 님이 그렇게 진지하고 나에 대한 배려로 가득하지 않으셨다면 그 말씀을 진심으로 받아들이지 못했을 테지요. 처음으로 두 사람이 맞이하는 밤에 시게오키 님이 부끄러워지셔서 다른 사람, 그것도 아이인 척하며 나를 놀리신다고 생각했을지도 모릅니다.

슬프게도 사정은 훨씬 복잡하고 까다로웠습니다.

이치마쓰는 커다란 수수께끼와 비밀을 안고 있어.

고토네 님은 먼저 그렇게 말씀하시고는, 고토네 님도 시게오키 님도 그 비밀을 내게 밝힐 수는 없다고 몹시 괴로운 표정으로 머리를 숙여 사과하셨습니다.

이치마쓰가 언젠가 이 수수께끼와 비밀을 자기 힘으로 없앨 수 있을지도 몰라. 그렇지만 지금은 아직 무리야. 이치마쓰에게는 무서운 것이 많이 있어서 지금은 도망칠 수밖에 없으니까.

정말 미안하지만 유이는 이치마쓰의 아내가 될 수 없어. 사이좋은 남매처럼 지낼 수밖에 없고, 그 사실을 주위에서 알아차리지 못하게 해주면 좋겠어.

왜냐 하면 이치마쓰가, 자신이 그런 '이상한' 사람이라는 사실로부터도 도망쳐 숨어 있기 때문이야. 오늘 밤 일도 깨끗이 잊어버릴 거야. 유이를 아내로 만들기가 무서워서 나를 불러내고 자기 마음속으로 도망쳤다는 것 자체를 잊어버려.

나는 물론 놀라고 곤혹했습니다. 다만 시게오키 님을 위해 고토네 님 말씀대로 해야 한다, 그것만은 바로 납득할 수 있었습니다.

스스로도 어떻게 그 자리에서 그렇게 결단을 내릴 수 있었는지, 지금 생각해도 이상합니다. 고토네 님도 시게오키 님만큼이나 매력이 있어 나는 순식간에 매료되어서는 의심하지도 꺼림칙하게 생각하지도 않은 것이겠지요.

그래도 나는 몇 가지 여쭈었습니다. 고토네 님이 시게오키 님을 아명으로 부르시는 이유는 무엇인가. 고토네 님은 다름 아닌 유년 시절의 시게오키 님 아닌가. 혹시 그렇다면 고토네 님은 예전에 이치마쓰 님이 나와 주고받은 시를 기억하시는가.

그랬더니 고토네 님은 당장이라도 울 듯한 표정을 지으셨습니다. 다키는 그런 적 없나요? 고토네 님의 슬픈 얼굴을 보면 나는 가슴이 메어 끌어안고 머리와 뺨을 쓰다듬어주고 싶어지더군요. 실제로 그 날 밤도 그랬답니다. 그 뒤로도 여러 차례 그런 일이 있었지만, 그때마다 몸은 시게오키 님이어도 그 안에서 지금 숨 쉬는 것은 분명히 고토네 님이라는 아이의 영혼이라는 느낌이 들었습니다.

유이는 다정하구나. 고마워.

눈꼬리에 살짝 눈물을 맺고 나를 올려다보며 중얼거리는 고토네 님의 사랑스러움에 나도 가슴이 메어 눈물을 흘렸습니다.

그렇게 해서 비밀을 공유하면서 내가 맨 먼저 한 일은 본가에서 나를 따라온 유모를 침소로 부르는 것이었습니다. 다른 사람에게는 감출 수 있어도 유모의 눈만은 속일 수 없어요. 아니, 그보다 고토네 님의 절실한 부탁을 받아들여 시게오키 님과 내가 참된 부부가 되지 못하는 것, 앞으로도 그런 기묘한 밤이 계속될 것을 숨기려면 유모의 조력이 꼭 필요했습니다. 고토네 님께도 그렇게 털어놓고 허락받았습니다.

다행히 유모는 여장부였습니다. 나를 지키기 위해서라면 귀신이 되어 싸우는 것도, 입에 쇠 빗장을 지르고 시치미를 떼는 것도 아무렇지도 않은 사람이지요. 다만 이때, 우리 초야를 지켜보기 위해 곁방에 대기하고 있던 우키하시라는 기타미 가의 오도시마를 내보내야 했으니까요.

당신이 여기 있는 것을 유이 아가씨께서 싫어하십니다. 물러나십시오.

그렇게 유모가 매섭게 말한 것 때문에 다소 원한을 산 것 같았습니다. 우키하시가 내 처사를 미워해 내가 시게오키 님의 정실로 어울리지 않는 여자라고 떠들고 다닌 것이, 훗날 안타까운 사건을 불러일으키고 말았군요. 우키하시에게 미안하게 생각합니다.

유모라는 강력한 아군을 얻어 나는 안심하고 고토네 님을 만날 수 있게 됐습니다. 처음에는 시게오키 님과 침소를 같이 하는 밤이면 늘 고토네 님이 나타났습니다. 그리고 날이 밝으면 아무 일도 없었던 것처럼 시게오키 님으로 돌아오셨답니다. 시게오키 님은 나와 둘이서 보낸 밤에 관해 이야기하기를 꺼리시면서 언짢아하거나 멍하니 계실 때도 있어서, 고토네 님 말씀처럼 '깨끗이 잊어버리는' 것은 아닌 듯하다고 나도 차차 짐작할 수 있게 되었습니다.

얼마 지나자 시게오키 님이 시게오키 님인 채로 나와 침소에서 밤을 보내실 때도 있게 됐습니다. 그래도 방사는 없었어요. 시게오키 님이 좋아하시는 말이나 함께 읽은 시집에 관해 이야기를 나누었을 뿐이지요. 그래도 나는 충분히 행복했습니다.

처음으로 기타미에 다녀오신 뒤로 시게오키 님은 기타미 영에 관해 종종 말씀하셨습니다. 아버님도 할아범도 이것저것 많이 가르쳐주셨지만, 직접 가봤더니 이야기로 들었을 때보다 훨씬 좋은 곳이었다고. 번주의 별저인 고코인에 대해서도, 꽃이 흐드러지게 핀 아름다운 경관을 꿈꾸듯 말씀하시면서 나를 데려가지 못해 아쉽다고 슬퍼하셨답니다.

먼 훗날이 되겠지만 내가 은거하면 막부도 유이가 에도를 벗어나는 것을 허락해주실 테지. 함께 허옇게 머리가 세어 고코인에 갑시다. 그대로 그곳에서 살아도 되고.

그러니 시게오키 님은 고코인이라는 장소를 두려워하지는 않으셨어요. 진쿄 호가 기타미 번 토목청의 노력으로 둑을 쌓아 만든 호수라는 것을 자랑하면 하셨지, 그곳에 꺼림칙한 비밀이 있다고 말씀 하신 적은 없었습니다.

다만 고토네 님은 달랐습니다. 세상 어느 곳보다도 진쿄 호를 두 려워하셨어요.

아주 무서운 곳이야. 이치마쓰도 나도 절대 가까이 가면 안 되는 곳이지.

그 무렵 시게오키 님은 간혹 넋이 나가실 때가 있기는 했어도 비 밀을 공유하는 나(그리고 유모) 외의 다른 사람 눈에는 명랑하고 쾌 활한 청년 다이묘로만 보였을 테지요. 시게오키 님의 앞길에는 한 점 먹구름도 없었고, 이윽고 성대하게 기타미 영에 입성하셨습니다. 나는 대략 일 년 동안 기타미 님과 떨어져 지냈어요.

물론 외로웠지만 시게오키 님에 대해서는 거의 걱정한 적이 없었 습니다. 그저 고토네 님 일만이 마음에 걸리더군요.

이상하지요? 돌이켜보면 내가 생각해도 이상해요. 그렇지만 말이 에요, 당시 나에게 시게오키 님과 고토네 님은 다른 사람이었어요.

물론 원래는 시게오키 님 한 분이고, 고토네 님은 시게오키 님 속 에 남아 있는 어린아이의 부분, 다시 말해 예전의 이치마쓰 님에 불 과합니다. 그것은 나도 알고 있었어요. 고토네 님 자신도 그것을 알 고 계시는데, 그렇지만 있는 그대로 인정하지 못해서, 또는 인정하 고 싶지 않아서 '나는 이치마쓰와는 달라'라고 우기시는 것이에요.

그런 식으로 완강하게 다른 사람이려 애씀으로써 고토네 님은 어 떤 무시무시한 것, 직시할 수 없는 일로부터 시게오키 님을 지키는 것이 아닐까. 나는 아무래도 그런 생각이 들더군요.

고토네 님은 시게오키 님의 방패다, 갸륵하고 다정하고 총명한 방패다. 그렇게 생각했습니다. 그렇기에 더욱 불안했던 것이에요. 만약 고토네 님마저도 시게오키 님을 지킬 수 없는 사태가 생기면 어떻게 하나 싶어서 말이에요.

그런 사태가 꼭 외부에서 시작되리라는 법은 없습니다. 시게오키 님 자신이 이따금 고토네 님이라는 다른 사람이 '되어' 있다는 것을 깨닫거나, 다른 사람에게 그것을 직접 지적받고 혼란에 빠지신다는 형태로 발생할 수도 있어요. 에도 번저의 침소에서 홀로 지내며 그런 생각을 하고는 몇 차례 눈물을 흘렸을 만큼 불안했습니다. 자신의 무력함을 곱씹으며 천지신명에게 시게오키 님과 고토네 님의 무사를 기도하지 않을 수 없었습니다.

아아, 다키는 고개를 끄덕여주는군요. 역시 당신은 내 이런 마음을 이해해주네요.

이시노에게서 연금 뒤 시게오키 님께서 어떻게 지내셨는지를 듣고 당신이 내내 곁에서 모시고 있다는 것, 본래의 시게오키 님을 뵙기 전에 고토네 님을 먼저 만났다는 것도 알았어요. 그때 생각했답니다. 시게오키 님의 방패인 고토네 님이 처음에 나타나 자진해서 이름을 밝히고 가까워지려고 한 여인이라면 어느 누구보다도 믿을 수 있다고 말이에요. 고토네 님이 그런 사람을 알아보는 눈은 틀림없다고 나 또한 믿고 있었기 때문이에요.

그런 의미에서 다키와 정반대였던 사람이 이토 나리타카라는 인물이었습니다.

시게오키 님께서 발탁해 측근으로 두셨다는 인물인데도 나는 영 좋아할 수 없었습니다. 에도 번저에서 처음으로 그자를 만났을 때부터 어떻게 말하면 좋을까요…… 괜히 싫다고 할지, 묘하게 불길한 느낌이 들더군요.

벼락출세한 자라고 처음에 비딱하게 봤을지도 몰라요. 그렇지만 나는 그자의 싸늘한 시선이라든지 매사에 자신만만하고 패기에 찬 행동거지가 싫었습니다.

시게오키 님은 그렇다 치고 고토네 님은 이자를 어떻게 생각하실까. 그것이 너무나도 궁금해서 저는 어서 고토네 님을 뵙고 싶어 안절부절못했습니다. 시게오키 님이 눈앞에 계시는데도 '고토네 님은 어디 계시지? 언제 나를 만나러 나와주시지?' 그 생각뿐이었어요.

네, 그래요. 처음 기타미에 입성하셨다가 에도로 돌아오신 뒤로 고토네 님은 글쎄, 서너 달 내 앞에 나타나지 않으셨지 뭐예요. 침소에 단둘만 있어도 내내 시게오키 님 본인이셨어요. 아주 활달하게 기타미에 대한 이야기를 들려주시고, 앞으로의 번정에 관해서도 '유이는 어떻게 생각하지?' 하고 물어주셨습니다. 내가 하찮은 의견이나마 말씀드리면 몹시 기뻐하면서 '신쿠로에게도 말해주어야겠군' '믿음직하고 수완이 있는 자야'라고 말씀하시더군요.

그래요, 걸핏하면 '신쿠로는 이렇다, 신쿠로는 저렇다' 하시니 말이에요. 그런 것은 우리처럼 비밀이 있는 부부가 아니라도 질투하지 않을까요?

결혼 전에 아버지는 내게 엄하게 이르셨습니다. 다이묘의 정실은 매사에 주제넘게 나서면 안 된다. 정사에 참견하는 것은 물론, 가신들의 인사 문제에 개입하는 것은 언어도단이다. 소문도 삼가고, 지나가는 소리로라도 가신을 평가하면 안 된다.

진실로 이것은 목숨을 걸고서라도 남편에게 말해야 한다 하는 일이 아닌 한, 눈을 감고 귀를 막고 지내라.

그렇기에 이토 나리타카를 좋아할 수 없다, 방심할 수 없는 눈초리라고 내가 시게오키 님께 말씀드린 적은 한 번도 없어요.

하지만 내 이런…… 직감이라 할 수밖에 없는 것이 틀린다는 생각도 들지 않았습니다. 고토네 님이 나타나지 않는다. 시게오키 님 안에 숨죽이고 계신다. 그것 자체가 이토에 대한 의심을 뒷받침하는 것처럼 여겨지더군요.

결국 에도 거리에 겨울 기운이 감돌기 시작한 어느 날 밤에야 고토네 님을 다시 뵐 수 있었습니다. 초야 때와 마찬가지로 침소에 들어왔을 때부터 고토네 님이셨지요. 나는 발소리만으로 바로 알아차리고 안도한 나머지 울고 말았습니다.

더위가 한풀 꺾였을 때 이미 에도에 돌아와 계셨으면서 왜 지금까지 나와주지 않으셨나. 두 번 다시 뵙지 못할 줄 알았다. 울며 원망하는 내 손을 잡고 고토네 님은 몇 번이고 사과해주셨습니다.

미안해. 그렇지만 내내 유이를 지켜보고 있었어.

내 불길한 느낌은 틀리지 않았습니다. 고토네 님은 이제 마음 놓고 바깥으로 나오실 수 없었습니다. 죄다 이토 나리타카 탓이었던 것이에요.

신쿠로라는 그 사내는 이치마쓰에 관해 뭔가 엉뚱한 오해를 하고 있어.

이토 나리타카는 기타미 번에 있는 동안 몇 차례 시게오키 님이 넋을 놓으시거나 고토네 님이 '되어' 있을 때를 목격하고 그것이 사령 때문이라고 멋대로 해석하고 있었습니다. 게다가 그 사령은 이토가 아는 인물이라고 믿는다는 것입니다.

유이에게 겁을 주고 싶지 않으니까 나도 애써 막아왔지만, 사실은 이치마쓰 안에 나 말고도 다른 사람이 있어. 이치마쓰도 그것을 어렴풋이 눈치채고 있지만, 백일몽 같은 것이라고 생각하고 있어. 넋이 나가 있을 때의 이치마쓰는 자면서 꿈을 꾸는 것과 같으니까 완전히 틀린 해석은 아니지만.

그것을 이용해 이토 나리타카는 시게오키 님이 넋을 놓으시면 자신이 아는 그 인물의 이름을 부르며 자꾸만 무엇을 알아내려 한다는 것이에요. 지금까지 성공하지 못했고 성공할 리도 없지만 말이지요.

이토가 무슨 속셈인지 알기 전까지는 나도 경계하면서 적당히 맞춰줘야겠다고 생각했어. 그래서 유이를 만날 기회가 없었던 거야.

고토네 님은 무척 우려하고 계셨습니다. 이토의 그런 행동으로 시게오키 님의 마음이 흔들려 약해지기 시작했다고 말이에요.

이토는 이치마쓰가 떠올리고 싶어하지 않는 과거를 들추려 하고 있어. 왜 그런 일을 하는 건지 나도 알고 싶으니까 무턱대고 그자를 멀리할 수는 없어. 그렇지만 가까스로 물 위에 떠 있는 망가진 배 같은 이치마쓰의 마음이 기울어 검은 물이 들어오면, 나 혼자서는 지킬 수 없게 돼.

검은 물. 기타미에 있는, 시게오키 님도 고토네 님도 가까이 가면 안 되는 진쿄 호의 차가운 물.

이중삼중으로 놀라 전율하면서도 나는 한 번 더 여쭈었습니다. 이유가 무엇입니까? 무엇이 두려운 것입니까?

그제야 고토네 님은 대답해주셨습니다.

불쌍한 사내애가 여러 명 물속에 가라앉아 있어.

이치마쓰도 나도 구해주지 못했어. 구해주려고 하면 이치마쓰도 차가운 물속에 빠뜨려질 테니까.

절망감에 핏기를 잃은 고토네 님의 작은 얼굴을 나는 지금도 잊을 수가 없습니다.

시게오키 님의 '할아범', 이시노 오리베는 충신의 귀감일 뿐만 아니라 인간으로서도 배려심이 있는 인물이군요.

시게오키 님과 고토네 님을 둘러싼 깊은 수수께끼와 과거로부터 이어져온 관계에 대해 비후쿠인 님과 함께 나도 이시노에게 들었습니다. 이시노는 원래 내게는 일부를 생략하고 이야기할 생각이었던 것 같습니다만, 비후쿠인 님께서 중간에 나서주셨어요.

유이도 듣게 해주십시오. 진실을 알지 못하면 아무리 이별해 시간이 지나도 영원히 시게오키와 헤어지지 못합니다.

내가 본가로 돌아온 뒤로도 비후쿠인 님의 문안을 계속했던 것은,

하나는 은거하신 시게오키 님이 어떻게 지내시는지 알고 싶어서였고, 또 하나는 시게오키 님 안에 고토네 님이 방패로서 **살아있는** 이유를, 최소한 그 일단이라도, 비후쿠인 님은 아실 것이라고 생각해서입니다. 가능하면 그것을 가르쳐주시기를 원했던 것이지요.

네, 그래요. 나는 고토네 님과 친밀한 관계에 있었지만, 시게오키 님이 어렸을 때 아버님에게 당한 몹쓸 처사에 관해 몰랐습니다. 이번에 이시노를 통해 처음으로 알았답니다.

비로소 검은 안개가 걷힌 것처럼 납득이 되더군요. 지금은 아직 드러난 진실 앞에 흥분이 가라앉지 않은 상태예요.

그러니까 지금은 울지 않겠어요. 깊은 슬픔에 사로잡혀 꼼짝할 수 없어지기 전에 나는 당신과 이야기하고 싶었어요.

당시 내가 아는 것은 시게오키 님은 돌아가신 아버님을 존경하고 어머님을 사모하시지만 고토네 님은 아닌 듯하다는 것뿐이었습니다. 표현을 가리지 않고 말한다면 고토네 님은 아버님에 대해 어떤 의혹을 갖고 있는 것 같았고, 어머님에 대해서는 무척 염려한다고 할지, 동정한다고 할지, 그러면서도 역시 솔직하게 털어놓지 못하시는 듯했어요.

유이는 이치마쓰의 어머니와 가깝지. 이치마쓰도 기뻐해. 그렇지만 조심하면 좋겠어. 이치마쓰의 어머니는 감추는 게 있어. 돌아가신 아버지가 감추고 있었던 것을 어머니도 감추고 있어. 그게 시게오키를 위한 일이라 생각하시기 때문이고 어쩔 수 없는 일이기는 하지만.

부주의하게 비밀을 파고들었다가는 유이가 난처해질 거야.

나는 유이를 그런 입장에 몰아넣고 싶지 않아. 유이를 좋아하니까. 유이와 헤어지고 싶지 않으니까.

고토네 님의 그 마음은 눈물이 날 만큼 기뻤습니다. 그렇기에 내게 그 '비밀'을 가르쳐달라고 부탁드렸더니 무척 슬픈 표정으로 '유이에게는 말하고 싶지 않아. 유이는 몰랐으면 좋겠어'라고만 하시더군요.

진실을 안 지금은 고토네 님의 태도가 당연했다고 생각해요. 시게오키 님을 지키는 방패로서 시게오키 님의 명예를 위해 아내인 내게 몹쓸 과거를 알려서는 안 된다. 그 점에서는 고토네 님은 저로부터도 시게오키 님을 보호하셨던 것이에요.

그렇지만 말이에요, 다키. 나는 고토네 님이 나에 대해 그렇게 안타까운 태도를 취하신 것도 당연하고, 화를 내기보다 오히려 안도해야 할 일이라고 생각한답니다.

고토네 님은 시게오키 님이 아버님으로부터 그런 잔인한 일을 당할 때도 그것이 아버님의 본심에서 비롯된 행동이라고 생각하지 않았어요. 아버님의 악행이라고 생각하지 않았어요. 하지만 주술로 인한 것이라고 간파할 방법은 없었기 때문에 '비밀'로 해둘 수밖에 없었던 것이에요.

열쇠는 종이 가면의 기억입니다. 시게오키 님은 가면을 쓴 아버님을 봤습니다. 그리고 잊으려고 기억을 봉했지요. 고토네 님은 그 기억을 통째로 받아들였습니다.

아버님은 왜 종이 가면을 쓰고 이치마쓰 님을 괴롭혔나.

그런 때 늘 그 자리에 있으면서 아버님을 부추기고 다른 사람에게 말하면 너도 다른 사내애들처럼 진쿄 호에 빠뜨리겠다고 위협한 여자의 정체는 무엇인가. 아버님은 어째서 비후쿠인 님을 두고 그런 수상쩍고 사악한 여자를 침소에 들이셨는가.

고토네 님께도 그것은 풀리지 않는 수수께끼였어요. 하지만 고토네 님은 아버님을 기피하고 미워하지는 않았습니다. 풀리지 않는 수수께끼는 수수께끼로 안고 계셨습니다.

언젠가는 누가 수수께끼를 풀기 위해 힘을 보태줄 때가 올 것이라 믿고.

어머나…… 시게오키 님은 당신에게 고토네 님에 대해 본래 그랬어야 할 자신의 모습이라 말씀하셨다고요? 몹쓸 처사로 상처를 입지 않은 무구하고 건강한 이치마쓰 님이라고.

이상한 일이네요. 시게오키 님과 고토네 님은 보호하고 보호를 받으면서 서로에 대해 조금씩 다른 상을 그리고 계셨다는 말씀이군요.

원래는 하나의, 한 사람의 마음인데.

다키는 그 사악한 여자도 '만난' 적이 있군요. 그것은 당신이라면 그 여자를 '만나게 해도 괜찮다'고 고토네 님이 판단하셨기 때문이에요. 다시 말해 당신이 힘을 보태줄 사람이라고, 적어도 그중 한 사람일 것은 틀림없다고 믿으셨기 때문이지요.

나는 그만한 신뢰를 얻지 못했습니다. 고토네 님은 내가 그 여자를 만나봤자 그저 무서워하고 괴로워할 뿐이라고 생각하셨겠지요.

네, 나도 울음소리를 들은 적이 몇 번 있어요. 침소에서 내게 등을 돌리고 주무시는 시게오키 님이 여인의 목소리로 흐느껴 울고 계셨습니다.

처음 그런 일이 있었을 때 내가 놀라 시게오키 님을 깨웠더니, 눈을 뜬 사람은 시게오키 님이 아니라 고토네 님이었습니다. 여느 때와는 달리 몹시 언짢은 기색이셨지요.

이토 나리타카가 여러모로 자꾸 들쑤시는 바람에 이치마쓰는 정신적으로 약해져 이 여자를 잘 가둬둘 수 없게 됐어. 유이에게 보여줄 필요도 없고 보여주면 안 되는데.

또 그런 일이 있어도 모르는 척해줘. 물론 아무에게도 말하면 안 돼. 약속해줘.

나는 그러겠노라고 단단히 약속했습니다.

다키, 이것 하나만 봐도 알겠지요? 고토네 님도, 시게오키 님도 내게는 무서운 '비밀'을 알려주지 않으셨어요.

하지만 당신에게는 보여주셨지요.

나는 당신이 부럽습니다.

당신에게 있고 내게는 없었던 것이 무엇일까요. 애정? 충심?

아니, 그렇지 않아요. 그것은 분명 용기라는 것이겠지요. 자신의 모든 것, 자신이 가진 모든 것을 시게오키 님을 위해서라면 저버릴 수 있는 용기.

나는 다이묘의 딸이고 본가와 기타미 번의 연을 잇기 위해 시집왔습니다. 내가 무엇보다도 해야 할 일은 아무 일 없이 기타미 시게오키의 정실로 있는 것. 시게오키 님을 과거에서 해방시켜드리는 것도, 기타미 가 안쪽 깊은 곳에 응고돼 있는 수수께끼를 푸는 것도 아니에요.

그것이 나와 당신의 가장 큰 차이였습니다. 당신은 나보다 훨씬 강하게, 시게오키 님을 위해 최선을 다하겠다는 각오를 가질 수 있었습니다.

나도 당신처럼 기타미 가신 중 한 여자로서 시게오키 님을 만날 수 있었다면 얼마나 좋았을까요.

사랑하는 그분과 함께 있고 싶었어요. 힘이 되어드리고 싶었어요. 내가 손을 내밀어 시게오키 님을 과거의 어둠에서 구해드리고 싶었어요.

돌아갈 수만 있다면 시게오키 님 곁으로 돌아가고 싶습니다. 그 마음에는 한 점 거짓이 없어요.

몇 번이고 말하겠어요. 다키, 나는 당신이 부럽습니다.

창살방의 무거운 창살문은 활짝 열어젖힌 채 고정돼 있다. 이제 들들 소리낼 일은 없다.

다키가 거실로 찾아뵈었을 때 시게오키는 간키치의 도움을 받아 옷을 갈아입은 참이었다. 그렇게 오래 산책을 한 것도 아닌데 기운

넘치는 긴이치 탓에 땀을 흘린 모양이다.

간키치가 나간 뒤 다키는 시게오키의 부탁을 받아 차를 준비했다.

조용한 시간이 흘렀다. 차를 마시고 시게오키는 창살을 박은 창쪽에 눈길을 주며 눈을 가늘게 떴다.

"다키, 방금 들었느냐."

'모가리(虎落)* 피리'라고 했다. 울타리나 대 울타리에 강한 바람이 불어 피리 같은 소리가 난다.

"처음으로 기타미 영에 온 해 바로 이맘때에 고코인을 처음 찾았을 때, 호숫가의 단풍은 아직 지지 않았는데도 겨울에 듣는 이 소리가 들리기에 놀랐지."

"이 부근은 성읍과는 달리 가을과 겨울이 한데 섞여서 찾아오는군요."

"'모가리'란 중국에서 건너온 말인데, 그 나라에서는 호랑이를 막기 위해 엮은 울타리라 하더군."

시게오키는 소박한 느낌의 다완을 무릎 옆에 놓고 거기에 눈을 둔 채 말을 이었다.

"당시 고토네가 그런 말을 했지. 호랑이를 막는 울타리도 이치마쓰가 두려워하는 것을 물리쳐주지 못한다는 것이 슬프다고."

다키는 시게오키를 응시했다. 시게오키는 천천히 고개를 들었다.

"고토네와 나는 하나가 됐다. 원래 하나였던 영혼이니 하나로 돌

* 대울타리

아왔다고 해야겠지."

고토네와 주고받은 말, 고토네의 마음, 고토네의 기쁨과 슬픔, 공포와 노여움. 그 모든 기억이 지금은 시게오키 안에 있다.

"지금까지 다키가 고생 많았다. 마음에 상처를 주고 힘들게 한 적도 있었을 테지. 늦었지만 미안하다. 그리고 고맙다."

시게오키가 머리를 숙이는 바람에 다키는 허둥지둥 뒤로 물러나 엎드렸다.

"황송합니다. 부디 일어나주십시오."

"그럼 다키도 얼굴을 들어줘. 딱딱하게 격식을 차려서는 솔직하게 이야기할 수 없으니 말이지."

다정한 미소였다. 시선은 부드럽고 침착했다.

"이시노, 시로타 선생과는 이미 많은 이야기를 나누었다. 선생 말로는 나는 이제 환자가 아니라더군."

다키는 가슴이 메고 눈시울이 뜨거워졌다. 그것을 감추려고 또 손가락을 짚으며 엎드렸다.

"쾌유를 축하드립니다."

"고맙다. 다키에게 할 말도, 묻고 싶은 말도 있어서 이렇게 둘만의 자리를 마련했다. 허나 조금이라도 불안한 마음이 있다면 다지마를 부르지."

"나리마님은 다지마 한주로를……."

"조금 전에 비로소 얼굴을 보고 이야기할 수 있었구나. 개구쟁이 어린애가 그 모습 그대로 자란 것 같은 젊은 무사로군."

나도 모르는 새에 그자에게도 꽤 신세를 졌다지? 시게오키의 말투는 명랑했다.

"다키는 좋은 사촌동생을 두었구나."

"감사합니다."

시게오키는 가벼운 몸놀림으로 일어나 서안 곁으로 다가갔다. 문고를 열고 안에서 뭔가를 꺼내 돌아왔다.

손에 든 것을 보고 다키는 긴장했다.

하얀 종이 가면이다. 악귀 같은 뿔은 돋지 않았다. 간소한 노 가면의 모양새다.

시게오키는 그것을 다키와의 사이에 놓았다.

"시로타 선생이 내게 보여주려고 입수한 것이다. 허나 과거 아버지가 쓰셨던 것은 여자 틈새가 주술을 걸기 위해 별도로 만든 모양이지. 서쪽 거리를 샅샅이 뒤져도 같은 가면은 찾지 못했다 한다."

"그렇습니까……."

어쨌거나 이제 무섭지 않다고 시게오키는 말했다.

"물론 아버지를 덮친 주술은 두려운 것이었다. 그로 인해 나와 쓰기를 덮친 화도 두렵다만, 이제 모두 끝났다."

시게오키가 기억을 되찾아 과거에 일어난 일을 이해함으로써 마침내 정화된 것이다.

다키는 만감을 담아 종이 가면을 응시했다.

"……유이를 만났다지?"

다키는 몸을 움츠렸다. "용서해주십시오. 주제넘은 행동을 했습니다."

"유이는 화를 내더냐?"

"예?"

"다키가 쳐들어왔다고 노여워해?"

"아닙니다, 저……."

시게오키는 웃었다.

"유이가 다키를 만나 기뻐했다면 무엇을 두려워할 필요가 있느냐? 다키는 나를 대리해준 것이지."

고맙다, 하고 너그럽게 말했다.

"봄바람 같은 여인이었지?"

"예."

"다키가 말씀드리고 싶었던 것을 듣고 다키가 알고 싶었던 것을 남김없이 가르쳐주더냐."

"제가 바랐던 이상의 과분한 말씀을 내려주셨습니다."

"이 겁쟁이가 끝내 유이를 진정한 부부로 대하지 못했다는 것도, 초야부터 고토네를 대신 내보내고 자기는 뒤에 숨어 있었다는 것도 들었느냐."

시게오키의 어조에 자학하는 느낌은 없었지만 다키는 대답할 수 없었다.

잠시 침묵한 뒤 시게오키는 당당하게 말을 이었다. "주술에 조종당한 아버지의 처사 탓에 나는 다른 사람과 침소에 있기가 두려웠다. 하얀 명주 잠옷도 무서워서 입을 때마다 온몸이 떨리곤 했구나."

그렇기에 유이를 '만날' 수 없었다. 침소를 함께할 수 없었다.

"그런데 내가 그 이유를 알지 못했으니 일이 성가셨지. 아니, '알고는' 있었다만 스스로 그것을 파악하지 못했다고 해야 하나."

다키는 작은 목소리로 "예" 하고 대답했다. 시게오키의 그런 마음의 수수께끼에 대해서는 이제 설명이 필요 없었다.

"그래서 고토네가 대신 나타나 유이와 가까워졌다. 내가 안고 있는 수수께끼와 공포를 유이가 함께 짊어지고 비밀을 지켜주도록 해준 것이야. 수수께끼를 푸는 것이 아니라, 수수께끼를 흔들어놓는 것이 아니라, 그대로 고스란히 받아들여주도록."

"유이 마님만이 하실 수 있는 일이었으니까요."

"유이에게는 행복한 일이 아니고 올바른 일도 아니었건만."

시게오키의 표정이 그늘졌다.

"유이의 상냥함에 기대어 나는 계속 고토네 뒤에 숨어 있었다. 유이의 이해를 의지해 계속 가짜 남편을 연기했어. 그래도 유이를 소중하게 생각하기는 했다만……."

"유이 님께도 그런 마음은 충분히 전해졌을 것입니다. 다키는 확신합니다."

유이 님께서 주신 서한을 전해드리자. 품에 손을 넣는데 시게오키가 목소리를 낮추고 말을 이었다.

"내가 아버지를 죽인 것도 침소에서 일어난 일이었지."

다키는 얼어붙었다. 시게오키는 기억을 모두 되찾았으니 그 참극도 이제 기억하는 것이다.

"그날 밤은 아버지 거실에서 바둑을 두고 있었다. 우리 부자에게 바둑은 큰 낙이라 틈만 있으면 바둑판을 사이에 두고 앉곤 했으니까."

나리오키가 더 실력이 있었던 터라 매번 시게오키가 졌는데…….

"그날 밤은 꽤 접전이 벌어진 것이야. 그러다가 그게 몇 번째 국이었나…….."

밀리던 시게오키가 스스로도 생각지도 못한 묘수를 두어 열세를 만회하고 나리오키를 궁지로 몰아넣었다.

"그 정도로 멋진 역전은 처음이었던지라 아버지는 감탄하시면서도…….."

이대로 그냥 지면 재미없지. 어떻게든 이길 방도를 찾아내마.

"깊이 생각하시기에 승부를 뒤로 미루자고 말씀드렸다. 이미 밤이 깊었으니 말이지."

내일까지 기다리기로 하지요.

그러고는 시게오키도 자기 방으로 물러나 잘 준비를 하는데, 뜻하지 않게 나리오키에게 부름을 받았다.

"형세를 만회할 수가 생각났다. 오늘 밤 중으로 승부를 내자고 마치 어린아이처럼 조급해하시는 것이야. 옷은 갈아입지 않아도 된다, 그냥 오라고 재촉하시기에 나는 아버지도 지는 것을 싫어하시는군 하고 웃으며 건너가 뵈었다."

나리오키의 침소로. 두 사람 다 하얀 명주 잠옷 위에 가볍게 웃옷을 걸쳤을 뿐인 차림새로.

"지금 생각하면 나는 방심하고 있었던 것이지."

친밀한 분위기 속에 아버지와 두는 바둑 승부의 즐거움에 마음은 명랑하게 들떠 있었다. 당연한 일이다. 그럴 만했다.

나리오키는 잊고 시게오키도 잊고 있었다.

"침소로 찾아뵙자 아버지는 무척 기분이 좋으셨다. 흥분해서 더는 기다릴 수 없다는 것처럼 내 손을 잡고, 돌을 치우지 않고 그대로 둔 바둑판 쪽으로 나를 이끄셨다."

흥분해서.

시게오키의 손을 잡고.

침소 안쪽으로 이끌려 했다.

다키는 시게오키의 얼굴을 똑바로 볼 수 없었다.

"······그때 봉해두었던 과거의 공포가 내 안에서 뛰쳐나왔다."

시게오키를 에워싸려 하는 어둠. 시게오키의 온전한 정신을 흘려버리려 하는 공포.

"그에 저항해 내 안에서 노여움이 타올랐다."

그리고 시게오키를 위해 싸우는 노여움의 화신이 나타났다.

"나와 고토네는 그것을 '라세쓰'라고 불렀지."

라세쓰, 나찰은 사람을 잡아먹는 흉악한 악귀다. 후에 불도에 귀의해 부처님과 부처님을 따르는 중생을 수호하는 나찰천이 됐다. 정말 어울리는 이름이라고 다키는 생각했다.

"그것이 풀려나 날뛰기 시작하면 나도 고토네도 멈추지 못해. 누구도 그것을 막지 못해."

나리오키 살해는 그렇게 해서 벌어진 참사였던 것이다.

"나는 내 손으로 아버지를 죽였다."

다키는 몸을 앞으로 내밀고 말했다.

"나리마님께서 원해서 하신 일이 아닙니다."

"허나 고토네가 나인 것처럼 라세쓰 또한 나다."

"그렇기에 라세쓰는 나리마님을 지킨 것입니다. 지켜드린 것이에
요."

"아니, 원수를 갚은 것뿐이다."

얼음장처럼 차가운 목소리였다.

꼴좋다.

"나는 아버지를 퇴치했다. 자기 자식에게 음행을 하고는 그것을
잊고 태연한 표정으로 사람 가죽을 뒤집어쓴 짐승을 처단했다."

"사람 가죽을 뒤집어쓴 짐승은 큰나리가 아닙니다. 큰나리를 그처
럼 조종한 틈새 부녀입니다."

시게오키는 부르르 몸서리를 치며 다키를 봤다.

다키는 거실 천장을 가리켰다.

"기억하시지요? 고로스케, 진짜 이름은 올가미를 쓰는 틈새 구자.
그 무시무시한 사내를 퇴치하고 스즈와 저를 지켜준 것도 라세쓰였
습니다. 나리마님이세요."

시게오키는 몸을 틀어 다키가 가리키는 곳을 올려다봤다.

"그 사내는 이곳에 똬리를 틀고 내가 수렁에 빠져들듯 과거의 어
둠에 집어삼켜져 온전한 정신을 잃고 짐승이 되어가는 모습을 바라

보고 있었을 테지. 언젠가 미쳐 죽는 꼴을 지켜봐주겠노라고 회심의
미소를 짓고 있었을 테지."

"구자는 이제 없습니다. 나리마님께서 이 세상에서 쫓아내주셨어
요."

다키는 목소리에 힘을 주어, 창백하게 질려 굳은 시게오키의 얼굴
에서 눈을 떼지 않고 말을 이었다.

"구자 이전에 가면을 쓰는 기리하를 퇴치하신 분도 나리마님이십
니다. 쓰구요시 님을 지키기 위해, 이번에는 큰나리가 아니라 나리
마님 자신을 향했던 기리하의 주술을 물리치기 위해, 라세쓰가 되셨
습니다. 기리하는 중상을 입고 구자가 사는 진쿄 호 호숫가까지 도
망쳤지만 그곳에서 목숨이 다했습니다."

기리하는 이미 뼈만 남아 있었다. 과거 여러 남자애의 목숨을 제
물로 삼아 나리오키를 집요하게 저주했던 여자의 몸은 흙먼지가 되
어 있었다.

"……그때는 그 여자를 쓰러뜨렸다는 확신이 없었어."

목소리도 말투도 시게오키 것이었지만, 자신 없이 떨리는 어미에
서 어렴풋이 고토네가 느껴졌다. 다키의 뇌리를 그립고 사랑스러운
목소리가 스쳤다.

있지, 다키. 그때 이치마쓰는 정말 여자를 물리쳤는지 아닌지 자
신이 없었던 거야. 확인할 방법도 없었고 말이지.

고토네 님. 지금도 시게오키 님 안에 계신다면 다키에게 힘을 보
태주십시오.

"하지만 고로스케의 거처에 무덤이 있고 썩은 종이 가면이 여럿 있지 않았습니까. 다키는 이시노 님께 말씀을 들었습니다만 나리마님은 직접 보시지 않았습니까. 기리하도 분명히 퇴치된 것입니다."

다키는 으름장을 놓듯 말했다.

"꼴좋다."

시게오키는 눈을 깜박이며 홀린 듯 다키를 응시했다.

"나리마님은 이미 오래전에 이기셨습니다. 다만 그것을 알기까지의 세월이 너무나도 쓰라리고 힘겨워서⋯⋯."

눈물이 한 줄기 뺨을 타고 흘러내렸다.

"내 손은 피에 젖어 있어."

시게오키는 자신의 두 손을 내려다보며 신음하듯 말했다.

"무사가 원수를 처치한 것뿐입니다."

눈물을 흘리면서도 다키는 고개를 계속 쳐들었다. 시게오키도 그랬으면 좋겠다고 생각했다.

"나리마님은 큰나리의 원수를 갚으셨습니다. 비후쿠인 님을 오랜 고통으로부터 해방시켜주셨습니다. 무력한 스즈와 저를 지켜주셨습니다."

그게 다가 아닙니다. 다키는 목소리를 쥐어짰다.

"나리마님은 이전 유이 마님을 모욕하고 추잡하게 접근한 어리석은 오도시마, 우키하시를 칼로 베신 적도 있지요."

시게오키가 무심코 그러는 것처럼 움찔했다. "그것은⋯⋯."

"칼로 벤 사람은 라세쓰였겠지요. 그래도 나리마님께서 라세쓰가 되실 만큼 노여워하신 것은 우키하시의 추잡한 속삭임이 불쾌했기 때문만은 아닙니다. 유이 마님의 명예를 지키고 입장을 지키기 위해 노여워하신 것 아닙니까."

격노 뒤에는 애정이 있었다.

"나리마님과 유이 마님은 어엿한 부부이셨습니다."

다키는 손가락으로 눈물을 훔치고 밝게 미소를 지으려 했다. 그런데 잘 되지 않았다. 눈시울이 뜨거워지고 가슴이 에이듯 아팠다.

시게오키는 그런 다키를 잠자코 쳐다보고 있었다. 두 사람이 마주 보며 그저 침묵했다. 이런 일은 처음이었다.

얼마 지나 시게오키가 작은 목소리로 말했다.

"전에는 이렇게 거북할 때면 고토네가 나를 대신해 나타나 분위기를 수습해주었을 테지."

쓸쓸한 듯 눈을 깜박이며 미소 지었다.

"그러나 고토네는 이제 없어."

쓸쓸하냐고 물었다. 다키가 그에 대답하기 전에 "나는 쓸쓸하구나"라고 말했다.

"내가 절반만 남은 느낌이다. 아니, 나 이상으로 나였던 자가 사라진 것 같아. 원래 이곳에 있어야 할 사람은 내가 아니라 고토네였다고 생각한다."

"그건…… 잘못 생각하시는 것이에요."

다키의 어색한 항변을 시게오키는 재빨리 가로막았다.

"과연 그럴까. 고토네보다도 내가 더 가치가 있다고 어떻게 단언할 수 있지? 고토네가 원래 본래 그렇게 됐어야 할 이치마쓰고 그 이치마쓰가 성장해 기타미 시게오키가 되는 것이 가장 바람직했건만."

아픔을 견디듯 눈을 가늘게 뜨며 한층 약하게 호흡하며 물었다.

"유이에게 들었을 테지? 고토네와 유이는 사이가 좋았어."

"예, 남매처럼 가까우셨다고 들었습니다."

"남매가 아니야. 나이 차는 있었어도 마음은 진정한 부부였다. 고토네가 어른이 됐다면 유이도 명실공히 아내가 되어 행복하게 살 수 있었을 테지."

고토네는 강하고 총명하고 다정하고 명랑했다.

유이도 강하고 총명하고 다정하고 명랑했다.

"둘이서 나를 지켜주었다. 두 사람은 늘 한 쌍이었다. 그렇기에 고토네가 사라진 지금 나는 유이도 잃은 것이야."

영원히. 이제 두 사람 다 돌아오지 않는다.

다키는 그렇지 않다고 말했다.

"유이 님은 돌아갈 수만 있다면 당장에라도 나리마님 곁으로 돌아가고 싶다고 말씀하셨습니다."

다키의 마음에 아로새겨진 말이다. 지금도 그 말을 했을 때 유이의 표정이 눈앞에 선했다. 애절한 목소리에 가슴이 떨렸다.

그러나 시게오키는 고개를 흔들었다.

"사람이 '돌아갈 수 있다면'이라는 말을 하는 것은 돌아갈 수 없다는 것을 알 때다. 또는 돌아가지 않기로 정했을 때."

"아닙니다! 유이 님은……."

"유이가 사랑했던 것은 내가 아니야. 고토네와 함께 있었던 나지. 어두운 비밀을 안고 그 무게를 같이 짊어져줄 사람을 찾고 있었던 나다. 다름 아닌 내가 유이를 그렇게 만들고 말았다. 나와 유이 사이에 있었던 애정은 그런 형태였어."

다키는 아무 말도 못 했다.

내가 손을 내밀어 시게오키 님을 과거의 어둠에서 구해드리고 싶었어요.

유이는 떨리는 목소리로 그렇게 털어놓았다. 하지만 다이묘 가의 딸인 자신의 처지에서는 불가능한 일이었다고.

당연하다. 아무리 정실이고 신뢰할 수 있는 유모와 경호하는 가신들에 둘러싸여 있어도, 다른 가문에서 시집온 유이가 이십 년도 더 전의 사건에 기인하는 기타미 가의 뒤엉킨 인연을 풀 수 있을 리 없다.

특히 여기까지의 해명은 시게오키의 착란을 감출 길이 없어져, 그렇기에 감출 필요도 없어져, 병세를 악화시키고 있던 이토 나리타카가 신변에서 쫓겨나고 시로타 노보루라는 깨우친 의사와 시게오키에게 충심을 바치는 이시노 오리베라는 '할아범'이 한데 모여 비로소 가능했던 것이다.

유이는 시게오키에게 손을 내밀 수 없었다. 대신 고토네와 손을 맞잡고 시게오키의 어두운 마음속 심연을 계속해서 직시했다. 그것을 외면하며 꺼림칙하게 여기거나 싫어하지도 않고, 어둡고 잔잔한 심연의 수면에 자신의 모습을 비추며 계속해서 지켜봤다.

고토네와 더불어, 언젠가 진정으로 시게오키를 구할 수 있는 빛이 비치기를 기다리며.

다키, 나는 당신이 부럽습니다.

안개가 걷히듯 그 말의 참된 의미가 보였다.

다키는 품에서 유이의 서한을 꺼내 시게오키에게 내밀었다.

"유이 님이 친히 쓰신 서한입니다."

시게오키는 바로 손을 뻗지 않았다.

"저는 나가 있겠습니다."

다키가 일어서려 하자, 시게오키는 "그냥 있어라"라 하고는 서한을 집어 천천히 폈다. 놀란 것처럼 눈을 크게 뜨고 눈동자를 움직여 몇 번씩 반복해서 읽었다.

온화한 침묵. 정원에서 새들이 명랑하게 지저귀었다.

"시구나."

시게오키가 말했다. 입이 떨리더니 차츰 벌어졌다.

"다키도 같이 들어라."

"아닙니다, 저 같은 게……."

"들어라. 유이의 소망이야."

다키의 마음이 어지러워졌다. 가만히 앉아 있기가 힘들었다. 지금 당장 이 자리에서 도망치고 싶었다.

유이 님의 소망?

"부질없이 가버린 꽃의 숲을 거쳐 폭포 소리 반갑구나."

한 번, 두 번 되풀이하며 시게오키는 말의 음색을 음미하듯, 소중하게 아끼듯 읽었다.

"곧 지고 마는 꽃의 숲을 지나 다다른 폭포의 광경에 마음이 끌린다."

그러고는 다키에게 미소를 지었다.

"아름답지만 부질없는 추억이 된 꽃의 숲은 유이를 말하는 것이다. 유이의 본가의 성씨는 모리(森)이니 말이지."

숲을 지나 다다른 그리운 폭포.

"다키*를 말하는 것이야."

다키는 잠자코 시게오키를 응시할 뿐이었다.

"유이는 내게 말하는 것이다. 꽃의 숲은 이제 먼 곳에 있다. 잠시 아름다운 풍경 속에서 놀며 즐겁게 지냈지만, 나는 이미 그 숲에서 멀어지고 말았다. 이제 마침내 다다른 맑은 소리의 폭포가 바로 내가 찾던 **그리운** 장소라고."

다키는 떠올렸다. 이 글을 쓰던 유이의 아름다운 옆얼굴을. 지금 생각하면 유이는 미소를 지으며 어렴풋이 눈물을 글썽이지 않았나.

다키, 나는 당신이 부럽습니다.

그 말 뒤에 다른 의미가 곁들여져 있었나.

다키, 앞으로는 당신이 시게오키 님 곁에 있어요.

돌아갈 수만 있다면 돌아가고 싶다. 그 마음에는 한 점 거짓도 없

---

* 일본어에서 폭포(滝)를 '다키'라 읽음

다. 하지만 나는 돌아갈 수 없다. 내가 시게오키 님과 함께 있을 수 있었던 시간은 지났다.

앞으로는 다키가 시게오키와 함께 시간을 쌓아가기를.

부탁합니다.

이 편지를 다키에게 맡겼을 때 유이는 그렇게 말하며 머리를 수그렸다.

나 같은 자의 마음을.

나 같은 자의 바람을.

유이 님은 꿰뚫어보고 계셨다.

"내게는 끔찍한 과거가 있다" 시게오키가 말했다. "제 아무리 절실한 이유가 있었다 해도, 주술에 의해 조종당했다 해도, 내가 아버지를 죽였다는 사실은 지울 수 없어. 착란을 일으킨 끝에 번주 자리에서 쫓겨나 영민들을 불안에 빠뜨리고 여러 충신들을 힘들게 했다."

이런 사람이지만…….

"다키, 너는 곁에 있어주겠느냐."

이제야 인생을 다시 시작하려는 기타미 시게오키를 따라와주겠느냐.

"몸속에 라세쓰를 감추고, 고토네라는 무구한 현자를 잃고, 어린 아이보다 어리고 노인보다도 지쳐 인간으로서 살아갈 방법을 이제부터 다시 익혀야 하는 나를 허용하고 받아주겠느냐."

이것 또한 명령이 아니다.

"내 소망이다. 들어주겠느냐, 다키."

다키는 손가락을 짚고 엎드렸다.

앞마당에 새로 세운 허수아비들의 대열에서는 시게오키 곁에 다키가 있다. 떠들썩하게 지저귀는 새들은 그 주위를 날아다니는 것 같다.

그날 밤, 다키가 잘 준비를 하는 것을 고가 거들어주었다.

목욕을 하고 검은 머리를 정성스레 빗었다. 잠옷을 입으려고 하자 고가 "이것을 입으십시오"라며 새 포장지로 싼 것을 내놓았다.

"에도에서 돌아오실 때 유이 마님께서 이시노 님께 하사하셨다고 합니다."

"그걸 내게요?"

"예. 이시노 님은 맡아서 가져온 것뿐이라고 하셨습니다."

흔들리는 촛불 불빛 속에 고의 뺨이 어렴풋이 홍조된 듯 보였다.

"열어볼까요."

다키의 손이 떨리는 것을 보고 고가 포장지를 펼쳐 보여주었다.

명주 잠옷이었다. 손가락을 갖다대자 미끄러질 정도로 고급이다. 단 흰색이 아니라 옅은 다갈색이다.

"어머나, 다키 님 얼굴에 잘 받으세요."

예전의 창살방 안, 시게오키가 기다리는 침소까지 고가 촛대를 들고 앞장섰다. 안개처럼 얇은 상의 자락은 스즈가 들었다. 수줍게 숙인 얼굴은 연분홍빛으로 물들었고, 화상 흉터는 그림자가 드리워진 것처럼 보였다.

창살문에서 한 발짝 안으로 들어선 곳에 작은 병풍을 쳤다. 금빛 바탕에 비익조를 그린 아름다운 병풍이다.

"편히 쉬십시오."

다키를 배웅한 두 하녀는 날씬한 뒷모습이 장지문 너머로 사라져 어렴풋한 머릿기름 향이 흩어진 다음에야 머리를 들었다.

"자, 우리도 자자."

고가 스즈에게 속삭이며 어깨를 끌어안고 일으켜 세웠다.

"고 씨, 어째 기뻐 보여요."

"응, 너무너무 기뻐."

고는 구깃구깃한 얼굴로 웃었다.

"내 눈이 틀리지 않았으니까."

3

어이쿠, 춥군.

이시노 오리베는 거실에서 나와 복도를 걸으며 어깨를 움츠렸다. 하늘은 오늘도 맑게 갰고, 진쿄 호의 물은 그야말로 거울처럼 매끈하게 반짝이고 있었다. 바람도 없고 햇살은 눈부시건만 복도를 밟는 발바닥이 시렸다.

오리베의 마음도 잔잔했다. 마음이 잔잔하니 몸도 잔잔해 끈질긴 기침에 시달리는 일도 훨씬 줄었다.

대규모 수색으로 호숫가와 여울에서 찾아낸 것은 일단 서쪽 대기소에 모아두었다. 더 소중하게 다뤄야 할 유골은 대기소 옆방에 안치하고 시로타 의사가 꼼꼼하게 분류하는 중이었다.

아이의 유골은 여럿 나왔다. 해골이 셋에, 갈비뼈와 등뼈, 팔다리뼈는 뿔뿔이 흩어졌거나 부서졌으니 '지천'이라는 말을 쓰고 싶을 만큼 양이 많다. 굵기와 길이를 보면 다섯 살에서 열 살 전후의 아이 것은 확실한데 몇 사람 것인지를 알 수 없었다.

시로타 의사는 최근 아침저녁으로 시게오키의 맥만 짚고는 나머지 시간의 태반을 남자애들 뼈와 함께 보낸다. 부족한 뼈를 찾아 인부를 데리고 수색에 나설 때도 있었다. 철야도 종종 해서 "젊은 선생님, 마음은 이해합니다만, 선생님 혼자 애쓰신다고 이 애들 뼈가 눈 깜짝할 새에 모이는 게 아니니까 밤에는 좀 쉬십시오" 하고 간키치에게 잔소리를 들었다.

정식으로는 아니라도 가가미 다키가 시게오키의 아내가 된 것을 오리베는 진심으로 축복하고 기뻐했다. 저택 사람들은 다들 그렇다. 다만 시로타 의사만은 약간…… 납득을 체념으로 나누어도 실의는 남을 터이기에, 의사가 조사와 수색에 몰두하고 싶다면 가만둘 생각이었다.

오늘도 아침식사를 마친 의사는 일찌감치 호숫가로 나간 모양이다. 유골을 둔 방에 아무도 없기에 오리베는 향을 피운 뒤 밖으로 나왔다. 그런데 서쪽 대기소 쪽에서 말소리가 들려왔다. 구리키 안고의 목소리가 섞여 있기에 오리베는 그쪽으로 갔다.

서쪽 대기소 입구에서 빙글 돌아섰다.

"안녕히 주무셨습니까."

봉당에 쭈그리고 앉아 있던 미노스케가 일어나 허리를 굽혔다. 마루 턱에 다지마 한주로가 떡하니 걸터앉아 있고, 정원으로 나가는 출입구에는 구리키 안고가 어느새 몸에 익은 진바오리 차림으로 망원경을 들고 서 있었다.

"이시노 님, 갑자기 발길을 돌리시다니 저희에게 볼일이 있으신 것이 아닙니까."

오리베는 웃었다.

"볼일은 있다만 너무나도 텁텁한 면면이라 그만 기가 꺾여서 말이네."

세 사람은 서로 마주 봤다. 허물없는 동료들 사이의 행동거지다.

"아닌 게 아니라 텁텁하군요. 저도 슬슬 성읍에 다녀오고 싶어졌던 참입니다."

한주로가 말했다.

"유족에게 보여줄 만한 것이 있느냐."

봉당에 거적을 깔고 수색에서 발견된 기모노며 허리띠, 신발, 그 쪼가리로 보이는 것 등을 그 위에 펼쳐놓았다. 이쪽은 대략 일여덟 명 것일 듯하다.

"어떤 것을 보여줘도 슬픔을 줄 뿐이겠습니다만."

미노스케가 괴로운 듯 목소리를 낮추었다. 늘어놓은 물건들 중에는 이 가게마와리가 혼자 솜씨 좋게 조각배를 저어 나가 낚싯대와 그물로 건진 것도 있을 터다.

결국 진쿄 호의 깊은 바닥을 훑기는 여의치 않았다. 그러나 얕은 여울에서는 인부들에게 그물을 끌게 하고, 구리키가 작성한 수류 지도를 바탕으로 흐름이 모이거나 교차하는 지점에서는 헤엄을 잘 치는 자에게 잠수를 시켜 좌우지간 이만한 수확을 거두었다.

"아무것도 모르는 것보다는 훨씬 낫지요."

구리키의 말에 한주로가 고개를 끄덕였다.

"센치쿠가 눈들에게 이야기를 퍼뜨려 유품을 확인하고 싶다는 자들을 모으고 있을 겁니다."

"하지만 아이들이 어째서 이런 일을 당했는지, 범인은 어디 사는 누구인지 모조리 알려줄 수는 없지 않습니까. 그 부분은 어떻게 하시겠습니까."

미노스케의 물음에는 오리베가 대답했다.

"과거 기타미 사람들에게 해를 끼치는 무시무시한 악귀가 있었다. 이제야 퇴치되어 이제는 아무것도 두려워할 것이 없다만 빼앗긴 목숨은 안타깝다."

솔직하게 그렇게 말하면 된다.

"악귀가 잡아간 아이들의 유골, 유품의 일부라도 되찾을 수 있었던 것도 온도 님의 자비 덕분이죠."

한주로도 스스로를 타이르듯 고개를 끄덕이며 말했다.

"이제는 신역에서 안식을 취하는 아이들의 영혼을 위해서도 가족들은 온도 님을 경배하고 정성을 들여 공양하라 해야겠군요."

자리가 숙연해졌다. 각각의 마음이 가슴을 무겁게 짓눌렀다.

구리키가 망원경을 빙글빙글 돌리다 말고 "공양이라는 말을 듣고 생각났습니다만"이라며 말을 꺼냈다.

"피뢰탑의 토대에 쓰기 위해 주재소 옛터에 남아 있던 돌을 전부 치웠기 때문에, 이토 나리타카가 묻혀 있었던 곳에 흙을 쌓고 아침 저녁으로 향을 피우게 하고 있습니다."

유능하기는 하지만 다소 유별난 구석도 있는 이 인물이 그런 배려도 할 줄 아나 싶어 오리베는 놀랐다.

"잘 생각했군."

"하지만 그곳은 그 사람 묘가 아닙니다."

한주로가 흠칫했다

"그러고 보니 성읍으로 보낸 시신은 어떻게 됐을까요."

"가로 나리의 명으로 검시를 통해 밧줄로 목이 졸린 것을 확인한 뒤 일찌감치 화장했습니다."

대외적으로 이토 나리타카는 시게오키가 연금된 직후 할복했으며 시신은 죄인으로서 무연고 무덤에 묻힌 것으로 돼 있다. 본래의 쿠리야 신쿠로로 돌아와 살해된 남자의 유골이 있으면 이상하다.

"와키사카 가에서 은밀히 맡아주셨습니다. 가로 나리의 부인께서 생전에 어떤 인물이었든 간에 죽고 나면 부처라고 하셔서 말입니다."

그렇다고 계속 그대로 두는 것도 이상하다. 유능한 관리답게 구리키는 꼼꼼하게 신경 썼다.

"아예 유골을 호숫가 그 장소에 묻어 진짜 묘로 삼을까요."

"그건 묘안은 아닌 것 같습니다만" 미노스케가 얼굴을 찡그렸다. "고코인에서 보이는 곳에 그 사내의 무덤이 있다니요."

그러자 한주로가 말했다. "이즈치 촌으로 돌려보내면 어떨까요."

신쿠로의 고향이다.

"혈족 사람들도 잠들어 있는 곳이니까요."

"허나 지금은 죽음의 부정을 탄 곳 아닌가. 긴이치도 겁냈다고 들었다만."

"그렇다면 더더욱 그자의 영혼은 돌아가고 싶어하지 않겠습니까. 그자의 반평생은 불운하게 불탄 이즈치 촌을 위해 바친 것이나 다름 없었죠. 그곳에 돌아갈 수 있다면 본인도 쿠리야 사람들도 편히 쉴 수 있을 것 같습니다."

한주로는 "제가 데려가겠습니다"라고 말했다. "고나라 촌 촌장에게 일손을 빌려달라고 부탁해 무덤을 쌓고 묻어주고 오겠습니다."

"그래라" 오리베는 허락했다. "다지마에게 맡기도록 하지. 구리키, 와키사카 님께 그렇게 서한을 보내주겠느냐."

"알겠습니다" 하고 대답하면서도 구리키는 아직 할 말이 있는 듯한 표정이었다.

"미심쩍은 부분이 있나."

"아닙니다, 그런 것은 아닙니다만……."

이 유능한 관리답지 않게 말을 분명하게 못 맺는다.

"이토 공, 아니 쿠리야 신쿠로의 죽음에 관해서는 제가 영 이해할 수 없는 부분이 있어서 말입니다."

고로스케는 왜 그를 죽였나.

"신쿠로가 이곳에서 도망치려 했기 때문일 테지요."

미노스케가 대뜸 말했다. 구리키는 손가락을 내저었다. "도망친들 안 될 이유가 어디 있습니까."

"이즈치 촌이 불타 없어진 수수께끼를……."

"신쿠로가 혼자서 풀 수 있을 리 없습니다. 수수께끼가 풀리는 것을 막으려면 신쿠로보다 이곳 고코인분들을 모조리 처리하는 쪽이 훨씬 효율적입니다. 시게오키 님의 병을 고치려고 노력하는 시로타 선생이나 다키 님을 맨 먼저 제거해도 될 것 같습니다만."

"그런 불길한 소리를!"

한주로는 버럭 화를 냈지만 아닌 게 아니라 구리키 말이 맞는다. 다만…….

"구리키, 자네는 나중에 왔으니 이해가 되지 않겠다만 고로스케는 작은나리의 병을 고치려는 우리 노력이 결실을 맺을 리 없다고 얕보고 있었다."

기리하의 주술이 난학을 조금 접했다는 풋내기 의사의 의술이나 다키 같은 힘없는 여인의 애정에 질 리 없다고.

"우리가 작은나리 곁에서 우왕좌왕하도록 두고 일희일비하는 모습을 구경하다가 이윽고 우리가 지쳐 포기하고 작은나리께서 광기와 착란의 심연에 빠져드시는 것을 지켜보려 한 것이네."

한주로와 미노스케가 새삼 험악한 표정을 지었다.

"고로스케가 자기 손으로 우리를 죽이기보다 괴로움에 몸부림치
는 작은나리의 손으로 죽이게 하는 편이 훨씬 흥취가 있다고 생각했
을지도 모르지."

복수의 맛이 더욱 달콤해질 것이라고.

"그 말은 즉 우리 모두 고로스케의 손아귀에서 놀아나고 있었다,
적어도 고로스케는 그렇게 생각하고 있었다는 뜻이네."

그런데 쿠리야 신쿠로는 그곳으로부터 도망치려 했다.

"고코인이라는 폐쇄된 공간에서 뛰어오르는 물고기가 있으면 일
일이 쫓아가기도 귀찮다. 멀리 가버리기 전에 해치우자. 신쿠로를 죽
인 것은 그런 뜻이었다는 것이 내 생각이네. 그런 추측으로는 부족
한가."

구리키는 또다시 망원경을 빙글 돌리고 고개를 가볍게 갸웃했다.

"그렇다면 쿠리야 신쿠로는 고로스케에게 끌려가 죽임을 당한 것
이 아닙니다. 어디까지나 자기 의지로 이곳에서 도망쳤고 고로스케
에게 잡힌 것은 그다음이었다는 뜻이 됩니다만."

"그래. 고코인을 둘러싼 숲은 고로스케의 마당이나 다름없었으니
말이네. 도망치다 들켰을 테지."

당시 신쿠로는 비로소 태도를 누그러뜨리고 시로타 의사에게 협
조해 수석 요닌으로서 시게오키를 섬기는 동안 있었던 일, 두 사람
사이에 오간 대화 등을 상세히 이야기하려는 자세를 보이기 시작했
다. 적어도 입으로는 그렇게 말했다.

정말로 그렇게 된다면 고로스케의 입장에서도 신쿠로가 무슨 말

을 할지 궁금했을 것이다.

"신쿠로의 회술 내용이 시로타 선생에게 유익한 것이었을 경우, 즉 작은나리의 병을 고치는 단서가 될 만한 것이 나왔을 경우에는 그때 가서 죽이면 되네. 그것이 아닌 한 고로스케도 공연한 소동을 일으키지 않는 편이 나았을 것이야."

한주로가 으음, 하고 이를 갈았다.

"다지마, 고로스케는 이제 없다. 이가 상할 뿐이니 그만두어라."

"저도 가게마와리로서 틈새의 사고방식은 어느 정도 안다고 생각합니다만, 이시노 님께서 생각하시는 바가 맞지 않을까 합니다."

미노스케가 말했다.

"그렇다면 애초에 왜 신쿠로는 도망을 꾀했을까요?"

구리키의 물음에 한주로가 우스꽝스러울 만큼 두 눈썹을 한껏 치올렸다.

"본심으로는 역시 시로타 선생님에게 협조하기 싫었기 때문이겠죠. 아니꼬웠던 겁니다."

"그랬다면 입을 다물고 있으면 그만 아닙니까."

"그렇게는 안 되죠." 한주로가 또 이를 바드득 갈았다.

미노스케가 말했다. "시로타 선생님께 협조하고 싶지는 않다. 그러나 다투면 다키 님이 슬퍼하신다. 그런 사태를 피하기 위해 도망친 것이 아니겠습니까?"

"아하, 그렇군요."

구리키는 찡그린 얼굴로 고개를 끄덕였다.

"자네, 무슨 생각인가?"

구리키는 망원경을 곁에 두고 오리베를 향해 돌아서 자세를 바로 했다.

"말씀드리는 게 늦었습니다만, 이것은 제가 아니라 가로 나리의 생각이십니다."

수석 가로 와키사카 가쓰타카가 생각중인 것.

"쿠리야 신쿠로는 이즈치 촌 참극의 수수께끼를 풀기 위해 여기 고코인 분들과 헤어져 다른 수단을 쓰려 한 것이 아닌가."

"달리 어떤 수단이 있다는 말인가."

"나리께 호소하는 것입니다."

현 번주 기타미 나오마사에게.

"계책을 써서 직접 번주 앞에 나간다. 과거에 시게오키 님께 했던 일을 이번에는 나오마사 님께……."

"설마 그럴 리가!"

한주로가 소리쳤다가 허둥지둥 입을 다물었다.

"나리는 시게오키 님의 사촌동생이시고 일문 출신이십니다. 오랜 세월 기타미 주가에 종속되어온 일문에서 처음으로 배출된 번주에게, 나리오키 님의 치세하에 일어난 이즈치 촌 참극의 수수께끼를 내놓고 시게오키 님이 착란을 일으키신 근본 이유도 거기에 있다고 주장하면, 완전히 무시하지는 않을 것이라고 예상하지 않았을까 하는 것이지요."

오리베는 놀라 눈을 깜박였다. 한주로와 미노스케도 얼어붙어 있었다.

바깥보다도 더 차가운 냉기에 휩싸여 일동은 침묵했다.

"뭐, 어쨌거나 한낱 추측일 뿐입니다."

구리키가 천연덕스럽게 말했다.

"신쿠로도 고로스케도 이미 이 세상에 없습니다. 확인할 길이 없지요. 다만 만약 신쿠로가 이 같은 속셈을 감추고 있었다면 고로스케가 그자를 놓치지 않고 처리해준 것은 우리에게도 다행스러운 일이었습니다."

기타미 나오마사의 귀에 들어가지 않아 다행이었다.

오리베는 조용히, 목소리를 낮추어 물었다.

"와키사카 님께서 그렇게 말씀하셨나."

구리키는 표정이 달라지지 않은 채 담담하게 대답했다.

"이시노 님은 가로 나리께서 중신으로서 무엇을 가장 중시해야 한다고 생각하시는지 저보다 더 잘 아실 것입니다."

지금의 기타미 번 번정에 관여하는 사람들이 과거의 어둠을 알아서는 안 된다.

"이 어둠에도 근원이 있었을 것입니다. 과거로 거슬러 올라가 조사를 계속하면 구자와 기리하를 부추겨 운이 좋으면 나리오키 님과 시게오키 님을 폐하려 한 진짜 흑막을 찾아낼 수 있을지도 모르지요."

일문 중 누구일 수도 있고 숙로일 수도 있다.

"나오마사 님을 번주로 맞이해 기타미 번에는 새로운 역사가 시작됐습니다. 지금은 오로지 앞만 보며 노를 저어야 할 때. 과거의 원한과 죄를 밝혀내 기타미 주가와 일문의 반목을 공연히 백일하에 드러낸들 누구에게 무슨 이득이 있겠습니까."

오리베는 뭐라 항변하려는 한주로를, 손을 들어 제지했다. 그리고 말했다.

"그런 내홍이 드러난다면 기타미 번의 존망과도 관계될 수 있지."

"예. 사자 몸속의 벌레를 죽이려다가 사자를 죽이는 꼴이 되지 않겠습니까."

구리키는 태연하게 대답하고 미노스케는 근엄하게 입을 다물고 있었다. 한주로는 몸을 긴장시켰다.

"분하느냐, 다지마."

"예."

"참을 수 없느냐."

"……참겠습니다."

됐다. 오리베는 천천히 고개를 끄덕였다.

시게오키에게 괴로움을 안겼고 나리오키와 비후쿠인을 가둬온 수수께끼의 어둠은 불식됐다. 그리고 그 자리에 또 새로운 비밀이 생겨났다.

"작은나리께서 되찾으신 기억을 다시 한 번 봉인하시도록 하지."

오리베의 말에 구리키는 묘하게 늠름한 표정으로 고개를 끄덕였다.

"이번에는 시게오키 님의 의지로 봉하시는 것입니다. 은폐가 아니지요. 수수께끼를 정중하게 장사 지내는 일입니다."

구리키 말이 맞는다. 이시노 오리베가 상주가 되자.

신쿠로여, 자네도 참아주게.

미노스케가 조용히 숨을 내쉬었다. 한주로는 아직 굳어 있었다.

"에잇, 아아, 이런 젠장할."

한주로는 큰 소리로 말하고는 두 손으로 얼굴을 박박 문질렀다.

"대체 어떤 악귀입니까."

손을 내리자 눈이 시뻘겋다. 그 눈을 부라리며 봉당에 펼쳐놓은 유품과 유골을 둘러봤다.

"대체 어떤 악귀가 이런 잔인한 짓을 하는 겁니까? 저는 모르겠습니다. 그 악귀에게 이름을 부여하고 모습을 부여하고 그럴싸한 일화를 부여하기 위해 센치쿠의 지혜를 빌리는 것을 허락해주시겠습니까."

오리베는 짤막하게 대답했다. "허락한다."

"아이 도둑이군."

센치쿠는 화로 앞에 유유히 앉아 흔들흔들 헤엄치는 금붕어를 바라보며 말했다.

"옛날이야기야. 아이를 잡아다 먹는 악귀. 사내애를 좋아하는 악귀도 있고, 계집애만 잡는 악귀도 있고."

서쪽 거리 파수막을 찾아온 한주로는 아직 이른 오후였지만 사발에 따라준 술을 거절하지 않았다.

수색으로 발견된 유품 등은 짐을 꾸려 운반해와서 일단 다지마가에 맡겨놨다. 아이들 가족과 주위 사람들에게 보여주기 위해 근처 신사 경내를 빌리는 허락도 받았다.

"외지에서 왔다고 하면 어때? 나쁜 건 온도 님이 지켜주시는 여기 기타미에서 생기지 않아. 귀문 방향에서 바람에 실려 날아드는 거지."

여름에 들끓는 시커먼 등에 떼처럼.

"힘만 센 게 아니라 교활한 악귀라 이놈이 애들을 잡아다 먹는 것 자체를 좀처럼 알 수 없었어. 알고 나서도 우리 눈들의 힘으로는 어떻게 할 수 없었지만, 이 악귀가 끼치는 해에 관해 들으신 비후쿠인 님이 온 에도 시내를 뒤져 강력한 토벌사를 찾아 기타미로 보내주신 거야. 그래서 마침내 처치할 수 있었다, 이렇게."

한주로는 코웃음쳤다.

센치쿠는 아랑곳하지 않고 혼잣말처럼 말을 이었다.

"토벌사 이름은 뭘로 할까? 정체는 부처님을 모시는 신장(神將)이고, 세상에 내려올 때는 승려처럼 차린다."

기잔(鬼斬) 법사는 어때?

"악귀는 이름 같은 거 없어도 돼. 너무나도 부정해서 이름을 붙일 길이 없는 거야. 꼭 있어야겠다 싶으면, 그러게, '등에의 왕'이라고 할까."

하여간 술술 잘도 갖다붙인다.

"옛날에 도쿠가와 님이 천하를 차지하기 위해 싸우시기 전 모모

쿠바리 산에 진군하던 중에 지나간 근처 마을에 이 '등에의 왕'에게 잡혀간 아이의 부모가 있었거든. 신군 이에야스 공께서 부모가 슬퍼하는 소리를 듣고 약속하셨어. 이 싸움이 끝나는 대로 우리 군의 강한 자를 보내 '등에의 왕'을 퇴치해주마."

부처님께서 그 마음가짐을 갸륵하게 여겨 천하를 건 결전에서 이에야스 공 편을 드셨기 때문에 동군은 큰 승리를 거두었어.

말없이 술만 마시는 한주로 앞에 센치쿠는 종이 가면을 불쑥 내놓았다.

"오타후쿠 가면*이잖나."

"뭐가 그렇게 못마땅하신지 뚱하게 부어 있는 다지마 님한테는 이게 어울리지. 자, 어서 써보시라고. 그냥 **부어 있기**만 하면 재미없잖아. 요 뚱한 걸 **복**(福)**으로 바꾸자고."

센치쿠는 지어낸 이야기를 종이에 적어까지 주었다. 다지마 가로 돌아온 한주로는 그것을 서한에 정리해서는 사자에게 들려 고코인으로 보냈다.

그러고 나서 작정하고 앉아 또 술을 마셨다. 어머니에게, 하성해서 돌아온 아버지와 형에게 혼나가며 마셨다.

"칠칠치 못하게 무슨 일이냐. 너답지 않게."

"술이라도 마셔야 쓰겠습니다."

"무슨 일인데."

---

* 둥근 얼굴에 볼이 불룩하고 코가 납작한 여자 가면
** 일본어의 '불룩해지다'와 '복'은 '후쿠'로 읽는 동음이의어

"다키 님이 결혼하셨습니다."

"오오, 그러냐!"

아버지와 형도 같이 마시기 시작했다. 아침까지 멀쩡한 사람은 한 주로뿐이었다.

진쿄 호에 눈이 날렸다.

다키는 스즈와 손을 잡고 호숫가를 걷고 있었다. 얼음 알갱이 같은 눈은 두 사람의 머리와 뺨에 내려앉아 반짝 빛났다.

눈 이불에 폭 싸이는 게 아니라 얇은 눈옷으로 덮이는 게 기타미의 겨울이다.

"서두를까요."

다키는 스즈를 재촉하며 목도리를 다시 잘 고쳐 매주었다.

"아침에 간키치 씨가 투덜거렸어요."

스즈의 목소리가 하얀 입김이 됐다.

"한겨울의 고코인과 진쿄 호는 눈과 얼음으로 화장해서 꽤나 예쁘겠지만 빨래가 죄 얼어버릴 만큼 추울 테지, 하고요."

다키는 미소를 지었다.

"또 고에게 혼나겠네요."

"네. 싫으면 너만 성읍으로 돌아가지? 하고 말이죠."

두 사람의 웃음소리가 푸르스름한 회색 수면을 건넜다. 시든 숲은 흩날리는 눈을 맞으며 조용히 서 있다.

군데군데 피뢰탑이 머리 하나만큼 튀어나와 있다. 이렇게 보면 꽤

나 특이한 경치다. 호숫가 남쪽에서 시작해 북쪽을 향해 '1번 탑'부터 '5번 탑'까지 있고, 호수 한복판의 여섯 번째 피뢰탑은 '중앙탑'이다. 다른 탑들과는 달리 중앙탑은 호숫가에서도 위에서 아래까지 구조가 한 눈에 보인다. 헐벗었고 외톨이에 제일 추워 보인다.

처음에는 호숫가에서 수색 및 공사를 하는 이들을 낙뢰로부터 보호하기 위한 탑이었다. 실제로 뇌운이 몇 차례 지나갔을 때 1번 탑과 3번 탑, 그리고 중앙탑에 번개가 떨어졌다. 3번 탑은 작은 불이나 상부의 나무틀이 타고 말았다.

모든 게 끝나고 호숫가에서 작업하던 인부와 관리가 떠난 뒤로도 여섯 개의 탑은 남았다. 이시노 오리베가 돌아오면서 저택 관리인의 소임을 마친 구리키 안고도 남았다. 구리키의 새 역할은 시게오키의 보좌다. 기타미 시게오키는 진쿄 호 호숫가에서 번개로 인한 피해를 막기 위한 다양한 방법을 고안해서는, 가능한 한 시험해보고 기록을 작성하며 이 겨울을 나려 하고 있다.

병이 나았어도 이미 은거하는 몸이 된 시게오키에게 큰 권한은 없다. 여섯 개의 피뢰탑을 세우는 데 필요한 자금은 구리키가 뇌신의 신사를 짓는다는 명목으로 모아주었지만, 같은 수법을 여러 번 쓸 수는 없다. 각종 시작(試作)을 위한 자금은 시게오키의 은거료에서 끌어낼 수밖에 없는 터라, 고코인에서 생활하는 이들은 매사에 근검절약을 실천하게 됐다.

시게오키는 '꺼꾸리' 제작과 실험을 시도하는 중이었다. 긴이치가 사는 고나라 촌에서 예로부터 낙뢰로 인한 화재에 대비해 설치해둔

451

다는 불 끄는 장치다. 시게오키와 구리키에 오리베까지 합세해 열심히 도면을 그리고 작은 모형을 만들고 한다.

기타미에서는 건조한 북풍이 휘몰아치는 겨울, 그리고 북풍과 따뜻하고 습한 남풍이 뒤바뀌는 2월 말까지가 번개로 인한 피해가 가장 많은 시기다. 바로 그렇기에 지금이 실험하기에 가장 적합한 때라고 시게오키는 말했다.

"겨울 사이에 어느 정도 성과를 거둘 수 있다면, 그것을 정리해 나오마사 공에게 보고하고 미래의 시책을 검토해주도록 길을 틀 수 있겠지."

번주의 허가를 얻는 데 성공하면 토목청을 동원할 수도 있을 것이다. 그때까지는 무보수, 수작업으로 때우는 수밖에 없는데, 구리키가 백방으로 뛰어다녀준 덕분에 바로 얼마 전 성읍의 한 도편수가 도와주기로 했다. 시게오키는 크게 기뻐하며 한층 열을 올리고 있었다.

"장인을 조달할 수 있게 된 것은 잘된 일이지만 자재는 어떻게 하시겠어요?"

다키의 물음에 명랑하게 대답했다.

"당분간 쓸 것은 고코인 안에 있지."

창살방의 그 튼튼한 창살을 쓴다는 것이다.

"그것을 모조리 빼내면 양이 꽤 될 것이야."

병이 나은 이상 언제까지고 이곳에 있을 수는 없다. 번주의 별저인 고코인은 기타미 나오마사 것이다. 머지않아 시게오키는 다른 곳에 은거소를 마련해 옮기게 될 것이다.

어디로 가면 좋을지, 정해진 것은 아무것도 없다. 원하는 곳으로 갈 수는 있겠지만, 그래서 어디로 가나. 시게오키도 고민하는 것 같았다.

"어쨌거나 옥방은 해체하고 싶군. 자재로 쓰면 일석이조야."

'꺼꾸리'는 만드는 것만이면 그렇게 어렵지 않다. 정말 어려운 것은 그게 막상 필요할 때 반드시 도움이 되도록 유지하는 것, 그리고 '꺼꾸리'로 물을 운반하는 장치를 고안하는 것이다. 시게오키의 이상은 낙뢰가 있었을 때 불이 나기 쉬운 장소, 불길이 번지기 쉬운 일대에 '꺼꾸리'를 일정 수량 설치하고 근처에 저수지 등 수원도 마련하는 것이다. 거기서 수도관을 끌어와 최소한의 수고로 확실하게 '꺼꾸리'에 물을 채워놓고 언제든 사용할 수 있도록 보관하는 것이라고 했다.

어마어마한 작업이 되겠다고 다키가 생각하고 있으려니 시게오키가 쓴웃음을 지었다.

"그런 표정을 지을 것 없다. 얼마만큼 힘든 일인지는 나도 잘 아니까."

시도도 해보기 전에 포기하고 싶지는 않다고 말했다.

"기타미의 백성을 번개로부터 지키고 싶다. 스즈처럼 아픔과 고통을 맛보는 자를 한 명이라도 줄이고 싶어. 그것이 내 꿈이다. 엉금엉금 기어서라도 그 꿈을 향해 나아가겠다고 결심했다."

그것을 위해 살아가겠다.

"나는 번주로서 실패하고 한 인간으로서도 한 번은 죽은 것이나 다름없지."

그런데 다시 살아나 이제 두 번째 인생을 살기 시작했다.

"주어진 목숨을 기타미 땅을 위해, 영민을 위해 가능한 한 쓰고 싶군."

내 손으로 죽이고 만 아버지의 공양을 위해서도. 나를 향한 주술의 제물이 된 아이들에게 속죄하는 뜻으로도.

"여기 고코인에 모인 사람들의 진지한 노력 덕에 나는 두 번째 삶을 얻었지. 하지만 내 이 삶이 허락되는지 아닌지는 이제부터 내가 어떻게 사느냐에 달려 있어."

개운한 말투와 망설임이 없는 시선은 다키의 마음에도 용기를 주었다.

그렇다면 나도 이분의 아내로서 함께 걸으련다. 마지막까지 따라가련다.

눈에도 뒤지지 않을 만큼 새하얀 맹세에 다키의 새로운 인생 또한 이제 막 시작된 참이다.

눈이 춤춘다. 하얀 장막 저편으로 고코인의 지붕이 흐릿하게 보였다.

"춥네요." 스즈가 속삭였다. "하지만 그 애들은 이제 춥지 않겠죠."

그 아이들.

쿠리야 신쿠로가 묻혀 있던 곳은 한주로가 신쿠로의 유골을 이즈치 촌에 묻으러 간 것을 계기로 땅을 평평하게 골랐다. 그러나 아이들의 뼈와 유물이 숨겨져 있던 곳에는 기리하의 뼈와 그로 인한 부정함을 전부 없애고 정화한 다음 훌륭한 무덤을 만들었다. 판명된 아이들의 이름과 비문을 이시노가 쓴 작은 공양 기둥도 있다. 다키와 스즈는 그곳에 참배를 드리고 오는 길이었다.

차가운 눈 조각이 뺨에 내려앉아 다키는 눈을 가늘게 떴다. 돌이켜보면 다키와 스즈가 호수에 빠진 사건이 일련의 큰 수수께끼와 슬픔을 푸는 계기가 됐다.

나는 미타마쿠리에 관해 아무것도 아는 게 없었지만.

그래도 그때 오랜 세월 물풀에 휘감겨 차가운 물속에 가라앉아 있던 남자애의 해골이 눈앞에 나타난 것은 우연이 아니지 않았을까. 그때 아이들의 영혼이 다키를 부른 게 아닐까. 발견해주세요, 끌어올려주세요, 그리고 여기에서 해방시켜주세요, 하고.

우리 모두 집에 가고 싶어요.

스즈가 갑자기 걸음을 멈추고 큰 소리로 말했다.

"아, 다키 님, 말이 있어요."

저기 보세요, 라며 가리켰다. 호숫가와 고코인을 잇는 오솔길 너머에 덤불이 시들고 잡목림이 늘어선 곳이다.

"순찰을 도는 중일까요."

시게오키와 도비아시일 리는 없다. 도비아시는 추위가 심해지자 누가 봐도 명확히 알 수 있을 만큼 다쳤던 다리를 질질 끌게 됐다. 시게오키는 몹시 가엾어하며 봄에 꽃이 필 때까지는 고코인의 정원 밖으로 도비아시를 내보내지 않기로 했다.

영혼에 상처를 입은 나와 흠이 생긴 너이기에 재회할 수 있었다. 너는 내게 여전히 다른 어떤 말보다도 뛰어난 준마다.

도비아시의 몸을 쓸어주며 다정하게 이른 적이 있다.

"아니에요, 다키 님, 저건……."

스즈가 말하려 했을 때 다키는 저도 모르게 숨을 훅 들이마셨다.

아닌 게 아니라 잡목림 안쪽을 말 한 마리가 걸어갔다. 근사한 백마다. 등에 붉은 안장을 얹고 날아내리는 눈 속을 조용히 걷는다.

말발굽 소리는 들리지 않았다. 오솔길을 밟는 소리도 나지 않았다. 백마가 지나가도 잡목림의 시든 나뭇가지는 가볍게 흔들리지도 않았다.

다키는 반사적으로 스즈의 손을 쥐었다.

백마 주위에 남자애 몇 명이 있었다. 키도 얼굴 생김새도 다 다른데, 모두 하얀 기모노에 은실로 짠 허리띠를 매고 백마에 다가서는 아이, 앞서가는 아이, 우아하게 움직이는 긴 꼬리를 쫓아가는 아이, 그렇게 걸어갔다.

다들 미소 짓고 있었다. 발걸음도 가볍게 마치 폴짝폴짝 뛰는 것 같다. 그런데 그 발소리도 들리지 않았다.

아아, 저건 이 세상 것이 아니구나.

"광의 정월 님."

다키는 소리 내서 말했다. 그 순간 백마와 남자애들은 사라졌다.

"……그 아이들이야."

정월의 보물을 싣고 기타미 영내를 다니는 작은 신령님, 정월 님을 수행해 아이들이 진쿄 호를 떠난다. 각자의 집으로, 각자의 마을로 돌아간다.

"정월 님이 그 애들을 맞이하러 와주신 거야."

"네?" 스즈가 눈을 깜박였다. "무슨 말씀이세요?"

잡목림 쪽에서 누가 불렀다. "이봐요, 이봐요."

삿갓과 도롱이 차림의 남자가 작은 짐수레를 끄는 말의 고삐를 잡고 서 있었다. 다키와 스즈를 향해 손을 흔든다.

"성읍 시로타 가에서 왔습니다. 고코인의 하녀이십니까."

"네!"

스즈가 큰 소리로 대답하고는 다키를 올려다봤다.

"그러고 보니 젊은 선생님은 일단 성읍으로 돌아가신다고 해요. 지코료 환자들도 걱정되고, 문서와 책도 본가로 보내셔야 한다고요."

"어머나…… 그래요."

짐수레를 끄는 말은 반들반들한 밤색이다. 눈은 흐릿하게 춤출 뿐 말의 몸뚱이에도 사자의 삿갓에도 쌓이지 않았다.

백마와 흰옷을 입은 남자애들도 다키의 눈에만 보인 풍경이었던 것이다.

이게 최후의 일별이었다.

그 기회를 얻은 나는 확실히 쿠리야의 여자다.

방금 전에도 또 나를 부른 거야.

쿠리야의 다키여, 미타마쿠리의 핏줄을 잇는 자여, 하고.

눈앞이 밝아진 것처럼 다키는 깨달았다.

시게오키에게 이야기해봐야겠다. 그리고 부탁해보자.

봄이 오면 함께 제 어머니의 고향 이즈치 촌으로 옮기지 않으시겠어요? 하고.

시게오키와 마찬가지로 이즈치 촌에도 두 번째 삶을 부여하기 위해.

"아이구 추워라."

긴이치는 두 손에 입김을 호호 불었다.

"할아버지, 콧물이 얼었는데요."

고나라 촌의 긴이치는 할아버지와 둘이 이즈치 촌에 있었다. 제각각 낫과 괭이를 들고 두 마을을 잇는 오솔길을 고르면서 왔다.

약 한 달 전, 다지마 한주로가 또 고나라 촌에 간다고 해서 긴이치도 같이 마을로 돌아왔다. 작은 납골 단지를 안고 있던 다지마 님은 이자의 무덤을 이즈치 촌에 만들어주고 싶다, 그러니 고나라 촌 사람들에게 부탁하러 가겠다, 라고 말했다.

마을 젊은 남자들은 돈을 벌러 외지로 나가고 남아 있는 사람은 아녀자와 할아버지들뿐이다. 긴이치는 이즈치 촌에 또 가기 싫었고 마을 사람들도 다들 그런 이야기에 응하지 않을 줄 알았는데, 얼마 동안 다지마 님과 열심히 이야기하더니 할아버지들이 동의하는 바람에 깜짝 놀랐다. 그중에 긴이치의 할아버지도 있었다.

"너도 도와라."

"난 싫어요. 이즈치 촌은 무서운걸요."

"이 무덤을 만들면 덕이 쌓여 아무것도 무서울 게 없게 돼."

무덤은 간소했지만 칠을 하지 않은 나무 묘표는 훌륭했다. 묘표의 글은 다지마 님이 썼다. 다지마 님은 묘표 앞에서 오랫동안 합장한 뒤 마을 할아버지들에게 머리를 공손히 숙였다.

"이제 신쿠로도 눈을 감을 수 있겠군"이라며 눈시울을 붉혔다.

할아버지는 "무덤이 있으니 성묘를 가야지"라며 종종 긴이치를 끌고 이즈치 촌에 다니기 시작했다. 다지마 님은 거기까지 부탁하지 않았는데도 할아버지는 하여간 오지랖이 넓다.

이렇게 해서 꼬박꼬박 길을 고르고 청소를 부지런히 해두면 얼음이 얼어도 이즈치 촌에 다닐 수 있다고 할아버지는 말했다.

"누가 다닌다는 건데요. 제일 추울 때는 여기 아무도 안 온다고요."

"사람은 다니지 않아도 부처님이 다니신다."

뭣보다도 이즈치 촌에서 외부로 길이 통한다는 게 중요하다고 할아버지는 말했다.

눈이 내려 땅이 얼고 사방이 하얗게 물들자 이즈치 촌의 풍경은 이전만큼 꺼림칙한 느낌이 없어졌다. 그래도 일대를 뒤덮는 고요함이 긴이치는 여전히 무서웠다. 이 마을 있는 곳만 산도 숲도 죽은 것 같았다.

그런데 할아버지는 아무렇지도 않은 눈치다. 오히려 아주 태연했다.

저번에 왔을 때도 그랬다. 그때도 눈이 오는 이른 오후였는데, '알림' 바람이 불어와 두꺼운 구름으로 뒤덮인 하늘 저편에서 번개가 번쩍였다. 긴이치는 창백하게 질려 번개가 치면 큰일이라고 안절부절못했지만, 할아버지는 하늘을 올려다보며 고개를 갸웃하더니 "허둥댈 것 없다. 번개 님은 이쪽으로 안 오셔"라고 말했다.

"어떻게 아는데요!"

"이 마을은 원래 그런 곳이었거든."

정말로 번쩍번쩍 번개도 우릉우릉 천둥도 이즈치 촌을 스치고 지나갔다.

오늘도 또 청소하고 할아버지와 나란히 무덤 앞에서 합장하고 길을 고르면서 돌아왔다. 두 사람이 쓴 갓 위에 차갑게 반짝이는 눈 알갱이가 내려앉았다.

할아버지가 갑자기 긴이치의 도롱이를 붙들어 멈춰 세웠다.

"아이코!"

"조용히 못 하냐."

부스럭 소리가 나더니 나무들 사이로 뭔가가 얼굴을 내밀었다가 폴짝 뛰어 사라졌다.

긴이치는 눈을 둥그렇게 떴다.

"……사슴이잖아."

이곳에 동물이 돌아왔다.

"자, 가자."

할아버지가 걸음을 떼고 긴이치도 걸음을 빨리 해 따라갔다. 두 사람 위로 눈이 춤추었다. 두 사람이 가고 나도 눈은 계속 춤춘다.

기타미의 눈이 이즈치 촌에 쏟아진다. 세상의 봄이 다시 올 때까지 그저 하얗고 깨끗하게.

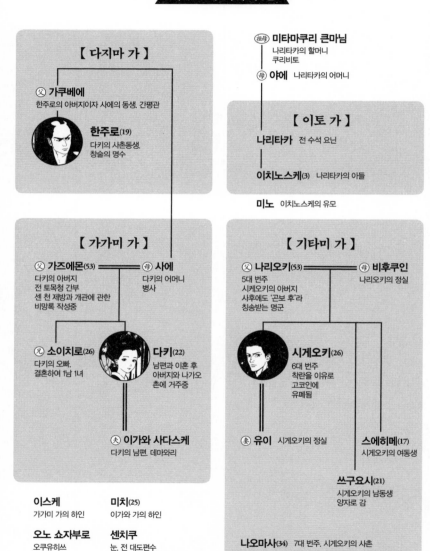

시모쓰케 기타미 번

【 다지마 가 】

(父) **가쿠베에**
한주로의 아버지이자 사에의 동생. 간평관

한주로(19)
다키의 사촌동생.
창술의 명수

(祖母) **미타마쿠리 큰마님**
나리타카의 할머니
쿠리비토

(母) **야에** 나리타카의 어머니

【 이토 가 】

나리타카 전 수석 요닌

이치노스케(3) 나리타카의 아들

미노 이치노스케의 유모

【 가가미 가 】

(父) **가즈에몬**(53)
다키의 아버지
전 토목청 간부
센 천 제방과 개관에 관한
비망록 작성중

(母) **사에**
다키의 어머니
병사

(兄) **소이치로**(26)
다키의 오빠.
결혼하여 1남 1녀

다키(22)
남편과 이혼 후
아버지와 나가오
촌에 거주중

(夫) **이가와 사다스케**
다키의 남편. 데마와리

이스케
가가미 가의 하인

미치(25)
이가와 가의 하인

오노 쇼자부로
오쿠유히쓰

센치쿠
눈. 전 대도편수
아내가 가면가게 운영중

【 기타미 가 】

(父) **나리오키**(53)
5대 번주
시게오키의 아버지
사후에도 '곤보 후'라
칭송받는 명군

(母) **비후쿠인**
나리오키의 정실

시게오키(26)
6대 번주
착란을 이유로
고코인에
유폐됨

(妾) **유이** 시게오키의 정실

스에히메(17)
시게오키의 여동생

쓰구요시(21)
시게오키의 남동생
양자로 감

나오마사(34) 7대 번주. 시게오키의 사촌

고코인 (기타미 번의 번주 별저)

이시노 오리베(51)
전 에도 가로
현 고코인의 저택 관리인

하인

스즈(14)
얼굴과 몸에
큰 화상 흉터가 있음

그 밖에

시게 오마노 목장의 여자 마부
긴이치 고나라 촌의 소년
구리키 안고 와키사카가 파견한 젊은 무사

고(30전후)
간키치(27) 시로타 가의 하인 출신
미노스케
도요사쿠
만사쿠
고로스케 집지기

父 **겐유**

兄 **첫째 의관님**

시로타 노보루
번의 가문의 차남
시게오키의 주치의

【 가로들 】

와키사카 가쓰타카(49)
수석 가로

노자키 무네토시
성대 가로
군사 경비 책임

무토 주베에
가정 가로. 재정 사무 담당

이시노 신노조
현 에도 가로. 와키사카 가의 셋째 아들

가네히라 이치로베에
수습 가로.

옮긴이 **권영주**

서울대학교 외교학과를 졸업하고 동대학원에서 영문학을 전공했다. 미야베 미유키의 《벚꽃 다시 벚꽃》《형사의 아이》, 무라카미 하루키의 《애프터 다크》《오자와 세이지 씨와 음악을 이야기하다》, 미쓰다 신조의 《미즈치처럼 가라앉는 것》《염매처럼 신들리는 것》, 온다 리쿠의 《나와 춤을》《달의 뒷면》 등을 우리말로 옮겼으며, 《삼월은 붉은 구렁을》로 일본 고단샤에서 수여하는 제20회 노마문예번역상을 수상했다. 그 밖에 《우아한지 어떤지 모르는》《저녁매미 일기》《다다미 넉 장 반 세계일주》《빙과》《전쟁터의 요리사들》 등 다수의 일본소설은 물론 《어두운 거울 속에》《데이먼 러니언》《프랜차이즈 저택 사건》 등 영미권 작품도 우리말로 소개하고 있다.

세상의 봄(하) 블랙&화이트 088

1판 1쇄 발행 2020년 3월 6일 **1판 2쇄 발행** 2020년 4월 10일
지은이 미야베 미유키 **옮긴이** 권영주
펴낸이 고세규
편집 장선정 **디자인** 홍세연 **마케팅** 고은미 **홍보** 김하은

발행처 김영사
주소 경기도 파주시 문발로 197(문발동) 우편번호 10881
등록 1979년 5월 17일(제406-2003-036호)
구입 문의 전화 031)955-3100 **팩스** 031)955-3111
편집부 전화 02)3668-3295 **팩스** 02)745-4827 **전자우편** literature@gimmyoung.com
비채 카페 cafe.naver.com/vichebooks **인스타그램** @drviche **카카오톡** @비채책
트위터 @vichebook **페이스북** www.facebook.com/vichebook
ISBN 978-89-349-9322-3 03830 책값은 뒤표지에 있습니다.

비채는 김영사의 문학 브랜드입니다.

이 도서의 국립중앙도서관 출판예정도서목록(CIP)은 서지정보유통지원시스템 홈페이지(http://seoji.nl.go.kr)와 국가자료공동목록시스템(http://www.nl.go.kr/kolisnet)에서 이용하실 수 있습니다. (CIP제어번호: CIP2020005543)